中国与维多利亚想象

缠绕的帝国

[美国] 罗斯·福曼 著

张涛 译

译林出版社

图书在版编目（CIP）数据

中国与维多利亚想象：缠绕的帝国／（美）罗斯·福曼（Ross Forman）著；
张涛译．—南京：译林出版社，2022.5
（剑桥维多利亚文学与文化研究译丛／蔡玉辉，张德让主编）
书名原文：China and the Victorian Imagination: Empires Entwined
ISBN 978-7-5447-8867-0

Ⅰ.①中…　Ⅱ.①罗…②张…　Ⅲ.①英国文学 – 近代文学 – 文学研究　Ⅳ.①I561.064

中国版本图书馆 CIP 数据核字（2021）第 216545 号

中国与维多利亚想象：缠绕的帝国　[美国] 罗斯·福曼／著　张　涛／译

责任编辑　刘　静
装帧设计　孙逸桐
校　　对　戴小娥
责任印制　单　莉

原文出版　Cambridge University Press, 2013
出版发行　译林出版社
地　　址　南京市湖南路 1 号 A 楼
邮　　箱　yilin@yilin.com
网　　址　www.yilin.com
市场热线　025-86633278
排　　版　南京展望文化发展有限公司
印　　刷　扬州皓宇图文印刷有限公司
开　　本　880 毫米 ×1230 毫米　1/32
印　　张　12
插　　页　2
版　　次　2022 年 5 月第 1 版
印　　次　2022 年 5 月第 1 次印刷
书　　号　ISBN 978-7-5447-8867-0
定　　价　72.00 元

杂糅与跨界：
这样的文学评论有"一套"

本辑丛书，从确立选题到翻译审校，经年轮更替和时势变化，就要面世了。付梓之际，有些话想要说一说。

一

或许是当读年月缺书甚至无书可读染上了阅读饥不择食症，或许是大学后期抢座阅览室形成了阅读狼吞虎咽的陋习，或许是求学过程中广泛涉猎养成了不拘一格的阅读偏向，每每遇到内容杂富、视角多维、述论复调、方法跨界、见解独特的读物，都会产生一种必欲厘清的冲动，恋恋不舍的情愫。细究起来，这种遇杂而珍、向杂而趋、融杂而合不只是个人的阅读偏好和价值取向，也不仅是学科发展走向繁荣之途，还有着更为普遍的客观依持，存在于自然世界的演化过程，也存在于人类社会从点到面、从聚到散、从低到高、从单一到复杂的嬗变过程，尤其是贯穿于文化产生、传布、交汇、融合的全过程。

自然界中生命体的存活和延续是这样的，因杂生、杂处、杂交而生万物。动物繁衍需要异性相交，种群存活和扩大既需要不同类别同处一域之间的共生共荣或相生相克，又要适应不断变化的气候和地貌环境。树木因杂居连片而成森林，森林因不同种类相互交杂而得以丰盈。花类植物因相互授粉而繁茂自己且滋生新种，又因单性繁殖而逐渐走向衰亡。即使是稻谷,也只有杂交才可以达到如科学家袁隆平团队培植的那样高产量。

人类从自非洲大陆的迁徙开始,就没有停止过不同种族之间的交往、交流和交攻,或和平共处,或冲突伐杀,或彼此融通。正是异族和异类之间的竞争、冲突、妥协、共存、融通所形成的持久张力,推动着人类社会不断演进、发展、繁荣和壮大。从中到外,这样的例子实在很多。

中华文化所以能延续五千余年而不断、不衰、不霸、不淫,可以从其不断融合民族文化之流、一贯持守融合等核心观念并由此指引其发展过程里找到答案。起源于中原大地和黄河中下游的华夏文化,在逐渐融积成中华文化的过程中,因其聚集人类观念精华的内核、融汇开放的基因和广采博纳的胸怀,不断吸纳来自中华大家庭几十个民族的文化元素。自汉以降,更是不间断地吸收来自东西方异域文化中的优秀异质,无论是来自印度的佛教,还是自西方的基督教,无论是马克思主义的基本原理,还是自由民主的人文精神,只要有益,都可"拿来",终至蔚为大观。举隅其中观念数项,或可知其一二。天人合一,万物各得其所以生、各得其养以成的哲学观念;仁政以施、民贵君轻、水载舟亦覆舟的政治观念;仁者爱人,各得其美、美美与共的人际共同体观念;尊老爱幼、孝悌友朋的伦理观念;独善兼济、先忧后乐、内外兼修的人格观念;等等——综观这些观念,贯穿其中的一点就是存异和容杂。正是这种不拒异道、不舍细流、不拘一格、兼收并蓄的品格坚持,成就了中华文化的博大浩瀚,成为世界文化大森林里的参天大树之一。

二

初次接触到《剑桥十九世纪文学与文化研究》(*Cambridge*

Studies in Nineteenth-Century Literature and Culture）这套丛书，浏览书名眼前陡然一亮，翻阅后顿觉脑洞大开，阅读后不忍释手。其中体现的几乎跨越人文、社科、科学各大学科门类的多维视角，涉及维多利亚时代小说、戏剧、诗歌、散文、音乐、绘画、建筑、报章期刊等各种文本的广泛例证，将这一时期的政治、经济、金融、法律、教育、军事、旅游、宗教、帝国殖民扩张等各种社会活动都作为文学书写的大背景来广引博征，着实让人眼花缭乱，应接不暇而瞠目结舌。在此不妨列出题目数个，请诸位读者领略：《维多利亚小说中的病房：生病的艺术》（*The Sickroom in Victorian Fiction: The Art of Being Ill*）、《维多利亚小说与起源焦虑：从狄更斯到弗洛伊德时期的死亡与母亲》（*Death and the Mother from Dickens to Freud: Victorian Fiction and the Anxiety of Origin*）、《维多利亚法律、文学与神学中的证词与辩护》（*Testimony and Advocacy in Victorian Law, Literature, and Theology*）、《十九世纪英国的文学与医学》（*Literature and Medicine in Nineteenth-Century Britain*）、《维多利亚蜜月：婚姻之旅》（*Victorian Honeymoons: Journeys to the Conjugal*）、《乔治·艾略特与金钱：经济学、伦理学与文学》（*George Eliot and Money: Economics, Ethics and Literature*）、《1885—1914年间的伦敦及其同性恋文化》（*London and the Culture of Homosexuality, 1885—1914*）。单是浏览一下这几个题目，就会发现其选题涉及法学、经济学、医学、神学、心理学、社会学、物理学、生态学等，其跨界特征可见一斑。为什么跨界如此之大，杂糅如此之盛，看一下总主编发表的相关学术观点和丛书的推介，就会得出更清晰的印象。首任总主编吉莲·比尔在1990年参加一次学术研讨时发表的主旨演讲里就这样表示：

本次讲座宣布的主题"通过文学呈现科学"可能暗示了一

种单向交流,似乎文学充当了这一主题(科学)的中介;这一主题(科学)在这之前就已经出现过,在重新被提起之前没有被讨论过。我所理解的两者之间的关系不是这样。我将要强调,两者之间是交流而不是一个成为另一个的起源,是相互转换而不是一个被介绍到另一个里面去。科学和文学的话语之间的关系并不稳定,却彼此重叠。①

这里的观点非常明确,文学与科学之间是互文或者说"彼此重叠"或相互渗透的关系,也就是你中有我我中有你,而不是前者充当后者的"中介"。由此可以推断,这一观点或者学术旨趣就成为四年后推出这套丛书的宗旨。该丛书的推介词证实了这一推断:

　　事实已经证明,19世纪的文学与文化是跨学科研究中一个十分宏富的领域。本丛书自1994年开篇以来,一直致力于追踪维多利亚文学与视觉艺术、政治、性别和性取向、种族、社会组织、经济生活、技术创新、科学思想之间的交叉及其相互张力关系,简言之,也就是维多利亚文学与最广泛意义上的文化之间的关系。本丛书自从面世就强力涉足马克思主义、女权主义、视觉研究、后殖民主义、批判性种族研究、新历史主义、新形式主义、跨国主义、酷儿研究、人权与自由主义、残疾研究和全球研究等诸多领域的研究,其中许多著作已经成为这些研究领域里的经典。本丛书提出的理论挑战和史学转轨继续以卓富成效的方式激荡着19世纪研究这一领域。有关身体与感官、

---

① Gillian Beer. "Translation or Transformation? The Relations of Literature and Science." *Notes and Records of the Royal Society of London*, Vol. 44, No. 1 (Jan., 1990), pp.81—99.

环境与气候、种族与文学研究的非殖民化、生命政治与物质性、动物与人类、地方与全球、政治与形式、酷儿与性别认同、交叉学科理论等的这些新著述正在重新激活跨学科研究场域。本丛书旨在为正在进行中的19世纪文学前沿研究提供平台，催生那些将跨学科研究与当今提出的紧迫批判性问题联系起来的最有趣的研究成果。我们力求出版不同种类作者的著作，坚定反对种族主义，反对殖民主义，反对一切形式的歧视。[①]

这套丛书具有如此新颖的学术方法、宽阔的学术视野、敏锐的学术直觉、细密的学术思维、踏实的学术风格，显然体现的就是总主编和编委会的学术思想与学术风格。首任总主编吉莲·比尔是剑桥大学爱德华七世文学教授，曾出任剑桥克莱尔讲堂（Clare Hall）主席。更为知名的是，她是《达尔文的情节》（*Darwin's Plots*）的作者。这本1983年由剑桥大学出版社推出的力作，在19世纪研究领域掀起了一阵跨学科研究的旋风，具有里程碑式意义。有评家认为，该书中的"真知灼见为科学史中人所共知的话题提供了全新的研究方法"。[②]还有人认为，它"所开创的研究范式在过去的十五年开辟了一个'达尔文产业'（Darwin Industry）"。[③]如果说有哪些著作开启了文学批评领域至今仍持续不衰的跨学科研究，《达尔文的情节》无疑是维多利亚文学研究领域里的前驱。由吉莲·比尔主编的这套丛书，迄今已经持续出版二十七年，截至2021年底，总共

---

① https://www.cambridge.org/core/series/cambridge-studies-in-nineteenthcentury-literature-and-cultu re/51F87ACED1BBCEBEAB37D73C87F475CB.

② Gillian Beer. *Darwin's Plots: Evolutionary Narrative in Darwin, George Eliot and Nineteenth-Century Fiction*, 3rd ed. Cambridge: Cambridge University Press, 2009, Back Cover.

③ 同上，pp. ix—xi。

出版专著一百三十三部，平均每年推出四到五部，至今仍未显颓势，近期还有三部即将面世。

三

对于文学跨学科研究来说，这套丛书显然是一块含矿量非常高的"富矿"，将它介绍给国内广大读者，应该是新时代继续和进一步实施改革开放国策的题中应有之义。

本辑译丛推出五部专著，分别为:《中国与维多利亚想象：缠绕的帝国》(*China and the Victorian Imagination: Empires Entwined*)、《维多利亚文学、能量和生态想象》(*Victorian Literature, Energy and the Ecological Imagination*)、《人口想象与十九世纪城市：巴黎、伦敦、纽约》(*The Demographic Imagination and the Nineteenth-Century City: Paris, London, New York*)、《鬼魂目击者、侦探和唯灵论者：维多利亚文学和科学中的视觉理论》(*Ghost-Seers, Detectives and Spiritualists: Theories of Vision in Victorian Literature and Science*)、《维多利亚儿童文学中的进化与想象》(*Evolution and Imagination in Victorian Children's Literature*)。各本的主要内容如下。

一百七十多年前，英国为了打开庞大却封闭的中国市场，谋取巨大商业利益，用坚船利炮轰开了这个古老帝国的城墙，随后，西方列强蜂拥而至，都来争抢中国市场。自此，这两个古老的帝国就缠绕在一起，从政府到民间，从物质文明到价值观念，两种文化之间经历了好奇、向往、会通，也经历过误读、误解和误判，而且这样的误读与误解还在继续。中国人在英国殖民者眼里是一种什么样的形象？已经定居于伦敦一角的中国人在伦敦人眼里又是什么样的形象？一百多年来英国人乃至西方人对中国人的认知和印象与当下的中西关系有什么关联？《中国与维多利亚想象》一书为读者提供了19—20世纪之交英国人眼中的中国人形象全景图。第一章借助在香港、上海、广州、天津等通商口岸生活的英国人的小说来呈现他们眼中的中国和中国人，"对发生于通商口岸的各种故事加以综览"(32)。[①]第二章"聚焦分析约瑟夫·康拉德式作家詹姆斯·达尔齐尔的作品，深入探讨'洋中国'文学如何描绘维多利亚时代中国与其他英国殖民地（尤其是印度）之间既相互关联又相互区别的交互模式"(32)。第三章通过《北京危境》《北京龙》《盟军朝向北京》等小说中的夸张和扭曲描写来揭示西方人眼中的义和团运动。第四章通过《黄色入侵》《黄色浪潮》等小说来表现英国人或其他欧洲人如何将移居英国的中国人看作洪水猛兽。第五章介绍维多利亚晚期英国戏剧等文学形式中的中国形象，在《黄色恐怖》《黑鬼中国人》《炮轰北京》等戏剧中如何表现英国人对古老而陌生的中国文化的理解。第六章聚焦于围绕伦敦曾经的华人聚居区"莱姆豪斯"的文学创作，以托马斯·伯克的"莱姆豪斯"系列小说为案例，表现伦敦人眼中的华人形象。作者在结论部分认为，前述这些对中国和中国人的误解、曲解和"恐慌"在21世纪不仅没有消失，反而随着这个曾经孱弱国家的崛起，转换成了新的形式出现在国际政治、经济、外交和其他领域。或许可以说，当下西方出现的"阻中"、"恐中"与一直以来对中国人的误解和曲解存在渊源关系。

自从20世纪50年代伊朗石油危机出现以来，能源危机一再发生，而随着人类对化石燃料的滥用，生态环境被严重破坏，已经将地球带入生态灾难日益频发的21世纪。《维多利亚文学、能量和生态

---

① 本序言所引文字均标注其所在原文页码，需要核对的读者请查对译本边码。后文只在引文后用圆括号标注页码，不再作注。

想象》的作者借助兴起并盛行于19世纪的热力学的视角，对维多利亚小说进行了一种别开生面的解读和论析。他认为，维多利亚时代的"热力学将大自然视为一种不可持续的能源系统"(15)，我们就此可以把维多利亚小说想象成一个能量系统，所有小说就是"热力学的替代性叙事"(15)。从第三章到第八章，他花了很大篇幅去论析狄更斯、罗斯金、史蒂文森、康拉德和威尔斯的著述。他分析了《荒凉山庄》和《我们共同的朋友》中的能量表现形式。他认为，罗斯金的《风暴云》《建筑的七盏明灯》《威尼斯之石》《近代画家》中充满了能量元素。第六章以史蒂文森的《杰基尔医生和海德先生》(《化身博士》)为案例，解读了其中描绘的"热力学世界"，通过两位主人公的正向与反向蜕变，表现热力学第二定律在人的性格和身份变化中的作用。在对康拉德的《黑暗之心》《诺斯特罗莫》《间谍》的解读中，作者依然从热寂和熵增的角度去阐释非洲的社会和自然环境，与伦敦这个帝国心脏的环境形成对比。解读威尔斯的《时间机器》时，作者认为，作品隐喻了大英帝国在熵定律控制下走向衰退的前景。作者还认为，今日生态之殇的根源要追溯到19世纪的英国，并且，20世纪化石滥用局面的缘由，不只是人们一贯所认为的工业革命及其带来的采矿业、机械制造业、造船业等重工业，还有"维多利亚时代的文化如何在各个方向上曲解、扭曲，因而误解了人类发展与自然界资源之间的关系"(12)，比如被众多哲学家、政治家、社会活动家所极力推崇，也被民众广泛接受的，无拘无束的自由市场经济生产和生活方式，自由选择、优胜劣汰的进化理论，以及热力学理论。

毋庸讳言，自工业革命以来，人口一直是人类社会的一大问题；先是人口高速增长，给地球带来能源短缺、气候灾难等问题，到了后工业时代的信息时代，富国和穷国又分别出现老龄化和多子化两种现实，严重制约各自的社会发展。《人口想象与十九世纪城市》选取19世纪起始的人口问题进行专论，开门见山就亮出了研究的关键词：人口爆炸、人口革命、人口想象。"随着人口爆炸，现代文化中出现了人口想象。换句话说，本书所关注的多模态叙事和大众形象，出现在人口革命中：突然之间，有更多的人生活在这个世界上。"(1)作者从多个角度展开论证了这一时期的人口爆炸、革命与想象。他以伦敦、巴黎和纽约为例，列举了19世纪人口的爆炸式增长，比如伦敦人口在100年间增长了6倍，从近110万增长到近651万。作者介绍了伴随着人口迅猛增长而出现的各种城市病，如环境与卫生状况恶化导致疾病流行，失业严重引起犯罪猖獗；另一面则是因人口增长而出现的物质消费与精神消费的兴旺，比如出版业的繁荣，文学市场中鬼故事、侦探小说的走红，犯罪书写及其舞台表演，以《庞贝城的末日》为题材的灾难描写跨越了通俗表演、歌剧、诗歌、散文、小说和戏剧的类型界限，以"多模态"形式呈现，供观众和读者消费。作者还用了一章篇幅来介绍畜禽和野生动物在城市化和人口猛增过程中遭受的苦难和灾难，具体列举了它们在英国、法国和美国的悲惨遭遇。作者最后引用了威尔斯的《时间机器》和《世界大战》的内容来警醒疯狂增长的人类及其欲望，认为这些才是人类毁灭自身的力量。"无论人类的数量增加多少，我们居住的地球毕竟不是以人类为中心；其他物种，也许是新物种，在我们消亡之后会拥有这个星球……"(193)

《鬼魂目击者、侦探和唯灵论者》在超自然书写上与《人口想象与十九世纪城市》中第三章关于鬼故事的内容形成互证，而在理论视角上又与《维多利亚文学、能量和生态想象》形成呼应；如上述，后者采用的是热力学定律视角，而该书用的是光学及其相关视觉理论的参照，但也涉及哲学。随着托马斯·杨的光波动理论及詹姆斯·麦克斯韦的电磁学理论被广泛接受,维多利亚人对超自然现象提出了众说纷纭的解释和各种质疑,鬼故事(哥特小说)就应运而兴,畅行一时,爱伦·坡也首创了侦探小说,呼应这一时期广大读者的阅读期待。本书作者选取几个在当时争论不休的问题作为导入:鬼魂存在吗?若存在,是怎么形成的?有人看见吗?眼见是否为实?以寻找鬼魂为线索的侦探小说有什么语言特征?围绕这些问题,全书分为三个部分十三章。第一部分从司各特的鬼故事《有挂毯的房间》入手,围绕鬼魂是否存在的争论,引用卡莱尔、罗斯金等人的观点,从心灵光学和生理光学角度去探讨鬼魂生成的心理成因,讨论外视觉与内视觉之间、古老信仰与现代怀疑之间的关系。作者认为,解读这一时期的鬼故事,要从光学原理和心灵感应,也就是外视觉与内视觉的结合上去进行。第二部分从"眼见为实"这一当时众说纷纭的说法入手,将理论视角进一步延伸到哲学、生理学、语言学,引证文本也转向侦探小说。他引用乔治·贝克莱的《视觉新论》中有关视觉与语言表达关系的观点解读侦探小说的语言。第三部分继续采用杨的光波动理论和亥姆霍兹的"视觉理论最新进展"证实的以太理论,解析侦探小说所表现的"看不见的世界",即鬼魂世界存在的光学及色彩学成因。作者例举了《巴斯克维尔的猎犬》来解读作品中呈现的灵魂世界,引用了勒·法努的《镜中暗影》,其中的超自然侦探马丁·赫赛柳斯运用生理学、精神病学和神秘主义知识,试图超越唯物主义和唯心主义而找到介乎二者之间的存在。

儿童文学作为一种独立的文学类别最早出现在18世纪到19世纪的英国。《汤姆·布朗的学校时光》和《爱丽丝漫游奇境记》可以看作儿童文学的标志性作品。1870年通过的《初等教育法》给维多利亚时代儿童文学的繁荣提供了基础性制度保障。就在维多利亚中后期，英国出现了儿童文学的首个高潮，《水孩子》《爱丽丝镜中奇遇记》《黑美人》《金银岛》《绑架》《丛林之书》《彼得兔故事集》《彼得与温迪》等诸多经典作品纷纷问世，同时，也出现了很多有关儿童教育的著作，如斯宾塞的《教育论：智育、德育和体育》，威廉·福布什的《男孩问题：社会教育学研究》。这一时期围绕儿童成长和教育问题展开了持续、激烈的争论，其中最主要的观点是进化论基础上的重演论，认为儿童从胚胎到出生到成长是在重演人类的进化过程。《维多利亚儿童文学中的进化与想象》一书将研究的焦点确定在儿童教育中"自然科学与人文学科的教育主导权之争"(25)上，也就是人文教育与科学教育在儿童文学作品中的体现。作者选取了《爱丽丝漫游奇境记》《水孩子》《丛林之书》等作为个案，论析其中的动物性儿童如何通过自己的读与做去认识世界、认识自己并逐渐脱离自然而进入社会。作者认为，维多利亚"儿童文学的黄金时代，它不是浪漫主义简单的衰退，而是对动物性儿童重演人类进化过程的科学建构的回应"(26)。"本书将19世纪进化史的构建和与其形成互补的针对动物性儿童的文学创作结合起来，试图揭示成为人类的意义与文学在我们人性形成中扮演的角色之间的独特关系。维多利亚时代的儿童文本使文学体验成为人类进化的关键机制，能够教会儿童如何缩回他兽性的'尾巴'，转而进入一个更高级的、独特的人类世界，在这个世界里，充满了非凡的、启发性的和富有想象力的'故事'。"(26)

四

借本辑译丛面世的机会，谨向为此付出努力和辛劳、提供支持的方方面面致以真诚谢意！

译丛从缘起并立项，要感谢凤凰出版传媒集团的刘锋先生和译林出版社的陈叶女士；要感谢译林出版社刘静女士及其他编辑，从译文试译审评到译稿审校，付出了长期的努力和辛劳。感谢安徽师范大学外国语学院领导在人员配置、科研经费资助上的大力支持。感谢浙江大学吴笛先生在丛书选本上提供指导，并拨冗撰写译丛序言。感谢安徽师范大学外国语学院张德让先生、张孝荣先生承担本译丛主编事务，并校对译稿。感谢梅晓娟女士审评初译稿。感谢安徽师范大学外国语学院的汪精玲、李菊、杨元、叶超、张涛老师和浙江越秀外国语学院英语学院的宋国芳老师，积年累月，认真负责地完成了有质量的译文。各译本译者和校对均已署名，叶超老师与宋国芳老师合作翻译《维多利亚儿童文学中的进化与想象》一书，叶超承担该书前言、第一章、第二章及这三个部分注释的翻译，宋国芳承担该书第三章、第四章、第五章、结束语及这四个部分注释的翻译。

　　英国的维多利亚时代，不只率先完成了工业革命，改变了英国人的生产和生活方式，将人类社会推进到一个崭新阶段，还是一个科学家星光闪烁、科学理论层出不穷、科学发明连续不断的时代。仅以詹姆斯·麦克斯韦为例，他提出的被称为"物理学第二次大统一"的麦克斯韦方程组，极大推进了古典力学、光学和热力学的发展，为电学、电磁学、量子力学的问世提供了理论支持，还引发了视觉革命、动力革命和通信革命。文学从来就是社会的折射镜与温度计，所选译介的五部专著，从不同角度反映了这个风起云涌时代的社会现实，其中涉及的中英文化认知、能量应用及其危机、人口革命及其后果、儿童文学的教诲功能等，都与我国当下社会关注的话题有很大相关性。选取这五部来译介，是基于两点考虑：其一，在该领域研究中的新颖性，或有研究视角之新，或有研究方法之新，或有研究对象之新；其二，对中国读者具有观照性和启发性，借之或能了解未知的异域历史社会，或能对照认知当下社会实际。丛书出版以来评论很多，很多评家指出了丛书对于当代社会问题的启发,比如:有评家认为,《维多利亚文学、能量和生态想象》一书预示了文学生态叙事的未来;[①]《鬼魂目击者、侦探和唯灵论者》成功地将维多利亚时代的鬼故事和侦探小说与当今人们有关视觉与知识、看见与相信之间关系的争论贯通到一起;[②]《中国与维多利亚想象》"通过考察英、清两大帝国之间的文化纠缠,为正在不断走热的19世纪中英关系批评添加了极有价值的成果,在以崭新的见解研究其他内容的同时,可以带领读者进入一些新的并令人激动的文学论争领域";[③]《人口想象与十九世纪城市》的研究证明,在重新以不同方式探究那些至今仍然困扰我们的问题时,19世纪是一个多么丰富的时代。[④]

主编者期待,本辑译丛的出版和流通会给读者打开一扇这样的窗口:了解科学与文学如何在文学批评里"重叠",维多利亚文学叙事里蕴含了多少科学元素,维多利亚社会与当下的世界有多少相似之处,维多利亚时代的人离我们有多近。

蔡玉辉

2022年春于稽山寓

---

① Anna Henchman. Review. *Nineteenth-Century Literature*, Vol. 70, No. 4 (March 2016), pp. 530—534.

② Jeffrey Andrew Weinstock. Review. *Journal of the Fantastic in the Arts*, Vol. 23, No. 1, 2012, pp. 176—178.

③ Peter J. Kitson. Review. *The Journal of Asian Studies*, Vol. 75, No. 1 (Feb. 2016), pp. 207—208.

④ David Pike. Review. *Nineteenth-Century Literature*, Vol. 71, No. 2 (Sept. 2016), pp. 279—283.

译丛序言

　　一看到《维多利亚文学、能量和生态想象》等书名中出现的"维多利亚"这一名称，我就不由得忆起英国女王的形象。记得近三十年前，我在圣彼得堡大学图书馆查阅文献资料的时候，身边走来一位气度非凡的女性，一看，觉得这位女性颇像电视上常出现的英国女王伊丽莎白二世！待她走远之后，我将信将疑地朝楼下望去，见到的大量警车才使我猛然明白：这确实是前来访问的英国女王伊丽莎白二世！接触较多的英国文学之后，我又觉得，凡是女王统治的时代，英国文学就格外昌盛。如伊丽莎白一世时代，英国文艺复兴走向了高潮，文学领域呈现出令人无比羡慕的繁荣景象，出现了莎士比亚、斯宾塞、锡德尼、培根、马洛、约翰·多恩等灿若群星的作家，以及《仙后》《哈姆莱特》等举世闻名的作品，以至于历史学家称她为"不列颠历史上第一位真正的女政治家……伊丽莎白成功地做到使英格兰人为自己是英格兰人而高兴……"[①]同样，在维多利亚时代，文学如伊丽莎白时代一样繁荣昌盛，出现了勃朗特姐妹、狄更斯、哈代等小说家，以及丁尼生、勃朗宁、阿诺德、罗塞蒂、王尔德等一大批优秀的维多利亚时代诗人。这些作家及其作品不仅构筑了英国维多利亚时代的文化基石，也为世界文化留下了丰厚的遗产。

---

① ［英国］西蒙·沙玛：《英国史》（第1卷），彭灵译，北京：中信出版社，2018年版，第226页。

英国维多利亚时代,不仅文学繁荣,而且在国家治理、国民素质的提升等方面同样给人类留下了宝贵的非物质财富和精神文化遗产。

英国在1832年实行议会改革,就文学而言,这一事件是一个重要的标志,从此,英国文学结束了浪漫主义,进入了现实主义时期。在议会改革五年之后,维多利亚女王登基,英国随即进入维多利亚时代。而这一时代,竟然长达六十多年,维多利亚女王成为英国历史上在位时间最长的君主之一。直到进入20世纪的1901年,维多利亚时代才得以结束。

1837年至1901年的维多利亚时代,是英国历史上一个值得英国国民无比骄傲的时代:工业化进程迅猛推进,国家不断对外扩张,从而经济繁荣,国力强盛。这一时期,英国成为世界最强大的资本主义国家,建立了人们心目中的"日不落"帝国。

靠海洋扩张和海上霸权而建立起来的"日不落"帝国,自然不会放过对其他民族的欺压,尤其是不会放过对饱受苦难的中华民族的掠夺。说来也巧,与这一时代相对应的,是中华民族的晚清时期。从1840年的鸦片战争到1900年八国联军入侵北京、火烧圆明园,维多利亚时代大不列颠的强盛,记录着中华民族的飘摇衰败。尤其是1840年英国对中国发动的非正义的侵略战争,使得中华民族蒙受屈辱。

当然,"日不落"帝国的掠夺,也由此揭开了近代中国人民反抗外来侵略的新篇章,更促进了中国人民民族意识的觉醒。所以,我国对西方文学的接受、中英的文化交流,以及中国翻译文学,也都是始于这一时代。

同在1840年,英国人罗伯聃(Thom Robert)将古希腊的寓言集《意拾喻言》（即《伊索寓言》）翻译成中文，并在广州出版；1853年，班扬的《天路历程》这部较为著名的英国文学作品，就被传教士译成中文，也在广州出版。不过，这些由传教士所翻译的作品，即使有些原著属于文学经典，也不是严格意义上的翻译文学，难以归入我国的翻译文学的范畴。因为中国翻译文学是指"中国人在国内或国外用中文译的外国文学作品"。[①]翻译文学是民族文学的一个有机组成部分，如王哲甫的《中国新文学运动史》、郭子展的《中国小说史》，以及1949年后王瑶的《中国新文学史稿》、唐弢的《中国现代文学史》等书中，都专门列有翻译文学专章，《中国近代文学大系》更是设有《翻译文学卷》。于是，翻译文学是民族文学的拓展。"翻译文学直接参与时代文学主题的建构，与创作文学形成互动、互文关系。"[②]没有翻译文学，我国现代文学的发展甚至无从谈起，正如陈平原所指出的那样："域外小说的输入，以及由此引起的中国文学结构内部的变迁，是20世纪中国小说发展的原动力。可以这样说，没有从晚清开始的对域外小说的积极介绍和借鉴，中国小说不可能产生如此脱胎换骨的变化。对于一个文学上的'泱泱大国'来说，走出自我封闭的怪圈，面对域外小说日新月异的发展，并进而参加到世界文学事业中去，并不是一件轻而易举的事情，特别是在关键性的头几步。"[③]

由于文化圈的缘由，按照学界的共识，我们所说的翻译文学，不仅有别于宗教层面的翻译（包括佛教），而且是就中西文化交流而言的。于是，普遍认为，中国的翻译文学，始于19世纪70年代。翻译文学还在一定意义上有别于文学翻译，它是一种价值尺度，所强调的是

---

①　郭延礼：《中国近代翻译文学概论》，武汉：湖北教育出版社，1998年版，第23页。

②　谢天振、查明建主编：《中国现代翻译文学史》，上海：上海外语教育出版社，2004年版，第4页。

③　陈平原：《二十世纪中国小说史》（第1卷），北京：北京大学出版社，1989年第1版，第28页。

与民族文学的关联,正如我国学者的论述:"中国翻译文学是研究中外文学关系的媒介,它实际上已经属于中国文学的一个特殊而又重要的组成部分,成为具有异域色彩的中国民族文学。"[1]而被誉为我国第一部翻译小说的,恰恰就是英国维多利亚时代的作品,即1873年初开始在我国刊载的英国长篇小说《昕夕闲谈》(*Night and Morning*)。

《昕夕闲谈》就是由我国译者主动开启的第一扇世界文学之窗。就中西文化交流而言,这部长篇小说是极为富有学理性的。原著作者爱德华·布尔沃-利顿(Edward Bulwer-Lytton,1803—1873)当时是英国维多利亚文坛上与狄更斯齐名的作家,著有《庞贝城的末日》等多部长篇小说,而且在政界担任过国会议员及殖民地事务大臣。利顿在世时,其作品就被翻译成德语、法语、西班牙语、俄语等多种语言;1879年,他的作品被首次译成日语。这是利顿的政治小说《欧内斯特·马尔特拉夫斯》(*Ernest Maltravers*),由日本译者丹羽纯一郎译成《花柳春话》在日本出版。西方有学者撰文认为,利顿的"《欧内斯特·马尔特拉夫斯》是第一部从西方翻译到日本的完整的长篇小说"。[2]利顿的长篇小说《昕夕闲谈》原著于1841年出版,共有五卷,第一卷共分十一章,第二卷共分十二章,第三卷共分十四章,第四卷共分八章,第五卷共分二十三章。全书共六十八章。该小说通过一个贵族私生子的生活经历,描写了法国波旁王朝后期伦敦和巴黎上流社会的光怪陆离的生活场景和种种丑恶现象,具有成长小说和现实批判等多种内涵。

除了作为中国首部翻译小说的《昕夕闲谈》,在西方文学翻译方面为我国翻译文学做出贡献的还有与林纾合作的魏易,以及翻

---

① 孟昭毅、李载道主编:《中国翻译文学史》,北京:北京大学出版社,2005年版,第80页。

② Donald Keene. *Dawn to the West: Japanese Literature of the Modern Era*. New York: Holt, Rinehart and Winston, 1984, p. 62.

译英国经典小说《绝岛漂流记》的沈祖芬。如果说利顿的长篇小说《昕夕闲谈》还算不上文学经典的话，那么沈祖芬所翻译的笛福的长篇小说《绝岛漂流记》无疑是我国最早翻译的英国文学经典了。

《绝岛漂流记》（现通译《鲁滨逊漂流记》），是英国18世纪著名小说家丹尼尔·笛福（Daniel Defoe, 1660—1731）的代表作，是笛福文学创作中的里程碑式的作品。笛福的这部小说以及这部作品中所塑造的具有冒险精神的鲁滨逊的典型形象，也在中国引起了强烈的共鸣。1898年，浙江译者沈祖芬翻译了这部小说；1902年，该书得以出版，商务印书馆编译所高梦旦为该书作序，并在序中认为"此书以觉醒吾四万万之众"。[①]这是笛福名著的第一部中文译本，对于该部作品在我国的流传以及中英文学交流等起了重要的作用。

我国翻译西方小说从英国开始这一事实足以说明英国维多利亚时代与中国所具有的错综复杂的文化关系，以及英国文学的翻译对于建构中国翻译文学的重要性。同时，也从另一方面证明了英国维多利亚时代所具有的文化影响。

二

正因为英国维多利亚时代在世界文学与文化中的独特意义，所以，关于这一时代的研究一直是学界的一个焦点，吸引了众多的学者，也产生了一些重要的学术成果。由英国剑桥大学出版社出版的丛书《剑桥十九世纪文学与文化研究》，便是这一领域的突出成就。这套丛书目前已经成为国际学界有关维多利亚时代跨学科研究领域中最具权威的学术平台之一，研究内容广泛，参与学者众多，理论

---

① 转引自孟昭毅、李载道主编：《中国翻译文学史》，北京：北京大学出版社，2005年版，第80页。

视野位于前沿：在西方马克思主义、后殖民主义、女性主义、新历史主义、种族研究、生态批评、视觉艺术等研究领域，具有重要的引领作用，其中不少著作已经成为这些领域的经典之作。

这套大型丛书自1994年开始陆续出版，内容涉及维多利亚时代文学与文化研究的方方面面，至今已经出版一百三十多种，其中既有文学学科之内的宏观研究，如小说研究、诗歌研究、戏剧研究、翻译研究等，也有针对某一作家或某种思潮的专题研究，如对维多利亚时代的狄更斯、夏洛蒂·勃朗特、宪章派诗歌等个案或专题的研究，更有探究文学与其他学科关联与影响的跨学科研究。

个体作家研究中，以狄更斯为例，就有《狄更斯风格》(*Dickens's Style*)、《狄更斯与山庄女儿》(*Dickens and the Daughter of the House*)、《狄更斯与死亡事务》(*Dickens and the Business of Death*)、《狄更斯与大众激进想象》(*Dickens and the Popular Radical Imagination*)、《从狄更斯到德拉库拉：哥特式、经济学和维多利亚时代的小说》(*From Dickens to Dracula: Gothic, Economics, and Victorian Fiction*)、《狄更斯之后：阅读、改编和表演》(*After Dickens: Reading, Adaptation and Performance*)、《狄更斯、小说阅读和维多利亚时代的流行戏剧》(*Dickens, Novel Reading, and the Victorian Popular Theatre*)、《衰老、寿命和英国小说：从狄更斯到伍尔夫的老龄化问题》(*Aging, Duration, and the English Novel: Growing Old from Dickens to Woolf*)等多部著作。这些专著视角各异，观点新颖，批评方法独到，对于世界各国的狄更斯研究，无疑具有重要的引领价值。如在专著《狄更斯与山庄女儿》中，作者以女性主义的批评视野，研究狄更斯的《荒凉山庄》《远大前程》《双城记》《我们的共同朋友》等小说中的女儿形象。而且，在具体的研究过程中，能够结合狄更斯家庭生活的具体经历，尤其是对待女儿的态度。作者通过大量的文本分析，批判了狄更斯对女性并不友好的一面，认为狄更斯的小说"没有对女性自主权的某种绝对认同做出回应。狄更斯永远无法想象女性的权利；他想把每个美丽的女主人公都围在一个金色的花房里……"①

这套丛书中，还涉及不少翻译研究的著作。在英国维多利亚时代，文学翻译如同文学创作，取得了令人瞩目的成就。爱德华·菲茨杰拉德所翻译的《鲁拜集》更是其中的代表。《鲁拜集》甚至被视为英国民族文学的有机组成部分，在众多英国文学读本中，《鲁拜集》是其中重要的章节。菲茨杰拉德对文学翻译以及《鲁拜集》的传播所做出的贡献是难以估量的。海亚姆的《鲁拜集》面世七个半世纪以后，依然默默无闻，直至19世纪英国维多利亚时代的诗人菲茨杰拉德将其译成英文之后，《鲁拜集》的经典地位才得以确立，使得这部诗集广泛流传，在英国文坛产生了难以估量的影响。2009年，在菲茨杰拉德《鲁拜集》英译本出版一百五十周年的时候，英国《卫报》撰文说："《鲁拜集》的出版对维多利亚时代的英国来说，其重大的影响并不亚于同在1859年出版的达尔文的《物种起源》。"②菲茨杰拉德这种对原文的排列顺序重新调整之后所进行的翻译，使得意境、意象以及思想内涵等都发生了一定程度的改变，从而更适合于译入语读者的接受。经过再经典化的译作，也更适于吟咏和流传。

在翻译研究的专著中，安玛丽·德卢利（Annmarie Drury）所著的《维多利亚时代诗歌中的翻译转型》（*Translation as Transformation in Victorian Poetry*）就颇具特色，值得一读。该专著阐述维多利亚时代英国诗歌文化和翻译文化的动态作用与相互影响，展示维多利

---

① Hilary M. Schor. *Dickens and the Daughter of the House*. Cambridge: Cambridge University Press, 2004, p. 207.

② 此句引文出自2009年1月英国《卫报》所刊载的相关评论，见 http://www.theguardian.com/books/booksblog/2008/dec/29/poem-week-edward-fitzgerald。

亚时代的翻译对于世界文学发展进程的意义。其中，作者对爱德华·菲茨杰拉德翻译的《鲁拜集》做了重点研究。为了强调《鲁拜集》对英国维多利亚时代的影响，该书第四章的篇名为《〈鲁拜集〉及指南针》("The *Rubáiyát* and Its Compass")，她将《鲁拜集》的英文翻译上升到"指南针"的高度，强调《鲁拜集》的指导意义和影响范围，"追踪其他维多利亚时代的作家从菲茨杰拉德的翻译中所学习的复杂方式，并评估该翻译对后来读者的影响"。[①]菲茨杰拉德对《鲁拜集》的翻译，不仅促进了东西方文化交流，而且对于译入语国家的文学创作，也具有重要的启迪："波斯提供了一种异国情调的美，而英国的嫁接使其变得丰满和可行。"[②]这种表述无疑体现了翻译文化的根本宗旨。

不过，《剑桥十九世纪文学与文化研究》这套丛书中更具特色的是文学的跨文化研究以及跨学科研究，体现在文学与艺术、文学与心理学、文学与医学、文学与生态、文学与伦理、文学与法律、文学与经济等各个研究领域。在文学与艺术研究领域，有《十九世纪英国的文学和舞蹈：从简·奥斯汀到新女性》(*Literature and Dance in Nineteenth-Century Britain: Jane Austen to the New Woman*)；在文学与心理学研究领域，有《夏洛蒂·勃朗特与维多利亚时代的心理学》(*Charlotte Brontë and Victorian Psychology*)；在文学与医学研究领域，有《十九世纪英国的文学与医学》(*Literature and Medicine in Nineteenth-Century Britain*)；在文学与生态研究领域，有《维多利亚文学、能量和生态想象》(*Victorian Literature, Energy, and the Ecological Imagination*)；在文学与伦理研究领域，有《勃朗特姐妹与人类观

[①] Annmarie Drury. *Translation as Transformation in Victorian Poetry*. Cambridge: Cambridge University Press, 2015, p. 147.

[②] 同上。

念：科学、伦理和维多利亚时代想象》(*The Brontës and the Idea of the Human: Science, Ethics, and the Victorian Imagination*)；在文学与法律研究领域，有《维多利亚时代的法律、文学和神学中的证言和主张》(*Testimony and Advocacy in Victorian Law, Literature, and Theology*)；在文学与经济研究领域，有《乔治·艾略特与金钱：经济学、伦理学和文学》(*George Eliot and Money: Economics, Ethics and Literature*)。

这些研究领域中的文学跨学科研究，在丛书中得到了突出的体现和深入的探索。譬如，在文学与医学研究领域，《十九世纪英国的文学与医学》就颇具代表性。这部著作通过研究玛丽·雪莱、卡莱尔、勃朗特姐妹以及乔治·艾略特的小说，揭示文学和医学之间的复杂关系以及创造性交流。

这套丛书规模已经非常宏大，但似乎依然没有止步的迹象，还不断有新著面世，而且内容不断拓展，跨学科理念越来越强。譬如今年刚刚面世的由阿利斯泰尔·罗宾逊（Alistair Robinson）所著的《维多利亚时代的流浪者：十九世纪文学和文化中的流浪穷人形象》(*Vagrancy in the Victorian Age: Representing the Wandering Poor in Nineteenth-Century Literature and Culture*) 一书，便在贫困书写方面，为我国当下的"共同富裕"这一战略目标的必要性提供了一定程度的理论支撑，也为这一战略目标的实践途径提供了必要的参照。维多利亚时代的英国是在产业革命和对外经济侵略两个方面建立起来的帝国，显得尤为强盛，但是它并非歌舞升平、一派祥和，而是充满了动荡和苦难，而且两极分化极为严重，贫困无所不在。由于新济贫法也不能有效地应对社会贫困引发的危机，英国福利保障思想的产生和发展难以适应社会的现实状况，社会公平和"共同富裕"只能成为难以企及的"想象"。该书详尽地论述了查尔斯·狄更斯的《教堂钟声》(*The Chimes*)、查尔斯·金斯利的《动乱》(*Yeast*)、卢克·菲尔德斯的《休闲病房》(*The Casual Ward*) 和罗伯特·路易斯·史蒂文森的《退潮》(*The Ebb-Tide*) 中的贫困和流浪汉书写。这些流浪汉在城市里徘徊、在乡村游荡、在殖民地流浪。而且,作者也充分关注这一国家昌盛时期的流浪汉书写与中世纪文学传统的关联,认为:"维多利亚时代对流浪者的描写仍然依赖于从中世纪和现代早期继承下来的古老偏见和道德框架。"[①]

三

基于对英国维多利亚时代历史文化的深厚的学术积累,以及外国文学和历史学双重的学术背景,蔡玉辉教授独具慧眼,经过不懈的努力,主导了这套丛书的翻译工作。现在,《维多利亚文学、能量和生态想象》《维多利亚儿童文学中的进化与想象》《中国与维多利亚想象:缠绕的帝国》《鬼魂目击者、侦探和唯灵论者:维多利亚文学和科学中的视觉理论》《人口想象与十九世纪城市:巴黎、伦敦、纽约》这五部译著就要面世了,这是值得学界庆贺的大事。这套译著的出版,必将对我国外国文学、世界历史等相关学科对于英国维多利亚时代的研究,产生积极的学术影响。这些著作从名称来看,涉及英国维多利亚时代文学与视觉理论、社会政治、经济生活、性别研究、技术创新、生态环境等多个领域,是最具广泛意义和前沿意识的文学与文化的跨学科研究。而且,这套译著在一定程度上反映了我国对学术前沿的关注,选题中充分体现了中国学者的学术立场。

麦克杜菲的《维多利亚文学、能量和生态想象》,对维多利亚时

---

① Alistair Robinson. *Vagrancy in the Victorian Age: Representing the Wandering Poor in Nineteenth-Century Literature and Culture*. Cambridge: Cambridge University Press, 2022, p. 224.

代的狄更斯、罗斯金、史蒂文森等作家的作品做了别开生面的热力学叙事视角的解读，强调现代科学的重要作用在于使得大量的资源化为"能量"，为人类的发展而得到理智运用。联想到当下氢能源等清洁能源在现代社会的运用及其在碳中和方面的作用，以及我国经济社会发展的全面绿色转型，我们不能不敬佩维多利亚时代某些作家的先见之明。

斯特拉利的《维多利亚儿童文学中的进化与想象》，不同于其他儿童文学关注"成长"等问题，也没有像英国浪漫主义诗人华兹华斯所设想的那样，认为儿童比成人更贴近自然，而是更多从生理和伦理的视角展开研究，所关注的是儿童自然观以及进化教育等理念，从一个重要的方面丰富了儿童文学研究的内涵。

福曼所著的《中国与维多利亚想象》，这本书单是书名对于中国读者就具有极大的吸引力。对于维多利亚时代中英文化关系的研究，它无疑具有前沿性和挑战性。读罢全书，觉得该书具有丰富的史学意义，对于梳理维多利亚时代的中英关系，记忆中华民族所遭受的屈辱的历史，理解19世纪英国人在中国的生活和创作，认知西方作家以及西方学者心目中的中国形象，以及中国形象在西方的历史演变，都是具有史料价值的。当然，《中国与维多利亚想象》的作者声称：这是一部关于英国文学和文化的著作。从作者所列举的作品，尤其是学界较少关注的在香港、上海等地生活的英国人所创作的一些英文作品中，可以看到英国与中国之间的文化差异以及由此而引起的误解和隔阂。可见，从文学和文化的角度研究维多利亚时代中国和英国的关系，探究两国的多样性的接触以及文化异同，这无疑是一种具有突破性的创新。当然，由于作者思想上的局限性，其中的某些偏见也是不容忽略的。

斯马伊奇所著的《鬼魂目击者、侦探和唯灵论者：维多利亚文学和科学中的视觉理论》一书，是对学界较为忽略的维多利亚时代幻觉故事和侦探小说的叙事技巧所做的出色的专题研究。该著作的学术贡献在于关注文学作品中的超自然书写，而且这种超自然书写是基于科学精神的。这为我们理解柯南·道尔、柯林斯、司各特、霍奇森，以及爱伦·坡等许多作家的创作，都提供了新的参照。

　　《人口想象与十九世纪城市：巴黎、伦敦、纽约》探讨工业革命和城市化进程所带来的人口爆炸问题，尤其是人口爆炸以及城市化所带来的生态问题，譬如，野生动物在城市化进程中所遭受的捕杀，以及人类自身人口猛增所带来的资源匮乏等生态灾难。正如书中所提及的理查德·塞内特的担忧：伦敦人口暴增的必然结果是"大片荒凉的田地和无数破败的村庄"。[①]所有这些，对我们来说，都是难能可贵的前车之鉴。更使得我们深切地感受到，城市化进程与美丽乡村建设两者之间的不可忽略的辩证关系。其实，人口爆炸与人类的发展也是相对而言的。就具体人口而言，当古希腊自然哲学思想开始形成的时候，世界人口约为1亿左右（公元前10世纪到公元起始的整整一千年的时间里，世界人口只增长了一倍，从8 000万增长到1.6亿）；[②]在人文主义作为主要思潮的文艺复兴时期，世界人口为5亿左右；当西方浪漫主义作家热衷于"返回自然"的时候（被誉为英国浪漫主义文学开始之标志的华兹华斯和柯勒律治合著的《抒情歌谣集》出版于1798年），以及当马尔萨斯提出他著名的人口原理的时候（他的著作《人口原理》也于1798年出版），世界人口也不足10亿（于1804年达到10亿）；在各种现代主义文学思潮盛行

---

①　Nicholas Daly. *Demographic Imagination and the Nineteenth-Century City: Paris, London, New York*. Cambridge: Cambridge University Press, 2015, p. 1.

②　这一数据根据人口学家巴艾德统计，见[苏联] E. 弗洛夫：《人与自然：生态危机和社会进步》，王炎庠、赵瑞全译，北京：中国环境科学出版社，1986年版，第18页。

的世纪之交，人类以16亿人口进入了20世纪，并以25亿的世界人口跨过20世纪下半叶的门槛；尤其在1950年之后的当代社会，世界人口的发展异常迅猛，以60亿人口告别了经历过两次世界大战的20世纪,[①]进入了在影响的焦虑作用下的21世纪。然而，人类的发展也并非因人口爆炸而停滞不前，反而，出生率的下降将会极大地影响城市化进程以及人类的可持续发展。这一点，我们也是应当关注的。

据译丛主编蔡玉辉教授介绍，这套译著的组织和翻译出版，是安徽师范大学维多利亚文学与文化研究中心的重要学术规划。这确实是一项功德无量的翻译工程，是安徽师范大学外语学院为学界所做出的重要的学术贡献。从目前所完成的五部译著来看，团队成员付出了极大的艰辛。这一译者群体投入了数年的精力翻译这套译著。由于译著所涉及的内容囊括文学跨学科研究的多个领域，翻译具有一定的难度和挑战性。然而，他们知难而上，精益求精，译文既准确、严谨，又通晓、流畅，既体现了学术翻译的科学性，又融汇着文学翻译的艺术性。这是值得充分肯定和庆贺的。不过，在庆贺之余，企盼团队成员再接再厉，能够将这项工作坚持下去，在中英文化交流方面进一步搭建桥梁，为我国的学术繁荣，为人类命运共同体的建构，付出更大的努力，发挥更大的作用，做出更大的学术贡献。

吴　笛

2022年2月18日于浙江大学紫金港校区

---

① 根据有关人口资料，1500年的世界人口为5亿，而在20世纪，世界人口于1927年达到20亿，1960年达到30亿，1974年达到40亿，1987年达到50亿，1999年10月达到60亿。此处人口资料数据引自联合国的相关网站，见http://www.un.org/esa/population/publications/sixbillion/sixbilpart1.pdf。

致理查德·福曼

目 录

致　谢

我想感谢和怀念Dinshaw M. Burjorjee，以及Thomas K. Richards，很久以前，是他们引领我走上了这条学术之路。二十多年以来，Seth Koven给予了我超凡的指导和支持。

这本书起始于我在斯坦福大学的博士论文，得到了怀廷基金会和斯坦福大学欧洲研究中心的支持。我想感谢论文答辩委员会的成员：Regenia Gagnier、Hans Ulrich Gumbrecht、Joss Marsh和Mary Louise Pratt。我后来在新加坡国立大学进行了一学期的学术休假，受益匪浅。

很多同事和朋友给我提供了建议、反馈和支持，包括：Robert Aguirre、Brenda Assael、Aaron Balick、Elizabeth Chang、Joseph Childers、Nir Cohen、Suzanne Daly、Gillian Gane、Pamela Gilbert、Robbie Goh、Arvind Gopinath、Philip Holden、Neil Hultgren、Kali Israel、Stephanie Jones、Julia Kuehn、Chuen-yen Lau、Kittiya Lee、Pericles Lewis、Ian MacDonald、Diana Maltz、Wen-chin Ouyang、David Porter、Ranka Primorac、Tania Roy、Chitra Sankaran、Cannon Schmitt、Marci Shore、James Stone、Christopher Waters、John Whalen-Bridge和Sarah Willburn。

我还要特别感谢Jesus Fernandez Garrido和Judith Calica，还有Gail Forman，他们在我小时候给我读维多利亚时代的小说，而且帮助校对了这本书的部分章节。

此书第三章曾刊于 *Victorian Literature and Culture* 27.1（1999）：19—48；第二章初稿曾刊于 *Criticism* 46.4（2004）：533—574。感谢韦恩州立大学出版社允许我将这些内容收录于此书中。

ix

引 言
颠倒的英国和中国

如同欧洲当时的情况，19世纪的中国孕育着变化和预言。这个世纪见证了西方革新坚定地侵蚀这个两千多年里未曾改变的文明……事实上，尽管大体上本土保守主义坚固且不可渗透，但机警的中国人在离开内陆家园时，无不意识到中华帝国的范围内正在发生着不可抗拒的入侵，除非灭绝外国人并消除任何朝向外来事物的转变，否则永远不能退回到从前。

朱利安·克洛斯基，《总税务司：北京的风流韵事》（1900）[1]

如果中国人能在自己的国度与我们的工匠竞争，那么，尽管他们在智力和力量上存在劣势，却能在自己的土地上受到鼓励和教导，以达到和外国对手旗鼓相当的水平，并且他们要求的报酬更低，这样还有什么是他们不能达成的？现在，这些中国人来到英国，事态进一步发展。当劳工和制造阶级发现自己长时间的流离失所是由他们鄙视的中国人造成的，他们不应感到奇怪，这些务实且勤劳的中国人已将他们远远甩开。

瓦尔特·亨利·麦华陀，《在遥远中国的外国人》（1872）[2]

想象的可能性

情景一：1905年，香港——位于中国边境的英国前哨站。英商在亚洲开办的大印书馆别发洋行出版了笔名为"贝蒂"的作者创作的《截获的信件：对香港社会的温和讽刺》一书。作者是一位居住在香港的英国女性，她的信件最早出现在当地的英文日报《德臣西报》上。信件集的最后是一封来自未来的信：她的孙女"贝蒂三世"以身处1960年的视角回信，记录了她对"祖母"度过青春的那个地方的印象。如同托马斯·麦考利笔下的新西兰人审视他从未去过的伦敦一样，贝蒂三世设想的香港与苏丝黄的世界相去甚远，也与成为另一股全球势力之金融中心的殖民地截然不同。她在电报中解释，她所认为的香港是"为英国人谋求利益的，而香港这个棕榈树之地可能被误认为是一个管治良好的英国的郡"。³多亏有了伦敦至九龙的单轨铁路，贝蒂三世来到了香港。她乘坐时速超过二百英里的列车，从查令十字街出发，穿越了英吉利海峡隧道，花费五十个小时从宗主国抵达其最东端的直辖殖民地。

贝蒂的预估是错误的。香港注定不会成为珠江三角洲上的英国。尽管严重误读了香港和中英关系的未来，她却提供了珍贵的指南，重现了维多利亚人想象里的中国以及他们在其中所处的位置。她的书强调了维多利亚时代的观点，即在某种程度上，中国将持续与全球帝国主义的未来和成功紧密相连。它暗示帝国将建立起一个世界范围的网络：中国、印度、日本、非洲、澳大拉西亚和美洲组成一个充满差异却相互交织的系统。它将帝国延伸扩展至印度以外很远的区域；九龙，而不是加尔各答，成为这条单轨铁路的终点。贝蒂的书本身由一家设在中国的英国出版公司（在上海、横滨、新加坡等地设有办事处）出品，以日报形式出版，满足了远离家乡的殖民者的阅读需要。这表明帝国内以及有关帝国的文学创作的复杂性：众多且分散的出版发行渠道，在特定地点、某些区域和帝国范围内的潜在发行量，以及这些作品既强调本地话题又连接起帝国主义需要的更大的治理结构的能力。

情景二：1898 年。在西方关于帝国未来的讨论中，中国占据最重要的部分：帝国将扩张还是收缩？它从道义上讲是正当的还是沦丧的？英国与其竞争国之间的力量平衡会保持稳定吗？还是说，亚洲和非洲的新现实会改变英国在这些地区的优势？具体来说，因在中国和周边地区推行"门户开放"政策的失利，英国的贸易和海军在东方的霸权受到了威胁。日本已侵略朝鲜，俄国夺得旅顺港，美国正在为控制菲律宾而战斗，德国正在青岛建立军事基地。长江流域地区很可能引发列强的争夺；分割中国的可能性愈发凸显，引发了英国公众的想象。[4]

2

在大不列颠联合商会的赞助下，担任维多利亚女王助理和国会议员的海军上将查尔斯·贝雷斯福德爵士，游历了中国。[5]稍后在1899 年，他将其撰写的报告出版成书，书名为《中国的分裂》。在"瓜分"中国的呼声愈演愈烈的同时，进行中的南非战事也引发了英国民众的关注，在此情况下，贝雷斯福德认为，"维持中国人的帝国是盎格鲁-撒克逊人利益和荣誉的关键"。[6]这也是英国政府的观点：不允许中华帝国崩塌。英国的目标是支撑住清王朝，以保护维多利亚政府在这一地区的政治和经济利益，但最好避免更直接的干预。贝雷斯福德告诉中国官员："英国商业界，乃至全体英国人民最不希望看到的，就是大英帝国在领土、势力范围或保护国的形式上有任何扩张。"（13）他进一步预测，若中国崩塌，将可能引发世界大战。

与贝蒂不同,贝雷斯福德的观点几乎都是对的。中国并未分裂,英国也没有积极去扩大自己在干涉中国事务中的作用。义和团运动发生在1900年的夏天,这场组织松散的反洋运动起到了关键的作用。在发生冲突的那个夏天,首都的大量西方人被迫藏身于英国公使馆,直到军队前来解围。解救行动包括侵略华北地区和开展深度的外交干预,这使得中国的统治者们不得不逃离北京的宫殿。但入侵军是国际部队,包括美国和日本军队,而相对较晚加入的德国、意大利和俄国则没能利用这次运动来扩大它们在中国的势力范围。一个更强大的英美联盟就此形成;在西方观察者看来,清王朝一直步履蹒跚,直到1912年中华民国取而代之。

在以上两个情景中,贝蒂和贝雷斯福德分别表达了英国与中国关系发展的不同可能性。两种不同看法正好强调了托马斯·理查兹的观点,即大英帝国是在漫长的19世纪中"集体主义即兴创作的一个产物"。[7]贝雷斯福德提出,在竭力维持中国内部不稳定的现状时,亟须小心谨慎。他反对直接迫使中国割让领土,赞成军事化协助,以确保英国控制超过百分之六十四的"中国全部的对外贸易"(13)。与此同时,在贝蒂设想的未来中,英国能将中国人改造成黄皮肤的英国人。她预见了一个世界,殖民地在本质上已经融入宗主国。这两位作家帮助我们重新发现中国之于维多利亚人的重要性和可能性,并且让我们感受到,在那个世纪之交,中国与英国帝国主义的关系总体上仍然是不确定的。

缠绕的帝国

通过文章及论证,贝蒂和贝雷斯福德向我们展现出维多利亚时代的每个英国人都认为是理所当然的事,即意识到他们的帝国与其他帝国相互联系,现代帝国并非独立存在,而是错综复杂地相互联系在一起。19世纪晚期,人们普遍认为,大英帝国并非一个庞大的、地理上分散的地点的集合,这些地点也没有通过与一个假定祖国的联系来定义自己。相反,维多利亚人及其对话者们知道,大英帝国是从众多地缘政治的竞争对手中脱颖而出的,帝国的形成源于欧洲各国以及众多非欧洲国家间的竞争与合作,源于不同文明和世界不同地区知识系统的结合。例如,他们清楚地知道,默默无闻的克里米亚半岛实则十分重要,因为它是汇聚了俄国、土耳其及大英帝国间紧张关系的焦点地区。惨痛的经历让他们学会不要低估像南非祖鲁族这样有抱负的群体。他们也知道,有必要建设和运行其他主权国家的基础设施,发挥其强大的象征、思想甚至文化的力量,如同他们在巴西所实行的那样(巴西在1889年前本身就一直是一个“帝国”)。

　　我给这本书加了个副标题“缠绕的帝国”,是因为“缠绕”一词强调:我将英国文本中塑造的中国和中国人,作为研究英国和世界其他部分互动这一更大模式的案例,这种研究方法具有三个基础方面。第一,这个词让人联想起玫瑰和荆棘这类植物缠绕或扭曲在一起的意象,伴有各种蕴含共生和潜在寄生的含义。它准确定义了帝国之间相互适应和构想的方式;互动对生存是必要的,且可能带来破坏。它也恰当地描绘出帝国的两面性,通过英国人在海外和本国的社区加以体现,本书会介绍二者间的相互联系。第二,“缠绕”意味着环绕或拥抱,再次如玫瑰和荆棘一般。跨文化间的亲密关系及其表现方式是我研究的重点对象。因此,“缠绕”是一个恰当的隐喻,以强调众所周知的个人和政治跨越文化和地理空间的融合。

　　第三点即最后一点,“缠绕”(entwined)令人想起它在词源学上“成双”(twin)或“两位”(two)的含义。它指向多个相互关联和相

4

互构成的代理概念。这个词的使用强调了我的论点，即中国人和中国在英国文学中表现为想象的人物及文本对象，正是因为他们是跨越整个大英帝国的重要社会行动者——从德兰士瓦的矿山，到伦敦莱姆豪斯臭名昭著的鸦片馆，再到上海的公共租界。"缠绕"因此意味着一种相互依赖的伙伴关系，虽然它暗示了一种不平等的或者较隐晦的关系，却能扩大我们的帝国视野，超越殖民者和被殖民者、自我和他者的传统范式。"缠绕"从而打破了自上而下的或中心论的帝国主义及其文学创作，强调了帝国的话语是内部和外部参与者进行的对话。

我承认，提出英国和中国在某些方面成双成对，是具有潜在问题的。第一，它可能会导致一些读者认为本书将并置英国和中国的文本，然而《中国与维多利亚想象》显然是关于英国文学和文化的作品。第二，它可能表明英国和中国这两个单一的庞大体系是相互矛盾的，而我重点强调的是如植物卷须般的交错关系，每个部分能联系到其他部分。但是，这本书真正介入讨论的是多元化的帝国主义，它展示英国人如何通过与地理空间上名为"中国"的地方以及认同此空间的民族进行交流，以不断调整英国人的不同帝国主义版本。[8]

事实上，"缠绕的帝国"对于英国和中国意味着什么？当看到"缠绕的帝国"时，我们会如何理解帝国文学创作？这些问题的答案涉及从几个方面重新确定帝国主义文学研究的方向。

1. 它要求我们扩展或改变了解19世纪英国帝国主义的方式。一旦我们接受"缠绕的帝国"的概念，我们就可以采用新鲜的眼光回归到以往关于帝国主义各种各样的争论，主要是有关"非正式的"帝国主义、商业帝国主义和超帝国主义。有两点可以将非正式的帝国主义与20世纪50年代和60年代的依赖性争论区别开来。

第一，我的镜头对准文学和文化研究，这意味着我的重点是话语和
修辞，而不是经济基础。第二，本研究采用当前的方法论工具来思　　5
考全球化和历史编纂，使非正式的帝国主义成为地缘政治范畴的一
部分，强调文化和社会互动方式的多样性。以这种方式重新审视非
正式的帝国主义，也允许我重新提出"大英国"的概念，这一概念为
维多利亚人提供了一个有意义的标题，他们可将超越正式帝国主义
掌握的各种联系和影响归至此标题下。

　　2. 本研究对当前关于帝国主义和文学创作的批判性辩论的一
个关键干预是，直接比较殖民地领域的文学创作和在英国的相关
创作。通过记录在东亚的英语作品令人惊讶的和充满活力的出版
场景，本研究认为，在海外出版作品的英国人以不同方式理解他们
与"东道主"环境和帝国主义未来的关系，不同的出版模式也表明
了帝国主义运作的显著地方特征和帝国政策应用间的不平衡关系。
该研究还调查了当地的创作如何比宗主国的创作更有自我意识，
或者，更直接地说，是什么样的环境引发了后来在乔治·奥威尔的
《猎象记》（1936）[9]等作品中明显出现的那种自我意识和伦理困境。
尽管欧亚混血和其他多血统群体的声音不是特别突出，但在殖民
地，男人尤其会公开宣布自己的异族通婚。这一现象在宗主国被掩
盖了，正如"黄祸"作者 M. P. 希尔的例子所示。西印度裔和混血儿
的身份，既不会阻碍他塑造典型的帝国英雄，也不会阻碍他利用令
人不安的亚洲人的刻板印象。

　　3. 这项研究重新定位东方主义，不仅将其扩展至中国，而且将
东西方重建为一个复杂的、缠绕的帝国的网络。基于刘禾等学者
的工作，本研究提出了一些根本性的问题：英国人是如何在亚洲舞
台上定义主权的？以及他们如何置身于这样一个社会？他们非常
清楚，在那里他们被对话者们认定为野蛮人。[10]更重要的是，这项

研究着眼于在中国和有关中国的文学创作，以了解中国在一片连续的"东方"空间里的功能，正像贝蒂的单轨铁路连接着中东、印度、

6　东南亚和东亚（它定义了可比性和臣服性，但没有认定这些对象是具有相同意义的）。尤其是中国，它有助于打破帝国主义话语只是把自己投射到另一个空间的假设。例如，英国作家意识到他们在中国的边缘地位，纠正了以下观点：东方主义仅仅提供了一个幻想形象，预先准备好如何应对他们将遇到的景观、人物和文化系统。此外，他们所遇到的许多明显的"文明"性质——建筑环境、考试制度等——使得简单的等级划分成为不可能。

4. 最重要的是，研究"缠绕的帝国"强调，需分解一个统一的"东方"概念。这样做可以让我准确地区分出帝国文学处理正式和非正式帝国空间的方式的异同点。这让我能够分离出一种方式，使得这些作家能够比较他们自己所经历的不同殖民地空间（通常是印度和中国，但也包含非洲）。并且让我能找到一种方式，在这种方式中，文学强调的是可能性，而不是控制。因此，恢复中国在英国的帝国想象中的地位，就坚决要求观察维多利亚人所看到的东方主义——作为一个不断发展的、不稳定的、有时与意识形态不一致的手段，来应对他们在亚洲及其以外的地位变化。

这个项目酝酿已久。20世纪90年代，我作为博士生开始研究这份素材时，从文学和文化的角度来看，几乎没有关于中国和维多利亚人关系的研究著作。而在过去五年里，学界爆发了对此研究的兴趣。由于显而易见的原因，许多关于这个主题的最新出版物并未出现在此书中，但我希望这本书能让读者了解到现在正在进行的关于这个主题的生动对话。世界文学概念的出现及其建议重新调整跨文化和跨时代阅读的观念，是值得一提的另一项发展。我在方法论上的兴趣比起戴维·达姆罗什和佛朗哥·莫雷蒂等人更具历史

性,但我的方法和他们的方法之间有重要的协同作用,表现在强调流通与地点改变文学和文学接受的方式方面。

概述:为什么是中国和中国人?

中国是19世纪时世界上不受欧洲直接控制的最大的国家,它引起了本土和海外英国人的极大兴趣。评论家们坚持认为(这个观点在今天依然存在),中国和中国人是未经开发的,潜在的,交换商品、思想、宗教和劳动力的巨大市场。两次鸦片战争后不久,中国贸易约占英属印度出口经济的三分之一。19世纪末,弗里德里希·恩格斯认为,中国是抵抗资本主义崩溃的潜在堡垒。“通过商贸开放,可以带给英国商业短暂复兴繁荣的最后一个新市场,就是中国。”[11]中国被认为是一个几乎拥有无限可能的地方;中国被大肆吹嘘的孤立主义,普遍为维多利亚人所认同,引人猜测“竹幕”背后究竟掩藏着什么。

中国和中国人激发了一大批文学创作,维多利亚人认为,中国是一个潜在的巨大且无限的档案库。从长篇小说、短篇故事、冒险小说到诗歌、游记和传教士的福音册子,以及“洋中国”飞地中出版的期刊,这类创作因其庞大的数量(它表明了帝国档案的志向)和其创作者的多样性而引人注目。从困在孤单“外港”中无聊的妻子以及海关官员,到像詹姆斯·达尔齐尔这样的水手,再到 G. A. 亨蒂这类知名的冒险小说作家,每一个与中国接触的人心里似乎都有一个他们认为不得不记录在册的评价。这并非偶然,在《截获的信件》的开头,贝蒂形容香港是“世界上规模最大的文学工作坊”(26);她的这一观察也适用于中国的其他焦点地区,尤其是上海,它是欧洲人待在中国的中心。

　　本书由六章组成，并非主要考察维多利亚时代的人们对中国和中国人的看法。相反，我关注的是英国呈现所有中国事物时，常常重叠的三个方面：中国和居住在此的中国人的故事；表达中国人担心英国和殖民地空间的存在或潜在入侵可能造成性或生理上的威胁的作品；有关中国的人、物品和食物在英国（尤其是伦敦）的奇特景象的文本。该书的第一部分涵盖了在通商口岸和香港创作的文学作品，以及有关这些地点的文学作品。这一部分的两个章节提供了在中国沿海地区创作的英语作品的案例研究，讨论了英国作家如何向在宗主国的读者们描绘中国的物质文化。第二部分讨论了中国人的文学作品如何记叙有关英国与"中央王国"（即中国）之间关系的政治事件。包含的两个章节分别分析了针对义和团运动的小说，以及以亚洲入侵英国和整个帝国为主题的小说。本书最后一部分描绘了宗主国对中国的印象，分析有关华人社区的文学作品与维多利亚时代舞台上对中国和中国人的戏剧呈现。

　　《中国与维多利亚想象》研究了两种类型的故事。一组来自帝国中心，由伦敦或爱丁堡的主要出版公司出版发行。另一组来自中国，由当地英国公司出版，例如别发洋行、英语日报的办事处和东方报业集团。本书的一个目标是展示中国的英语文学作品，并将其创作与流通的文学和物质条件跟在宗主国的文学创作进行对比（并且在较小范围内，与其他殖民地进行比较，如澳大利亚）。研究涵盖的文本丰富，这些文本由"在异乡中国的"英国人创作，并且在中国出版，由此研究揭示了文学制造的不同模式，它明显区别于宗主国内以及由宗主国主导的文学传播：女性作家获得更为突出的地位，并且摒弃了像亨蒂一样的冒险作家所支持的帝国拼图模型。研究还揭示了不同的消费模式，即成功的和具备竞争力的作品将当地人设为明确的读者群，以促进市场。这种文学的消费和分配也可能是区域性的（例如，印度和"洋"中国之间的作品的传播），因此强调由航海路线或者在"帝国"内的共同体验连接起来的不同读者群超越了中心—边缘模式——因而与宗主国间的遥远距离将它们联系在了一起。

外国人在中国的人数很少，而且实际上几乎没有中国本土读者（与印度的情况不同），这给了英国作家一定的空间来描述当地居民。首先这意味着，他们的创作相对来说是免责的。凯瑟琳·霍尔谈及詹姆斯·默塞尔·菲利波和他的作品《牙买加：过去和现在的状态》（1843）时所讨论的解放黑人的反作用，在这里似乎从来没有发生过。[12]然而，由那些居住在"遥远的东方"的英国男男女女创作的故事，突出了英国实地与中国接触时的特殊性；处理诸如通婚、"本土化"、极端的文化差异时，比起身在宗主国的同行，这些作家怀有更大的同情心和细腻感，而前者更普遍地寻求将中国纳入他们宏伟的帝国计划，从而消除或抹平地方的特色，塑造出中国佬的"类型形象"，如海盗、神秘的仆人或邪恶的坏人。

比起宗主国的同行，居住在中国的作家通常更加怀疑维多利亚时代后期"争夺中国"所带来的好处。伴随着欧洲大国之间的竞争日趋激烈，1898年美国在该地区的影响力的增长（美国吞并夏威夷以及在美西战争胜利后取得了西班牙移交过来的这一区域的殖民地），以及日本在中国的台湾、东北地区和朝鲜推行的殖民计划，这一切更加剧了这种怀疑。

为什么中国很重要

当英国巩固了对印度次大陆和非洲的控制，中国非但没有黯然失色，反而在整个19世纪和20世纪初一直受到公众的关注。罗伯特·马克利在17世纪和18世纪所指出的情况，到了19世纪末依然正确："在西欧，没有一个有文化的男人或女人会不知道英国和中国的相对领土大小、财富和自然资源……中国已经成为各个领域竞争和投机的重要场所。"[13] 当然，在19世纪和20世纪初，与中国相关的话语由于帝国形势的转变而发生了变化：鸦片现在可以与瓷器相媲美，成为"中国性"的象征。这种话语的重要性从根本上只会进一步加强。即便采用最公然直接的实证主义方法，统计在精英和大众杂志中涉及中国方方面面的文章数量，也足以质疑伯纳德·波特最近的论断，他认为在维多利亚女王统治期内，英国国内文化几乎没有受到英国新的全球扩张野心的影响。[14]

这本书让我们回到维多利亚时代的世界观，在这种世界观中，印度虽然至关重要，但并不是英国人对其全球角色自我认知的唯一焦点。本书恢复了一种常识：在英国更广泛的商业帝国范围内，需要考虑南非、印度、西印度群岛以及帝国进行正式活动的其他地方。通过扩大我们对19世纪帝国主义构成的调查范围，我们可以去观察其他类型的帝国主义如何蓬勃发展，以及它们产生了哪些其他形式的叙事。一个比较的"缠绕的"视角也避免了从后果阅读帝国这种潜在的时代错置的方法，取而代之的是一种恢复潜力和动力的方10 式，它在漫长的19世纪过程中激励了各行各业的英国人——从贸易商和制造商到传教士和官僚。

我并非没有意识到，为了更好地理解维多利亚时代的思想，将读者投入维多利亚时代的思维框架，在方法论上存在危险。这种做法可能会促进安德烈·冈德·弗兰克所批评的那种以欧洲为中心的史学，而不是强调欧洲如何"从亚洲在世界经济中的主导地位获利"，以及"爬到亚洲的背上，然后暂时站在亚洲的肩膀上"。[15] 但是，19世纪文档中产生了大量的例子，显示维多利亚人也认识到亚洲,特别是中国对世界经济的重要性——有时是威胁,有时是机会——以及他们自身在中国的行为所带来的偶然性。处于茶叶和鸦片贸易之核心的"贸易失衡",引发了英国在中国最初的军事干预行动,并引发了对两者动态关系的关注。同时,还有一种强调中国闭关锁国政策的修辞,刻意忽视在欧洲帝国主义的空隙中发展出的区域贸易的巨大网络,以及中国在东南亚的历史角色,英国、法国、荷兰和美国的帝国主义和重商主义在这一时期的东南亚地区都十分活跃。弗兰克认为,马克思关于中国的讨论强调了东方的颓废和一个静态的亚洲的生产方式,"这只不过是他与其他欧洲中心主义思想家发挥想象力的一个例子,并没有历史现实的基础"(15)。然而,从另一个角度来看,他们实际上是通过压制在亚洲的英国人(而非在本国的英国人)对该地区的经济、贸易、农业政策、教育制度等方面的言论,来实现历史合法性。

在另一个层面上,我使用了那个时期的一些语言。我把中国称为"天朝"(这是因为中国君主被认为是"天子"),并且称中国人是"天朝人"。我也使用了"中央王国",这一词语在漫长的19世纪中是"中国"的通用翻译,同时,我也用了较为罕见的"花国"一词。在使用这些术语时,我可能会被指责复制了我试图解读的东方学。然而,不使用这些词会造成问题,这样做会完全清除与中国的名字相关的维多利亚人的观念。同样,我只在叙事环境下使用"中国佬"这个词。我的目的是平衡,不因为需要保持合适的评论距离而擦除历史材料。

正如罗伯特·D. 阿吉雷所指出的,帝国的势力范围总是超出它的掌控,[16]但中国的例子表明,只有回顾过去,才能清楚地说明这一点。维多利亚人自己也不确定这种掌控的最终极限是什么。中国从未正式成为大英帝国的一部分,这使我们渐渐淡忘了它的存 11

在。中国并没有像印度、澳大利亚、非洲、加勒比地区和19世纪英国感兴趣的其他地区那样，贡献大量以英语为母语的作家和学者，这也使我们忽视了中国与维多利亚时代社会的关联。而恢复中国在19世纪世界观中的历史地位，必然会提高我们对后殖民主义批评家迄今集中精力研究的领域的理解，因为这迫使我们将当前霸权主义话语的概念与它的替代品放在一起。中国绝对是帝国拼图中缺失的一块，但像拼图一样，其意义在于帮助我们完成整幅作品。或者使用不同的比喻：研究中国能帮助我们识别英国与其散布在各地的帝国前哨间的纽带。

因此，这项研究将印度重新定位为更广泛的地图的一部分，其中正式和非正式的帝国是相互关联的，并被视作同时代的相互建构。它重建了维多利亚版本的"中印大同"(Chindia)和金砖国家，这些由今天经济学家创建的概念，强调了"发展中的"世界中各地之间的忠诚关系。[17]它也提醒我们，中国没有并入大英帝国的历史与印度的最终并入形成对比：在整个19世纪，英国人能够吞并次大陆的连续地区；虽然他们通过香港和通商口岸在中国建立起小据点，却无法类似地进一步吞并中国。英国成功地在其中一个地方拉拢了当地的领导人——印度王子；但在远东竟然没有成功达成相同的目的。送去第二次鸦片战争的船只如果没有转移去打击所谓的1857年印度兵变，[18]情况将大不相同。即使在"印度士兵起义"之后，《每日电讯报》依旧发表了对鸦片战争的评论："我们可以保留广州，就像我们拥有加尔各答一样，让它成为我们的超东方贸易中心，它可以弥补俄罗斯对帝国的鞑靼边疆造成的影响，并奠定一个新的统治基础。"[19]

为什么这一远东帝国的承诺从未真正实现？为了回答这个问题，我采用了"大英国"这一有用的概念，这是由查尔斯·温特沃

斯·迪尔克于19世纪中叶创立的概念，它被广泛（且以不同方式）
应用于整个时期。这个词有时与高度帝国主义和扩张主义的种族
主义哲学联系在一起，但我绝不是赞同创造这个概念的人的帝国
主义观点。我并非建议将它视作帝国系统的美德，我也不是要提
供另一个版本的尼尔·弗格森的巨人或"英国全球化"。相反，我 12
重构维多利亚人所观察到的知识的效用，如同迪尔克指出的那样，
它是一种描述松散的帝国形式的方法，而不暗示其在正式的殖民
化过程中的方式。对于迪尔克来说，大英国的概念是"解开陌生
新土地上隐藏着的东西的关键"；英国"民族"在全球形成了一条
腰带，很像贝蒂的单轨铁路，传播了英国的制度和风俗。[20]因此，
作为一个概念，"大英国"关注的是从属关系和亲密关系，而不是
权力的正式结构；这既有助于解释中国融入殖民想象的必要性，
也有助于解释为什么这种想象在那个世纪末被重塑为英美或"盎
格鲁-撒克逊"联盟。最重要的是，它赋予帝国主义必要的弹性，
以涵盖维多利亚时代关于中国的各种、有时是相互矛盾的论述，并
且帮助我们理解一种领导的言辞如何可能比统治和领土控制显得
更为重要。

我一直在证明"缠绕的帝国"让我们看到英国与东方接触的
多样性，同时追踪位于"大英国"保护伞下的不同帝国前哨基地之
间的联系，尽管它们在语言和文化上存在着巨大差异。洋泾浜就是
这些过程中产生的一个实际例子，它是海洋帝国的语言，源于英国
与中国的接触。洋泾浜最初是西方人和中国人之间的一种桥梁语
言，后来逐渐形成了自己的跨国的生命，以至于英国的评论人士声
称，来自中国不同地区的人甚至用它来进行交流。[21]这一异乎寻常
的方言，因其简易，迅速地在东方蔓延开来，以至于理查德·伯顿
爵士认为，它会在不远的将来成为全球的通用语——这一论断出现

在1889年出版的词典《俚语、行话，英国、美国、英属印度俚语，洋泾浜、修理工行话和其他不规则用语》中。[22] 洋泾浜据说是英语单词"商业"的误用，它定义了沟通和交流的网络，打破了国家的典型民族和语言界限，重申了英国融合品质，以及帝国在亚洲的活动。洋泾浜强调，经济是语言、文化和文学创作的驱动力之一。

这本书的目的之一也是说明，"中国"的概念如何以及为何为帝国各种更广泛的担忧提供了一个重要的共鸣板。对英国人来说，中国履行这一职能最明显的方式就建立在一种对立的概念上——中国是英国的颠倒，中国是在地球上与英国"相对"的一面，从地球这端的英国，可以一直挖通到达另一端的中国。然而，更多时候，这些论述更加微妙。英国人被迫承认，有时候中国与其存在竞争关系，他们正在积极地试图掌控、分类或以其他方式控制那里的人和文化。通过与中国的接触，英国人遇到了种种限制，并经受了治理体系的考验（比如以英国建立的中国海关为象征）。[23] 种族是限制之一，特别是它在19世纪末被概念化了。作为一名也在研究巴西的学者，我的想法来自对拉丁美洲的研究，在那里，黑人和白人阵营之间的中间身份在历史上比阵营的两极更为重要。我用这些见解来证明，在维多利亚时代，英国的种族作为一个类别，比关于帝国其他地区的研究所显示的更具流动性。由此我们可以察觉到，比起印度的例子，英国版本的各式通婚和混血，持续时间更长且出现频率更高。

对中国的研究使我得出了几条理解种族和族裔的重要结论：第一，只有双方都相信白人权力的合法性，混血才能是一个抵制或拉拢白人权力的策略。有关中国的小说表明，英国人意识到当地人民绝不会接纳他们的种族等级感（和他们在社会阶梯顶部的地位）。中国对外国人的鄙视是这些文学作品的主要内容，突出了英国对自己文明状态的看法的不稳定性。而且,像相对缺乏体毛这样的特征,虽常被用来将中国人女性化为非规范的个体,但同时也是中国人所认可的自身相对优越于"长毛野人"的特征。

第二,有关中国的故事仍在以积极的方式讨论纳妾和其他类型的英国男性与当地女性之间的关系,而这些关系在英属印度早已被正式禁止。中国海关是官方的中国组织,而不是欧洲组织,这一事实也许解释了这种区别。无论如何,小说中充满了这样的例子,比如艾丽西亚·比伊克(阿奇博尔德·立德夫人)1896年的小说《中国婚事》:书中把这些关系视为既定的,而没有像印度或非洲的类似故事那样,喋喋不休地谈论这种行为的道德地位。在这部小说中,主角克劳德·福蒂斯丘的非法欧亚混血儿被他的英国妻子收养,最终被送到剑桥。[24]

14

第三,有关中国的故事经常发展出一种相互仇外的概念,这种概念的基础是中国人也排斥外国人的信念——"黄祸"和长城支持了这种信念。中国人形容英国人像"长毛野人"和"洋鬼子"("番鬼"),英国人称呼中国人为"黄色魔鬼",这折射出一种对立且互不吸引的情绪。因此,混血儿"因同时像东方人和西方人而被鄙视"。[25]在印度的欧亚混血儿也有类似的地位,但对这个群体的描述通常集中在他们希望被殖民者接受的愿望上,而不是他们在印度人身上激起的仇恨。而相互仇外心理一方面可以说是强化了东西方之间不可调和的差异观念;另一方面,它还表明了对欧洲入侵的一种强有力的抵抗,对非欧洲人自己造成的接触施加了限制。

最后,这些故事表明,中国人在自己的国度和移民到英国或其殖民地时,受到了完全不同的待遇。在中国,他们被认为是半开化种族,是易于改善的(对比非洲人而言),是"全民皆商"的商业民族、长期输出劳动力的民族,等等。在后一种情况下,小说作家们特别采用了退化的比喻，用亚洲内部混血的不稳定、动物般的过度繁殖等，来妖魔化中国人在经济和种族上的威胁。简而言之，他们只看到麦华陀在上述引语中提到的中国威胁论，而没有看到中国的潜能。

种族并不是唯一的问题，与中国和中国人的互动鼓励英国作家重新思考帝国的假设。中国政府坚定抵抗阿尔比恩的"自由贸易"政策，即使是面对猖獗的炮舰外交，中国人依然对西方商品缺乏兴趣，并且伴随着19世纪逐渐展开，中国人对西方现代性也持怀疑态度，例如，对铁路这一形式，这使得英国人感到困惑。中国的流行形象是在时间和空间上落后的国家，这不能回答为什么在世界其他地方有效的战术却唯独在中国行不通，或者为什么中国能够坚持自我意志，而其他非欧洲社会都无法做到。此外，抵抗外国在中国的存在——特别是针对传教士和后来的外交官，如爆发的义和团运动——激发了对帝国基督教教化使命的评估，外交保护和治外法权的概念，以及贸易经营文明的设想。

同时，与中国的接触通过"黄祸"观念的折射，给了大英帝国一个外显化内部威胁（例如印度起义、东欧犹太人移民以及在英布战争中的颜面尽失）的机制，这些威胁得以明确性别化，并引入了熟悉的帝国力量作为男性权威。因此，中国成为一个同时易受英国操纵（特别是在经济方面）和逃避英国影响（特别是在社会方面）的帝国对手。

本书的另一个目的是，引导我们理解在鸦片问题以外，维多利亚人对中国和中国人的看法。如果说我在本书中的一个关键目标是多元化帝国主义，那也意味着多元化对中国及其人民的呈现方式。这意味着关注英国人与中国和中国人产生的物质层面的、实际的交流，以及有关这些互动的文学描述。伴随着漫长的19世纪的推进，鸦片对大英帝国的经济重要性越来越小，而中国劳动力的迁徙却愈发重要。然而鸦片一直占据关于中国和维多利亚人的文学研究。为什么？该话题引起批评家的关注是由于众多相关经典作品和权威文章，如托马斯·德·昆西的《一个英国鸦片吸食者的自白》（1822；1856）、查尔斯·狄更斯的《艾德温·德鲁德之谜》（1870）和奥斯卡·王尔德的《道林·格雷的画像》（1892）。[26]这些对伦敦为数不多的鸦片烟馆的形象再现，暗示了宗主国已被这种原始材料和要求审查的批评评论占据注意。夏因·菲斯克的文章《东方主义再思考：19世纪文学和维多利亚研究中的中国和中国人》（2011）[27]是一个恰当的例子。她从讨论《艾德温·德鲁德之谜》开始，概述了"维多利亚和东方学研究的重要子领域"（215）。

　　文学研究表达了对鸦片的焦虑，这一点十分重要，但我想探究对鸦片的关注是否掩盖了什么。我通过广泛调查一手材料，提出鸦片不一定是英国作家关注中国的核心问题，尽管在许多情况下，英国人在亚洲的存在是鸦片贸易和其引发的冲突带来的结果。当这些描写中国的英国作家讨论鸦片时，更倾向于对贸易的罪恶发表评论，而不是喋喋不休地谈论"染病的东方"。[28]事实上，第二次世界大战后对毒品的痴迷，在一定程度上解释了当表现中国和中国人时鸦片在漫长的19世纪中占据的主导话语。

　　鸦片是一个问题，它扭曲了维多利亚人对中国和中国人的看法，使他们认为其凶残、堕落。相比之下，我想恢复一种观念：中国是一个与大英帝国并行的、充满可能性的地方，二者之间不仅仅是消极的关联。通过适当关注那个世纪末大量有关中国、中国起义和中国海盗的冒险小说，我提供了一个更完整的画面，展现了两个帝国和人民的文化接触过滤反映到英国人的意识中的多样方式。

16

阿尔比恩的东方：学科和历史问题及
英国对中国的想象

这项研究的核心是小说。[29]小说是对中国及中国人进行文化和人类学评论时，最多样化和最广泛传播的工具之一，也是讨论跨大英帝国的帝国主义的核心媒介。小说也是一种文学类型，最能呈现宗主国和当地对东方的观点之间的紧张对立。此外，小说允许人们追溯其在帝国和帝国外的空间中重新出版的重要历史，也阐明了这些紧张关系。在中国创作的小说相较其他类型的文学作品，更容易之后在英国被重新包装和出版。相比之下，有关中国和中国人的英国诗歌，往往刊登于在中国发行的英文报纸上，而很少在宗主国英国传播。然而，女性作家在诗歌领域中表现突出。诗歌同时是讽刺作品中的重要部分，例如《中国滑稽报》，这份19世纪60年代和70年代由香港《德臣西报》出版的漫画刊物。上面刊登的诗歌对"洋中国"的时事做出了及时而精辟的评论，譬如《"经纪商膨胀"的故事》一诗讽刺了香港上海汇丰银行的做法。[30]研究作者和出版商为满足这些不同的读者所做的改变，阐明了在地方、区域和宗主国层面以及英美"大英国"谱系下，什么是有意义的存在。

当然，我对这些叙述的分析依赖于更广泛的材料调查，包括诗歌、游记、新闻和公文（以及我对这些不同来源的材料如何参与对话的感知），有些章节直接关注这些类型的材料。[31]分析也建立在新兴的有关英国与中国文学文化互动的学术研究上。最值得注意的是伊丽莎白·张的美学研究，和我做的工作一样，她阅读了政治经济学背景下的文化话语。[32]我的研究也基于对19世纪中文文献的二手资料的回顾。这些材料帮助我去判断，许多维多利亚叙述中所

17

宣称的对中国语言和文化的故意无视是否是效果不大的威吓，以及为什么那么多作家致力于否定亲华行为。[33] 然而，《中国与维多利亚想象》并非一本关于中国或中国人如何回应英国话语或回复英国文本的书；我把这项重要的任务留给了其他人。

我在这项研究中，大体上排除了包括小说在内的传教材料。[34] 尽管它经常包含明确的民族志内容，但关于中国人的传教作品在范围或功能上并不总是与非欧洲世界其他地方的传教作品不同。此外，关于中国的传教工作的档案是巨大的，值得独立研究。另外，宗教问题代表了一系列问题，例如欧洲和中国宗教之间的相互作用、中国民众对传教士的态度、"异教中国佬"的刻板印象以及外籍社区的宗教生活等，这在很大程度上已经超出了本研究的范围。我决定不把重点放在这类素材上，也解释了为什么我对太平天国运动（1850—1864）的讨论不足，这一运动在中国引起巨大动荡，但在欧洲只受到一般性的关注。

我持续关注在中国的外国社区的国际性质，包括有时任意划分的国家边界，以及有关中国的文学创作跨大西洋的发行。[35] 我也不把中国当作一个单一的实体，而是（正如一位维多利亚评论家所描述的那样）作为"一个方便的表达，指代地球表面某一巨大部分"，其构成是"许多地区，这些地区经常彼此分开，距中心的距离很远，在气候、资源和地形上差异很大，种族、气质、习惯、宗教和语言各异的人居住其间"。[36] 无须补充，"西方"和"英国"本身同样是人造的和构造出来的术语。

在研究方法上，我的工作从一个给定的文化研究出发，我认为文本实践处于评估英国对中国和中国人的态度及其文化影响的特殊位置。根据定义，这种性质的研究是跨学科的。它必须包括最近帝国主义研究的转变，特别是承认帝国主义不完全，也不主要是

"自上而下"的现象；它回归到档案库以增强对帝国主义的理解，通
18 过研究更广泛的文件和社会文本以切实获取新的材料；它接受"文
化转向"，引导学者们不再强调纯粹的政治和经济利益，转而支持社
会和情感因素；它关注帝国政策的不均衡发展和应用，如禁止异族
通婚。因此，《中国与维多利亚想象》一书提供了基于历史方法的
分析，以强调在呈现和解释特定事件（例如义和团运动）和更广泛
的问题（例如英国在东方和东南亚的海上事务与从儿童到工人阶层
的英国公众的关系）时文学所发挥的功用。[37]

"大英国"的概念挑战了民族主义的严格定义，特别是因为它
提出了一个英美全球化联合项目。这种认识促使我借鉴学者们对
美国在亚洲扩张（其中最著名的是在 19 世纪末的菲律宾）以及亚裔
美国人研究方面的观点。这样的比较阐明了帝国模式如何跨过殖
民线被复制，也表明了英国人和美国人如何应对类似的历史因素，
如中国移民，并分享他们对中国和中国人的看法。这个比较构架可
以解释像哈里·亨特的喜剧歌曲《黑鬼中国人，或者他的辫子不生
长》那样的作品，它由曼哈顿的滑稽戏艺人在伦敦及各郡表演，讲
述了一个去中国的非裔美国人仅仅因为不符合着装标准而被处刑
的故事。我所希望的是，这个比较构架可以使得这本本质上关于英
国素材的书也能引起学习美国文化的学生们的兴趣。

研究在中国或与中国的外交关系的一个关键因素，是 19 世纪
末和 20 世纪初英国、法国、日本、俄国、德国和其他国家在东亚和东
南亚地区运用各种手段的争夺。因为我考虑的是在中国的英国人
如何在地方与区域层面上产生和传播帝国主义话语，所以我特别关
注，帝国主义作为 19 世纪的一种现象，连接着不同帝国力量统治的
殖民地，具有激烈竞争的本质。这种帝国主义展开时所处的比较环
境，对于理解欧洲自身的建设也至关重要，正如弗雷德里克·库珀

和安·劳拉·斯托莱所指出的,"[欧洲的建设]不仅由帝国计划,同时也因欧洲内部矛盾造成的殖民地冲突而形成"。[38]此外,通过强调帝国霸权的概念,《中国与维多利亚想象》加入迪佩什·查克拉博蒂等提出的围绕民族国家概念的张力而展开的日益重要的学术讨论。[39]

同样,我也探究了在我所讨论的故事中,有多少是基于帝国中欧美不同种族间的互动,而不是纯粹遵循民族或语言的工作和社交模式,来展现一种生活体验。据说在英国殖民的鼎盛时期,上海法租界的英国人比英租界的更多。中国可能是这种模式的一个极端例子,也可能不是,但斯托莱关于婆罗洲的英国种植园主的作品表明,这些故事反映了一种更广泛的现象。这一现象要求我们看到超越单一概念的英国人"在帝国中"的行为。它让我们看到西方人之间的友爱与团结,这种关系并不总是反映他们各自社区之间的政治关系。它还使我们能够记录"外围"欧洲人——例如瑞典人和丹麦人——对这些社区的重要性,尽管他们的国家与殖民势力相对无关。

这本书所涵盖的时期略微超过维多利亚女王的统治时期。其范围大致与特定形式的英国与中国的文化相遇的开始和结束时间一致。它的历史起点是第一次鸦片战争(1840—1842),这标志着英国向中国扩张的开始,结果是香港殖民地的建立,天朝政府被迫特许开放部分中国地区向西方通商。[40]依据《南京条约》(南京,1842)以及随后在这个世纪里签订的各种所谓的不平等条约,这些建立起来的地区被称为通商口岸,是英国和中国之间文化与商业交流的主要联系地区。

这本书的历史终点是1911年,这标志着满族人(或鞑靼人)政府的衰败和清王朝的终结;随后是国民党就职、军阀割据时期,一直延续到20世纪40年代共产党接管政权。然而，这本书中讨论的许多故事（主要是关于伦敦华人小说的那一章里）都是在1911年后写成并出版的。这些作品被纳入讨论，因为它们是早期描述中国人的模式的延续，而且许多读者还没有意识到中国政治变革所带来的文化影响。清王朝灭亡后，对中国人的再现方式就算有所改变，也是缓慢的。文学方面，在旧的习俗被废除后的很长时间内，中国人继续梳着辫子。傅满洲的出现，尤其是在电影银幕上，是在满族人失势之后，但对这一人物的理解必须联系满族人。事实上，许多19世纪对中国的刻板印象至今仍然是文化上的简单标记，正如英国广播公司系列剧《福尔摩斯》2010年的《盲人银行家》一集，以茶、古玩、游荡在伦敦的中国黑帮、自杀为主题，最重要的是，它展现了一种中英两国经济联系紧密的愿景。我在本书的结尾处谈及了这一主题。

22

中国的盒子，或被包含的中国

《中国与维多利亚想象》首先纵览了通商口岸系统和那里孕育出的小说。英国人实际上居住在中国的人数相对较少，因此，值得注意的不仅仅是他们产生了多少文学，而且还包括他们在中国创造的用以出版和传播他们作品的广泛机制。与正式和非正式帝国的其他地方一样，中国的异国风情和神秘吸引着英国人的想象，使得英国人的创作盈篇累牍。另一个原因是无聊的生活以及伴随而来的孤立。毫无疑问，这些因素也有助于激发其他殖民地和半殖民地环境下的写作。然而，通商口岸制度及洋人主管和雇佣洋人的中国海关制度，促使中国形成了越来越多的"外港"，那儿仅有少数西方人居住，其中许多是充满活力的年轻人，这一切使得这些因素在中国更为突出。只有较大的定居点有为洋人提供的俱乐部、公园和其他聚会地点。

19世纪末期通商口岸数量的迅速增长（随着长江流域和中国内陆的其他地区对外贸易的"开放"）也扩大了孤独女性的数量，妻子、姐妹、女儿们居住的地方远离上海相对繁忙的社交场所。奈杰尔·卡梅隆认为，这些妇女进行创作是因为，"当她们的商人和外交家丈夫们正致力于男人的事务时，在中国漫长的日子里，她们没有更好的事情去做"。尽管他的观点有点冒犯，但孤独和空闲时间能鼓励人们记录想法这一论点，对女性和男性来说都是准确的。[41]也许更令人惊讶的是，女性没有写更多的长篇小说和短篇小说，而男性写了很多。同样挑战了维多利亚时代写作性别划分的典型观点的，是女性旅行写作在这个档案中的突出地位，特别是考虑到这些女性在走出人迹罕至的道路上所遇到的困难。

这些和其他英国"中国通"体验的元素形成《中国与维多利亚想象》前两章的基础。第一章《现代中国人的风俗习惯：透过通商口岸叙述中国故事》提供了通商口岸系统及其发展的历史概述，并且概述了在租界，特别是在上海创作的大量作品。本章通过"大英国"的经验，明确地强调作家理解的帝国取决于不同殖民地点（特别是印度和上海）的相互依存，不同权力之间的竞争，以及与其他文化和治理制度的协商。这些通商口岸启发了一批作家，如朱利安·克洛斯基、丽斯·博海姆、威廉·A. 里弗斯和多利等人撰写了一系列社会小说。这些作者通常关注英国人在中国居住空间的边缘特征，使此地成为隐秘可怕之地，充斥着英国人和中国人的谋杀与背叛。这些故事的标志是残酷、报复，滥用药物的后果，邪恶、腐败的高级中国官员威胁到欧洲商贸和利润的有效运作。

故事情节通常围绕着神秘莫测的中国人的隐瞒以及欧洲人的

发现展开，矛盾的是这些欧洲人往往是受雇于天朝海关或者警察部队的公务员。克洛斯基的《鸦片箱》就是这类典型故事之一，故事的主角是二十一岁的吸食鸦片的公职人员，他揭发了上级道台犯下的谋杀案。这部小说是一部以男孩为主人公的成长小说，小说中的英国人在中国的生活，强调了大英帝国和中华帝国间的典型辩证关系：前者是一个促进贸易和随之而来的文明的年轻锋利的工具，后者是一种永恒的、狡猾的、阴谋的力量，它抵制与市场经济相结合。

第二章指出，帝国小说的出版地点和出版方式非常重要。《水坑口投影：詹姆斯·达尔齐尔的香港编年史》提供了一个案例，这位不为人所知的由船员改行的"约瑟夫·康拉德"式作家，创作了两本短篇故事集，显示了"在异乡中国"意味着什么。本章专注于作者呈现的广东人和英国人在性关系上的互动，例如，在印度等殖民地已被明确禁止的纳妾制度在这些故事中得到捍卫。通过查看故事的出版历史，本章还探讨了他的著作《英国直辖殖民地编年史》（1907）于1909年以《远东的高品质生活》为名在伦敦重新出版时，如何使用不同的文本和营销策略来呈现相同的核心故事。原本是在香港创作的关于当地的故事集，聚焦殖民地范围内的异族通婚；当在宗主国重新出版时，通过增加海上故事，达尔齐尔的叙述24 具有了帝国海上小说的体裁特质。

我在随后的两个章节中明确讨论到政治话题，考察了中国和西方（尤其是英国及其殖民地）之间的冲突。前一章研究关于1900年义和团运动的虚构叙事，后一章审视设想19世纪末和20世纪初亚洲入侵和反向殖民的小说。这些故事主要起源于宗主国，虽然它们可能也在帝国内外的英国人社区发行。第一组故事涉及英国在亚洲与中国的冲突，而第二组叙事设想了英国在自己土地上与中国的冲突。然而，两者都表达出对西方引发的日本和中国现代化的潜在反弹的忧虑，以及对19世纪晚期出现的新的全球动态下英国帝国主义的未来的担忧。中国人从麦华陀在《在遥远中国的外国人》中声称的可能性的立场，变成了威胁的立场。

　　对19世纪末中英两国潜在的（如果不是不可避免的）冲突关系以及可能把争夺全球帝国未来的阵地定在远东的看法，在入侵小说和关于义和团运动的虚构故事中达到顶点。英国作家从19世纪70年代起创作短篇故事和其他叙事，比如罗伯特·S. 温的《在中国的一次历险》（1901）。书中记录了一群中国暴徒对英国军人和公务员的所作所为，这些外国人寻求休闲，一般是钓鱼或打猎，从定居点进入"真正的"中国。这些寻求乐趣的人通常是这些故事中的村民所见过的第一批白人，又对当地习俗全无知晓，因此唤起了当地民众的愤怒情绪，他们运用英国人特有的才智方才逃脱死亡。[42]

　　尽管许多这样的叙述都强调，正是双方的无知导致了随后发生的暴力冲突，然而，主人公的逃跑显示出一种压倒一切的英国优越感。更重要的是，讲述义和团运动和侵略事件的故事，突出表现中国群众为无知且易被操纵、不守规矩、不受控制、混乱和无组织的群体。与此相关的是，19世纪晚期的大量小说详细介绍了包括臭名昭著的枷刑在内的中国酷刑，也为围绕义和团运动的叙事爆发铺平了道路，这些小说强调非理性和残暴是中国民众的主要特征。有趣的是，与义和团叙事互补，同时期还有关于英国人和中国人之间早期暴力冲突的叙事，例如，从1850年至1864年的区域性内战——太平天国运动。女孩冒险作家贝西·马钱特的《在敌对部落：太平天国运动的故事》（1901）提供了针对这一现象的一个例子；读者会自动　　25地将马钱特标题中的短语"敌对部落"与义和团联系在一起。[43]

　　为了探索围绕义和团运动的巨大叙事能量，第三章《北京阴谋：叙述 1900 年义和团运动》不仅关注长篇和短篇小说，而且也涉及电影作品。紧随起义之后创作的大量小说和故事，有助于我们了解如何重新定义和重新讨论帝国的价值，它不仅与对非洲的争夺有关，且与同时期对中国的争夺有关。有关起义的文学作品强调，维多利亚人认识到了中国对其全球地位的重要性。此外，这些故事经常把在中国的英美社区融合在一起，形成一个重要的与"大英国"这一政治概念平行的虚构层面的类比。

这一章将这场起义与另外两场殖民冲突联系起来：印度兵变和英布战争（或称南非战争）。义和团运动被视为"印度士兵起义"的一次重演，以及 1857 年后实行直接统治的决定性转折。它也被视为英国帝国实力的证明，与大英帝国在南非的"失败"形成鲜明对比。对英国公使馆的围攻尤其成为一个隐喻，表明英国在"自由市场帝国主义"拯救世界中重新发挥了作用。皇太后慈禧被普遍认为是支持义和团运动和阻碍清政府内部现代化的力量，她所造成的持续伤害使得中国进入一个广义上的混乱状态。慈禧提供了一个可以瓦解阶级差异的契机，使中国轻而易举且不可抵抗地再一次变成一个无序之地。

第四章《"团结和民族化的"英国：1898—1914 年英国的亚洲入侵小说》从帝国与义和团间的真实冲突，发展到亚洲入侵小说中呈现出的想象中的冲突，这些小说的创作从 1898 年一直持续到第一次世界大战的爆发。这一章考察"黄祸"如何推广和夸大了中国的侵略，"黄祸"不仅是对新的全球权力关系的回应，也是对新的移民模式的回应。因此，本章从澳大利亚和北美的同期作品的角度来描述亚洲入侵小说，以此来解释对移民的焦虑如何从国外传入英国。这种探索的一个关键因素是，亚洲入侵小说引起了更广泛的社会担忧，即大英帝国的不稳定引发了一种新的民族主义意识。希尔和威廉·卡尔顿·道的小说提供了一个恰当的实例。类似希尔的《黄色危险》(1898)和道的《黄种人》(1900)的小说，将亚洲的崛起视为对英国繁荣自由的直接政治和社会威胁，并认为小规模移民到宗主国是彻底破坏人口稳定的始作俑者。至关重要的是，这种新的民族主义概念与技术问题以及对加速通信和运输的新形式（如飞机）的预测相关，它是英国和西方对工业化的亚洲的威胁的可能反应。

本章还研究这些文本如何提出帝国的、讲英语的西方联邦的概念，以重新平衡英国对帝国权力和全球霸权的脆弱控制，将联邦是帝国在20世纪的前进道路这一流行政治概念转化为虚构的形式。这种妥协和合作的态度，与对抗义和团的国际部队，以及英国作为帝国扩张力量的一个领导者（而非唯一提供者）的自我表现密不可分。然而，同样重要的是，这些小说也寻求通过联合中国和日本来恢复一种力量的平衡。这种联合在根本上缝合了日本在解围公使馆中的作用，英国与新兴的、自身快速发展的帝国势力日本合作的可能性被改变，转而认为日本只是远东在国际上对英国利益造成的更大威胁的一部分。在这个意象中，相对较小的国家日本成为领导者，带领着更广大的中国对抗欧洲。

因此，这些故事往往以中日混血儿为主角，把中国和日本的统一力量看作西方统一力量的镜面和辩证的对立面。它们还描述道，亚洲现代化的愿望本质上存在着问题和威胁——并且本质上与帝国主义驱动相关联，而帝国主义的驱动再次反映了英国自身的驱动。故事通过接受中西混合教育的人物使这种威胁个性化，如接受了公学教育的满大人和获得西方学位的亚洲策划者。这些角色在英国学习技能，利用知识上的优势来对抗英国，而且他们的行为特别令人震惊，因为他们在学习英国技术和工艺课程的同时，并没有同步吸收英国关于个人权利和自由的想法。因此,他们使用现代性的工具来促进已经过时和摇摇欲坠的专制和奴隶制,以非常不合时宜的社会整合方式威胁到英国。

27 《中国与维多利亚想象》的最后两章脱离了殖民地和半殖民地场景,关注英国本土对中国的人和事的接受情况。这些章节分别涉及在戏剧舞台上对中国和中国人的呈现,以及在小说中对伦敦的华人小社区的讨论。这些作品中描绘了大量对远东地区有时自相矛盾的态度,所有这些态度都认同这样一种意识形态,即中国的他异性具有促进作用。这种他异性颂扬了英国和中国之间的差异和距离,认为它们令人恐惧、令人兴奋、令人愉快,轻浮、有趣,或者是以上情绪的任意组合。

第五章《舞台上的天朝》调查了维多利亚和爱德华时代舞台上呈现的中国人的形象——包括哑剧和"技巧展示表演"。这些创作往往与政治事件有关,如第一次鸦片战争、"亚罗"号事件和义和团运动。本章还深入比较"黄脸"和用于代表非洲人和非裔美国人的"黑脸"(在当时,这是舞台表演上更为传统的做法)。此外,笔者认为,世纪之交的音乐厅的数目助推了沙文主义,呼吁帝国的继续扩张。本章还着重介绍了坦纳博士1857年的作品《中国母亲》,此作品中,一位爱尔兰护士逃离爱尔兰大饥荒,辗转到了香港,不久后开始在修道院的孤儿院营救弃婴。这部剧既对中国和印度的杀婴行为进行了精彩的评论,也将爱尔兰农民的生活与中国贫困农村的生活进行了比较,从而对更广泛的帝国政治进行了探讨。

总的来说,这些戏剧作品有一个共同点:无论把中国人描绘成等待接受基督教信仰的人,还是"古怪"的生物(这些古怪生物出现在盘子上,或者是滑稽剧、华丽音乐表演、"壮观烟火"戏剧中),这些作品都认为中华帝国被投射了对英国在世界中扮演的角色的幻想。由此它们呈现了一个戏剧性的场面，即英国本土的观众如何被代入帝国剧院的场景中。

本书的最后一章转向在英国的中国外籍人士，关注在华人社区莱姆豪斯的故事。虽然数量相对较少，华人社区仍成为各种社会和种族焦虑的替罪羊，包括对移民到东区的犹太人的污蔑，以及对更广泛类型的"黄祸"和入侵小说中涉及的反向殖民和异族通婚的恐惧。事实上，本章探讨的一种张力表现为：一方面，华裔人口与他们的英国和爱尔兰工人阶级邻居之间存在共生关系；另一方面，中产阶级叙事中莱姆豪斯的中国佬是一种危险、污染和性退化的力量，这令人回想到第三、四章描述的"黄祸"和义和团运动小说中的中国人形象。本章以广泛阅读19世纪末和20世纪初的通俗小说为基础，提供了三份典型文本的详细分析：乔治·西姆斯的《伦敦的李廷》(1905)，这位作家最为著名的作品是表现贫民窟生活的《穷人如何生活》和《可怕的伦敦》(1889)；来自托马斯·伯克的文集《莱姆豪斯之夜》(1916)中的短篇故事；笔名为萨克斯·罗默的作家创作的长篇小说《黄爪》(1915)，他塑造了傅满洲这一角色。这些小说具有对中国人物的不同程度的同理心，混合各种鸦片馆场景模式、跨文化欲望和中国式堕落，但它们仍然强调"东方伦敦"的兴起方式是现代性的现象，巩固了首都伦敦作为世界上最重要的帝国的国际大都市的地位——所有的危险和乐趣都在这里。

这些关于莱姆豪斯中国人的故事可能是壮观和轰动的，但事实上，这些小说的存在标志着在漫长的19世纪里英国和中国之间发生了一个重要的改变：两个帝国现在本质上且不可逆转地相互联系在了一起。一位维多利亚文学评论家 J. A. R. 马里奥特对这一时期更晚近的关于英国帝国主义的历史和文学作品做出预言，他于1900年这样写道：

28

> 过去的几年,世界发生了真正的萎缩。伟大的科学发现,从真正意义上,消灭了时间和空间。人们似乎突然意识到,他们居住的星球非常小,他们似乎害怕,如果不能每年增加几十万平方英里到自己那片领土上,他们就可能被推至边缘。[44]

这一说法为大英帝国的悖论提供了一个漂亮的包装:它实现了一种全球时间和空间的"消灭",但继续采用基于旧观念的修辞,即世界是平的;同时,对边缘化的恐惧成为"英格兰的扩张"的一个隐含理由。马里奥特无意间回应了无处不在的劝告:中国必须从长期的社会、政治和经济衰退中醒来;他认为,英国自己最终摆脱了心不在焉的帝国主义的"恍惚状态",并意识到"三个多世纪以来我们半无意识地一直在追求的目标"(242)。这本书阐明的正是中国如何以及为何成为英国达成这一目标过程中不可或缺的一部分。

29

第一章
现代中国人的风俗习惯
透过通商口岸叙述中国故事

我欣然相信,后世开化的蒙古人看到我们通商口岸的人情与风俗,内心多少会有所赞叹。

J. O. P. 濮兰德,《诗与恶》(1902)[1]

沿海的文学

威廉·A. 里弗斯的《英华杂记》(1903)里的《一位50年代的大班》,首次讲述了他在中国沿海地区生活的故事。该文的开篇,对英国人在中国的历史做了回顾,其描述如下:

在40年代和50年代的中国,商业活动带有很大的浪漫和冒险色彩!贸易是个令人玩味的字眼,需要武力支撑它的野心。

英国在香港升起旗帜并在广东"开埠"后,往中国沿海地区派遣了大量士兵和船员,随后又将战舰驶入了浑浊的黄浦江湾。在此停靠之后,英国人继而用火枪和大炮向上海表明,白人有意在此做买卖。

起初,上海彻底误解了对方的意思,其后果着实令人毛骨悚然。这里的清朝官员在抗击入侵者无果后,将自己的妻子和其他家庭成员全部杀死,然后自杀,以免落入"洋鬼子"手中。许多安分守己的中国人,也如此效仿。在经历了大量的流血和恐惧之后,他们才隐约地感觉到,西方蛮夷们并非想在中国杀人取乐,而是有意在互惠互利的前提下,与其进行友好的商贸往来。

弄清了这一点,繁荣也随之而来,外国商人便可指望在几年之内聚敛财富了……[2]

在这个戏谑式的开场白里,里弗斯扼要呈现了"洋中国"的发展历史。这是一个不断扩展的区域,19世纪40年代以来,英国人在此工作生活。当时,"洋中国"包括上海及其他通商口岸、中国沿海地区具有战略意义的外埠、长江三角洲,以及鸦片战争之后贸易协定中指定的其他具有商业价值的地区。

在贸易和商业支配下,这些文化交汇地构成了最早也最重要的经济交流空间;在里弗斯的笔下,这些地点成为中国不情愿却被迫逐步"开放"的叙事主角。然而,对于生活在这些飞地的美国人、英国人和其他欧洲的男男女女而言,这些地区也产生了大量的文化产品——大多为文字作品。像里弗斯、濮兰德这样的一些政府官员,还有商人、传教士,以及其他利益团体人员,都成了高产作家。通商口岸制度(这意味着英国外务署在中国拥有大量公使人员),以及由英国主导的大清海关(IMCS)运作机制(20世纪前主要聘用欧洲人和美国人),是中国特有的情况,激发了文学创作的活力。生活在中国的外国人开始撰写游记、历史、诗歌、小说,记录和解释他们对中国时局环境的了解。他们创办了报纸、期刊,详细介绍他们在中国的生活。这些报刊不仅在当地,也在全中国及世界各地流通。对许多作家而言,这些期刊往往是他们文学出版的起点,而诸多境内报纸,如《字林西报》旗下的出版社则是主要的图书出版机构。他们在作品中经常突显在中国切身感受到的自我地位的飘忽不定；他们觉得，英国在该地区的扩张，比起在印度，不太理想、不太可行，也不太为英国人认可；对许多人而言，他们主要的日常生活，不是拒绝中国事物，便是待在有着不同民族、文化和阶级背景的侨民圈里，因为彼此体貌相近，又同样与中国人疏离。因此，他们的文学作品将融合和分歧结合起来，使瓦尔特·麦华陀所谓的"在遥远中国的外国人"变得可以理解。从文学作品对"欧亚"（Eurasian）角色的兴趣看，疏远感和亲近感也是既稳定又有变化的。这种杂合性（在香港和澳门的情况下，是不同欧洲传统），成了西方扩张的内在动力以及欧洲内部竞争的风向标，也成了中国停止对外国人与愿意种族和解的人敌视的晴雨表。

31

　　在很大程度上，"洋中国"的外籍居民正是通过他们的写作廓清了这一地理位置。"洋中国"至多算是个雏形概念，它将面积、归属、文化和意图各不相同的西方人居留区联系起来，同时又将这些地区与上海——这个从19世纪40年代起直到20世纪，中国最大、最重要的西方殖民地——连为一体。"洋中国"与通商口岸的概念显示并强调了如下两者的分离：一个是贸易和"非正式"帝国主义的场所；一个是超出帝国城墙和边界，幅员辽阔却动荡不定的主权中国。通过将中国再现为"对外界始终无动于衷又难以突入"（克洛斯基，《总税务司》，112），"洋中国"为作家们提供了一个内省的空间，他们借此审视侨民自己的混合社区，并由此反思中国之外的印度的英国人社区，以及与其密切相关的英国国内社区。这些侨民社区成员不仅在当地有很多出版机会，而且他们的作品也可以在整个"洋中国"流通，起到了强化该区域帝国身份的作用。

　　本章选取一些维多利亚时代后期的小说进行考察。正如丽斯·博海姆所言，此类作品"展现了通商口岸在过去五十年像牡蛎那样在刺刀威逼下被迫开埠的生活画面"。[3]住在中国并且书写中国的英国人，通过观察、说明、记录他们对"英华生活"的疏离和客观态度，来表达他们的立场（里弗斯，《英华杂记》，1），但这些小说远远超出其陈述的意义。它们成为英国在中国存在的重要焦点，在昭示英国人在华居留区内部凝聚力的同时，也突显了中国在英国帝国主义想象中发挥的突出作用。本章讨论的重点是英国侨民作家，但也会涉及更广泛的语境，包括居住在通商口岸和上海公共租界、法租界的外国人，正如我在讨论短篇故事《小默滕斯》时所示。本章对发生于通商口岸的各种故事加以综览，内容涵盖名人传记（如大清海关总税务司罗伯特·赫德爵士的传记）、畋猎叙事以及帝国主义殖民环境下常常出现的逸闻。随后的第二章聚焦分析约瑟夫·康拉德式作家詹姆斯·达尔齐尔的作品，深入探讨"洋中国"文学如何描绘维多利亚时代中国与其他英国殖民地（尤其是印度）之间既相互关联又相互区别的交互模式。

我在这两章中只关注小说，不是因为它是"洋中国"的居民描 32 述经验时选择的唯一文学类型，而是由于以下原因。第一，小说是居住在中国的英国人描述日常生活和与不同的中国人——从仆人到贸易伙伴，再到满大人及其他中国官员——互动的主要方式之一。日记和自传也覆盖了这个领域的一部分，但它们普遍不太重视展示真实或想象的中国的视角（正如上述里弗斯所做的）。第二，比起诗歌、游记或其他的文学类型，小说能更突出展现洋人社区的内部动力。可以说，不同的小说形式揭示了不同类型的读者和叙事背景的关联。长篇小说和短篇故事有明显的区别，短篇小说集的框架对于信息的传递也至关重要。我在本章中涉及了长篇和短篇小说，但为了将重点集中于"洋中国"这一参照系统，有关二者的区别将预留到下一章中讨论。创作小说也呈现出作者对长久居住的中国投入了感情，他们是那里的居民，而不仅仅是旅居者。

第三，小说强调幽默、讽刺和反讽在表征英国人与中国和中国人的关系时所发挥的重要作用。这些建构叙事的模式在这类文学作品中如此突出，这显示了对强迫"开放"中国的自我反省的程度，同时也表明了对西方人社区抵制适应或接受当地环境（例如服饰和饮食）的怀疑。因此，使用幽默、讽刺和反讽所产生的不安、谴责和自嘲的感觉，与英国人社区在"洋中国"中更大的身体和心理上的应变意识紧密相关，即他们认为自己是这片土地的闯入者。第四，很多女性作者在虚构小说中显示出了存在感。这些女性创作的小说展现出一种家庭叙事的重构，它由政治和社会建构。这些叙述避免了一种观念，即女性远离或隔绝于更大的经济和帝国的关注，而这正是她们在"洋中国"存在的基础。她们设想在殖民地或原殖民地环境中工作和家庭的领域不是分开的，而必然相互纠缠。

在《南京条约》（南京，1842）和海关制度化之后，英国人和其他外国人社区产生了独特的文化，在探究对其的表达时，本章讨论了以下问题：英国作家出现在中国的历史条件是什么？他们是如何将自己的角色概念化的？他们的作品如何追随帝国叙事的大趋势，比如帝国哥特式，又如何反映他们在东亚的独特处境？这些文学作品的叙述的巧妙言辞和传统手法是什么？当地创作的故事和宗主国故事之间有什么特定的张力？最后，这些作家在中国和欧洲之间构建了什么样的（性或者其他方面的）关系？　33

租界：历史

里弗斯在《英华杂记》这本书的开篇解释道，英国商人开始时被限制在沙面岛上的洋行和葡萄牙人占据的澳门，在第一次鸦片战争结束后,他们获准离开广州的大本营,分散到更广泛的地区,这些力量促成更多英国人来到中国。但要回答这些作家是谁,以及他们如何参与了19世纪中叶西方与中国的接触,就需要对大清海关及与其共存的通商口岸系统进行简短的历史概述。

大清海关的建立参照了印度公务员制度,赫德于19世纪60年代初对其加以巩固,使其成为1911年清王朝崩塌前中国国家收入的主要(和几乎唯一的)来源,而海关本身存活至1943年。海关还负责建立并运营中国的邮政系统。按照惯例和条约内容,大清海关由一名英国人管理。[4]这名叫赫德的人士神秘而专制,却深受清廷的信任。在他的掌管之下,大清海关成为中国外交政策的主要工具,解决了很多问题:税收、航运、贸易、口岸监管,进入中国水域,以及德国、俄国、日本和其他国家对各口岸控制权的争夺。该机构有效地调解了中国与主要贸易伙伴英国之间的关系,但有时英国人操纵它以促进本国在华政策的施行。因此,这个机构引发了复杂的治外法权的问题,即英国、美国和其他欧洲国家雇员服务的中华帝国和他们本国政府之间的冲突。随着义和团运动的兴起,这些问题凸显出了中国的主权问题和反洋情绪。根据当时众多评论家的观点,大清海关如同一个以赫德为统治者的帝国,被证明是世界上最有效的同类机构之一,它在1911年清王朝崩塌时存活下来,并一直维系到20世纪40年代通商口岸最终消亡之时。

围绕大清海关的历史叙事,尤其是在漫长的19世纪,强调了这一机构的特殊性:它出现在中国自治范围内,却由外国人运作。叙事还强调,大清海关在扶持一个据称境况不佳的清政府方面发挥着至关重要的作用。如果没有外部的、欧洲的帮助,清政府无法实现财政现代化,也无法克服腐败问题。因此,人们认为,非正式的帝国主义实现了一种中国自我保护的功能,尽管历史和文学资料使这种功能受到质疑（因为它们刻画了中国所谓的仇外心理和对发展或"现代化"的抵制，认为这是中国政府和人民的特征）。如此表述海关叙事，在文学叙述中自然地消除了胁迫感，并且通过使海关人员成为维护东道国稳定和繁荣的核心，提高了其（作为作家或人物的）地位。具有讽刺意味的是，对这些作家而言，保持现状是一个关键目标，尽管他们一直嘲笑中国人与变革背道而驰。

　　围绕大清海关形象的关切和矛盾，特别体现在海关的领导者身上。根据朱利安·克洛斯基在《总税务司：北京的风流韵事》一书中的献词，赫德"掌控着数百名欧洲人和美国人的命运，他们分散在中国沿海沿江的三十个通商口岸，推进了商业文明在中国的实质性进展"。[5]在许多通商口岸小说中，赫德是一名完美的公务员，忠诚且无私；他的个人历史是英国在中国影响力的首要象征，同时也将中国海岸与英国在非欧洲地区的其他殖民地区分开来。对赫德的文学叙述模糊了西方对中国的家长作风（在《总税务司》中，他是父亲般的存在）和西方的利己主义的界限（毕竟赫德由英国政府派往中国，并获封爵士头衔）。他被描述为一名正直善良、富有诚信之人，这掩盖了他在中国发挥的作用其实具有矛盾特征这一事实。同样，有关他本人以及他的下属在义和团运动期间的英雄事迹的描述，避开了因效忠多方而带来无法调和的冲突的可能性。赫德在《总税务司》中被称作"佩里科德先生"（Mr Pericord，cord有绳索的含义），这个名字十分合适，因为即便不是事实，在文学作品中，赫德也如同一条绳索一样，串联起各个通商口岸，起到了团结整个"洋中国"的作用。

35

　　到了19世纪晚期，英国在中国实施的官方和非官方的政策围绕着两个相互矛盾，却并不相互排斥的思想极点而展开。一方认为，坚持维护中国国家的完整性，对维持英国在中国的主导地位至关重要。另一方认为,中国的"崩溃"提供了进行领土扩张和直接干预的机会。在干涉主义观点随着距离增长而增强力量的情形下,在涉及更广泛的帝国动态时,那些实际上在中国的英国人士很少支持后者的主张。大清海关被认为是中央政府的一个稳定的制度,以阻止清王朝崩溃的趋势,它通过保护英国在中国的优势,抑制对手的雄心和愿望,履行了第一个政策。正如贝雷斯福德爵士所言,海关是"他们[清政府]在整个帝国中拥有的唯一可用资产"(《中国的分裂》,15)。海关是1898年中日甲午战争中中国战败后一份特别重要的资产,它提高了外国列强瓜分中国的期望。同时,海关基本上是一份欧洲的资产,几乎完全由欧洲人担任高级职务;它复制了殖民地等级制度的国际结构,以英国帝国官僚机构的方式积累了档案,将自己及其雇员与"真正的"(在外国人生活和从事其事务的地域之外的)中国隔绝开来。

海关与通商口岸的发展密切相关。通商口岸最初是指19世纪40年代和50年代因《南京条约》和《天津条约》而向外国人开放贸易和定居的沿海城市,但后来扩大到内陆地区和被外国势力占领的地区,比如英国控制的威海卫、俄国控制的旅顺港和日本控制的台湾。[6]到20世纪头十年,通商口岸增加到大约五十个,而每个通商口岸内都存在割让给外国势力的地区,这些地区被称为租界。于尔根·奥斯特哈默指出,这些"微型殖民地"是"外国势力以微不足道的租金从中国政府租借的地区,它们再将其转租给自己的国民。外国领事代表最高的行政和司法权威"。[7]所有这些地区几乎都有一名英国领事官员;事实上,英国在世界上的最大领事网络就在中国(奥斯特哈默,《英国和中国》,156)。

一般来说,这些租界位于中国城市的边缘;它们往往是非传教的洋人生活的中心。[8]这些人经常被派往偏远的地方,在那儿他们既没有权威，也没有工作。通过研究厦门、天津等城市可以发现，在众多通商口岸建立起来的环境，反映了一些欧洲主导的殖民面貌，其建筑元素源自孟买和加尔各答等正式帝国的城市设计，而且使用了西方建筑材料。一定程度的文化嫁接出现于对建筑和空间的使用以及它们对中国其他城市中心的影响，同时也对位于帝国空间的中国流散社区有关来源和/或回归的方面产生影响。[9]然而，通商口岸往往体现了"双城市"模式，具有不同的城市规划和住宅建筑模式。[10]

　　基于通商口岸的小说，植根于当时的历史和社会条件，它们通过建构一个类似"洋中国"的地理实体"中国海岸"来维系自身。"中国海岸"的概念将欧洲定居点连接在一起，重新绘制了中国的版图。这一概念含蓄地否认了中国的主权，将中华帝国的首都和中心北京城置于帝国界限之外。在通商口岸之外，它创造了英国自己的镜像：主权岛屿与陌生的大陆相连亦分离。（香港是英国在该地区的直属殖民地，它身为岛屿的象征意义强化了中国海岸乃是模拟英国本身的观念。）这样的建构是对中国人普遍描述的平行话语的反驳，中国人努力将外国人遏制在中国城市的城墙外面（直到19世纪50年代，在北京城外面），在面对"炮舰外交"和不可避免的技术变革时，设法保持中国的孤立主义，保持文化的完整性。在西方人的眼里，中国人耸人听闻的孤立主义也将中国大陆变成了一个岛屿空间，一边是未知的中亚边疆（历史上以长城为边界），另一边是布满欧洲殖民地的海岸线。

　　以"中国海岸"来建构中国暗含着对这个国家的东方化，即通过意识形态重新配置"中央王国"的边界，使其与《南京条约》后向西方贸易和商业开放的区域相一致。这样做在贸易地点和未知且顽固的市场内部之间建立了一个固定的边界，后者仍然是"神秘的"、难

36

以理解的和静态的。[11]这有助于形成一种世界观，使得迪尔克在《大英国》一书中颂扬，"中国的通商口岸完全是英国的"（579）。

与此同时，在这些故事中，中国海岸的地理空间使中国和中国人同质化，它消除了经常被那个时代的游记认可的巨大区域和种族差异，代之以单一海洋文化，由特定中国人居住：工人阶级的奶妈（amah，相当于英属印度的ayah）、苦力和"童工"，稍高阶层的在洋行和海关工作的本土人，以及最重要的本地官员，包括道台、满大人和总理衙门（中国外交部）的官员。

中国海岸的概念也提出，租界是进步的城市空间，与"正统的"中国空间相对立，后者是无活力的、人口众多却模糊的空间（因此，作家们常常以舞会、赛马、晚宴、绅士俱乐部等叙述表现都市的复杂特征）。[12]19世纪下半叶，当电报和铁路等被引入时，中国对这些技术的抵制主要遵循这幅中国沿海的地图，鼓励了这种想象中的资本主义对抗专制主义的地理。英属印度是连接侨居中国的英国人的第二大中心，与中国话语相呼应，英国对这个次大陆庞大国家的态度类似于其对中国通商口岸之外地区的态度。

毫不奇怪，印度经常成为英国在中国的期望和行为的镜子；正如罗伯特·比克斯指出，甚至英属印度的词汇［tiffin（午餐）、lakh（十万）、shroff（银行业者）、godown（仓库）、coolie（苦力）等］也传播到了中国。[13]英国人也通过各种手段复制了英属印度的机构，包括以各种身份雇佣印度人。然而，比起来自正式帝国空间的叙事，通商口岸的故事和小说显示出对帝国结构和社区的人为性的更强意识，以及对文化和社会优越性的假设的更多不确定性。众多英国租界明显的国际性质（例如在上海，许多英国人居住在法租界），以及英国主权的限制性质，也意味着这些叙述通过更加断裂的辩证法构建英国身份和民族主义，而不是影响印度意识形态的那种殖民者和被殖民者之间的二元对立。其他西方人也常常被归入英国人——英国人和美国人之间的叙述区别特别模糊，并被一个反映两国团结（两国均支持门户开放政策）的英美联盟取代——但这并不是假设英国在中国的优势是确定的或排他的。"我们今天在这里，一些白人不安地栖息在黄种人亚洲的边缘，"J. O. P. 濮兰德注意到，"我们所有的商业、我们的战争、我们的外交和我们的冒险家，在五十年里只给天朝人民留下很小的标记；一个大胆的人应当预言五十年后白人将在中国做什么。"[14]

　　事实上，明确意识到英国在中国存在的偶然性及其未来的不确定性，掩盖了英国国内军国主义对占领和瓜分中国的要求。这种偶然性的概念有悖于伯纳德·波特的观点，他认为英国在19世纪后期与中国的贸易是种特殊的类型，因为它是"过时的东西"。[15]波特认为，在1860年到1890年间，伴随着欧洲内部竞争的加剧，具备竞争力的各大帝国的发展，自由贸易的受限，以及"新机遇的逐步减少"，英国在世界上其他地方的地位已经"今非昔比"。他断言道，中国"几乎是地球上的最后一个地方，在19世纪90年代，那里仍保有之前的黄金贸易条件——贸易依然自由，支持贸易所需的政治机构极少——在当时的许多英国人看来，正是这一点赋予了中国极大的重要性"（156）。波特的分析中表现出亚洲专制与固化的东方主义潜台词，他模仿了维多利亚时代晚期的话语，对全球地图上的空白进行填充；但他的观点与那些通商口岸作家本身的观点存在冲突。这些作家定位"黄金时代"结束于19世纪60年代或70年代，而不是中日甲午战争之后的1898年。他们还将英国在中国角色的变化，在很大程度上归因于中国内部的变化，包括鸦片战争、海关部门的兴起和太平天国运动，而不是英国与其他西方政府关系的发展。波特的观点反映了从英国看到的中国贸易，也显示了在中国话

38

43

语建设中中心和边缘之间的裂痕。

最近学界对英属印度的浓厚兴趣，不应当遮蔽中国在英国想象中的中心地位。正如于尔根·奥斯特哈默指出，"从19世纪中叶开始，中国成为欧洲，特别是英国帝国主义的军事、经济和精神史的一个组成部分"（《英国和中国》，146）。通商口岸文学中的不少观点和论述，以二元的视角还原了香港和上海等通商口岸发生的高度复杂的社会和文化互动；同时，这些作品还记录了有时被排除在"正统"帝国小说之外的主体的流动性。

39　与在印度及英国正式帝国主义的其他场所创作的类似作品不同的另一个标志是，中国通商口岸小说承认英国立场的偶然性，这些小说公开批评英国和外国在中国的影响，并且承认，许多在中国生活工作的英国人的意图与其对中国国家、经济和人民产生的实际影响之间存在矛盾。事实上，这种矛盾与英国官方在中国的存在有关。譬如里弗斯认为，英国领事服务处于对抗英国而保护中国利益的不寻常的位置。对于里弗斯和众多来自大清海关或商人阶级的其他西方作家而言，贸易和外交利益常常是矛盾的，这些人士不一定会形成一个有凝聚力的社区，虽然在外港的他们数量少，心理上感到孤独，彼此之间存在社会互动。

里弗斯的《人形神圣》表现了这些矛盾的对立。故事讲述了一名上海商人和一位港口领事之间的争斗，商人觉得将货物从轮船搬运到中国北部这个通商口岸的苦力们光着身子是十分冒犯的行为，而领事遵从当地的习俗认为这一行为是合理的。故事情节琐碎，叙述的是"纯粹个人的"意见分歧（《英华杂记》，41）。来自大城市的商人坚信"是时候让苦力穿上裤子了"(55)，向地方小官员展示实力。然而，这个故事展示了在通商口岸的叙述中，政治如何必然保持在前景中；个人与政治不可分离，帝国间的框架必须确立。这并不是说,来自帝国其他地区的故事不会将个人故事与地缘政治联系起来,而是要表明,通商口岸文学所具有的偶然性使得这种联系十分突出。

从一开始,《人形神圣》就揭露,外交官和贸易商对他们在中国所扮演的角色持有不同意见。故事里两者并没有达成共识。相反,这个故事暗自嘲讽了这样一种观点,即外交的目标是不加批判地支持商业利益。这是维多利亚时代末期对鸦片战争以及由此引发的炮舰外交的一种常见的历史评估。这个故事也暴露了领事和英国军方之间的紧张关系,揭示了英国在处理不平等的外交关系时在全球范围内所反映的不同的互动哲学。在这种情况下,商人将领事描述为"明显不愿意对英国海军表现出任何热情"(47),并决定利用这一事实为自己开脱。

随着,《人形神圣》故事的推进,领事以"种族傲慢"(50)攻击商人,认为他妄图干涉另一种文化,以减轻对自己感情的冒犯。"假设有一位住在伦敦的中国商人,他碰巧认为司机没有辫子是不合适的,或者不喜欢他的妻子看到没有辫子的男人,那么,我们是否应当允许他暂且安排我们出租车司机的装扮,以满足他的品味?"(49)然而,这两种情况并不相同,因为英国人和中国人之间显然有着力量差异,而且一边是暴露的问题,一边是修饰的问题。这种力量差异体现在,将中国人描述为裸露身体或梳着辫子的形象,以表现他们的半开化状态。不过,评论是有趣的,因为它们要求读者在拒绝之前,先承认权力的动态特征和文化相对性的相关问题。 ⁴⁰

如果说商人是仗势欺人者,那么叙述者将领事表征为"极其亲华,更倾向于照顾本土而不是外国利益"(45)。叙述者继续说,"'小英格兰人'这个富有表现力的词在那些日子还没被发明;如果可以用这个词,它一定比领事身上的制服还要适合他。他认为自己的国家总是错误的，他服务于这样一个可耻政府的唯一原因显然是想找到机会使英国势力的有害影响最小化"(47)。自由间接引语的使用明显把这些意见与领事挂钩，但这种话语的喜剧和极端主义特征削弱了那种归属。事实上，这种外交的视野与威尔基·柯林斯和查尔斯·狄更斯合著的《某些英国犯人的险境》(1857)中波蒂奇专员这一滑稽角色是一致的。这当然无法准确刻画故事中领事的行为；在故事的结尾处，里弗斯表明，这个人物在解决个人问题以及处理未来人际关系方面都是务实的。

　　讽刺的真正目标是英国读者，他们可能同情这些"小英格兰人"(英格兰本土主义者)的不切实际的观点，他们怀有的情感，只因帝国主义的无知而存在。(不同于众多通商口岸作家的作品，《英华杂记》在伦敦出版。)当故事叙述者提及"美好安静且富有宗教信仰的布尔人"时，总会讽刺地加上一句话："他们热爱自由、平等、廉政，对待劣等种族又有自己的一套，确实不像不快乐的英国人！"(48)正如在通商口岸文学中常见的那样，理解这种叙事循环的关键，是感受里弗斯嘲讽或幽默的语气，这不仅质疑所描述的情感的真实性，而且把它们变成漂浮的符号，依附于图形上，而不是人物本身。

41　　故事的叙事也很典型，因为中国的能动性在情节发展中发挥着既模糊又至关重要的作用。商人和领事之间的冲突不是来自个人的仇恨，而是来自苦力们对商人试图控制他们身体的反抗。当苦力们无视商人"劝谏"他们遮蔽身体时，他们"发现，光着身子既可以节省衣服，又能简单地不花费任何东西就惹恼'洋鬼子'"(42)，冲突就此出现。在更普遍意义上，《人形神圣》也是典型的帝国主义叙事，男子为了坚持保护欧洲女性的礼仪，有了干预的借口。里弗斯调皮地解释道，商人"当然不是因为自己而如此神经敏感；而是因为他的妻子以及两三位外国女士在场"(42)。然而，当领事拒绝服从时，商人在一位支持自己的英国海军队长的帮助下，带着外国妇女和孩子们享受了一趟愉快的码头之旅，在那里他们看到了苦力们赤裸着身体劳作的壮观场面。故事提到女人厌恶这种裸露，但并未记录她们的反应。这并不奇怪，因为裸露的意义在于，向外交官展现真正主导的是商贾和军队。体面只是表面问题，领事受教于"屈辱的教训"，得以窥见自己在英国在华利益阶层中的位置。

在这样的叙述中，调和帝国活动与反帝欲望之间紧张关系或矛盾的一种手段，是将这种情况归咎于19世纪的更早阶段，那时"抢占游戏"更为活跃，见证了广州和北京被入侵，以及香港殖民地的建立。因此，里弗斯的故事以"很多年前"开头(41)。这些词简单勾勒出中英两国之前童话故事般的关系，就像故事集的开篇，从世界大都会上海（这一微型欧洲，与里弗斯的英国读者所处的环境大致相同）的角度，生动地描绘出了"洋中国"的发展状况。这一提法暗示了一种将海外英国作家与本土联系在一起的政治制度，然而这些故事也依赖于读者对一个陌生世界的兴趣。

然而，除了宗主国的读者群，同样普遍的是本地或区域的读者群。有关香港和通商口岸的故事的特殊性，也部分源于这些作品的消费和传播依赖于中国海岸，诸如上海的别发洋行和东方报业等当地公司，以及《德臣西报》（"多利"，亦称作伦纳德·多利弗，在此出版了他的香港故事）。最近的学术研究强调了以二元论系统设想帝国的局限性，并强调"祖国"在帝国主义和民族主义观念话语形成中处于霸权位置的中心作用被夸大了。学界赞成在宗主国内部具有更多样化的意见，在"中心"和"边缘"间存在更大的张力和交流。此外，学界对多个重叠的中心和边缘地带运作的兴趣，提供了帝国意识形态在不同地点和帝国人口不同部分内不均衡发展的模式。

因此，中国海岸故事提供了一个例子，说明帝国意识形态被定

42

义得远离英国,也远离英属印度这一所谓的地区中心。阿奇博尔德·立德夫人(艾丽西亚·比伊克)在其1902年的小说《在异乡中国!》中指出,"地方有其影响力,能塑形人的生活,然而人们来来去去,认为自己是按自由意志行动的人。因此,居住在中国的人或多或少被中国化了,且大部分程度较深"(181)。立德夫人的"中国化"概念,既指在通商口岸的具体地理位置上的独立身份和文化表达,也表明居住于中国海岸的英国居民想象自己隶属于一个独特且具有一定凝聚力的社区。事实上,正如濮兰德在《诗与恶》中谈及的"我们通商口岸的人情与风俗"(iii),中国海岸叙事作品常常是这种独特的地理和文化遗产的产物。这种表达符合描述外国文明的"风俗习惯"体裁,这一类型因爱德华·莱恩所著的《现代埃及人的风俗习惯》而闻名于东方主义环境下。这些故事主要在它们所关注的社区中被产生和消费,突出了当地的问题和事件;它们在中国的存在服务于商业帝国或自由贸易帝国主义,由此带来更大的意识形态问题,但往往比里弗斯笔下的《英华杂记》更为隐晦。

与此同时,许多同样类型的作家通过伦敦的期刊和出版社成功地传播了他们的作品。这一事实并不意味着他们认为宗主国的读者是他们的主要读者群。英国的冒险作家,如G. A. 亨蒂、哈里·科林伍德和威廉·卡尔顿·道,在他们关于中国的叙事中表现出了完全不同的关注(包括讨论海盗、隐藏的宝藏、中国式狡猾以及刑讯逼供)。后者更专注于赞扬英国的优越性和男性气概,对扩大英国在非欧洲世界中的利益表现出更大的热情,他们将中国当作一组帝国或原帝国场所之一,以此来移植相对通用的小说。[16]

然而,在自己国家出版通商口岸小说的作家,描绘了宗主国认为的中国和中国人的形象(例如,呈现于有关莱姆豪斯华人社区的小说中)和来自帝国前哨站的幻想相互交汇的一幅画面;它如同在英国、澳大利亚、中国、日本和北美用英语创作的"黄祸"小说的杂交，表明了这种猜测幻想的更大的文化背景。更重要的是，它也表明，描述英国人在本国之外日常生活的特殊性的作品，在英国有一些市场。像博海姆《假装天意》这样的故事呼吁读者回到祖国——故事讲述的是在台湾的一个小型通商口岸，一个无聊的、爱管闲事的女人探查到了本社区最新来的和最沉默寡言的成员的神秘过去。

在中国的英国人社区居住，增加了作者们对中国海岸生活的理解和对中国人自身看法的可信度，使得这些文本充满权威感。除此之外，这些叙事在"洋中国"的创作和传播，以特定方式建构起"在遥远中国的外国人"：叙述强调，特别是对初级公务员来说，帝国未开化之地孤立且生活乏味；它们强调风气对英国人本性的有害影响，包括对身体和道德方面的影响，从而强调和确定英国人和中国人之间的区别；它们将中国沿海的英国文化概念化为本质上的资产阶级问题；它们还强调，在与宗主国关系更紧密的上海和香港，"社会"的自我意识本质是对英属印度或伦敦生活的复制。

由于海关职员、贸易人士和领事官员拥有共同的梯级晋升制度，他们的故事经常将上海和香港以外的英国人社区刻画为一个年轻的场所，在那里年轻人能以不同形式实行轻率和冒险的行为。由男性创作或者有关男性的作品通常侧重于描写二十多岁的男人，他们发现自己处于自己或他人造成的不利环境，要么英勇地摆脱困境，要么被毁灭；而女性创作的作品通常集中在刚从英格兰过来的年轻女性的婚姻和婚外冒险。（然而，这两类作家往往对自己的主题都抱有讽刺态度。）

就女性而言，通商口岸故事给她们提供了一个重要的空间，来描述她们与非正式帝国打交道的经历，由此产生的家庭叙事很像印度驻地里的故事。由于明显孤立的周围环境，海关自身的国际性

44

质,以及传教士和他们的妻子融入"社会"的必要性(往往是不情愿的),这些故事与中国这一时期的政治和社会变化密切相关。

在维多利亚时代晚期的通商口岸,女性是多产的作家,她们对社区文学的贡献在"洋中国"不同租界之间逐渐形成的社区中发挥重要作用。与女性本身的生活一样,她们的大多数叙事集中于生活的殖民地区域,不包括对中国农村和中国整个民族的讨论。因此,将她们的女性主题限制在英属殖民地的空隙中,不出所料地将这个空间作为"家"来驯化,使之成为一个纯粹的英国性的空间,无论是在字面意义上还是在比喻意义上。

与此同时,她们在中国的地位的动态变化需要明确政治化"家",其功能不是提供浪漫、婚姻不忠等故事的框架,而是将家庭叙事重新定义为政治和社会建构。例如,丽斯·博海姆《60年代》的开头讲述了一对不幸的恋人,他们离开各自的配偶一起私奔,最终被一场正义的台风杀死,原文如下:

> 很久以前,在过去美好的日子里,在法国开始打东京的算盘之前,在德国开始想在远东地区驱逐英格兰之前,在俄国梦想着一个太平洋不冻港之前;在60年代,美元值得购入,金银复本位制是人们乐于谈论的话题;如果冒着生命危险,可以在十年内创造财富——总之,大约三十年前,一场盛大清洗、擦洗和除尘已经在中国南部厦门帝国海关专员的房子里进行了两个星期。(《中国海岸故事》第3期,1)

45 与其说这些政治事件改变了英国在中国的存在或其文化的性质,不如说它们指出,这种存在和文化本身是英国和帝国政治,以及欧洲内部合作与竞争的产物。

立德夫人在《在异乡中国！》中，将义和团事件移植到一个发生在外港的关于不忠的故事上。调用起义事件——通过杀死私奔的女主人公，巧妙地将道德强加于一个原本不道德的爱情故事——表明，在殖民地或原殖民地背景下，家庭和工作环境是不可能分离的。以小说作为平台，立德夫人抱怨在英国国内的读者对中国的现实生活漠不关心，并传达英国公众情绪和政府政策对远在千里之外的英国公民生活的影响。作者嘲笑读者想知道"一些港口丰富的丑闻和黑暗悲剧，中国人也不知道谜面，但在欧洲的某人可能已经为此流下了痛苦的眼泪"（39）。她同时严厉批评了读者对中国切实的事件缺乏兴趣，比如义和团运动。因为"无论提出什么问题……英国的帝国利益都是如此之大，以至于除非某个特定问题强行引起公众注意，否则，无人可以证明它应该得到关注。因此，所有的这些问题都可以被政府官员忽视，直到一切为时已晚，只能采用武力。那些在中国失去了挚爱的人已经心如死灰，而那些不在乎的人继续不在乎"（170—171）。她以浪漫吸引读者，她用政治包围他们，并显示出两者必然"在异乡中国"相互联系——无论他们是否惦念"家乡"。

维多利亚晚期文化习俗在中国海岸

在最常见的通商口岸故事中，男性与女性作家共同致力于将维多利亚时代的道德规范延伸到中国，包括禁止文化接触和通婚，以及更普遍的限制赌博和饮酒（这是军营和俱乐部文化的常见部分，盛行于各通商口岸）。这些故事大多发生在香港或上海，这两个城市都被比喻为伦敦或加尔各答的缩影，尤其是在娱乐至死方面。道以他的"黄祸"小说而闻名——所有这些小说都是在伦敦而不是在中国出版和传播的——《广州一夜》（1897）描写了两个英国人在广州这座中国城市"看一看"的冒险经历。在那里,他们在一家酒吧与一名清朝官员发生冲突,被卷入刀战,接着被一群人追赶而逃至一艘小船上,这群人高喊:"野蛮人,野蛮人——杀了他们,杀了他**46** 们!"[17]看起来,外国人在通商口岸区域以外最好不要干涉中国人的事务。道于1895年出版了关于东方的故事集《黄种人和白种人》,其中那篇同名的故事讲述了格雷沙姆的经历,故事发生在一艘从香港开往北方的轮船上。格雷沙姆犯了爱上一个已婚女人的罪,而且是个"混血"女人。这种背德行为召来了"中国佬"光这个典型的复仇者,而格雷沙姆轻而易举地逃脱了光安排的针对他的各种阴谋。然而,那个女人的命运笼罩在阴暗之中。在这里,跨过"肤色界限"象征着格雷沙姆本就离经叛道的欲望,而不是问题本身,而混血女人的纯种中国丈夫寻求惊人复仇,更多地归因于他身为天朝帝国人的天性,而非他实际感受到的不满。因此,像这样的宗主国的故事绝不可能对"东方"和"西方"的接触禁令提出异议。

　　帝国叙事的学者认识到道创作的故事中的传统,这些故事特别启用了具有殖民特征的男性凝视和对异国情调的迷恋,而对不是纯粹白种人的女主角的命运完全不感兴趣,并且最终排斥(和合并)了婚外关系和跨文化关系。然而,许多通商口岸叙事以不那么典型和可能更具侵略性的方式阐述了青年的发展,特别是通过宽恕或同情文化杂交和异族通婚的行为,以及将中国海岸描绘为培养世界示范公民的地点,而不是用于流放或发展欧美的放荡人士。这种格局与斯蒂芬·阿拉塔描述的一些19世纪后期的观点相一致,他认为帝国的边缘是大英国结构下重新振兴英国人的来源。"在人们的想象中,"他补充道,"殖民地不再是次子、社会弃儿和长期失业者的倾销地。英属印度的发展神话的一部分是,帝国的工作吸引了国内资本的中坚力量,只留下了渣滓。"[18]

例如，朱利安·克洛斯基的小说和故事，使无聊的年轻海关官员成为侦探或政治煽动者，轻率地表现出对赫德的忠诚和他真实的强身派基督徒式的进取心。这些故事将中国视为一个重写本；英国的影响和大清海关改写了中国治理的表面。但英国人并未覆盖全部。表层下面是腐败和恶意，这激发了侦破情节的出现，将其作为补偿或巩固外部影响对中国正面效应的一种手段。这些男人（或女人）探寻表面之下的事物，并不为了寻求公众对他们努力的认可，从而禁止了自我利益的提议。事实上，他们的行为经常直接损害他们的事业（如果不是他们的爱情）。通常，他们的计谋被误认为是背叛，而不是对他们的领头人，即赫德的忠诚、尊重和爱戴。因此，这样的情节宣称赫德的形象是严格公平和不偏袒的，将大清海关变成英国殖民政府的示范机构，因为它是一个正义和进步的工具。故事情节还强调，赫德作为一个偶像般的人物，亲切地守护着两组对立的对象：中国人和他自己的洋人雇员。

在叙事上，为了保护海关部门乃至整个中国的利益，这些故事的年轻主人公被困在了与腐败的地方当局的斗争中。这场斗争既象征着英国人对19世纪末中国中央集权解体的担忧，也象征着他们坚信海关通过英美人的勇气、耐心和外交技巧，在维护公正权威方面发挥着核心作用。在《鸦片箱》（1896）中，二十一岁的马克斯先生负责管理吴江港的存库，在这之前发生了一桩可疑的谋杀案，涉嫌的沈先生引开了马克斯的上司布尔。冒着巨大的个人风险，马克斯发现并击败了一个鸦片走私团伙，但狡猾的沈先生将这份功劳占为己有，马克斯因为在上司不在期间不服从命令而几乎被解雇。因此，他的年轻鲁莽自然受制于中国人的狡黠（通过马克斯作为鸦片吸食者的弱点推论这种可能性），但他最终还是在幕后保护了大清海关。

　　《总税务司：北京的风流韵事》的故事发生在义和团运动时期，年轻的海关官员布莱克胆大妄为地从中国的邮政服务系统偷窃出一份俄国的外交密函。他的努力行为最初让他遭到赫德领导的海关的解雇，但他们一起阻止了俄国占领北京、控制中国和撤销海关的阴谋。同《在异乡中国！》一样，《总税务司》融合了个人的、政治的、国内的和帝国的元素。重大的地缘政治事件取决于布莱克对佩里科德先生（即赫德）的崇拜和他对半俄半满血统的瓦尔达的爱。瓦尔达争取到布莱克的支持是由于她本身爱慕佩里科德先生。他曾像骑士一样拯救了她，使她免于像孩子一样被别人戏耍。虽然她也厌恶俄国的恐怖意图，但她与佩里科德的关系是她脱离父辈的血统羁绊的主要动力。由此，她在佩里科德家时伪装成一名中国男孩音乐家，以保护主人。[19]

　　克洛斯基创作的俄国密谋控制中国的情节显示，中国由于其政治地理位置，对维多利亚想象十分重要。这遵循了第三章讨论的叙述框架，即将义和团运动视为中国与外国关系的转折点。小说中俄国的行为也是出于恐惧"黄色联盟"的威胁，这也是第四章讨论的义和团运动和黄色危险入侵小说之间密切联系的典型反映。然而，与此同时，这个情节的转变使中国成为实施吉卜林的伟大游戏的新场地，强调不同的帝国位置的相互关联性和帝国叙事的互文性有多重要。这部小说还顺应了更广泛的模式，重写地方和帝国历史，以满足地缘政治情结的期望。因此，关于俄国邪恶行为的小说叙述削弱了其作为英国击败起义的盟友这一真实历史角色，但它准确地反映了英国对这个盟友的可信度以及对俄国在亚洲扩张的野心充满焦虑和怀疑。

　　《总税务司》不仅叙述了赫德个人在大清海关招收雇员的历史——他招募贫穷却聪颖的年轻人，有的年仅十四岁，用社会地位和金钱来换取他们的忠心和勤奋——而且认为，海关使得中国成为弱势群体获得机遇和发展之地，并将这些人纳入殖民地的资产阶级文化之内。然而，其本质上的区别是，小说提出的道德行为准则，不仅鼓励外国人与"本地人"接触，而且不主动指责种族流动性，这完全不同于在通商口岸，尤其是在欧洲人的中心据点香港和上海等地的官方道德行为准则。（赫德本人与中国妇女有关系，这在通商口岸的社区并非秘密，在《总税务司》这部小说中也被提及；在像印度这样的正式殖民地，高级官员的这种关系被视作丑闻。）

在维多利亚传统中，最好的帝国故事的结尾以婚姻来巩固英国身份，《总税务司》正是以布莱克和瓦尔达的订婚来结束故事的。然而，瓦尔达不是英国风格的天使，尽管她被认为是道德、忠诚、端正行为和社会良知的典范。在小说的大部分，她是俄国领事和一个满族小妾的私生女。如同吉卜林的小说《基姆》（1901）里的主人公，她的政治效用源于她不固定的种族和文化身份，这使得她根据需要可以是中国人或俄国人/英国人，甚至能够转换性别。和基姆一样，瓦尔达可以运用不同的语言，能说流利的中文、俄语、法语和英语。但不同于基姆的是，不纯正的血统使她无法获得合法的欧洲人的主体性。她的俄国血统并不占据主导位置；虽然她的美丽源于此，而在布莱克、赫德和读者看来，她的可贵之处在于，因道德和政治上的情感，她拒绝成为完全的俄国人。相反，她忠诚于英国人布莱克和佩里科德，仿佛她本能地知道佩里科德是她真正的父亲：到了小说的结尾，克洛斯基暗示，瓦尔达可能是赫德的私生女。情节上的这一反转解释了她早期对赫德的忠诚，以及她逐渐将自己的感情从父亲身份的总税务司转移到布莱克身上。因此《总税务司》的叙事中的种族混杂和通婚既没有以文化杂糅的标志被抹除（如《基姆》），也没有像许多以印度为背景的故事那样受到惩罚。混血

49

儿既不是堕落者，也不是麻烦制造者，而是模范公民。她似乎不是英国人，但她对英国最优秀价值观的体现超越了她的种族特征和非正统性，使她成为英国主人公喜爱的合适对象。事实上，她那纯正的女性气质激励着上述主人公表现出无私和高尚的行为。

在这部小说中，瓦尔达一贯表现出符合女性的行为和手段，小说赞美了她新女性的行为。虽然她能够在掌控"洋中国"重大事件的舞会和聚会上大放异彩，但这些不是她的圈子。与印度相比，克洛斯基笔下的中国不仅允许身份的流动性，甚至去赞美它。尽管这是一种进步的讯息，但是它依然植根于传统的阶级话语。瓦尔达的父亲是一位王子或者是总税务司，而其母亲是一位有教养的满族女性——小说结尾处显示，她母亲是一位高级中国官员的妻子。在这个意义上，她即便在种族上的身份不合法，却是一个合法的资产阶级主体。故事因此符合一个更广泛的帝国小说的模式，把高级中国血统加在通婚产生的女主角身上。下面讨论的丽斯·博海姆的《多布森的女儿》和第六章出现的乔治·西姆斯的《伦敦的李廷》提供了其他例子。

克洛斯基对混血公民的乐观支持和当地社会对其的接受，是一个典型的例子，即以同情的态度看待中国海岸混杂空间及人民的多产特征。在通商口岸的故事中，克洛斯基叙事的特点是，种族混杂的人口占据明显优势，几乎是普遍的。这种优势明显地将中国与帝国主义对印度或非洲的描述区分开来。它暗示了在中国的英国人社区整体上规模小，在那里可以心照不宣地不提及维多利亚时代晚期对通婚的限制，至少在小说中是这样表现出来的。

然而，在香港及通商口岸出现大量混血公民的实际做法与官方或社会的接受之间存在区别。因此在许多中国海岸的小说中传递出了对混血儿的同情，它们展示了一种带有讽刺意味的差异性，一方面混血儿或者他们间引发一系列情节的关系受到严酷对待，另一方面故事谴责这种悲剧和毁灭性的待遇。作家们让读者充分意识到，这些混血儿诞生于英国与中国的接触之中，从他们的非法性中可看到对他们受到的道德规范的谴责。

博海姆的《多布森的女儿》讲述一个富有的英国商人和家中仆人所生的女孩的经历。在故事的开头，他带他的女儿萨夏从她一直平静生活着的英格兰小镇回到中国，在福州洋人社区遭受冷落和侮辱。然而，大部分的叙述关注她父亲死亡之后，当地领事的妻子和地方海关专员将她当作他们的一枚棋子。这场游戏结束时，领事的儿子哈里与她结婚，导致了他家人的毁灭：哈里的父亲患有一种精神疾病，辞职并退休到巴斯，在那里他为萨夏编造了一段新的历史。"我的儿媳，"他告诉一位客人，"因本身的继承权成为一名公主，并且我的孙子们如果愿意的话，都可以被称为殿下。把我们英国的暴发户贵族和东方的贵族相比！如果你愿意，那才是出生和贵族血统。"（71—72）事实上，这个故事证明了一点：在中国，英国"社会"的精英们行为卑劣，他们无法单纯地接受萨夏的混血背景，这毁了他们。故事也暗示，萨夏的差异仅仅在中国思想狭隘的社区才表现得比较明显；她在英国的早期生活没有被这样虚伪的种族主义摧残。具有讽刺意味的是，萨夏的出生是上层阶级和底层阶级的结合，这一细节在英国被遮蔽，在那里这段历史不为人所知，而在福州，种族战胜社会等级成为被排斥的理由。[20]

对于英国男人和中国女人结合的产物，或是对于陷入这些关系的女性的同情，也与一个想法息息相关，即通商口岸是模式化的帝国地点，是男性欲望放纵的表现，或者是适合那些在本土举止轻率的人被流放的殖民地。（后者是一种男性的实践，对应的行为是将未结婚的女性运送到殖民地，以改善她们的前景。）然而，通商口岸故

51

事完全没有捍卫这样的男性行为，含蓄地谴责这种英中关系不是基于情感，而是权宜之计，并涉及经济或性剥削、身体虐待和男性故意的文化无知。这种指责是间接的，而不是直接的，因为这些故事最初把英国或欧洲男人作为主人公，他们从而成为读者同情的对象。它是间接的，还因为上层建筑问题（如流亡的困难和性别经济不平等）往往会引发这些男人在与当地妇女交往时所面临的问题。以感情为基础的跨文化关系也可能面临一些挑战，甚至是灾难性的后果，比如下一章分析的达尔齐尔的《肤色界限》。然而，如果这种感情是真诚的，而且可能是相互的，如果欧洲男人向他的欧亚后裔证明自己是一位慈爱的父亲，则这种指责通常不会出现，或者将转化为对破坏这种关系的上层建筑的谴责。

《宝石和莲花及其他故事》（上海，1905）中 S. E. 布雷迪的《小默滕斯》充分体现了这一系列更保守的结局。在这里，主角对性欲放纵的表达和他对中国思维方式的无知产生的紧张引发了谴责声：

> 每个去过中国的人都知道，中国在任何方面都是世界上最好的管教所之一。没有人酗酒；从来没有人赌博；至于对邻居妻子产生过分和不正当的兴趣这样的事情，就像门不当户不对的婚姻一样不为人知。我们本土的人倾向于认为这是受风气影响，或是儒家教义的净化，怀揣与此接触的信心，将轮船驶向那里，那些在欧洲和美国已经过度实施过所有这些事情的人，一定能在中国进行改革——尤其是在推荐的通商口岸。[21]

这段引文的轻微讽刺语调是典型的来自通商口岸的许多男性作家的叙述口吻，试图将自己描述为漫不经心和老于世故的，与他们笔下新来到通商口岸的人物的天真形成对比。这样的基调适合这类

故事的一个社会元素，即婚外关系。事实上，讽刺的产生部分源于
沉溺于放荡生活的男性主角的不一致性，尽管他们热衷调情，但绝
非是老于世故之人。在婚外性关系的荫庇下，单纯和世故常常结合
在一起，突出地表现于英国大都会小说（例如波希米亚主义文学）　52
和作家亨里克·易卜生、萧伯纳的戏剧舞台上。通过首先剥离这些
故事的文化或种族成分，通商口岸的各种故事反映了有关年轻欧洲
男子行为的一般想法，无论是在本土还是在帝国内。

　　然而，一旦种族、族裔和文化问题开始介入，一个年轻人耽于幻
想这一通用故事的意义就改变了。首先，故事的运作方式是给予作
者或叙述者不同程度的全知，而这种全知取决于他们所说的或未说
明的"老中国通"的地位。作者或叙述者比默滕斯这样的人物更能
"读懂"中国，这是故事情节得以展开的原因。在这个例子中，默滕
斯找了一个中国情妇。她表现出爱和忠诚，但他不知道的是她竟用
切碎的竹子毒杀了他，成功地继承了他的财富。其他各种各样的欧
洲角色也表明，默滕斯对情妇天真的信任，与叙述者在远处看到她
实际上变回类型人物（成为一个狡猾、贪心、贪婪的中国女人）的能
力之间存在差异。他们包括：默滕斯的朋友利兰，"他在中国居住
的时间更长，不那么轻信狡诈的天朝人所提出的观点"（66）；以及
他的哥哥，他问医生，"但你认为他得到了适当的照顾吗？我弟弟这
个年轻的蠢货已经被那个中国小畜生缠住了，他过着这样一种与世
隔绝的生活，谁也不知道发生了什么事"（70）。虽然叙述者对世故
的伪装使得这个故事似乎适合比喻被滥用的无辜，但在现实中，它
掩饰了对婚外性行为的道德谴责。默滕斯之死表明，跨越"肤色界
限"的不受控制和不适当的欲望受制于"自然"道德法则，必须受到
惩罚。这样做，也暴露了分等级的跨文化关系所固有的经济问题，这
些问题使情妇更容易干掉一个实际上关心她福祉的男人。如果默

滕斯没有为情妇安排好他去世后的一切,她就没有理由杀了他。

此外,这个故事重申了关于通商口岸文学和更广泛的帝国文学的一种常见观念,即对中国和中国的事情有兴趣是潜在危险的。因此,默滕斯厄运的预兆不是他的性行为,而是他决定雇佣一名家庭教师来教他中文和他自己对中国文化产生兴趣。正是这名家庭教师带他四处参观上海的中国人居住区域,在那里他最终遇见了他的情妇小梅。当默滕斯决定"购买"这个女人时,家庭教师也充当了中间人。更重要的是,汉学对文化知识交流的理念有更广泛的影响。默滕斯开始幻想自己是一个"中国通"(70),布雷迪明确表示,他的社区对他的汉语天分感到惊讶。事实上,他越投身于"他的中国研究"(70),就变得越虚弱。因此,在对当地的投资(无论是智力还是性)和欧洲衰退(在本例中由健康表示)之间存在立即直接的关系。更具讽刺意味的是,这则故事的框架实际上是由一位"经历过一切,知道在北京的流亡者的唯一救赎的年老居民"(46)带领默滕斯学习"中国事物"。布雷迪的故事结尾处,尽管默滕斯已死,这位居民依然指导"从无聊中抽身而出的年轻人"去"参与'中国事物',并举出小默滕斯作为遵从他的建议的成功例子"(79)。总之,叙述混淆了老中国通的知识和年轻新来者的天真之间的区别,使这位年老居民成为一个没有名字的潜在恶意存在,玩弄其他人的命运。

这个故事也描绘了默滕斯的涉世不深和他的学术追求之间的区别。老中国通都知道应该了解中国人的特性——并且不让他们接近。例如,如果他不是那么信任中国人,他就可能发现他的情妇与中国茶馆主有染,她所生的孩子不是他的,而是偷情的结果。然而,默滕斯没有注意到,她有强大的个人与经济动机欺骗和除掉他,而他给她提供了不好的动机,让她保持和一个令她生厌的外国人的关系。他安排如果他去世,她将获得一笔钱和他的房子,这是加倍愚蠢的行为。

也许这个故事最有趣的元素是，通过叙述者这一洞察默滕斯情妇的想法和动机的人物，传达了这些关于中国行为的传统观念。读者知晓的不仅是她的行动——例如她与情人的私会——而且还有她的世界观。这种写作模式展示，中国通正确评价了中国人的性格，相反的是，默滕斯误判了自己的处境。这种模式还支持欧洲的男性优越论的想法，允许叙述者进入小梅的主观心理——因而足够了解中国人的高深莫测的本质，以理解这个女人的行为。随后的情节反转进一步增强了这种优越感。默滕斯死后，情妇面对自己的女仆，后者知道小梅谋杀了默滕斯。事实上，女仆试图敲诈女主人，让读者真正了解到默滕斯死于非命。作者隐瞒这一信息直到这则故事结束，这一决定意味着读者被有效地置于默滕斯无知的位置上，假定读者像默滕斯一样，刚刚从西方来到中国。然后小梅哄骗了这个女仆并杀了她灭口。

读者现在"明白"中国人的天性是狡猾的、算计的和自私的，因此，这个女人在叙事中成功过渡到了残忍凶手。讽刺的是，关于中国人性格的这一观点恰好与另一个突出的评估相矛盾，即中国人是以家庭为导向的，并且他们的社会围绕着对团体的忠诚而不是自我利益而构建。然而，故事也以几种方式提供了对这个难题的答案。首先，小梅没有获得正常的母爱。她的母亲是个妓女。在遇见默滕斯之前，她的身份被抬高，这样她的初夜将获得一个更高的价格。其次，她的谋杀行动实际上是为了保护她的新家庭，包括她的情人和他们的孩子。最后，她极端的自私是基于默滕斯不是中国人这一事实；他处于她的团体的社会结构范围之外，并且她从未以建立一个家庭来看待他们的关系。相反，与他在一起的时候，她煞费苦心地建立一个替代的、真正的亚洲家庭。

54

发表于故事集《吸血鬼复仇者和中国海岸其他怪异故事》(1905)中的多利的神秘故事《吸血鬼复仇者》，描绘了英国人性虐待中国女性造成的同样可怕的后果，但更进一步表现了这种虐待在象征意义上是非英国式的，是与英国价值体系对立的。这则故事讲述来自剑桥的两个大学密友——叙述者沃德和弗格森——他们在环游圭亚那和马来亚之后加入大清海关，并"最终驻扎在宁波，其每一个前景都是永久的"。[22]长话短说，弗格森从混血儿下属马修斯身边偷走了他的情人，出于"不共戴天的仇恨"，弗格森诱使马修斯吸食鸦片并自杀，且没有因为马修斯的处境感到悔恨。他自己变得越来越沉迷于酒精，并且对深爱和忠诚于他的情人越来越残酷。在一次酩酊大醉的恍惚中，他把她绑在床上，故事暗示他以极端的性侵害的方式折磨她。他醒来时发现她已经死了，但归结她的死不是出于他自己的手，而是一个神秘的实行复仇的吸血鬼蝙蝠。

弗格森自己在逃离帝国警察（并非巧合，由一个英国人带领）追捕时死去。当他走在他的窗户和英国领事馆花园外面飘扬着英国国旗的杆子之间的一根钢丝绳上时，吸血鬼复仇者抓住他的喉咙，并导致他坠亡。在这里，不同类型的权威和主权之间的界限严重受损。英国人既对中国人犯下罪行，也代表中国人伸张正义。矛盾的是，领事馆空间提供的潜在法律保护区几乎允许弗格森逃避审判，只有复仇天使蝙蝠能挫败这个结局，因为这个生物通过飞行可以超越英国和中国之间的边界。这个最后的情节反转提请人们注意治外法权的突出功能，它是一种扩大英国对非英国领土主权的模式。这种不正常的立场突出了权力通过抽象过程获得不合理的扩张，这一过程决定了个人的法律地位，但不是通过他们在主权空间里的位置，而是通过他们作为国家社会成员的身份。

这种对在帝国边界经营的英国人的权力的延伸绝不罕见，奴隶贸易和随后的劳工交换计划的历史证实了这一点。在这些情况下，英国人在英国主权以外的地理位置再次充当了英国法律的违反者和执行者。在关于南太平洋的文章中，罗斯林·乔利指出，"维多利亚时期通过法律创造和表达帝国愿景"构成了一个重要的帝国想象。[23]正如乔利所分析的史蒂文森的叙述，《吸血鬼复仇者》"邀请我们考虑正式及非正式这两种类型的殖民主义和合法及非法这两种帝国假想之间的不稳定关系"(170)。就像在南太平洋一样，在中国，英国在隐喻性海盗行为中的潜在共谋也成为叙事的重点，这就引出了一个问题：通商口岸体系本身如何滥用了道德合法性的概念？

然而，多利的叙事主要通过将叙事注意力集中在弗格森个人品格的缺陷上来免除通商口岸系统的责任。因此，与默滕斯不同，弗格森的命运显得理所当然。他的堕落和死亡直接与他的冷酷怯懦和随之而来的非英国式的行为联系在一起。这个故事直接与《总税务司》形成对立，后者更为一般地表现了大清海关是布莱克和赫德本人等正派男士的家。

沃德和弗格森没有信念，十分盲目地加入大清海关。他们表现出一种精英的懒惰和堕落，如果不是出于追赶时髦，他们不会在中国就任低级海关雇员。他们的盲目被描述为放错了位置的强身派基督教信仰，在弗格森的例子中变成一剂毒药，因为健康的身体是以牺牲健康的心理为代价的。这两个年轻人在世界各地游荡，因为在大学里他们更注重培养自己的身体而不是大脑。一旦他们发现"经验丰富"的手臂在现实世界中几乎没有什么用处，他们就开始旅行，希望他们的运动能力能在帝国背景中发挥作用(9)。虽然这个故事并不至于表明弗格森对情妇的欲望是错置的，因为这取代了他与沃德的同性社交关系，但故事确认了他对体育伦理的背叛和无法控制自己身体的欲望是罪魁祸首。他猖獗的阳刚之气,在孤立的外港环境中仍然不受控制,并放任其对抗"混血儿"马修斯,追求性满足,陷入酗酒,最终误入歧途。在最后的情节反转中,正是弗格森的肌肉力竭杀死了他自己:他在钢丝绳上失去平衡并坠亡。

约瑟夫·布里斯托认为,19世纪晚期女性气质与帝国形成强烈对立。[24]因此,布拉姆·斯托克的吸血鬼和弗格森的敌人——蝙蝠的不同之处显得十分重要,蝙蝠不会通过逐步攻击而使得弗格森慢慢虚弱,从而变得女性化,尽管鸦片已经使得他的受害者马修斯两者皆有。相反,作为马修斯的复仇化身的吸血鬼,借助弗格森的阳刚之气的失效,让他领略到了自己的残酷。在这样做时,它惊人地扭转了假定的"混血儿"的被动性,将他转化为一种积极的力量,代表公正和公平。多利的故事与来自英国的帝国冒险小说有着惊人的不同,它宣称非欧洲空间是形成英国男子气概和潜在地控制男性任性行为的理想化环境。[25]这令人震惊地重申了布雷迪的怀疑,即中国是英国年轻人在"世界上最好的管教所"之一。

然而,多利缓和了叙事中给予中国相关角色能动性和善报的激进倾向,使得读者同情弗格森而不是他的受害者。多利让弗格森最好的朋友沃德来叙述故事,在读者眼中这是一位体面的绅士,他对好友的忠诚进一步为这个无赖赚取了同情。沃德把吸血鬼描述为一个"东西",用"可怕的"、"恐怖的"、"怪物"、"丑恶的"和"恶毒的"(33)等字眼来形容它。这种对蝙蝠的描写揭示了一种保守的种族和族裔政治——从字面上和形象上——它物化了复仇的混血儿的刻板印象。它同时否认超自然的力量来制定神圣的正义。这则故事也证实,沃德希望帮助弗格森逃跑,这样他"能得到另一个自由的机会"(30)。这一声明表明弗格森有权享有多种改革机会,并最大限度地减少了他在奴役和谋杀马修斯及其情人方面的作用。

57

内地游历

《吸血鬼复仇者》以适当的矛盾和模棱两可的态度，在混合主权的接触区内处理权威和责任问题。就像其他设定在通商口岸或香港租界内的故事一样，它呈现的是混合类型的图景，即使不是令人同情的，至少也是复杂的；此外，它从未成功地免除英国人与中国人或欧亚人交往的责任。然而，在定居点和租界之外，对更全面的中国背景的叙述，涉及仇外心理以及中英两国互不信任的反映方式，其讨论要坦率得多。许多这些故事涉及在通商口岸周围进行的狩猎和其他愉快的远足活动。进而，这些故事与在伦敦创作和出版的冒险故事之间的区别浮出水面。那些本土出版的故事关注帝国的都市意识形态，聚焦于英国人勇敢逃避嗜血的野蛮人。不同的是，熟悉中国的作者以讽刺的笔调呈现了英国的浮躁和文化冲突。

这种故事集中反映了仇外心理的双刃剑作用：一方面，因清政府的煽动和错误传教方式，中国人和中国农村社区具有公开的仇外心理，他们对抗中央王国的"洋鬼子"；另一方面，英国人常常把中国视为和其他帝国据点，尤其是印度一样的地方，更加无意识地形成中国人对英国人的仇外心理，导致了暴力冲突。"英国官员，特别是那些习惯和印度本土人打交道的，"詹姆斯·佩恩在小说《通过代理》（1878）的第一页上写道，"在中国很容易陷入麻烦中；'潘迪'的性格与中国佬约翰非常不同，特别是中国佬约翰在他自己地盘上时的表现。"[26]

英国要求在华英国公民享受治外法权以及外国定居点和租界不受中国当局管制，这些不合理的要求加强了双重的仇外心理，并由此产生了通商口岸文学的独特子类型，即狩猎／娱乐叙事。对应 58

了帝国的其他地点，这一子类型明显地涉及男性事务。作者通常是受雇于大清海关的年长男人，写作关于刚刚来华的西方人或者其他年轻人，他们因误解洋中国和主权中国之间的界限而陷入麻烦。故事本质上是简单的，常常设计为年轻的主人公为在英国的读者大众讲述他们与中国人滑稽或尴尬的遭遇。然而，这些主角通常不是通过这些经历而成长，而是通过英雄式的话语来重写这些事件，然后作者本人的讽刺态度削弱了这一叙述效果。这种冲突突出了帝国景观的差异性，它既是男子实现勇敢行径的幻想之地，又是羞辱事件发生的真实之地，在此英国的全球霸权被置于不顾，因此可以观察到完全不同的世界观。

居住在中国以外的英国作家于义和团运动爆发的1900年左右创作了一系列的故事。他们专注于中国暴徒对或多或少无辜的英国军人和公务员的反应，这些外国居民为了追求休闲，通常是捕鱼或狩猎，暂时离开了定居点，对当地的文化习俗一无所知，这些人又往往是村民看到的首批白人，常引起当地民众的激烈情绪，只能通过英国人特有的聪明才智来逃避死亡。这些叙述维护了关于中国的野蛮行为的刻板印象，即C.玛丽·特恩布尔所说的"那时的大多数英国人认为，纷争不断的内地是一片充满残酷痛苦和愚昧无知的大陆，那里腐败的官吏实施酷刑，异教徒溺死刚出生的女婴"。[27]然而，英国人不愿将这些画面与其国内工人阶级群众运动的内部焦虑联系起来，这表明他们打算展示的不文明的叙事观念与这些观念反弹到英国人自身的方式之间存在差距。

罗伯特·S. 温的故事《在中国的一次历险》是这些"局外人"狩猎叙事的典型例子，它发表于故事集《大英国的五十二个故事》（1901）。一名上海医生和一名来访的船医的狩猎之旅出了差错，导致一个当地"中国佬"失明。在那之后，道台试图勒索钱财并杀害这些英国人，当然没有成功。这个麻烦的表面原因是，尽管有大批中国人出于好奇围观"洋鬼子"，但英国船医决定不中断狩猎。然而根本原因是，主要人物推定中国为大英帝国的某个部分，或者至少处于以"大英国"之名松散地联系在一起的隶属地范围内，因而应该允许他们的行为不受惩罚。而且，主人公麻木地将中国农村重塑为狩猎景观的一部分，故意忽略了他们的狩猎场是在中国人定居地之内的事实。在河边聚集了五百多名中国人"威胁要结束这项运动"，当他们拒绝散开以允许猎人们射猎雉鸡时，"他们似乎既不注意自己的安全，又傲慢无礼，仿佛他们只是在为自己的敌意找借口"（412—413）。因此叙事显示，实际的挑衅行为从年轻的英国人转移到中国人身上，并且展现出那种刻板观念，即中国人不仅天然仇视而且准备攻击洋人，即便就他们的日常经验而言，洋人是新奇的和完全陌生的。主人公牵制住了中国人，医生从被射中的中国男子眼中取出二十粒钢珠，给他扎了绷带，并提供了"足够的"补偿。贪婪和嗜血的道台表现出中国自我治理扭曲的一面，英国人的勇气挽救了事态，船医奥斯瓦尔德"上了他的船，感觉在中国内陆射击比印度的老虎更具危险"（420）。考虑到老虎经常被用来形容野蛮的印度人，这些话强烈谴责，相比在帝国内常常被并置的印度，中国本质上是更为暴力的地方。

　　温的故事打开了一个缺口，显示英国暴力是偶然的、没有明确目标的，而中国暴力是有目的地直接针对外来者的。但叙述回避了之前诉求的消除中国"内陆"的主张。虽然故事仍然认为中国人是天生暴力的，但完全无视人类的生命和痛苦不再归咎于天朝人，而是转而追究在船医的初始行为上。换句话说，中国的野蛮行径可能是英国人敌意的一个投射，但《在中国的一次历险》并不强调这种可能性，部分是因为故事的伤感风格，并非其他冒险小说特有的英雄模式，例如 H. 赖德·哈格德的作品。因此，对中国村民所犯下的暴力行为实际上是偶然的，即使当地人对此事的反应意味着更重要的事实：中国人对存在于他们中间的、表面上无辜的外国人怀有敌意。

60　　同时，两个医生在进行狩猎时双重否定差异——否定人和兽之间的差异，表现在医生被农民包围时仍向雉鸡射击；同时也否认中国和印度之间的差异，这是形成狩猎派对的前提。这种分层式的否定足以破坏而不是维护帝国空间的普遍观念，甚至涉及争论中国是否应被纳入大英帝国的版图，因为中国农村看起来是无法律的。事实上，从历史上看那时当地官员不可能完全无视谋杀这些英国人的结果——类似的暴力行为是欧洲在中国扩张的催化剂，例如1897年两名传教士被杀害使得德国人获得一个殖民港口（胶州）。但这确实反映了世纪之交中国中央集权的崩溃使得列强似乎有理由干预中国政策。

　　这些故事描述中国在种族、文化、贫穷和堕落等方面与印度相似，但不同的是，中国总是处于或接近一个令人生畏的反抗英国的状态，类似于1857年的印度兵变，但更具威胁，因为这种状态从未被镇压下去。此外，它们将租界和通商口岸之外的中国区域定义为青少年男性发展的空间（考虑到他们中的很多人年纪轻轻就入职洋行和海关）。由于叛逆，青少年常生事端，狩猎行动是非法的，不仅是在技术层面上，而且也是被雇主明令禁止的。在推行贸易的情况下，《天津条约》授权欧洲人在中国内陆游历，如果他们犯罪，应服从当地道台的管制。[28]然而，这种行为培养了年轻人在后来与义和团、海盗或堕落的中国人较量时所需要的勇气。

　　"中国通"们自己创作的故事描绘了一幅不同的画面，愚蠢的英国人只能得到他们应得的部分，例如克洛斯基的选集《沈的辫子》中的一篇短篇故事《大运河的拍摄之旅》。这些故事揭示了英国青年在陌生环境中的不文明行为，并且进一步指出，英国人的幼稚行为会引发暴力，这是中国人对帝国主义入侵他们的主权空间的回应。这些故事还讽刺了英国人的观点。

例如，里弗斯的《彩色两便士》通过并置在家和离家的场景，声称关于中国的故事只有在浮夸的情况下才能吸引英国读者；如此这般，中国永远只存在于想象之中，而从来不存在于现实之中："很显然，在本土的英国人更容易相信关于中国的说法，这些说法不是严格真实的，却能激发他们对冷酷事实产生温和的兴趣！"（《英华杂记》，115）这些"惊心动魄的冒险"（115）使得主人公约瑟夫·霍金斯成为一名伟大的英雄，而且是英国人在华生活方面的权威人士，这掩盖了他在中华帝国实际平凡甚至有时屈辱的现实状况。事实上，霍金斯戏剧性的故事隐瞒了他因自己的愚蠢行为，几乎在一次"内陆"旅行中被杀的事情，与温的故事非常雷同。当他在船上度假旅行时，因醉酒吹响短号，造成了一个村庄的骚乱，这不但引发村民的好奇，也使他们对主人公愈发产生敌意。他在逃跑时被抓获，并被绑在一根竹竿上，村长为了避免被当地治安官找麻烦，力保他免于受到进一步的伤害。他回到上海后，故事由"在本土的相当不错的杂志"（130）出版。在这则他为英国公众设计的故事中，短号变成了左轮手枪，暴徒变成了密谋革命的煽动者。不是村长而是一位美丽的官小姐救出了他。他后来声称，她是一位"满族-义和团联盟的公主"，正等着嫁给他。这是另一种说法，说明叙事通过阶级动态折射出通婚是合法的。

霍金斯的故事不合逻辑，显然很荒谬——至少对里弗斯的那些老练读者来说是这样，他们可以把自己定义为与霍金斯杂志文章的读者截然相反的人。英国男孩的英雄主义被揭示实际上是一场醉酒的恶作剧。霍金斯显然无法用他自己想象出来的那种冲劲和勇气来吸引当地出身高贵的女孩的支持，而少女公主本身也同样是虚构的——更不用说满族和义和团不可能（尽管在小说中很常见）的结盟。

《彩色两便士》是《英华杂记》这部短篇集的最后一个故事。如同开篇一文《一位50年代的大班》一样，它包含了许多关于洋中国和通商口岸叙事的特征，是帝国文学的一个独特的子类型：强调历史和地缘政治对人物个性化描述的影响；阐明因地理位置的特殊性而产生的对中国的不同看法；暴露中国作为帝国幻想投射之地和经济或领土争夺场所之间存在的矛盾；使用幽默作为批评的模式来嘲笑读者和人物，因为他们误解了英国人在中国的生活。《英华杂记》的叙述开始于"在遥远中国"——文集以"在中国"字眼开篇——但它结束于英格兰的故事。[29] 受到他"流露感情"（130）成功的鼓舞，霍金斯回到英国，在那里他作为一名记者，干得"相当不错"（130）。在19世纪40年代和50年代，中国是欧洲男人发家致富的地方；而在世纪之交，他们在那里靠撒谎和夸大其词而出名。因此，一个被上海一家商店解雇的低级职员成功利用在内陆度假经历的尴尬事件——这些事他"因为害怕被嘲笑，在上海一直闭口不谈"（129）——成为了解北京后来发生的乱局的专业人士。

《英华杂记》在1903年由伦敦的出版社发行，可谓兜了一圈回到原处，但又不是真正回到原点。故事集绘制了英国在中国扩张的编年表，从通商口岸体系甫出到作者成书的当下，始终将中英关系的演变历史放在叙事过程的核心。然而，基于作者三十年的个人观察，选集一开始是对洋中国生活的颂扬，最后却以对英中故事能否被真实讲述的怀疑而告终。在幽默和色彩的背后，隐藏着一个更真实的故事，但对于那些没有经历过的人来说，这个故事远没有那么有趣，那就是帝国的平庸。

第二章

水坑口投影

詹姆斯·达尔齐尔的香港编年史

"据我所知,香港的人口,"贝蒂在《截获的信件》中说,"由[我的丈夫]威廉和大约三百人组成,其中没有一个是中国人。"(25)贝蒂对于亚洲人的空白印象以及她从周围文明的异化呼应了亚洲静止且不受时间限制的观点,并且断言了其历史只是从殖民时期开始,而且仅包含这一时期。这从社会方面重申了1898年版《编年史和目录,为中国、日本、韩国、印度支那半岛、海峡殖民地、马来州、暹罗、荷属印度、婆罗洲、菲律宾等》在地理方面的主张:"英国国旗悬挂在据点之前,几乎可以说这个岛没有什么历史,少量对其的关注也十分模糊。"[1]

贝蒂和《编年史和目录》的作者都以不同的方式,通过英国人的存在和中国人的缺席来想象香港。[2]他们笔下的香港是一个拥有数百名英国居民的社区,可以触及,无须想象,这种观点代表了那个时候许多(即使不是大多数)在"芳香的港口"安家的外籍人士的态度。这一观点也基本符合英国背景的后殖民主义批评家在对印度和非洲的研究中经常发现的单方面种族分裂的轮廓。

葡萄牙人、中国人、欧亚人、印度人和其他亚洲人从帝国描述中的香港被抹除——同时被抹除的还有剧烈变化、流动和短暂停留的港口城市的人口,隐含贝蒂缘何将数字固定在"大约三百人"——

这描绘了深陷孤立的殖民地主体所熟悉的一幅画面。同样,殖民地边界的制度化也是东西方分裂的实例。[3]这是一幅复制了大英
64 帝国各地兵营的画面,但它并不反映实地的社会条件。事实上,这是一种故意根据乌托邦完整性模式来观察殖民社会的方式,是一种强有力的战略的一部分,将同一性强加于差异的景观之上,并在广泛的地理范围内使得多幅殖民地画卷有着相同的空白画面。抹除必然是一种意识形态行为,旨在使有问题的东西消失。然而,正如阿克巴·阿巴斯所指出的,消失不只是失去,还会带来机遇。"身份模型消失的时刻,"他评论道,"也是后殖民主题被发明的时刻。"[4]

本章考察了詹姆斯·达尔齐尔的小说。达尔齐尔是众多驻东亚的英国作家之一,世纪之交时,他的作品通过将异质性作为香港殖民景观的象征,提出了自由贸易帝国主义的替代模式(以及由此产生的替代主体)。鉴于第一章绘制了1840—1911年间英国作家有关中国的文学创作的总谱,本章将提供单独一位作者的详细案例研究,以探索这些作家处理文化交流问题时的一些更细微的方式。因为它关注的是一位常驻香港并以香港为写作对象的作家,由此提出了这样的疑问:相对于那些更令人向往的通商口岸,香港这个真正的英国殖民地在文学创作上可能有什么不同?

达尔齐尔是一名苏格兰工程师,在航行于中国南海的船上工作。他共创作了三部短篇小说集。第一部选集是《英国直辖殖民地编年史》,于1907年由香港的主要日报《南华早报》出版成册。同年,伦敦出版商 T. 费希尔·昂温发行了其作品《头班守望和其他机舱故事》。随后昂温在1909年发行了《远东的高品质生活》,该书包含了《英国直辖殖民地编年史》中的一些核心故事。[5]

人们对达尔齐尔创作这些悲剧性的、有时候甚至是怪诞的香

港小品文的灵感来源知之甚少，但他的历史证明，在中国的欧美人社区内，来自不同社会阶层的人们所从事的文学创作范围之广，令人难以置信。同时这也表明英国帝国主义的一个普遍现象——鼓励大量原先没有想过成为作家的人来讲述自己的经历，并且为三流作家提供了更多机会，使得他们的作品发表在中国当地的英语日报（如《南华早报》和《字林西报》）上或由地区的出版社发行。达尔齐尔的案例印证了以上观点：他的文集相继出现在他离开中国后的三年时间里，但伴随着殖民地生活的远去，他似乎也结束了自己的文学生涯。[6]

66

与康拉德一样，达尔齐尔从自己在远东海域和近海的经历中搜集作品素材。他于19世纪90年代后期到达该地区；1898年，他是中国航运公司"汉口"号的首席工程师，这艘重达2 235吨的轮船隶属于太古洋行。[7]他是香港工程师和船舶设计师协会的成员，以及《论河流服务的浅水轮船》（1898）这本小册子的作者。[8]在世纪之交，他离开殖民地，回到了英国。[9]20世纪20年代至30年代，他居住于苏格兰的东廷沃尔德，1934年逝世，并被埋葬在那里。[10]

人们对于他在伦敦出版的文集的评论大部分是正面的。《文人》杂志指出："像达尔齐尔先生这样拥有高超的描述能力和强大的戏剧力量的作家是罕见的。"[11]《雅典娜》杂志称《头班守望》为"佳作"，并补充道："通常，如果一个人的丰富经验使他能充分利用船舶发动机舱的巨大技术优势，那么他就很少具有创作好故事所需要的同情心和洞察力。在这本书中，达尔齐尔先生展示了他具备这两种显著优势，我们希望他将继续写作。"[12]《蓓尔美街报》有关《头班守望》的评论被转载于《远东的高品质生活》一书的卷首，文章声称："只有天才才能改进这些故事的叙述风格。"

亚洲边缘理论

无论他的文学才华如何，我的目的既不是在审美或主题方面推崇达尔齐尔，也不是将其招募进一个先进的阐释项目中去，不加批判地接受后殖民主义理论的文学政治化的原则。我的目标同样不是因其代表着一种独特的声音，就要从公认的历史故纸堆中救出达尔齐尔薄薄的作品。这项研究是因为他的故事提供了印度以东的帝国主义多样文学的例子。事实上，达尔齐尔与康拉德的相似之处——尤其是康拉德在他关于马来的小说，如《奥迈耶的痴梦》(1895)和《胜利》(1915)中表现的跨文化爱情和欧洲内部合作——证明这种多样性的元素即使在最受推崇的作家身上也能体现出来，却被某些文本的选择性阅读所掩盖，这些阅读往往断章取义，脱离了上下文。[13]因此，通过达尔齐尔，我阐述了历史方法的一些局限性，它们依据特定的地理位置进行宽泛的概括，并且将多个观点和表达方式纳入统一帝国实践的意识形态保护之下。因而，问题不在于达尔齐尔是殖民时代的后殖民作家。相反，我认为在他的小说中可以找到关于帝国的多重观点，这构成帝国主义本身一个值得注意的特征。达尔齐尔在香港社会中短暂和不断变化的位置，以及他描绘香港居民作为一个多样群体的作品，突出了帝国形成中的弹性，掩盖了来自宗主国的冒险小说的清晰修辞。《英国直辖殖民地编年史》特别强调，殖民主义和后殖民主义文学实践之间的交流具有连续性，而不是断裂性。

具体来说，本章从以下五个方面质疑了近期有关帝国主义的文学研究很多以印度为中心的做法。第一，我质疑在把印度作为整个英帝国主义的症状和象征时，后殖民批评是否再现了帝国主义逻辑的方方面面。第二，我从中国而不是印度或非洲的角度出发，重新评估中心和边缘的模式，以打破权力和文化交流的单向流动。第三，我聚焦香港和上海，探索文本创作、编辑和发行的全球本土化模式，揭示这一文学市场的复杂性，它在地理上分散且拥有多样的读者群体。第四，通过达尔齐尔的作品，我研究了帝国和超帝国的不同地方的作家对待通婚的差异，强调这不仅简单地区分开官方论调和"真实的"帝国范围内的实践，而且还阐明了文化和性接触的行为没有——也不可能——标准化。第五，通过聚焦以短篇小说见长的这位作家的长篇作品，本章重新评估了长篇小说在帝国叙事研究中的霸权地位。作为一种持续的叙述形式，我认为长篇小说反映了一种学术上对一致性的愿望，即整理清楚相当凌乱的帝国关系。在接下来的几页中，我将阐明这种干预的形式，然后具体介绍达尔齐尔的小说，以强调其对当前全球化的维多利亚文学和文化认识的意义。

在庆祝 J. R. 西利 1883 年出版的《英格兰的扩张》（此书收录进1924 年伴随着大英帝国展览出版的十二卷本系列丛书之一《大英帝国文学》中）的评论中，爱德华·萨蒙写道： 68

> 《英格兰的扩张》让英国人有机会抓住帝国故事中的要点，整体看待这一故事及各元素，无论反映的是其弱点还是力量。一句话来说，它驳斥了必然性的理论："大英帝国总体而言，摆脱了那个曾打倒过多数帝国的弱点，即帝国只是不同民族的机械的、强制的联盟。"[14]

然而，从帝国故事（帝国实际上就是一个故事）中是否能提炼出一些要点？如果可以的话，印度是提炼这些要点的合适地点吗？西利所宣扬的健康联盟的理想与霍米·巴巴和佳亚特里·斯皮瓦克等学者所揭露的实际胁迫和认知暴力的现实之间存在简单的对比，是否有一个充分的模型来解释使英帝国主义得以兴盛的积极的、多层次的合作与协作？或者，基于从鲁滨逊和加拉格尔到奥斯特哈默的非正式帝国主义历史理论，进一步关注像中国这样的帝国主义野心之地，是否揭示出远没有那么明确的代理概念？更广泛地说，英国语境在后殖民文学理论中的主导地位，是否正如萨蒙将其作为典范一样，落入不可避免的相同陷阱中？

达尔齐尔的故事暗藏式地回顾了直属殖民地对更大的帝国主义政体的重要性，因为这些故事将香港塑造成一个多元文化中心，是"许多国家的商业中心"，而不是更典型地作为与英帝国主义松散绑在一起的、人们说着广东话的城市。因此，这些故事预估了当代香港某些作家的主张，例如许素细。这类作家置身于英语为母语的语境中，因为他们相信如此更能体现香港多种族、多语言的社会环境，比"在中国文学的等级体系中争得一席之地"更可取。[15]

达尔齐尔的小说也指出了正式帝国主义与非正式帝国主义之间的联盟关系，以及二者之间的松散过渡。正如奥斯特哈默指出的，和上海一样，在香港，权力、地位、肤色"以世界各地殖民主义典型的方式相互关联。然而，除去精英阶层中的爱国主义觉醒人士，非正式的帝国对普通中国人来说几乎不可察觉，在香港和上海的正式帝国却是成千上万殖民地主体共享的体验"（《英国和中国》，164）。

最近在历史和文化研究领域有关英中关系的作品揭示了帝国话语宏大叙述的一些启示，并针对后殖民主义关于臣属性的宏大叙述提出了一些值得注意的挑战。部分作品通过阅读以前忽视的帝国档案元素（例如蒂兰的游记作品研究），或者通过分析中国在大英帝国建构中的历史和经济地位（譬如奥斯特哈默关于"半殖民主义"的作品），扩大对英国帝国主义的批判性认识。[16]"英国对中国人的统治，例如在香港、上海中心，还有在新加坡，"奥斯特哈默指出，"局限于流动的、相对现代的城市环境，这些环境很大程度上是由欧洲的入侵本身造成的：跨文化妥协地带的边境城市。"（《英国和中国》，149）与此同时，菲莉帕·莱文已经梳理了亚洲不同殖民地性行为规范的细微差别，阐明了宗主国与殖民地之间的差异以及不同殖民地政府采取的不同解释策略。[17]罗伯特·A.比克斯分析了出现在上海的具体治理形式，尤其是治安管理方面，阐明了英国在中国的非正式帝国主义的独特性及其与帝国其他地方的联系，例如印度（警察调配过来的地方）。[18]另外，在《中英的相遇》中，王赓武主要专注于中国人体验的中英关系，从而戳穿了英国人掌控中国的一些浮夸观念，进而也戳穿了英国显而易见的帝国力量。

其他学者的著作抛弃了帝国主义本身的范例。在《上海摩登》一书中，李欧梵将目光完全投向殖民地和半殖民地母体之外。他认为英语的影响有限，精英阶层几乎只用中文表达自己，这意味着用后殖民模式来解释上海是不充分的。他提出以张之洞的著名格言——"中学为体，西学为用"——作为中国开发西方知识和技术的模式。这样的模式使上海能够体现现代主义和世界主义，而不需要屈从或顺从西方——李声称，正是在这种情况下，巴巴阐明了他的模仿理论，并产生了"完全殖民化"的局面。[19]这些不同的学术观点可联系至我对詹姆斯·达尔齐尔的讨论，展示了帝国如同一条被子，被缝起来的不同地块显示了帝国情感的不同神韵。这也凸显了香港和通商口岸作为西方的飞地，并没有反映出中国人的看法，甚至没有反映出那些居住在这些表面上属于西方空间的中国人的看法。

那么，大英帝国的历史真的是一个让英国引以为傲的故事吗？

印度在这种帝国主义历史中的中心地位，是否是通过维持一种帝国主义模式和范本，来压制帝国内在的多样性（这种模式鼓励抹去地方文化，协商好全球/地方精英之间的关系，从而使帝国得以运作）？长期以来，罗纳德·鲁滨逊对战前帝国主义史学的批判一直是有效的。鲁滨逊断言在那种历史学中，对帝国主义的关注集中在一个大陆上，而不是在洲际的过程上，"当世界其他地方进入画面时，它就像是欧洲的延伸。从过时的宇宙学的假设来看，这一过程几乎完全被定义为宗主国的驱动力投射在被动的边缘地区"。[20]现在许多历史学家正在重新考虑这一立场。就这一知识领域的经济目标而言，安德烈·冈德·弗兰克等人认为，从长远来看，欧洲是中心、亚洲是边缘的观念是有历史缺陷的："如果1800年前有哪个地区在世界经济中占据主导地位，那就是亚洲。如果有任何经济体在那时的世界经济及其可能的层次结构中具有中心地位和作用，那就是中国。"(5)彭慕兰反驳了亚洲衰落和停滞的想法，认为直到19世纪，中国人的生活水平都与欧洲人的大致相当。[21]彭慕兰还指出："不同于有时人们宣称的那样，中华帝国并不是普遍仇外和敌视对外贸易，中国的社会总体来说并非如此；但政权确实有一系列持久的优先事项，其根源在于其重建帝国的取向，这使得他们对海外殖民和重商主义漠不关心，甚至怀有敌意。"[22]同样，乔万尼·阿里吉、滨下武志和马克·塞尔登也认为：

> 大量关于融合、殖民主义、现代化和"对西方的回应"等概念的文献，往往或多或少地意味着这一早期东亚历史遗产的完全转移。我们不同意这种观点，相反，我们认为，从16世纪到18世纪，伴随着西方经济和军事力量作为该地区的重要力量的出现，实现了一种杂交和交叉的过程，并且这一过程在整个

70

东亚帝国主义和革命时代以及之后以新的方式继续发展。[23]

在文学领域，学术界对"全球化"维多利亚时代的研究日益突出，作为比较主义新形式的世界文学领域出现，这引起人们关注，"维多利亚帝国是一个相互关联的过程……近现代帝国主义作为一种全球根深蒂固但不平衡的制度，其概念上的存在已日益扩大"。[24] 普丽娅·乔希关于印度人的文学消费的研究，利用书籍历史的工具，揭示了印度人如何将小说本土化的流通网络及模式。[25]

71

从香港的背景来看，英国从未完全拥有这块殖民地的主权，与国际通商口岸和中国的联系都是明确的——关于维多利亚时代的研究转向全球，引发了一些观察。首先，它强调可重新考虑后殖民主义使用印度来提喻整个帝国的范式。它遵循了鲁滨逊、加拉格尔、比克斯等人的观点，强调帝国主义不仅不是一种连贯的意识形态力量，而且这种缺乏连贯性是其运作方式。其次，英国在印度和中国的存在的明显重叠——包括货物和人员的交换，在亚洲区域经济体之间无须通过一个西方宗主国调解的关系，与欧洲和美国进行的高水平互动——强调了一种范式的局限性，这种范式将帝国意识形态视为自上而下的过程，并且因为它与单一核心的"直接"联系而分离了正式帝国与非正式帝国主义的不同现象间的联系。

此外，"非正式帝国主义"暗示，宗主国可能从未拥有过所认为的属于它的权力。鲁滨逊主张："欧洲帝国的努力本身不足以造成帝国和国际经济的巨大扩张。"

如果东方帝国所需的大部分力量来自亚洲，而发展西方世界的小部分资本来自欧洲的证券交易所，那么也许，帝国主义的宗主国并不完全在欧洲中心主义理论家所认为的地方？如果帝国主义的真实立场可以固定下来，其倾向于宗主化边缘地区和边缘化宗主国的终极之谜可能会消失。[26]

正如奥斯特哈默所指出的，允许这种中心-边缘动态关系的重塑，部分原因在于对"现场"的参与者和上层建筑给予同样多的关注。[27]达尔齐尔的作品被嵌入特定时刻和特定地点的具体动态关系中，最初是在香港而不是在伦敦出版的；通过对它的研究，我们可以更清晰地理解帝国的修辞追求统一的地方，以及从一个主要中心到像印度这样的地区中心的距离如何产生了不同的修辞变化。焦点从测量72 "距离"转移到考虑"距离"允许出现什么，但"距离"的概念仍然有用。

事实上，通过将香港、上海等帝国内侨民文化市场与宗主国的生产、编辑、发行进行对比，本章提出因地域和流通方式不同，帝国文本的功能不尽相同。此外，我坚持认为，作者、编辑和出版商都意识到这些紧张局势；塑造的作品以不同的方式对话不同的读者；并根据读者群的期望来操纵现有文本，全球、地方、帝国和阶级的关系使得这些跨越地理空间的读者群彼此分离或连接起来。这些不同的全球本土化市场不仅存在，而且显示出不同的特质：在英国，文学读者的群体呈现多样化，潜在地因文类、性别和阶级分离开来。然而，"在异乡中国"，达尔齐尔和贝蒂这些不同的作家本来就享有共同的读者群。当地出版商出版的作品十分广泛（别发洋行发行一切内容的作品，从汉语语法手册到食谱、小说），对社区其他成员创作的作品的兴趣保证了小范围但可能多样化的读者群，主要由欧洲人组成，通常是居住在香港或者租界的英国人。另外，蒂兰在分析比伊克1896年的小说《中国婚事》时指明，这个社区实际上足够小，使得读者能够识别作者笔下角色们的原型。[28]这一读者群的特殊性也意味着,作家有讨论当地帝国问题的自由,而无须对广泛的帝国读者做出解释。《布里格斯先生的意见》(1904)提供了一个例子。[29]这部选集转载自《南华早报》专栏,收录了由香港警员转岗成为税务征收员的布里格斯先生与其妻子进行的一组讽刺对话。故事强调了地方性的题材:《布里格斯先生在新电车上》讽刺了在开发一条电车线路以取代人力车时所发生的拖延和争吵事件;《布里格斯先生质疑警察部门的"新外交"》评说了殖民地政府这一部门中的贿赂和腐败。

同时,宗主国本身的文学创作的市场在香港这样的地方也可能不同于在伦敦。出版商往往会在G. A. 亨蒂等冒险作家作品的封底上列出读者可能感兴趣的其他书籍的目录,但这些书单很少跨越体裁,涉及自然主义作品、更广泛有关男孩和女孩的小说以及游记。[30]亨蒂的作品虽然主要是关于帝国主义和国家认同的问题的,但通常被归类为"历史故事"进行销售。相比之下,为香港德辅路上的相互书店做的广告则打着"殖民小说"的旗号:"我们刚收到一批由知名的伦敦费希尔·昂温公司出版的最新殖民小说。"[31]这则广告的特殊性表明,关于帝国主义小说的市场和营销策略是界定和分离的,这种分类使得来自伦敦市场的作品具有了不同的吸引力。

阿巴斯在对香港的研究中警告批评者,需要意识到"边缘化的诱惑":"边缘化不一定会动摇中心,或者开始一个偏离中心的过程。它只是训练中心,通过提供一种政治形式上的静力锻炼以加强中心的力量。"(13)然而,观察帝国内外的文学现象时,偏离中心可能不是唯一需注意的点。理解多个相互关联的中心(例如加尔各答与上海之间的关系)和中心内部的中心(例如"贝蒂"所描述的欧洲人的香港),对理解帝国和"本土"政治的组成以及其影响力的限制至关重要。这使人们注意到不同文化之间交流的影响,每种文化都有自己的中心，英国和葡萄牙在亚洲的共生互利关系就证明了这一点。举一个例子：在殖民地建立和外国商人从澳门迁居到香港不久之后，葡萄牙诺罗尼亚家族于1844年在那里成立了一家印刷厂；诺罗尼亚公司后来成为官方文件和其他材料最重要的出版商之一。这个家族的子孙何塞·佩德罗·布拉加在印度接受教育，而不是在科英布拉或英国，他后来掌管了《士蔑报》。[32] 或者，正如戴维·波特所说，当代中国文学的经典是通过将相关的经典作品翻译成欧洲语言，并被20世纪初期的中国知识分子重新采用而形成的。[33]

除了呼吁关注正式和非正式帝国主义地点作为独立的文学工作坊以外，本章还指出了广泛的潜在调查领域，质疑将帝国主义视为一个连贯的意识形态力量的构想，并将有助于最近转向当地和全球之间复杂的相互关系的批评兴趣转移。需要进一步研究的领域包括在英国感兴趣的任何地方出现的英文报纸——从印度到南美以及其他地区出版的报纸，例如《英巴时报》、《曼谷时报》和《福州每日回声报》。还包括英国殖民地以外的出版物，譬如出现在葡属东非的英语期刊《洛伦索-马贵斯卫报》，正是因为洛伦索-马贵斯（马普托）港口运送了德兰士瓦繁荣的矿业产品。英国殖民地也

74　培养了非英语的书刊，如香港的葡萄牙语出版社。不仅需要对出版社有价值的独立内容进行分析，还需要分析从其他地区和宗主国报纸选择材料的程序（当时常见的做法），宗主国通过书评和社论对这些地区的精彩阐释，以及有时候对西方领事行为进行的尖锐批评。

更根本的是，这些调查领域包含了在殖民地和半殖民地繁荣发展的土著语言的相关创作。就中国而言，正如李所指出的那样，20世纪初，通商口岸的新闻业提供了让改革知识分子成为"中国社会的激进发言人"的机制；在这个过程中，小说（比英文中使用的这个词语拥有更广的含义）发挥了突出的作用。[34]李特别指出：

> 晚清文学的出现——特别是小说——是新闻业的一个副产品,是从一系列深化的政治危机的社会反应中演化而来。中国在1894—1895年中日甲午战争中的耻辱失败终于震惊了知识精英阶层,使其行动起来,但是他们对变革的要求以1898年的改革运动失败而告终。伴随着上述改革前景的梦想破灭,改革派的文人脱离了这些无效的状况,转而成为中国社会的激进发言人。他们的努力集中在产生"舆论",以此向中央政府施加压力。他们在通商口岸的新闻业中发现了达到目的的一个有用媒介。(143—144)

这些文本还提供了重要的反例(尽管是类似的刻板印象),从印度绅士和棕色皮肤的英国人,到中国海岸操着洋泾浜的买办,这些西方化的本土人物的形象在欧洲视角的文学中盛行一时。

最近评论界强调,禁止通婚在英国统治战略中居于中心地位,我对达尔齐尔的分析对此观点提出了质疑。越来越多的历史研究表明,这种禁止更多的是假设而不是实际,更多的是官方的而不是实际民间发生的。此外,维多利亚时代和研究维多利亚时代的人都夸大了帝国时期的英国对混合文化的排斥与法国、西班牙和葡萄牙对混合文化的宽容之间的对比。纳妾是生活中的一个事实,如《德臣西报》1902年以平淡的口吻报道,一个英国水兵被指控在曼谷谋杀了一个马耳他居民,其中暗示了这样一种关系:"一名与帕尔米耶里住在一起的暹罗妇女说'多呼'向帕尔米耶里'做了一些事情',她不会说'奥多诺休'。"[35] 75

然而,即使从修辞的角度来看,禁止通婚的影响似乎也不如从印度背景推断的影响大——至少在理论上,印度的主流种族背景是安全的二元结构。[36]欧亚混血、英印混血和其他具有多个"种族"

关系的团体,对英国当局来说并非隐形的存在,即使当局将他们归类为问题人物。[37]关于印度支那的研究表明,法国政府对"白人属性"的定义比较灵活,这一模式无疑在亚洲被广泛复制。[38]一些英国文学也将混血儿视为带有附加文化价值的白人英雄,如曾任《每日电讯报》编辑的冒险作家威廉·多尔顿1864年的小说《黄蜂的海洋》。作品中的主人公男孩赫伯特,拥有一半英国血统、一半中国血统,而他最好的朋友迪克也是名英勇的混血儿,有着美国和英国的背景。混血儿的出身给予了他们独特的机会来表现他们的英勇。故事结束时,赫伯特低调地定居在伦敦,撰写自传,就像任何一个完全的英国冒险英雄可能做的那样。"我的父亲是英国人,母亲是中国人,"赫伯特在小说的开头宣布说,"我属于两个国家;因为我生命的前半部分是在中国学者的指导下度过的,而后半部分则是在英国传教士的教导下。我可以公正地宣称两段人生都是值得拥有的,或至少任何一个都不会让我感到丢脸。"[39]

　　直到维多利亚时代结束时,这种种族认同的流动性都没有消失。如果南海岛民的浪漫长期以来被视为跨越"肤色"禁令的特例,那么相比之下,达尔齐尔的香港故事表明,打破规则本身比遵守它更为光荣。这些故事时而把通婚当作生活的一个事实,时而把通婚当作自然和健康的事情来宣扬,而欧亚混血人物则受到叙事的青睐。然而,这种异族通婚的表现不应被视为对官方政策倾斜的一种挑战,也没有提供一个挑衅的反殖民立场。正如伯默尔在稍早时所指出的,广泛的反帝国主义情绪"意味着抵制19世纪中后期社会赖以立足的自我认知。然而,在一个充满帝国意识形态的社会里,这样的举动是不可能的"。[40]因此阈限可能不等于激进的越界;坚持在禁令空隙中生存的异族通婚以及其在文学中的构建方式,暗示了其在一系列地理和文化范围内表现出的固有的灵活性,而非帝国

76

紧张局势。这种解读强调，对混血的关注、地理和历史上嵌入的特殊性、微观历史以及类似问题与帝国更大的理论评价之间不需要有矛盾。

《英国直辖殖民地编年史》记载了各种各样、不同阶层的欧亚混血儿（从英中混血儿到澳门人，再到爱尔兰-太平洋岛民），或者是"次要"的、在种族上受到怀疑的欧洲人（葡萄牙人），他们的性格证明他们比英国人优越。对于男性来说，这种优势在商界表现得尤为明显，尽管他们经常在"努力以亚洲人的工资维持欧洲人的地位"（《达萨塔尔的妹妹》，《英国直辖殖民地编年史》，122）上遇到困难。而女性则卓越体现在宗主国的家庭理想方面。在《一桩不重要的婚事》中，贫穷的飞行员蒂姆·奥卡利根醉酒下一时冲动娶了一位来自意大利修道院的欧亚混血"孤儿"，结果她是一个完美的可爱妻子，与从澳大利亚远道赶来跟他结婚的白人女子形成了鲜明对比。这位假定的女性典范在见到他的第一眼就抛弃了他。

为了进行这样一场异族通婚的庆典，达尔齐尔把自己塑造成一个文学的局内人——通过提到亨利·米尔热和波希米亚的贫穷传统——与此同时，他也是一个社会的局外人，这一视角使他能够探索和同情通婚行为和混血儿的生存空间。这部编年史贯穿始终的恐怖感觉源自"被遗弃者"的主体性，可能成功的跨文化关系反复因其所在的外部环境因素（如疾病、社会排挤或失孤）而失败，达尔齐尔由此谴责传统殖民社会的道德。他坚持认为，跨越肤色障碍去"连接"情感联盟时，没有根本性的失败，因此，编年史拒绝性暴力的隐喻。而珍妮·夏普（她自己是混血儿）等学者们已经证明，这是在1857年转折点之后关于英属印度文学的一个中心主题，当时印度通过国家干预地方统治，加强对私人领域的监管，改变了（某种程度上在中国持续存在的）企业殖民主义模式。[41]

达尔齐尔决定通过短篇故事集，而不是小说，来探讨香港这一微型殖民地有关异族通婚的不同方面，他的决定绝非偶然。与包括吉卜林在内的他这个时代的其他短篇作家一样，达尔齐尔利用短篇故事的有限范围以及单一选集中不同叙事并列出现的动态紧张关系，探讨微型殖民地香港在异族通婚上的矛盾和影响。因此，他的作品也显示了为什么长篇小说在帝国叙事研究中的统治地位是有问题的，因为小说追求连贯性、资产阶级价值观输出的含义，并且英国人侨居地的叙事习惯明显不同于英国本土叙事。事实上，后殖民批判对长篇小说的投入尤其令人惊讶，因为真实性声明对游记来说是固有的，对长篇小说而言却并非如此——正如安德烈亚·怀特所指出的，小说本身就依赖于真实性声明来暂停怀疑。[42]

尽管如此，正如埃林·奥康纳所言，基于小说是19世纪最基本的形式，并与资本主义的崛起紧密相连的假设，小说已成为19世纪帝国主义文学研究的关键体裁。根据奥康纳的说法，斯皮瓦克和爱德华·萨义德的作品"建立起维多利亚时代小说作为广泛帝国主义情感的本地例子的范式……19世纪的英国小说被认为是'帝国主义叙事化历史'（斯皮瓦克，263）的一个主要例子，也是这种叙事创作的起点"。[43]达尔齐尔的作品则强调了一种假设帝国主义情绪普遍存在的固有谬论。同时，此类作品揭示了将一种广泛的体裁（即虚构小说）以及该体裁的一种具体表现形式（即长篇小说）作为奥康纳所说的后殖民文学理论的"指导分析结构"的不足之处（220）。

奥康纳继续阐述这个过程，指出评论家们通过具体分析夏洛蒂·勃朗特的《简·爱》（1847）和康拉德的《黑暗之心》（1898），以提喻19世纪帝国主义。"这确实是一种粗俗的制图，"她补充道，"用维多利亚时代的一部小说描绘帝国主义的黑暗之心，使众所周知的书页变成一个指南，它在过去的'无边无际的空虚'中令人宽慰的存在，证明了一种完整的解释性实践。"(239) 奥康纳对选择性特权的讨论，不仅将小说作为一种形式，而且将特定小说作为示范文本，提出了学术讨论应更少关注吉卜林的《基姆》，更多地关注他的短篇故事集；更少关注《黑暗之心》，更多地关注康拉德较短的作品，如《台风》(1902) 和从未连载过的《福尔克》(1903)；更注重以短篇故事为主流表达方式的作家，比如史蒂文森；更多地关注《布里格斯先生的意见》等不知名的作品，它们的地方风格对"帝国中"的作家是否必须面对与回应帝国主义提出了挑战。

　　与第五章讨论的戏剧一样，短篇故事提出一些非常不同但同样重要的手段来叙述历史，既因为对当前事件的潜在的反应速度，也因为更多的作者有关更广泛话题的作品能获得机会出版（通过诸如当地报纸等媒体），还因为这些出版物发行的地理范围比小说的更为广泛。此外，选集的形式允许与长篇小说叙述帝国主义的方法有一些重要区别，包括并置多个叙述者和叙事视角，在同一卷中发展不同叙事之间的语境关系，高度关注构建叙事框架的技巧，以及降低寓言作为叙事组织原则的重要性。 78

　　不同于长篇小说，选集本质上是多方面的；它将故事凝聚在一起，却包含很多不同的角度和闪光点。审阅选集里的短篇小说，发现它们集体对殖民地社会形成多重且时而矛盾的立场。它们绘制出人口众多的香港不同阶层的生活，表明记录殖民地的行为要求这种非线性、异质性的方法，这正是短篇小说选集让读者去开发的方法。因此，选集的异质性与殖民地和/或英国主题的异质性是平行的。通过允许殖民主题的表现是复数和无界的，并且将当地作为一组身份和选择，而不是不同属性的一个共同体，以达尔齐尔作品为代表的选集提出了很多种方式去叙述帝国主义，也只有这些故事才能集体显示出历史观念。这种异质性的潜在可能也抵制了文学殖民项目，蒂兰将其描述为"作家试图用西方价值观和观点重建中国现实，来说明和解释中国习俗和信仰"（19），而且她声称小说是最多被用于灌输这些观念的文学形式。

总之，这些不同方面的分析得以一窥帝国档案的不同领域，它们超出印度、小说和种族分离这些评论惯常的焦点。印度中心主义的瞥视者已经将后殖民理论置于帝国档案的大量输出之上，这无疑是种本末倒置的行为。面对去殖民化和英国遗产在中国南方可能会消失的情况，香港似乎处于一个模糊的有利位置，可以借此挑战印度在帝国研究中的主导地位。然而，世纪之交的思想家们和作家们有着不同想法（无论香港的经济地位如何）。接下来对达尔齐尔的讨论解释了为什么对他们来说，这一"岛屿属地"并不是那么孤立。正如约翰·汤姆森在其1898年出版的《用相机看中国》一书中对香港的描述：

79

> 这个地方，通过一条蜿蜒半个地球的电缆线被系在我们的小岛上，它就像中国海上的一盏政治明灯升了起来，并且发挥着自己的影响力：阻止鞑靼王朝覆灭、维护和平并且向花国一些黑暗角落投射更高文明之光。它孤独地坐落在亚洲大陆的边缘，各色族裔居住于此，由英国统治，有着高贵的欧洲建筑和中国街道，还有基督教堂和佛教寺庙，是一个我们没有理由感到羞耻的英国直辖殖民地。[44]

拥抱中国

汤姆森对香港感到骄傲的基础，在很多方面回应了达尔齐尔的观点，确切地说明了与正式收购截然不同的帝国主义模式的重要性。香港处于亚洲边缘和大英帝国的边缘，在这里，它的边缘化转化为实力。事实上，这块殖民地是欧洲自身的一面镜子，绝非一个无足轻重的"小岛"。汤姆森把英国想象成通过一系列沟通（而非在空间上）将自己与香港连接起来的一个锚；他还把知识分子的利益置于经济、商业或领土利益之上——英国与中国的接触无论是字面上还是隐喻上都可以被视作一个启蒙项目。此外，殖民地的混杂人口反映在建筑和宗教的混合性（或至少是接近性原则）的物理体现上，与不体面截然不同；就像达尔齐尔的故事一样，这种混合是神奇的。

这些对香港的描述背后的修辞，可以说是用帝国差异性（即倡导"结构异质性"）来替代帝国相似性的乌托邦（即忽略非欧洲人和次要的欧洲人，如葡萄牙人）。此外，汤姆森夸大了英国在中国努力的重要性，这与历史事实背道而驰。其他学者有不同见解，王赓武说明了英国对中国的治理缺乏重大影响，甚至对英国直接管辖下的民众的影响力也有限。他表示："即使是那些选择生活在非正式或部分管辖下的中国人，也很少与英国的法律和行政体系有直接接触。"[45]英国及其香港前哨对中国文化和社会的影响力不大，远远不及为中国病人提供补品和支持清政府以阻止瓜分中国的影响。

然而，从殖民者的角度来看，这种异质性的修辞代表了帝国主义作为整合力量的更普遍和全面概念的重要替代。它强调了对帝国结构的人为意识，以及对意识形态的不确定的优越感，即它是否优于在帝国更大、不那么独立的地区（如印度）或为宗主国读者产生或设定的意识形态。通商口岸的故事（我将那些有关香港的作品也纳入此类）立足于欧洲和美国在该地区的帝国抱负的政治和社会特殊性。

与此同时，正如第一章所示，通商口岸文本显示，外国人勉强获准待在中国,甚至遭受最高级官员的空前敌视,这些官员不断去支持反西方的态度,令西方人印象最深刻的是19世纪中叶的太平天国运动和世纪之交的义和团运动。这些故事承认,即使是香港这一殖民的立足点,也不可能作为一个独立的实体,而只是交流网络的一部分,在英国和中国利益之间小心斡旋。在达尔齐尔的例子中,这种普遍的人为性和不确定性通过他对人物私密生活的描述来体现。他们的情感关系挑战了白人内婚制(贝蒂对"社会"的定义)的合法性,他们通过多重和交叉的"种族界限"打破了帝国指定的行为标准。达尔齐尔的编年史轮番提出,香港的"种族界限"比东方其他地方更强大,以及跨越这一界限是殖民地的本质需要,由此它集体性地将官方的种族主义和就业歧视置于社会和性别规则之下,这些规则从根本上干涉了个人的主体性和能动性。

然而,他的故事不只是提供了殖民地档案充分证明的例子,即"白人与白人相结合的家庭被构想成强烈对抗殖民主义兴盛的那种更流行的联姻"。[46]编年史里呈现的混血和异族通婚的复杂画面,提供了超越通常的男性殖民者/女性被殖民者的各种配对,从而确保编年史不仅仅描绘帝国舞台上男性的性放纵。此外,尽管描绘的许多关系遵循熟悉的模式,即男性雇佣当地女性以满足他们家庭和性方面的需求,但这些关系通常涉及一种超越私利或男人放弃控制的感情成分。例如,短篇小说集《远东的高品质生活》中的《一年之爱》聚焦了一个男人离开殖民地返回家乡时,把房子和小妾转交给一个朋友。情节的核心是这位继任者对这个女人悲剧式的依恋;她对他来说是不可或缺的,而不是正好相反。

通过探索跨越各个殖民地差异的亲密关系的特点,并通过善意的忽视,将这种亲密关系的培养与殖民国家的福利联系起来,达尔齐尔的叙述提供了一种将通婚视为再生的理想化愿景。相比之下,讽刺的是,白人和白人的结合并不那么平等,依赖于女性公开的牺牲,或更为常见的情况下是不匹配的婚姻。尽管在居住安排、卖淫等方面的官方规定的帮助下,殖民政策挫败了跨文化的亲密关系,但这些政策通过"社会"机制及其错误的礼仪模式维持了自己的地位,正如它们通过政治和法律实践所做的那样。在香港,这个"社会"的构想围绕着"祖国"的社会关系,及在英属印度这一更紧密的殖民地环境下对这些关系进行的阐释。到了一定程度,"社会"这一概念将破坏丰富的、跨文化关系的责任转移到了英国女性身上,达尔齐尔对社会话语的强调超过了政治话语,这似乎是在为自己开脱罪责。然而,在某种程度上,它承认"社会"希望在潜在威胁的环境中维护英国身份的完整性,并在一定程度上表明男性本身是"社会"的组成部分(不仅仅是因为社会实践依赖于他们意识到,在殖民地环境下维护女性是必要条件),《英国直辖殖民地编年史》坚决指出,问题在于个人无法公开藐视公约。

　　此外,达尔齐尔笔下的英国主人公未能体现维多利亚晚期小说所推崇的理想的男性和女性行为。在以中国为背景的青少年小说中,男性既不是典型的男孩英雄,也不是那个时代海洋文学中的典型"水手"形象。这些人物拥有多重的,远非一致的阶级、宗教和地域出身。达尔齐尔的水手们以他们的"格林诺克"特色、他们的泰恩赛德话、他们的"格尔斯卡"方言,甚至是一个船长的"杰出的利物浦-爱尔兰口音"而闻名。[47]如果英国人被认为是说"英语"的,他们甚至不是真正的英国人。[48]《一桩不重要的婚事》的主人公是爱尔兰人、天主教徒和澳大利亚人。在《远东的高品质生活》中的故事《高于正常》中,彼得·施维曼斯从小就是一个"英国佬",但他出生于荷兰,对自己的身份感到困惑:他以一种"古怪的水手用的荷兰英语"说话和思考,"自从那天一个好心的船长将这个衣衫　82

褴褛、饥饿的十岁小孩带离鹿特丹码头，他就和船上的英国水手们一起度过一生"。[49]这些故事描述了很多来自中产阶级和工人阶级背景的水手，包括地位下降的阶层，像《远东的高品质生活》中《梦想病》故事中的总工程师，他的家族几代人都是苏格兰医生。它们还描绘了那些在帝国境内未能提升自己阶级地位的贫穷的白人，就像杜格尔·姆古这一常常出现的角色，完全是因为缺乏教育，而被困于助理工程师的工作。这些故事因为部分展现了这些群体，掩饰了帝国作为一个资产阶级企业的中心神话，并强调在所谓统一的殖民者体系中缺乏一致性（无论是在生活水平上，还是在前景上）。依赖于香港的特殊性，达尔齐尔对帝国这个中心神话的揭穿暗示，宗主国帝国项目与个体殖民地背景之间的距离缝合了地面上可见的伤口和裂缝。

即使达尔齐尔笔下的欧洲人物立志效仿文学叙事所倡导的更霸权的帝国行为（英勇地拯救沉船，或者是为团体或女人的利益而无私牺牲，等等），其结果也不可避免地是悲剧。达尔齐尔塑造了细腻敏感等其他典型女性特征，并使其成为理想化的男性行为的一部分，而不是"女性化工人阶级"来败坏工人，这明显区别于其他航海小说作家，例如此种体裁在这个时代和地区最著名的拥护者康拉德。这种对海员破格式的表现体现出，在维多利亚时代结束时，殖民地的男性气概的可能性总体上不断扩大。这也暗示，经典化作品的过程同时阐明了什么是帝国一贯模糊的男性气质，它边缘化通俗小说，以美学上更精致的作品取而代之，并且支持在宗主国创作和发行的作品取代在各个殖民地撰写和传播的小说。

达尔齐尔笔下的女性同样不是老套的家庭妇女：她们是"奇怪的女人"，被运送到殖民地的亲属身边，不顾一切地寻找在家里无法获得的安全。她们有着婚外情，甚至抛弃丈夫。没有结婚的选择外出就业，比如做名打字员。她们或者逃离到格拉尼特岛，避免在家里从事乏味和自降身份的劳作，例如《肤色界限》中的艾丽斯·奥尔福德，她搬到香港以逃避"在烟雾弥漫的米德兰镇上给铁器商的任性孩子们做家庭教师"（31）。正如帝国的男性特征一样，这些打破旧规的帝国女性特质反驳了以下观点，即殖民地女性也是典型的维多利亚时代资产阶级女性。 83

　　然而，这些女性的非传统行为并没有玷污她们的道德。《一年之爱》的叙述者，用令人不由自主地想起易卜生《幽灵》（1882）的语言陈述道，"在我认识的人中，最值得尊敬的人过着完全不道德的生活，而我却忘了评判他们"（《远东的高品质生活》，30）。[50]达尔齐尔既不谴责欧洲人与非欧洲人之间的关系，也不责难白人与白人的结合违背了世纪之交情节剧对堕落妇女的兴趣（同时违反了维多利亚和爱德华时代对帝国作为一项道德事业的普遍拥护），由此在二者之间建立起一种平衡。

　　不过，这并不是说香港是一个道德败坏的地方，或是一个需要通过女性气质来驯化的边境殖民地。相反，它弘扬了维多利亚时代的另一种思潮——一种自由却并非主流的思想，即关系应该建立在自由意志和爱的基础上，而不是经济或社会上的权宜之计——从而把香港建设成一个现代化的地方。与此同时，因为在香港，那些在中国或英国都会受到谴责的行为获得了"完全的"成功，所以讽刺的是，中国和英国都变成不合时宜的空间，通过坚持民族主义和一以贯之的自我而抵制现代性。[51]因此，要把香港建设成为与过时的中国和英国相反的现代化地点，就必须反转进步的宗主国和落后的殖民地这一常规的立场。这种反转一方面在修辞上倒退至帝国内殖民地和前殖民地的过去黑暗时代——倾听19世纪前的模式，即在维多利亚时代对种族差异理解发生演变之前，在强烈排斥混血之前，并且在壮观地猛然出现进步和衰退这组显著概念之前。另一方面，它重新认定，宗主国国民对线性时间和历史的理解（这也支配着中国激进地对抗多个"蛮族"）是不成功的，因为它们阻止了一种互利关系的丰富可能性，一种在工业经济、后启蒙时期的进步与回归19世纪前的社会价值观（这种价值观否认科学种族主义的有效性及其合法化的文化优势）之间的互利关系。

　　此外，达尔齐尔的故事显然没有支持白人至上的观念，这对重新思考殖民地的管理至关重要，而斯托莱认为，这一思考行为发生于20世纪初。"这种反思主张一种独特的殖民主义道德，它明确地重新定义了作为欧洲人的种族和阶级标志，"她写道，"尽管存在国家差异，它仍强调跨国种族共性。最重要的是，它提炼了**欧洲人**的概念，其优越的健康、财富及教育与种族禀赋和白人的规范相联系。"[52]斯托莱承认，香港常常模仿的印度，其社会环境中的各种边界在印度兵变之后被重新绘制（兵变导致对东印度公司的间接治理向直接统治过渡，以及英国公务人员和军队的拥入）。然而，"芳香的港口"（香港）殖民地却有独立的历史，意味着重新定义确实发生在20世纪初，尤其是因为香港人口的不断增长以及1898年新界租赁后的领土扩张。鉴于在中国的外国租界的国际特征，以及英国人运营的大清皇家海关强烈地重现了**欧洲人**的概念（在通商口岸的叙述中这一概念也反复出现），达尔齐尔的方式既质疑了将当地居民排除在这种跨国主义的边界之外的做法，也质疑了其优越种族禀赋的真实性。

　　达尔齐尔对白人至上主义的否定表现在许多方面。他的故事包含纳妾模式，要重新思考废除妾制这一体系，不是因为妾制实际上比婚姻更可取，而是因为管理者在集团内的升迁（通常到监督级别的"大班"）终止于男人以公开的方式"入乡随俗"。对于达尔齐尔而言，仅仅为了婚姻来到殖民地的年轻女性，与周围的关系笼罩着绝望的氛围，相较而言，基于感情和相互选择的纳妾制度更好；当男性达到适当的年龄和晋升水平时，他们需要一个社会伴侣，纳妾也比雇主或整个社会强加给他们的关系要好。同时，他的叙述嘲笑了欧洲人与生俱来的身体优势和殖民背景下他们随之而来的衰弱。欧洲人的健康并非不受任何侵犯（英国人也屈服于"亚洲的"疾病），但也不会因异族通婚或与东方的持续接触而变弱。

陆上／海上：篡改帝国的统一模式

　　了解达尔齐尔对殖民主义叙事模式的干预，意味着理解他对体裁惯例的掌控。[53]像康拉德一样，达尔齐尔的独特之处在于，摆脱了对大不列颠充满赞赏和极端爱国主义的表现浪潮（这一浪潮出现在弗里德里克·马里亚特、亨蒂、R. M. 巴兰坦、W. H. G. 金斯顿、乔治·曼维尔·芬恩等人的叙述中），即便达尔齐尔呈现的是同一个海洋帝国的世界。[54]事实上，评论家们反复以海洋小说的解释框架归类达尔齐尔的小说，把他与创作《安德鲁夫人的赞美诗》（1893）和《一个现存舰队》（1898）时的吉卜林相比。《学园》在评估《头班守望》时称，"达尔齐尔先生是海洋小说创作群体外一个受欢迎的补充人物"。[55]乍看起来，通过这个海洋框架阅读达尔齐尔似乎是合乎逻辑的：组成《头班守望》的故事主要发生在海上。小说以虚构的天朝沿海贸易轮船公司的员工为主角，讲述了有关航运的故事（例如，在与选集标题同名的故事中，一个酒鬼因酗酒被解雇时，打坏了队长的脑袋，然后自杀了），还对政治事件发表评论（例如《订购英雄》是有关在日本封锁旅顺港时期，从香港走私的一则见利忘义的故事），或提供道德故事（例如《曲轴上的缺陷》讲述英勇地修

85

理误入歧途的轮船的行为却没有带来任何回报）。这些故事似乎符合将帝国定义为海上企业的一般惯例，依赖于航运业随后具体化的地点之间的真实或假定的联系。[56]轮船——作为满足货运、交易和贸易倾向的手段——以及其在海上和在海上活动中的地位，巩固了帝国本身具有普遍性的观点，即可以从一个地点运输到另一个地点，在到达时卸下意识形态的货物。因此，轮船上的故事有助于消除不同接触区域的特殊性，并将呈现的责任确定在帝国代理人身上。

　　不过，经过仔细考察——特别是置于香港出版的《英国直辖殖民地编年史》语境下——这些评论家评估《头班守望》和《远东的高品质生活》属于海洋帝国小说，表示需强加这种体裁类型在这些叙事上，以定位读者群。在此范围内更加流行的一类作品中，比如《男孩的报纸》和《抢夺》，该类型小说用"有色人种"来形容当地人，拒绝以对欧洲主人公的人物塑造水平来刻画他们。[这些故事与康拉德和史蒂文森等作家的作品有很大的不同，史蒂文森的《费利沙海滩》（1892）以与达尔齐尔非常相似的方式来支持混杂，强调需要对帝国的不同地形保持敏感；这些作品也不同于被切萨雷·卡萨里诺认为是现代性及其表征实验室的19世纪海洋叙事。][57]流行的体裁经常将故事设置为追溯过去，回到那个浪漫的帆船时代，达尔齐尔嘲笑康拉德如此的安排。子体裁海盗小说也是中国海洋区域的主要题材，它呼应了以南大西洋为背景的反奴隶船的小说情节，讲述了强身派基督徒青少年通过保护水域的商业安全，帮助维护"自由贸易帝国主义"。[58]这些小说将维护帝国这一至关重要的责任从保护华南和东南亚的英国舰队（部分原因是打击海盗）转移到商船上：这主要是通过贸易来定义帝国（在一个以炮舰外交而闻名的地理区域内，这是一个有争议的声明），并展示了普通英国男性的优越的勇气。

达尔齐尔的航海故事并没有揭示英国人在不同的贸易地区占主导地位的这种身份模型，而是向人们灌输了一种意识，即它们的主人公在澳大利亚、荷属东印度群岛、日本和中国海岸等不同的殖民和殖民外环境中迁徙。这些故事聚焦于跨文化关系——比如苦力和水手之间的关系，或者彼得·施维曼斯和他的印度尼西亚情人之间的关系，再比如在《马圭尔的回家之旅》中，一名工程师的行为冲击到了"英国－日本"联盟。[59]故事设置英国人在俄国船只上工作；他们挖苦走私和移民苦力到拉丁美洲的行为；甚至得意于平舱工人胖子帕恩的狡猾行径，在门司港，帕恩欺骗日本人为其溺水支付赔偿，当船到达汕头时，他顺利复活且变得有钱。[60]故事里的船员受雇在以每小时九公里行驶的低功耗船只上，但他们的视角提供的是轻松和顺利航行的画面，这是"光顾半岛东方轮船公司的船或德国邮船的乘客"的体验（一万马力的船能够"嘲笑季风的力量"），也是描述现代航行的习惯。[61]简而言之，故事提供的远非一个值得庆贺的商业和海上帝国主义形象，而是与《男孩的报纸》相反的现实主义和悲观主义风格。

然而，达尔齐尔对香港的叙述以及其与输出东方的联系，这二者之间最强烈的差异出现在《英国直辖殖民地编年史》的文本历史中。首先，在伦敦出版的《远东的高品质生活》将叙事的声音转化为对殖民者视角的直接表达，取消了原版中这些故事是由一个"辛尚"撰写的这一巧思设计。[62]其次，为了迎合评论家们认为达尔齐尔是海洋小说类型作家的观点，昂温出版社对原文本进行了增减，使其包含更多的海洋相关的叙事——这样，表述的平衡支点离开了香港，因而也远离了中国人。这种转变，把单一而相当小的"岛屿属地"上的日常生活联系至囊括远东更广阔的公海上的生活，展现了宗主国的消费或出版要求符合更大的帝国框架。特定的角色类

87

型（不仅是叙事所依赖的个人）以及在《英国直辖殖民地编年史》中叙述的时事事件——例如卫生系统问题、土地投机和山顶缆车的发展——对香港的众多社区的读者来说都是熟知的。然而，在伦敦，需要通过读者也能理解的体裁惯例来介绍作品。昂温出版社这个版本的标题页也强调了这种体裁的意识形态。背面印刷的《头班守望》的广告由书评引文构成；六个中有五个都提到了航海。

岛上的白人领主去往何处？

相比之下，《英国直辖殖民地编年史》的行动几乎完全发生在"格拉尼特岛"范围内，并由其定义。编年史呼吁关注香港独特和人为的位置，它是中国海岸唯一的单边英国空间——有别于更大、更国际化的上海租界，以及竞争对手如德国、俄国竞争性的殖民项目，这些国家期待着中华帝国的崩溃（1911年到来）以及随后的"瓜分"中国（从未实现）。在这里，达尔齐尔海洋小说中的水手们，被管理他们的航线和经营帝国业务的公务员所取代。然而，这些公务员本身的位置并不固定，随着升迁常常会从这个港口到那个港口，甚至搬到中国以外的帝国地盘，从而使人们对英国在该地区霸权的统一理解失效。

在香港，轮船故事里令人安慰的同性间的社会关系——常常是为了符合体裁，而不是实际的内容——变得不稳定，取而代之的是一个突出情感联系的殖民世界。从一个以欧洲人为主的、典型的单性别环境，过渡到达尔齐尔欢迎的一个由不同种族和性别混合组成的空间，他呈现的英国人在香港的生活不仅局限于欧洲人和/或男性。选集中几乎所有的故事都提到非常规的性行为——无论是在英国人之间，还是在英国人和其他殖民地人群之间——以及其后

88

果，从稍显平淡的妨碍职位晋升，到耸人听闻的自杀、死亡和卖淫这些极端事件。许多故事也讲述，性关系导致稳定的、潜在再生的跨文化联结产生了断裂。这是一个不同寻常的世界，孩子们很少出现：要么女人们没有孩子，要么孩子死了，而这往往是使父母分离的力量（如种族主义）导致的间接结果。

　　与许多其他有关殖民地邂逅的叙述相反，在这部文集中，性并不主要是殖民地社会中较大的转喻的集中转换点。相反，达尔齐尔专注于居住在帝国空间的个体之间的真实关系和互动。在《一年之爱》中，前"花船"上的情妇莲花深信西方女性是不贞洁的，并且认为她们激烈争取选举权是真正的不道德行为："这些不男不女的女人为女权尖叫，在她看来比无耻之徒更低级；因为这位不道德的年轻女士坚信，天意就是让女性掌管家庭。"（《远东的高品质生活》，43）莲花显然模仿了他人对"厌男者"的偏见，赢得了与她同居的英国人的支持，因为她已经吸收了两分领域的概念。然而，她的评论耐人寻味，有两个原因。一是，这表明英国选举权运动已经（或可能）扩散影响到一个遥远殖民地的不讲英语的女性。二是，这也意味着对妇女权利的支持涉及一个矛盾的"去性别化"，不仅通过"尖叫"这一典型的厌女主义概念（同时是一个辱骂"中国人群体"的种族主义术语）来表达自己的观点，而且也有损地位和颜面，比卖淫更糟糕。不是不正当的性行为，而是缺乏性别及其特征，成为女性行为不端的标志。

　　作为一位编年史家，达尔齐尔具备萨拉·苏勒里称作"殖民亲密关系"的特征，确实要求读者"认识到叙事的发生是为了确认权力的不稳定性"。[63]然而，他的叙述的目的并不是要扰乱或质疑权力本身，也不是要揭露挑战权力的方式。相反，他展示了某些殖民关系在微观层面上是什么样的，以及它们如何影响人们的生活。此外,权力发挥作用的机制往往既不是官方的,也不是一致的:在《达萨塔尔的妹妹》中,一个男人结束了与一名葡萄牙-澳门混血女人的关系,不是因为法律限制异族通婚,而是因为大班训诫他,"公司希望雇员清除所有此种纠葛,这些关系阻碍他们在可能被任命的港口事务所坐上主管的位置"(《远东的高品质生活》,116)。《国王的女儿》中,一半爱尔兰一半波利尼西亚血统的女孩们被白人丈夫和香港社会所接纳,但是她们声名狼藉的父亲"国王科普拉"重新出现,并使自己"再次成为海滨的话题"时,她们遭到了排斥(《英国直辖殖民地编年史》,68)。因此,种族歧视的标准在方便的时候被提高——例如,保持白人拥有财富——但有利可图时,标准也可以再一次被降低。

香港的混杂性:被东西方共同轻视

达尔齐尔表述的种族歧视的最重要的元素之一在于他理解:两个高度不同的种族主义和仇外心理体系(即英国与中国)在香港相互碰撞冲突,影响了跨文化关系中将人物连接在一起的感情。种族主义或多或少地继续存在于每一个殖民环境中,因为它受到处于殖民者-被殖民者这一连续体上不同位置的不同群体的不同方式的支持。这个连续体并不意外地让人想起阿德里安娜·里奇所描述的异性恋-同性恋的连续体,这并不是说种族模型是流动的;它不会用一个可变的种族僵化模型取代一个静态的种族僵化模型。相反,它提醒人们注意一个事实,即任何一个人都可能在不同的时间和不同的环境中坚持不同的种族或性别立场。里奇的连续体主要是试图解释性行为如何摆动在同性和异性欲望的两极之间,而殖民者-被殖民者连续体的这一模型更多地关系到排除极点的中间地带的绘制,这一地带范围更大,且讽刺性地争议更少,是殖民冲突主要发生的地点。这种连续统一体的模型部分解释了纳妾是如何与科学种族主义相吻合的,或者一个白人女性如何爱上一个欧亚男人,与他结婚,并抛弃他,又想再次拥有他(就像达尔齐尔的《肤色界限》中的情况)。这也部分解释了为什么达尔齐尔反对吸引-排斥的辩证法,学者们则把这种辩证法视为文学中表现殖民地冲突的一个潜在主题:《英国直辖殖民地编年史》整体的叙事声音是对夫妻结合本身的排斥,把它看作"社会"所强加的一种力量。在这里,吸引力从来没有辩证地与它的对立面联系在一起。

　　然而,从概念上讲,种族的范畴对"中央王国"和英国来说确实是可以对话的。香港是两个帝国的交汇点,它们不仅将自己视为世界的中心,而且认为自己是文明的国度,而另一方则倾向野蛮状态。无论两国之间的实际权力关系如何,双方都坚持一种至高无上的幻想,这意味着跨文化交流的双方——以及它们的同伴国家——可能会认为跨越"肤色界限"是降低种族身份的行为。作为跨文化关系的一个核心隐喻,"肤色界限"一词本身就依赖于"血统"和"边界"这两个词意义之间的滑移。这是试图想象西方与东方、殖民者和被殖民者之间的物理分界点,如果不是因为香港通过社区分区、就业上限等明显的方式来划分分界点,这种分界点可能看起来有些荒谬。

　　因此,从理论上讲,混杂性导致了双重排斥;东西方都鄙视在香港的异族通婚人士及其子女,因为这些通婚者拒绝了两个强大的纯正血统的典范。几代人(如加勒比和拉丁美洲实行)的"漂白"策略对确保社会、法律或经济利益几乎没有作用。然而,实际上情况更为复杂。达尔齐尔的叙述清楚地表明,只要英国人和中国人都对此不关心,只要殖民当局避免(或似乎避免)对私人领域进行过度监管,香港就可以成为跨文化关系解放发展的空间。来到殖民

90

地的移民者们最具有自由解放的潜能，因为他们不受家庭关系的束缚，可以在殖民地过完全不同于殖民地之外的生活。香港引以为傲的短暂感预先阻止了归属感，而鼓励产生各种自由的感受。

这种对香港的看法，远没有把混杂性作为产生抵抗的原因（印度学者曾提出过），而是表明，个人以不明确和不一致的方式参与其中，更重要的是，混杂状态积极寻求逃避关注，而不是用以促进抵抗。欧亚混血在印度的情况可能相似。正如夏普所指出的那样，欧亚人体现了混杂性，并因此而被迫形成分开的社区，缺乏对这些群体持续的批评性关注，可能导致后殖民主义批评过分强调混杂性作为一种抵抗策略（19—20）。

尤其是通过结尾的悲剧性转折，这些故事还表明，对跨文化关系的认知被要求或强加到涉及其中的人身上时，会发生什么。毫不奇怪，压制/镇压发生在制裁和合法化的时候。同样不足为奇的是，正是在这一点上，暴力——无论是真实的还是认知的——进入了人们的视野，并展现出各种伪装下和各种领域中的权威并不是达尔齐尔笔下人物所设想的那种良性现象。

《肤色界限》直接反映，殖民主义进程的暴力也发生在殖民者身上，通过世纪之交香港严格的种族政治分裂并摧毁一对年轻中产阶级夫妇的故事进行了例证。这篇纪事关于艾丽斯·奥尔福德小姐与聪明敏感的"混血儿"斯蒂芬·赫德利的灾难性婚姻。这个故事评论了将英国"奇怪的女人"出口到"缺乏适婚少女"的殖民地所造成的结果（30）——奥尔福德小姐和兄长一同来到中国，其兄是中国海岸的一家轮船公司的一名初级运务员，她来此是为了"在东方进行冒险"（31）。故事偏离了常见的故事中男性的放纵欲望，这名女性与"混血儿"的异族通婚是因为女性的贫困状况和男性对其的爱慕和忠诚。这可能解释了为什么这个故事在《远东的高品质生活》一书于伦敦再版时并未被收录其中。

　　艾丽斯·奥尔福德和斯蒂芬·赫德利都是来自英国的典型英国人。赫德利虽然出生于殖民地，但在"英国历史悠久的公立学校之一"接受教育，并且"从外貌到眼界，都是一名英国绅士"(34)。赫德利的种族的他异性只在其他人面前才显现出来，而且是在他返回香港时才显现出来，在那里，"他们永远不知疲倦地、自我赞许式地告诉你，东方没有一处像香港这样有着严格划分的种族界限。而且理应如此"(34)。这不仅干扰了他的职业生涯——"他现在在奥尔福德工作的公司里担任运务员们的主管，如果不是因为他是'有色人种'，肯定能成为'大班'"(34)——同时也极大地干扰了他的个人生活。他爱上了艾丽斯，以英国绅士的名义成功追求到了她，他的公学教育使他误解了自己在香港真正的"位置"，对这个女孩的爱也使他未能清楚意识到"他正活在禁令之下"(35)。女孩嫁给了他，因为她面临着经济上的破产，而且作为这个殖民地的新来者，她自己也不太理解"被东方和西方同样鄙视的混血儿所遭受的可怕限制"(35)。

　　从这里开始，情节发展遵循老套的路线，但在处理方法上与一般故事有很大区别。艾丽斯变得越来越不安，她开始意识到自己因婚姻而被排除在女性社团之外，而且深陷于过去朋友们的丈夫不怀好意的关注，他们认为"混血儿的妻子是准许捕获的猎物"(36)。92
即使如此，丈夫的爱情仍使她感到安全，这位"热情的英国女孩"继续享受她的婚姻，一直到她怀孕。

　　她的孩子结果表现为"最纯正的中国血统，像赫德利的外祖母那样；让人类学家来解释这个奥秘吧！"(37—38)在她眼中，这个婴儿是一个"橄榄色皮肤、杏仁色眼睛、大嘴巴、相貌平平、不讨人喜欢、哭哭啼啼的顽童，她总能在门外找到成打的有着相似外貌的孩子在泥巴里打滚"(38)。艾丽斯描述自己宝宝的身体特征时,充满厌恶地类比在泥泞中嬉闹的中国穷孩子,她在孩子身上看到了一种完全的、"令人反感的"自我丧失(以及其明确的写照)。她还看到,这个婴儿完全融入了"毫无特色"、默默无闻、数量众多的中国民众。因此,在"中国式"的语境中,纯洁等同于肮脏、污秽和贫穷的对立;通过他的后代,她丈夫的不纯正的"英国人特性"又回到了它被认为是原始的、现在是不可接受的类型。因此,纯洁比混杂更具威胁性。非白种人将这个婴儿的主体性定位为与白种人进行对话的另一方,这比处在欧洲人和中国人之间的状态更为可怕,因为没有中间立场;因为它假设通过异族通婚实行一种几乎毫不费力的转换:从白种人到非白种人,从自我到他者;而且因为它禁止了罗伯特·杨所说的"殖民欲望机器的旺盛生育力的威胁,即一种文化在它的殖民运作中变得杂交、异化,并通过产生多形态的乖僻的人,潜在地威胁到这种文化的欧洲起源。用巴巴的话说,这些人是白人,但不完全是白人"。[64]幸运的是,就像情节剧中的非婚生儿一样,这个"顽童"也死去了。

没有"旺盛生育力"在这里可以归因于颠倒了通常的男性殖民者/本地女性的配对(其隐含的假设是本土妇女适合生育且有着动物似的性欲),剩下的故事则反映出关于生育的一套理念改造了这对夫妻,香港社会灌输给艾丽斯的种族主义思想使她变得不再生育。由于他们的孩子的出生和死亡,艾丽斯患上了今天所称的产后抑郁症。她远离斯蒂芬,和他们的婚姻介绍人们。斯蒂芬则寄情于帆船运动,并对汉学产生热情。这两种休闲活动将他与断裂的过去联系在一起:一个隐含地标记他是一名教养良好的英国人;另一个在当地被认为是属于"中国通"的最危险和可疑的爱好,却在心理上对应了他婴儿时的自然状态。与此同时,艾丽斯接受了一个她以

前一直避开的贪婪家伙：骗子休·希沙姆，他是"长老会教派的坚 93
定支持者，据说是一个善良的人，虽然在殖民地有人记得原先他不
是如此高贵体面地生活着"(39)。

此时，艾丽斯敏感的丈夫消失了：他已经在游艇上自杀身亡，
但在此之前，他向妻子的追求者索要了一份书面承诺，当艾丽斯
"摆脱目前的负担时"，他将与她结婚(44)。得知丈夫的死亡后，带
着丈夫的律师送来的这张纸条，艾丽斯离开了殖民地，当她坐在半
岛东方轮船公司的船只甲板上时，艾丽斯终于认识到"她丢掉了什
么"(44)。当外国成为过去（而不再围绕在其身边）时，她明白他们
本可以在那里以不同的方式行事。

《肤色界限》令人吃惊的情节和结局将排斥标记为事后的想
法，是在同胞手中艾丽斯自我虐待的产物，而不是斯蒂芬对她的吸
引力所造成的。她先后抛弃孩子和丈夫的行为远远不是对"使文
明倒退"进程的合理反应；相反，这些行为背叛了艾丽斯本质的英
国人/英国的美德。她拒绝接纳这个婴儿，当她"生病后，变得虚弱
敏感和爱胡思乱想"(38)，正是她的脆弱让她瞥见"上帝在东西方
之间设置的永恒深渊的最底端"(38)，并鼓励她错误地跳入那个深
渊。如同看上去那样，艾丽斯是一个"美丽、优雅、和蔼可亲的英国
女孩"(31)，但她因香港社会的排斥和侮辱处于自我隔绝的状态，
这种排斥感内化并形成了她对自己后代的反应。艾丽斯与赫德利
结婚，因为"她的阳光个性阻挡了许多[社会的]偏见和对她的毁
灭"(35)，当她屈服于自己的偏见时，"家庭天使"变成了恶魔。因
此，理想化的家庭生活是内在的，在自我之中；在殖民地背景下，资
产阶级的社会力量实际上是摧毁它，而不是加强它。然而，只有离
开殖民地，只有摆脱致命的种族主义，艾丽斯才会意识到这个悖论。
香港的空间体现了进步现代性的潜力，却阻碍了其实现。

《肤色界限》总体反讽的是斯蒂芬·赫德利这样一位完美的英国绅士，他是英国男性气质的完美模型，也是马修·阿诺德的男子气概原则的完美体现。尽管"他紧致的眼睑和指甲盖下的褐色都表明了他的中国母亲的血统"(34)，但是这些种族差异的标记无关94 他的性格、才智和道德行为。不是"伪造的欧洲人"，他就是英国绅士——理想化的棕色皮肤的英国人——他相信平等的对待，用众所周知的"坚定沉着"来面对侮辱。他不是在帝国主义文学中如此熟悉的复仇心切的混血儿。他的自杀也不符合作家和社会理论家所认同的中国人的普遍模式。在《道德观念的起源与发展》(1908)中，社会学先驱爱德华·韦斯特马克评论道："在中国被称赞为英勇行为的另一种常见的自杀形式，就是为了报复一个用其他方式接触不到的敌人而自杀——根据中国人的想法，这是一种最有效的报复方式，不仅因为法律把责任归咎于引发这种行为的人，也因为灵魂脱离肉体后被认为比活人更有能力迫害敌人。"[65] 这种复仇式自杀在《吸血鬼复仇者》中可以看到，也出现在托马斯·伯克的《莱姆豪斯之夜》选集中的某些故事里，我将在第六章中讨论这些文本。它还出现在博海姆的《彼得·黄》中。玛吉·布朗的父母都是传教士，她在清查这个小外港上长大。她被安排嫁给自己不喜欢的主人公，而新来的格雷戈里·金获得了她的芳心。黄先生"以真正的中国方式"报复对手，在对手婚礼当天在他的房子里服毒自杀。[66] 相比之下，赫德利之死表面上的"中国性"实则是这位英国人引以自豪的自我牺牲的胜利。这是他拥有"冷静运用能力"的自然结果，"而这种能力通常与非凡的能力无关"(34)。他放弃了自己的生命，让自己所爱之人从他的爱慕的"累赘"之中解脱出来。

赫德利反复表现出的男性敏感，与希沙姆这样的人物在体育方面的锋芒截然相反，希沙姆在其得体的外表下隐藏着男性的过度行为。事实上，赫德利是对良好行为准则和公立学校风气的充分实现，这些曾在英国得到发展，却被希沙姆这样的人用来掩盖他们声名狼藉的享乐主义。就连赫德利在无法与妻子和睦相处时所表现出的自然矜持也表明，除去无形的"少许有色人种血统"之外，他在各个方面都真实地反映出一种温柔的英国男子气概的理想化概念。因为他在性格和情感上是如此典型、如此完美的英国人，赫德利不仅揭露了"肤色界限"的不道德和非英国性，还嘲讽了英国性注定与种族，而非文化和教育有关的观念。

不寻常的幽会：不道德关系中难以忍受的道德

达尔齐尔在一种似乎代表香港社会意见的叙述声音和一种谴责香港社会的讽刺潜台词之间寻找到了一个突破口，他的叙述将斯蒂芬·赫德利变成一位英雄，作者由此迫使读者自我审视在这起悲惨事件中的同谋立场。这些读者被要求，不要忽视作者提出的那种关系背后的非传统的社会道德，而是承认并接受它们。

这种含蓄的诉求是要求混杂性从内部获得合法地位，但保持一种隐秘状态，并不要求官方的法律或道德批准；然而，在《英国直辖殖民地编年史》具有传记性质的、长达一页的题词中，它得到了明确的阐释。题词献给一个名叫"小罐"的人，她可能是作者和他的中国爱人的小孩，也可能是这个中国女人本人。题词中哀恸道，他将离开她前往"一个国家，那里的孩子不识荔枝、枇杷、番石榴"。与此同时，她将回到她的"绿色岭南"，那是深处殖民地腹地的农村，那里的居民与英国当局几乎没有什么关系，生活也没有因此而改变。他赞美她的"赤子之心，不知道教义或者肤色差异，唯有善良"——正是这份赤子之心使她无视中国人和英国人的偏见——

95

并且描述了一个环境艰苦、心智残忍的英国，"在那里，他们称你为
'异教徒'和'野蛮人'——你却有着一份优雅的礼貌、完美恭敬的
顺从、小小勇敢的尊严"。

达尔齐尔认为"小罐"可以"看着这本悲伤的小书一页页成
长"，特将此书献给她。

> 呈现这些让所有人都知晓
> 这本书属于小罐

将"小罐"作为本书最早的读者和所有者，使得英国读者围困在天
朝和女性的空间内；它将书中所包含的叙述从男性和殖民权威的
立场中解放出来，而这些男性和殖民权威常常被认为存在于在英国
本土传播的帝国小说中。

因此，《英国直辖殖民地编年史》使得其人物和香港本身都有
一种特定的主体性——这一主体性主张，尽管这里的居民只是短暂
居住，但这个芳香的港口定居点对他们来说是独特的，即便它只是
一种虚幻的"家"的概念。如果说达尔齐尔的故事使读者因为陷
入神秘境地而感到不安，那只是因为异族通婚的有利立场变得行不
通了。如果说他的题词将故事定位在追溯的空间中——就像艾丽
斯·奥尔福德通过离开殖民地这一行为来完成对她丈夫的爱——
那是因为过去蕴藏着种种可能性，而现在却将其一一剥夺。达尔齐
尔总结说，混杂是英国和她的直辖殖民地遗弃的隐藏宝藏。事实
上，当作者本人留下"小罐"时，他丢弃了这份宝藏，而"小罐"也回
到一个不认为她是宝藏，而且不可能了解她的世界。

达尔齐尔对"小罐"的哀叹消失在《远东的高品质生活》选集
中，这一版本的题词上写道："此书献给我最值得信赖、最平易近人

96

的合作伙伴：'高品质'雪茄解决了我在东方的困扰。"题词的变化生动地表明帝国地带的小说与帝国中心的小说之间的区别，以及短篇小说和选集必须根据不同的读者对象来重新包装材料，因而更为灵活多变。通过这种替代，伦敦版的编年史表明，在宗主国背景下，不可能存在不同种族间的友谊，这种不可能反映在本书最后一章讨论的悲剧故事中，这些故事讲述了英国女性和中国男性之间的关系。这些故事本身拒绝这种改编，就像它们拒绝将"东方"与"西方"分离开来一样。然而，重塑达尔齐尔早期作品《夜间观察》中的同性社交世界，并向帝国主义小说中隐含的男权主义偏见低头的需求，最终解决了这一矛盾。雪茄，作为笔（和阴茎）的助手，提出了一种与之前作者和小罐间的合作截然不同的合作形式：这一形式是单独的，而不是共享的；自体性欲的，而不是以性交为基础的；并以"信任"为本，而不是基于感动。所有权从作为礼物送给女性和读者的书，过渡到雪茄烟，这是一种只有达尔齐尔才能"获得"的安慰。雪茄在远东的地理位置上是移动的，作家和他的故事穿越这片区域；而女性植根于直辖殖民地这一空间。因此，小罐对文本的所有权必须消失，因为在宗主国，"所有男性"不能接受她与作者的联系。最终，小罐必然被驱逐。　　　　　　　　97

第三章
北京阴谋
叙述 1900 年义和团运动

少数外国人向中国展示了他们能做些什么来打击数千人的杀戮行为，现在只剩下让当权者加深教训，对罪行进行严惩，并对所遭受的损失进行全面赔偿。

W. 默里·格雷顿,《北京危境》(1904)

如果想要找到类似的野蛮行径，你必须回到勒克瑙，那里居住的一群混血儿，正在抵抗恐惧，期待着哈夫洛克的高地人的解救，决心即使饿死也不投降，因为坎普尔的命运直视着他们。

这点同样值得记住，中国的鞑靼统治者与领导印度士兵兵变的莫卧儿人是同族的兄弟。

这是德里国王寻求重夺王位的借口。对于中国的慈禧太后，这样的道歉是不可能的。她对文明世界的所有国家发动战争，不是没有挑衅，而是完全没有道理。

W. A. P. 马丁,《北京被围目击记》(1900)[1]

1900年末，英国导演塞格尔·米切尔和詹姆斯·凯尼恩制作了一部名为《斩首一名中国义和团员》的短片。[2]这部电影描绘了那个夏天席卷中国北方的起义的余波，展示了中国士兵处决一名"造反者"的场景。[3] 士兵伸出手抓住这个男人的辫子，使其绷紧脖子，用长剑砍下他的头。然后，他们把头颅挂在一根杆子上，象征着对参加反洋起义者的严厉惩罚。像詹姆斯·威廉森更广为人知的影片《攻击在华使馆》(1900) 一样，《斩首一名中国义和团员》利用电影这项新技术，为媒体强烈关注的此次事件提供了视觉印象，并将那年7月八国联军侵华战争的消息传回英国。电影的关注点不在于它的逼真（或缺乏逼真），也不在于其信息内容；这些作品不是新闻素材，而是在英国制作的叙事再现，让"本国观众"看到一场惩罚和帝国胜利的场面。特别是，米切尔和凯尼恩的短片抓住了中国人的本质象征——辫子——并把它用于"正义"的事业。这个义和团员的头颅由辫子挂着。对于英国人来说，辫子也是统治中国的清王朝的象征，而清政府曾因鼓励反洋情绪而受到指责，义和团运动正是这种情绪的高潮，因而这部电影也起到了政治寓言的作用。伴随着阉割的潜在比喻，影片暗示了中国可能对英国观众福祉造成的威胁已经失效。实际上，W. 默里·格雷顿在其小说《北京危境》中谈到的"教训"的确给人留下了深刻的印象。

98

《斩首一名中国义和团员》明确地表达了对中国人的情感，以及他们反对外国人的行为是错误的，因此在平息起义和占领紫禁城之后，影片掀起了一股爱国主义和帝国自豪感的浪潮。不像之前的通商口岸叙述，这部电影摒除了非同类之间的感情，并确认不可能有积极的文化交流。此外，它对报复行为的关注否定了中国人民任何不满情绪的合理性，而克洛斯基表明，这是"西方革新对一个两千多年来未曾改变的文明的坚定侵蚀"（《总税务司》，107）。相反，它提出了帝国主义势力所支持的道德责任。关联阅读有关欧洲和美国军队占领中国各个城市的新闻片段，《斩首一名中国义和团员》还谈到，援军联盟的作用是恢复"亚洲病夫"的秩序。中国的主权并不是完全被取代，表面上在此情况下由中国士兵执行斩首。相反，中国主权有助于西方司法，并受到西方的监督。

米切尔和凯尼恩的电影是由义和团运动引发的大量文艺作品的典型代表，它进入的这个市场受到了高度帝国主义沙文主义者和帝国主义自我怀疑论者相互矛盾的观点的困扰，同时也受到了英国同时期在对"反叛的"布尔人发动的南非战争中失败的困扰。自19世纪90年代公开讨论中国可能被瓜分，以及更广泛意义上的英帝国版图重构之后，这些叙述替换掉了如何应对中国的不确定，而确信英国的军事干预预示着其在亚洲的领导地位将不断扩大。因此，关于义和团运动的叙述具有内在的历史导向，因为它们试图向公众解释中国的仇外心理和低效的治理，并将义和团运动视为孤立主义和抵抗现代性的目的论的终点。不像1860年的英国和法国入侵，1900年对北京和天津的占领表面上表明，中国门户终于不可逆转地被打开了。

毫不奇怪的是，在大多数世纪之交的叙述中，起义的历史都遵循着一种公式化的模式。一个中国的"秘密社团"，与某些反改革的满族当局的勾结，执行一个系统的方案，以消灭居住在中国的所有西方人和"本土基督徒"。[4]义和团（又名义和拳，得名是因为他们的"迷信"活动看起来像是魔术拳击），从1900年春天开始席卷华北，最终使得帝国首都北京的大部分地区陷入骚乱。[5]该地区的西方人士被迫躲进使馆和设有路障的区域，他们加入主要由英国人领导的军队，为了保护自己，不可思议地战胜了困难，一直坚持了五十五天，一直等到英国率领的联军救出他们，起义被镇压平息。[6]这场围困几乎可以用《圣经》的方式进行解读，尤其是因为传教士和基督教皈依者是义和团的主要目标。除了通俗文学，这场运动导致在世纪之交产生了大量关于中国基督教未来的文献。

事实上，这次事件发生在新世纪的第一年，造成了巨大的反响，义和团运动象征着帝国主义历史上的转折点。世纪之末并没有导致全球化的结束，而是引发了一个新的社会政治格局。对于英国人来说，这场起义对非干预主义贸易战略提出了质疑，并强调了在正式殖民地，如印度（那里刚出生的民族主义运动正在演变），以及与这些正式殖民地接壤的地区帝国权威潜在的脆弱本质。[7]在胜利的豪言壮语之下，人们对帝国的总体前景和东亚军事化危险也产生了怀疑。小说作家最终会通过创作入侵小说来回应这些质疑，这种小说戏剧化了"黄色部落"的群众运动，并将东西方的冲突推到了最突出的位置，其结果可想而知。这些小说是第四章的主题，它们为这次起义的局部事件赋予了更广泛的地缘政治意义。

现代学术研究表明，对义和团运动及其后果的这种理解，更多的是虚构的，而不是事实。例如，罗伯特·比克斯在《义和团员、中国和世界》这本选集的引言中，将义和团运动看作"一个完全现代的事件，是对全球化力量的全面现代抵制，代表着现代中国和国际关系的新趋势"。[8]然而，本章关注的是帝国的神话制造，它使用反叛主要是为了促进殖民主义的意识形态（尽管不一定主张获取领土）。[9]本章调查了关于起义的文学创造的范围，但集中于冒险小说，其中几本为畅销书，这些作品受众广且发表快，并且影响塑造了维多利亚时代末期英国人对中国和中国人的认知。[10]除了著名的康斯坦西亚·萨金特的《红色北京的故事》（1902）和比伊克《在异乡中国！》等作品之外，男性创作和男性角色为核心的作品占据这类小说的主导位置。[11]

这类义和团故事的文本通常聚焦于起义本身，并详细描述了男孩主人公伪装成当地人的样子，英勇地保护其家庭成员和整个欧洲人社区。这类故事展示了一个关于帝国稳定的历史论述，以及"文明"相对于"野蛮"、"纪律"相对于"暴乱"的终极霸权。这

100

些叙述主张的模式是抵制"本土"和重新建立秩序,同时指出帝国固有的不稳定性,也指出了其合并、扩张和扩大权力的模式。因此,1900年后的中国可类比1857年后的印度,这些作品不断地通过印度兵变事件折射义和团运动。多产的冒险作家也将义和团运动嫁接在他们稍早用在印度兵变中的框架上。例如,亨蒂的《盟军朝向北京》(1904)的情节和结构,几乎与他1881年关于印度兵变的故事《危难时刻》相同。同样,义和团的故事也通过英国人在坎普尔遭受到的耻辱失败来激起恐慌情绪。然而,叙事的主角在英使馆围困中大获全胜,围困事件与勒克瑙总督府围困事件极为相似,后者因阿尔弗雷德·丁尼生的诗歌《保卫勒克瑙》(1880)为人熟知,且从维多利亚时代流传下来。正如米切尔和凯尼恩的电影所表明的那样,义和团叙述同印度兵变叙述一样,参与了帕特里克·布朗特林格所说的"向外惩罚性的表现,指责受害者的种族主义模式是绝对两极分化的,表达出善良与邪恶、无罪与内疚、正义与不公正、道义上的克制与性堕落、文明与野蛮"。[12]

101 印度士兵兵变导致印度转变为受直接控制的皇家殖民地;许多人将1900年的情况视为印度的对照,并预期吞并中国部分地区。小说家特别预测这种发展的可能性,基本上认为非正式的帝国主义的崩溃会刺激英国政府采取更直接的行动,正如鲁滨逊和加拉格尔后来在1953年提出的观点。[13]同时,像侵吞印度一样侵吞中国的风险也得到了很好的认可:这些文本清楚地标出了颠覆殖民地的可能性、反向殖民化的可能性和危险的结构性混杂。苏勒里认为,殖民主义下的占有行为是恐怖和脆弱文化边界的征候。在这种相遇引起焦虑的叙述中,她声称侵略是恐怖的征候,而不是拥有。[14]甚至比起英属印度,帝国关于中国和义和团运动的焦虑更显而易见,正是因为尚未解决其权威危机。通过兵营或独立的欧洲驻地实行的侵略遭到勇敢的反抗，随后没有取得必要的权力合法化。在殖民地多重结构的缝隙中，英国的霸权主义不仅受到中国政府和义和团的影响，也受到俄国和日本的威胁，这些叙述标志着中国的景观是重要的地点，防止俄国和亚洲帝国在西方以及中国分配给欧洲的主权空间（也就是公使馆）上进行扩张。本地区官方的英国政策——主要是非扩张主义者和不干涉主义者，特别在索尔兹伯里爵士的领导下——与英国国内支持领土扩张的舆论不同，加剧了由运动引发的这场危机。

重要的是，与许多早期关于中国的小说不同，几乎所有关于义和团运动和中国入侵欧洲（下一章的主题）的虚构叙事都在宗主国中心出版。虽然在中国一直有稳定连续创作和出版的关于起义的第一手报告，但对起义的文学兴趣及所感知到的威胁将与英国人在起义后在中国重新建立传教和商业的尝试相抵触。许多作者的军事背景总在书籍标题页公告出来，这也解释了作品的宗主国取向。

1900年的中国是激烈争夺控制权的地点，英国贸易上的控制权主要受到俄国及其法国盟友的威胁，也受到德国、意大利和日本的威胁。法国在19世纪最后几十年采取的激进政策是为了在合并中南半岛后控制华南和海南岛，俄国军事力量驻扎在旅顺港和华北铁路建造地，这些不仅威胁到中国的完整性以及英国贸易和对税务征收的控制权，也威胁到正式殖民地缅甸和印度。英国媒体（如果不是由索尔兹伯里爵士）报道了法国拒绝让英国人从缅甸边界搭建铁路进入中国，俄国一再试图控制大清皇家海关，这是对在中国的权力平衡和帝国稳定的直接威胁。当时由政治理论家和公众所设想的是英国控制的长江保护地，随后占领吞并西藏，扩大通商口岸以及香港附近的地区。俄国计划入侵东北地区，并已试图在朝鲜夺取港口。1895年击败中国后，日本一直占据被割让的福尔摩沙（台

102

湾);德国和意大利都在中国寻求租界,前者报复谋杀几名传教士的行为,成功地获取一个港口。同时,英国也试图在次大陆巩固她的帝国,并保护其不受法国和俄国的侵犯。起义之前的几年标志着一个有着强烈的"俄国恐惧症"的时代,在中国的很多重要政治人物都有这种情绪,比如赫德。[15]

义和团运动的起因在这里不需要详细说明,只需要承认,经济和其他因素为构成义和团运动核心的华工后来表现出的仇外情绪提供了重要原因。[16]义和团运动从山东省开始,最初是反天主教徒,后来逐渐扩大到整个华北地区,其公开宣称的目标是杀死所有外国人,并且迫使所有"本土基督徒"放弃信仰或选择死亡。其信徒举行大型示威集会,主要的英文报纸《文汇报》的传教士记者描述场景如下:"每队都有一个'魔鬼式'的领导人,由癫痫病人或由患者辅助催眠术来进行选择,通过'媒介'显示疯狂和非自然的症状并且胡言乱语,这是社团宣称的精神力量的基础。每个追随者都被保证免受死亡或身体伤害——他们的身体受到精神力保护,刀剑和枪弹不入。"[17]伴随着勾结地方政府以及后来的慈禧太后及其幕僚,起义导致了大范围的抢劫、掠夺和谋杀的混乱局面。使馆的主权立即遭到侵犯。总理衙门的官员向欧洲人提供在城外的安全安置,但使馆人员持怀疑态度——特别是当德国公使巴龙·冯·克林德在去与官员商议欧洲人撤离事宜的途中,遭遇士兵的谋杀。随后的历史作品表明,反叛的许多事件,对于被围困的欧洲人士和记载被围事件的小说家都是不可思议的,这源于双方严重的文化误解以及错误的信息。例如,当慈禧被告知清朝军队已经将一支欧洲部队从战略要地大沽口的沿海要塞击退时,她向所有国家宣战,而这支部队实际上已经控制了这些要塞;围困中期时,《每日邮报》驻上海的一名记者将谣言当作事实报道出来,让欧洲陷入了嗜血的恐慌:

1900年7月使馆沦陷,北京的外国居民被消灭。

　　整合了在英国公使馆的军队,由英国在华全权大使窦纳乐爵士率领,在1900年的夏天,欧洲人和数千名"本土基督徒"抵抗住了义和团员和帝国士兵的不断围困,直到8月国际部队进入北京。[18]慈禧太后及其随行人员被迫逃离城市,北京后来被参与行动的西方和日本的军队切分为不同的势力范围。随后的谈判条约涉及:处死十一名支持义和团的官员,一份巨大且使清朝元气大伤的赔偿,摧毁大沽口炮台,在沿着首都的主要途径驻扎欧洲部队,并设立一个永久的使馆卫队(周锡瑞,《义和团运动的起源》,311)。条约的这些条件极大地激起了民众的反清情绪,学者们一致总结道,它为1911年的辛亥革命铺平了道路。这次运动在英国国内引发了巨大的关注,许多围困中的幸存者在报纸或书籍上刊登他们的叙述。

　　这场围困完全出乎新闻界和英国政府官员的意料,它将英布战争移出了英国报纸的主要位置。[19]这里描述到的小说家利用这种大众关注度,迅速发表关于这场围困的作品,而他们一般并未亲历此次事件。他们往往对中国缺乏了解,创作的小说反复取材于起义发生过程中的新闻报道(与使馆的接触实际上是不存在的),以及幸存者带有想象的记录。他们代表了宗主国的立场,认为与中国的冲突不在于地方,而在于全球范围,并将其视为消除了英国在南非冲突中受到的屈辱。

　　许多人将其与英布战争进行了明确的比较。在F. S. 布里尔顿上尉的《北京龙》中,少年英雄们决定离开安全的使馆,在这场冲突中扮演更重要的角色,因为他们希望经历在南非错过的战斗。一名中国对手的凶残后来证明:"这个天朝人与在南非遇到的任何黑皮肤的战士一样狡诈。"[20]鲍勃将要把信息从使馆传递到天津,在他动身去完成这一关键任务前,一名日本官员提醒他:"记住,虽然我不

104

想劝阻你,但这些贫穷且无知的中国人比布尔人更坏,如果你落在他们手中,无须期待任何仁慈——事实上,那样的话,你最好开枪自杀。"(154) 因此,在中国的英国人象征性地弥补了在非洲的损失;当地人,无论是黑人还是中国人,也融合在了一起。

围困状态

如果说这些故事没有公开提到早期帝国历史里1857年印度兵变时英国人在坎普尔和勒克瑙遭受的困境,它们也隐含地与驻扎在印度的前行者们共享了高度寓意的情节,其中少数被围困的英国人勇敢地抵挡来自大量"本地人"的威胁;在这样做的过程中,这些故事坚持了英国的扩张原则,同时把本地人归为在错误观念下劳作,纯粹凭冲动而不是理性行事的人。[21] 散布在印度和中国混合地域的小型英国人社区成为英国本土社区的代名词。这些社区的英国居民人数远远低于中华帝国的本地人,但是经过漫长而不确定的斗争,他们通过卓越的技术,结合科学的理性主义,却能够获得掌控权。因此,静态的亚洲国家对抗动态的西方力量的典型模式,在似乎最令人怀疑的时刻,也就是在起义和社会动荡的地方,得到了至关重要的重新表述。

在战前,中国地图的绘制依据的是"势力范围"和广阔的领土,而有关义和团运动的小说则从城市方面重新定义了中国空间,特别是以三个中心城市,它们是欧洲抵抗的主要场所:北京、天津和大沽口。在战前,人们将城市空间细致划分为欧洲人居住区和当地居民区,或者在北京分成欧洲人的租界/使馆区、皇城、八旗居住的内城和本地百姓居住的外城,但这种分区被战争打破,因为给英国主人公们活动的空间在缩减:一部接一部的小说包含了这一幕,即在起义之前，男孩主人公在小镇郊外或者农村遭受到威胁，迫使他们将自己的行动压缩到城市，然后是欧洲租界，最终到只剩下北京英国使馆（或者偶尔也有天津的戈登堂）。在这里，维多利亚时代早期以来由炮舰外交实现的"开放中国"的历史过程被隐含地颠倒了：英国人象征性地被剥夺了接触中国土地和贸易的权力，且最终被置于建立第一个租界时那种孤立隔绝的境况。因此，起义成功发生造成的威胁，变成了一种历史逆转的表述，将中国带回一个世纪前的封闭状态。这种反进步的叙述不可能也不允许成功：通过伪装重新渗透到中国空间，成为军队在最后一刻到达并结束包围的先兆。西摩将军的"队伍"逐渐打开中国，从海岸进入帝国，最终到达帝国的心脏——首都的心脏，其过程大致类似于从通商口岸到治外法权再到北京的外交代表，这一过程描绘了19世纪中国与欧洲的历史关系的特点。伴随着在使馆飘摇的旗帜和慈禧太后的出逃，英国的控制权被重现确定，这本身被认为改写了先前起义和英法联军占领北京（特指1860年的队伍）的结果。这些小说中呈现的对帝国历史图景的绘制和再绘制终于证明了欧洲在中央王国存在的"权力"（虽然后来的入侵小说表明，义和团运动的结果并没有完全消除对这种逆转的担忧）。

　　正如这些文学叙事（以及对起义的新闻报道和政治评论）所塑造的那样，义和团运动以民粹主义为基础，因其对资本主义和交换原则的抵制而获得了重要意义，这种抵制有利于一种传统的东方主义的停滞和专制模式。这场起义企图颠覆大英帝国历史，让中国回到没有历史背景的无休止的封闭之中，试图将中国和中国人置于历史之外。小说中刻画的群众暴力和停滞之间的联系，与马克思和恩格斯在19世纪中叶为不同的目的而构想的观点产生了共鸣，尽管二者都同样无视历史现实。对于义和团文学来说，镇压由东方专制主义激起的农民起义可以对不列颠统治权进行评估，而对于马克思来说，亚洲停滞与先天暴力的组合预示着全球革命变革的到来。他预测，通过揭露帝国主义的隐性暴力，中国的暴力将在欧洲引发工人阶级起义。尽管他们得出了不同的结论，但在义和团文学中发现的马克思和恩格斯的评论的回声与不和谐音值得探索，因为它们揭示：中国如此早且长久地占据着维多利亚时代相互关联的全球系统这一概念的中心位置；中国对工人阶级和社会秩序崩溃的自我反思焦虑有多么重要；以及关于帝国主义的通俗小说是如何深入这些争论中的。

就像义和团文学一样，马克思关于中国的著作也将其与印度联系起来。在一系列从19世纪50年代中期到50年代末发表的文章中，马克思预言了亚洲对外国的抵制，并认为虽然这种动荡不可能改变清王朝的结构，但它们对大英帝国的影响和英国资本主义进步的影响可能是深刻的。他列举了太平天国起义（以其混合的基督教身份和巨大的死亡人数），1856—1858年的第二次英中战争，以及1857年的印度兵变等具体事例，但他将此类起义视为帝国相遇导致的持续动荡过程的一部分。[22]（第二次鸦片战争爆发于1856年10月，当时叶名琛查获了一艘名为"亚罗"号的中国人的海盗船，但据说这艘船在香港登记并悬挂英国国旗。扣押和随后的赔偿要求，为英国驻广州领事巴夏礼提供了一个公开敌对行动的借口。[23]）

马克思在1853年6月发表于《纽约每日论坛报》上的《中国和欧洲的革命》一文中写道：

> 这似乎是异常奇怪和矛盾的断言，即欧洲人民的下一次起义，以及他们下一次共和自由和政治经济运动，可能更取决于现在天朝大国发生的事情（与欧洲非常相反），而不是现在存在

的任何其他政治事业，甚至比俄国的威胁和欧洲广泛战争更有可能。但是，这并不矛盾，只要仔细考虑事件的具体情况，所有人都能理解这一点。

无论社会原因如何，无论宗教、王朝或国家形态如何，中国经历了大约十年的长期起义，现在汇集成一场强大的革命，这次爆发的时刻毫无疑问是由于英国大炮强迫中国接受所谓的催眠的毒药，即鸦片。在英国军队到来之前，清王朝的统治已经支离破碎；盲目相信天朝大国永恒的信念已然崩溃；与文明世界的野蛮隔离被打破；开放促成了自加利福尼亚和澳大利亚淘金热就开始迅猛发展的交流。同时，帝国的银币和它的血脉开始流向英属东印度群岛。(15—16)[24]

马克思在这里指出了后来的小说家热衷于利用的全球帝国主义的危险：其潜在的破坏国外政治局势的可能性，与帝国结构其他地方相关事件的联系，与新兴工人阶级意识的(隐喻与真实的)联系，等等。令人印象深刻的是，1858年马克思将中国称为"在时间的牙齿上生长的植物"。然而，他认为英国遭遇亚洲生产模式是一种讽刺，突显出道德责任的丧失：

这样一个帝国最终应该是在致命决斗的时候被命运所取代，在这场决斗之中，过时世界的代表似乎受到道德动机的驱使，而压倒性的现代社会的代表则在为在最便宜的地方买东西和在最昂贵的市场上卖东西的特权而斗争——这确实是一副悲壮的对联，比任何诗人敢于想象的都要离奇。[25]

英国和中国就像这样的"对联"，两个帝国真正缠绕在一起。

1857年，恩格斯在《纽约每日论坛报》上发表了一系列文章，表达了相似的观点。在《波斯和中国》中，他对比了一个正在接受欧洲军事组织的国家与一个抵制它并因此能够无休止地和潜在地使其不稳定的抵抗国家：

> 在波斯，欧洲的军事组织制度已经被淹没在亚洲的野蛮之下；在中国，世界上最古老的半开化的国家正在朽烂，以自己的资源与欧洲相遇。波斯已被明显击败，而心烦意乱、已经半分裂的中国则偶然发现了一种抵抗体系，如果跟进这种体系，就不可能重演第一次英中战争时英军胜利地长驱直入的结果。[26]

他继续说，"英国政府的海盗政策"，标志着中国对外国人的爆发是场"灭绝性的战争"（114—115）。他的结论是，不同文明之间的战争具有最低的公分母，较小的文明必须以其已取得的有限手段与较大的文明进行斗争。除马克思以外，恩格斯也认为，华南地区的动荡是亚洲变化的潜在催化剂，尽管他仍然使用衰落的用语："华南人民在与外国人的斗争中表现出的狂热，似乎标志着他们意识到旧中国所处的最大危险；多年以后，我们将目睹世界上最古老的帝国的垂死挣扎，以及整个亚洲新时代的开始。"（116）

马克思和恩格斯都一再强调中国的时代，强调中国坚定保留了曾经进步的社会组织形式，但现在这种形式已经停滞不前。衰败、腐烂以及帝国血脉像被吸血鬼吸干（马克思是否把英国或中国当作吸血鬼在这里显然是不清楚的）的形象，既是英国与自身劳工阶级问题的症状，也是英国与中国问题的症状：带有成见地，原始的他者和工人阶级的自我之间相互介入。

这种介入的感觉通过义和团起义的故事传播开来。小说通过明确地预见通俗小说对中国历史的介入，以及英国对中国历史的介入，确立了这一阐释框架。与马克思不同，这些作品体现了资产阶级的观点，认为腐败的中国需对自己的衰落负责。《北京龙》（1902）的开篇称，"任何有耐心学习中国历史的人都会承认，中国的历史是最有趣的"，这是发出了权威的父权制声音。"它比任何其他国家都更早出现，讲述了一个比埃及和罗马更古老的文明。所有这一切都记录了一种好奇的保守主义——所有中国人几个世纪以来的愿望是保持他们所达到的教育和完善的阶段，关闭他们所有的港口，在当下的满足和放松中生活，没什么与外面的人有关。"（78）读者被告知男孩主角鲍勃·邓肯出生在中国海岸的东印度公司的鸦片仓库，其父代表着帝国的重商主义，他与父亲之间的对话发生在起义爆发之前，随后是对中国与英国的互动历史（鸦片战争、亚罗战争、太平天国起义等）的程式化描述，将即将到来的起义牢牢地置于英国自己的历史背景之中：东方历史只是另一个西方历史的叙事。

然后，这些故事通过使用维多利亚时代晚期关于英国城市工人阶级的描述中常见的暴民、不守规矩和兽性的术语，巩固了中国和西方之间的这种相互关系。即使它们没有明确地提到英国工人阶级（正如下一章讨论的入侵小说更倾向于做的那样），术语上的重叠也是惊人的。虽然起义的大多数参与者是农民而不是城市贫民——如同一个士兵描述的"农村武装对抗外国人"状况——但是，这些小说被重新安排到北京和天津的城市空间，瓦解了对中国人和英国工人阶级的呈现。[27]（入侵小说和关于莱姆豪斯中国社区的小说紧接着扩大了这个主题。）不守规矩、鲁莽行事且经常处于服用鸦片的麻醉不清醒状态，义和团员被反复描述成在意识形态上确定的词汇"部落"，并以无定形的、非个人主义的术语进行考虑，让人想起伦敦东区脏乱街道上成群的劳工。例如，在《来自深渊：

109

及其居民》(1902)中,查尔斯·费德里克·格尼·马斯特曼把穷人称作"歹徒"、"洪水"、"溪流"和"洪流",使用了与义和团故事相同的术语,除去了这些人的个性特征。描述起义爆发前中国秘密社团的影响,吉尔森的《失去支柱:义和团运动的故事》(1909)的叙述者指出:

> [秘密社团的信徒]已经成为一个狂热、尖叫的盲信者,唯有死亡才可以停止。他已经疯了,用盲目且不顾一切的疯狂,以达到自己的目的或者死亡。从远古时代开始,这种同样的疯狂已经蔓延到稻田,像瘟疫一样控制了人民,并蔓延传染,直到整个省份武装起来,迫切地进行复仇。[28]

无论是否有意,通过描述他们的常用术语直观地将中国农民和英国劳工联系起来的这一类比,不仅强化了工人阶级是帝国内的外来者的形象(将帝国的他者纳入文学的中心),而且也清楚地表明,在中国争夺主权和保留对使节控制权的斗争的实质是什么:维护阶级的物理边界,防止外界的围攻。正如布里尔顿在《北京龙》里所说的那样,因其庞大的人口和衰落的帝国,中国对这些英国作家"是未来的问题"。像工人阶级一样,中国人口庞大、贫穷且愿意移民;如此这般,中国人口有可能以强烈的方式宣称其数量的优越性。许多义和团员的行为带有反对新技术的特征,特别是他们对铁路的破坏,表明了这种比较的力量。

在《假象的满大人》中,埃里克·阿约注意到一种美国语境中的突出的话语,中国工人的身体"被理解为种族和文化遗产的一个产物,成为他对美国工人(实际上是对美国整个国家)的威胁的不可或缺的来源"。[29]这种评估在英国和英国的帝国背景下是真实

110

的，为以下叙述提供了关键：义和团文学集中于"暴民群体"，入侵小说揭示了阿约所说的"机器身体"作为亚洲对西方的威胁，以及在伦敦的中国人的故事通过种族稀释潜在地使工人阶层衰竭。

这些小说利用义和团员声称他们不会在袭击外国人的过程中被杀害，并且表现出他们的狂热，使得发生在中国的事件在中国境外也产生了影响。通过战略性地将义和团员不仅与工人阶级，而且和相似类别的中国海外劳工捆绑在一起，文本放大和全球化了"北京五十五天"威胁。许多小说通过关注起义的前因而不是后果，常以外国军事力量的抵达来结束故事，而没有延伸到随后的占领，从而增强了持续威胁的这种感觉。

通过暴徒和人群的概念，将中国男性描述为城市的威胁，这解释了这些文本对空间映射的关注，因为它们将中国城市的"半文明"建筑投射到他们的身体上。小说让中国城市类比中世纪欧洲城市，关注在起义历史事件中起到关键作用的城墙和城门：保护英国使馆的墙壁，围住"紫禁城"的墙壁，包围使馆和紫禁城的内城城墙，以及允许进出这些空间的城门，它们构成了这些建筑地块的重要元素。这些小说进一步表现，在这种环境下运作的中国主体受到行动的限制。行动受限应该是围困监禁外国人的标志，尽管保罗·A. 科恩指出，使馆区的人员在"7月中旬以后开始收到来自外界的可靠信息"。[30]然而，许多小说的情节重写了这段历史，发掘英美男孩主人公成为送信者，他们进进出出北京城以及城市的不同部分。他们在中国空间里进行真正的全球运动，引发了中国事件的全球性因素，激发了一种预感，即在起义之后，英美将对中国实行控制。[31]作家们运用了一种跨越外国、亚洲空间的隐秘、越界运动的比喻，将其与大博弈的叙述关联在一起，特别是同时期的鲁德亚德·吉卜林的《基姆》。

因此，亚洲空间对于亚洲人本身是不透明的，而对于使用它来保护自己和社区的西方人来说却是透明的。在格雷顿的小说《北京危境》中，两个男孩主人公实际上藏身于城墙内几个星期，成功逃过了义和团员的搜查、折磨和杀害。占领这个阈限空间，他们处境安全，既躲过了中国敌人，也避免了同族人的"友军炮火"误烧到打扮成中国人样子的他们身上。

111

伪装的力量

几乎所有的小说都有这样一个场景：伪装好的英国人逃离了内地的传教士聚居地，在城市围墙入口处成功骗过守卫把其当成中国人后，安全到达使馆。然而，这样的伪装并没有表现出对异族通婚或效忠对象可能交叉的焦虑，反而让他们变得更像真正的西方人。这个计谋改变的只是他们的外表。通过移民，与西方人为伍的华人也被赋予了这种伪装和随机应变的能力。吉尔森的《失去支柱》脱离了弗兰克·诺里斯的叙述，介绍了王，一名带有"旧金山口音"的中国侦探，在周围发生暴力革命的背景下，他因擅长伪装和渗透进入城市的"本地人领域"，将男孩主人公杰拉尔德从歹徒朱盖塔手中救出。[32]

与此同时，义和团的故事借助有趣的身体表征加强了工人阶级与中国人之间的心理联系，通过男性身体揭示了对文化融入和混合的焦虑。小说通过伪装，让青春期的男孩主角们勇敢地证明自己是"帝国的男人"，同时呈现出异域化的、明显女性化的特征，并通过对体毛的讨论，阐明了男性行为准则的混乱。不同于穿了满大人的官服激怒民众情绪的传教士，这些男孩穿着苦力的衣服。[33]然而，这些小说解决了穿着中国衣服时的性别错乱造成的冲击，在揭示男孩的"真实"身份的同时，引用了一个异性恋浪漫情节来解决未解决的问题。

把自己伪装成本土人，开启了霍米·巴巴描述的"不完全/非白人"的模仿范式的一种奇特表达方式。对于殖民主义主体的渴望是可以识别的，几乎相同但不完全相同的是（用托马斯·巴宾顿·麦考利的话来说，就是一个"棕色皮肤的英国人"），在这里变成了一个无法识别和明确不同的他者，但又并非完全的他者。随着他们的皮肤被浆果染深，他们的虚假的辫子和农民的衣服，义和团叙述中的中产阶级男孩包含威胁"种族灭绝"的侵犯行为，他们通过成功地模仿义和团员，使其权力不完整且最终无效。那些接受了西方教育和科学的本地人，他们的辫子和天然的肤色仍标志着他们本质上是他者，但不同的是，义和团叙述中的这些男孩令人信服地逃脱检测，其模仿只是为了使他们能够正式地和在身体上拒绝成为外国人。

事实上，他们的伪装总是太好了，每个男孩都会经历离开或进入公使馆的危险时刻，因为他被当作他试图打败的怪物。由此，描述的滑动过程不仅可以打开一个窗口，进入另外隐藏的外国人的活动（通过伪装的英国主角的观察和发表的评论），而且最后重新建立了一个霸权的帝国权威来坚定地关闭这个窗口（通过联军占领北京，特别是紫禁城）。当主人公们脱去农民的外衣，"走出来"成为资产阶级英国人时，霸权秩序确认了中产阶级的地位。[34]

与此同时，迷信且野蛮的义和团员对英国社会在中国乃至帝国的其他地方都构成了一面特别有用的镜子，因为他们被认为以最负面的方式呈现差异：纯粹的群体性野蛮行为（只有部分得以原谅，由于其某种合理的动机），对比这个店小二民族的作为英雄的个体。

这些小说中运用伪装的代表作是亨蒂的《盟军朝向北京》。作

112

为典型的冒险类型，行动的中心变成了一个家庭的地理位移，这种移动模拟了帝国本身的宗主国-边缘地区这一结构。少年雷克斯·贝特曼在叔叔的监护下接受了多年的教育，他的叔叔是家族企业伦敦总部的负责人。义和团运动前夕，他回到中国的父母"家"。他的家族融合了英国在中国的广泛存在，他的父亲和叔叔们通过他们在天津的贸易代表着商业的一面，他的母亲和阿姨则通过阿姨的传教士丈夫代表着情感或道德的一面。雷克斯同情理解中国人（他最亲密的同伴是他的仆人阿洛，自婴儿期起就是他的导师和朋友）以及中国人反对外国人的理由（基于歪曲和歇斯底里），但他必须履行帝国主义者的传统角色，拯救家人，保护自己国家的经济和社会利益。（他的年轻表弟表妹们被关押在当地的衙门，他们的传教士父母被杀。）雷克斯还必须与中国人进行对话，以巩固英国在该地区的权威，同时减轻造成动乱的误解。因此，亨蒂在小说第一页确立了雷克斯对中国人的同情——雷克斯告诉叔叔，在伦敦郊区开始上学时，他的同学将他列为"异教中国人"——读到第二页时，读者了解到他和阿洛之间最亲密的情感，以及他能"像一个本地人"一样说汉语。

虽然难以理解的中国人与亨蒂的读者之间保持着距离，但雷克斯在两种文化之间进行调解的能力很快得到了确立。在他乘船回中国的航程上，阿洛痛殴一些骚扰他的劳工恶棍，此时他实际上充当了口译员。[35] 当他表现英雄行为的时候，正是这种语言能力，使他在伪装自己的时候能够被当作中国人"通过"关卡，并与阿洛一起偷偷地营救了他的阿姨和表弟表妹们。[36] 在给父亲的信中他解释自己为何在救援任务中消失，甚至暗示老贝特曼告诉他的母亲，他已经成为进驻中国的欧洲部队的口译员。雷克斯一开始冒险进行伪装是为了使家人安全地进入使馆保护区，然后向国家提供服务,利用伪装完成一系列的任务,牢牢确立了他是解围事件中的英雄。在阿洛的帮助下,他从北京的一个地窖里救出了十三名本地基督徒。然后他单独地拆除了威胁使馆防御的两枚迫击炮弹。他装扮成地主的样子,曲折行进至亲洋的庆亲王面前,但令人遗憾的是对方无法提供帮助。最后,在围困的停火期间,他决定去天津,确定父母的安全,同时携带窦纳乐爵士的重要信息,通过义和团占领区这条路线,将消息传递至在天津的外国部队。伪装是成就这些功绩的有利机制;成为中国人让他打败了中国人。他甚至获得了隐秘和沉默这些典型的中国人特征。他遭遇的唯一明显的危险是一只老虎;只有在遇到"自然"世界的时候,他的装束才停止奏效。

　　这种阅读伪装的方式暗示了亨蒂笔下的雷克斯·贝特曼和吉卜林创作的金博尔·奥哈拉(简称基姆)之间的相似,这表明了在中国的男孩冒险家如何清楚地符合在帝国外围实行的帝国主义模式——虽然亨蒂的作品缺乏对亚洲空间和人物的复杂态度,而这正是《基姆》这部作品的特色。这两个男孩的语言能力和在东西方文化之间的协调能力都不同寻常。[37]阿洛访问在校的雷克斯,对应喇嘛帮助基姆进入印度精英学校。像奥哈拉一样,贝特曼必须在国家利益重要的事务上实施伪装。两个男孩都是信息的重要渠道,主要借助伪装传递信息:基姆在大博弈中充当间谍,而雷克斯将使馆被围的信息传递至天津的军队。然而,最终语言能力可能会增强其伪装,但这些叙述中的关键信息是从一位英国人的代表传递至另一位。这些信息涉及为维护英国利益而采取的军事行动,清楚地界定了以他者身份传递信息、与他者沟通以及成为他者之间的区别。

　　亨蒂对伪装的使用产生了一种关于男性气概的有趣话语,这种话语更多地表现在关于义和团运动的小说中。重要的是,许多此类小说都是由年轻少年的英勇行动推动的,他们做好伪装,在使馆与

114

西摩率领的部队之间传递信息。男孩们可以假装成中国人,因为他们和中国男性一样,拥有身体无毛、皮肤光滑、头发较长等女性特征。约瑟夫·布里斯托断言,到19世纪末,柔弱和帝国"站在激烈的对立面",居住在宗主国的柔弱女人气的人物被认为是种族退化的表现。[38]在介绍中国人以及主人公采用柔弱特征作为其伪装的一个组成部分时,这些小说对这一话语进行了探讨。

然而,男孩的"少女式"的外表只是他们发展的一个阶段;在这些呈现中,中国男性似乎陷入青春期身体发育的水平,就像他们的文明大概也是未充分发展的一样。在这里,这些小说可以说是链接到一种新兴的有关同性恋的话语,男同性恋在"原始"或"东方"社会是普遍的。[39]正如弗兰克·普罗施安所讨论的法国殖民构建中的越南男性的例子,中国男性也被认为是"去性别特征的(无男子气概、柔弱、字面上被阉割的)和超性别特征的(极为雄性的、放纵的、色情的,既是异性恋也是同性恋)"。[40]虽然这些小说遵循了这一轮廓,但伪装的叙事前提排除了以下情况,即欧洲男性在东亚和东南亚共同抱怨,他们无法分辨那里的男人和女人。根据"发展受阻"的格局,亚洲或原始国家仍然停留在这种较早的心理发展状态。"他们非常像孩童,"《盟军朝向北京》中成年人的声音说,"他们将遭受绝望的压迫和暴政,被动地降服,然后他们会以某种错误的方式爆发出来。"(40)

乔治·曼维尔·芬恩的《斯坦·林恩》(1902)清楚地说明了面部毛发在区分中国和欧洲男性气质方面的重要性。小说开场的行动是入侵一个(全男性)家庭的仓库,这导致杰弗里叔叔最珍贵的财产——他的胡子被烧焦,引发了下面的对话:

> "什么!你不知道,孩子。这里的气候很适合让你的头发

115

生长。看那些中国佬的辫子！"

"哦，但是很多都是假的，不是吗？"

"某些时候是，我的男孩，但一般来说都是真的；如果解开辫子，头发会更长。但你不要模仿中国佬。你不想要长辫子。你把头发从后脑勺留到下巴，让它在那里生长，让你看起来高大威猛，准备和中国商人打交道。"

"但恐怕在未来的几年里，我会显得像个孩子似的，"斯坦伤心地说，"我看起来很年轻。"

"这也是一件了不起的事，"杰弗里叔叔说，"如果你看上去年轻，感觉自己也年轻，什么你不能成为呢？——呃，奥利弗？——啊，你们这些年轻的雄性鹅，你们总是希望自己是男人，如果你们知道自己所轻视的是什么，那对你们该有多好啊！"[41]

面部毛发的自然生长错位到中国人所培育的不自然的辫子上，使得中国人的性别遭遇怀疑，正如事实上辫子被称为尾巴，人体退化的特征。通常，辫子是中国男性的重要标志——依据《北京龙》，中国是"辫子和乏味简单的面孔组成的国家"（20）。这也是维护英国在战斗中优势的手段：在许多小说中，英国人抓住中国人的辫子，让他自己做不愉快的选择，是选择剪掉辫子受辱以及在自己的文化体系中失去地位，还是选择落入敌手。关注中国人的头发从脸部到后脑勺的错位，也引发了在情节剧中，一系列将长发明确地与女性化和不道德的性行为联系在一起的例子。相比之下，英国青少年的男性气质在于他最终能够长出胡须，只要他在叙述中的行为合理证明了他从男孩到男人的过渡。他只是表现出中国人的部分特征。他的"女装"以及相关的异常行为，使得他能传递重要信息或救援将被屠杀的妇女，当他在不正常的非欧洲人的空间里执行任务时能

116 发挥效用。这种成长小说风格让读者回想起这些故事的中产阶级起源——它们关于在工人阶级/本土势力的抵抗中保护帝国资产阶级。

　　事实上,许多义和团小说的结局是,男孩"自然"发展的终点是成为一个完整的男人:对一个女人产生迷恋,这是由于起义迫使他们生活在如此狭小的空间里,故事的最后笨拙地引入了一个婚姻情节,这个婚姻情节把冒险故事的零散部分联系在一起,标志着回归到正常生活。这种模式的一个典型可见于萨金特的《红色北京的故事》的结尾,这部小说是少数由女性作家创作的作品之一。回到英国,一群幸存者正在圣诞假期聚会,等待接送她们去聚会的车子。小说的最后一行如下:"'是的,尼娜,但你知道,'莉莲·罗斯狡黠地回答说,几乎是在耳语,'我想我也听到别的东西,在很远的地方,可能(但至少我还听到了)是婚礼的钟声。'"(105)这样的婚姻情节的结局也用于破坏那些小说早期情节中两个男孩主角之间的同性的情感纽带。在起义期间,男孩们在使馆区之外分享冒险和封闭的住处——因此,这是一种欧洲化空间之外存在的家庭生活,而在起义结束时,那种欧洲化空间又恢复到他们的生活中。在《北京龙》中,这个同性恋紧张局势的解决方案是三角关系对象的出现,鲍勃和查利发现了传教士的女儿伊娃·曼纳林这个"尤物"。在小说后面部分的一场战斗中,平常温柔的鲍勃杀死了看见的所有义和团员,他大声说:"这会教会他们!……看他们日后还敢虐待女孩!"(240)然而,欲望在这篇文本中并没有得到很好的发展,鲍勃和他的继兄弟查利都没有在最后"得到女孩";相反,他们进一步升华了同性的欲望,成为商业合作伙伴。[42]

　　令人惊讶的是,这个话语暗示的中国人在男性气质上的偏差并没超越其不成熟的表现。虽然这些小说详细描述了义和团员嗜血的凶恶，但它们实际上避免了对欧洲女性的性暴力问题，而这通常是帝国焦虑的重要隐喻，也是与义和团小说密切相似的印度兵变叙事的主要内容。在《帝国的寓言》中，夏普将异族强奸神话的出现与兵变叙事紧密联系在一起，因此义和团故事中也应该充斥着强奸的画面。关于起义的第一手资料确实表明存在着一种侵犯的说法。但它很少出现在小说描写中。即使被围困的人计划杀死妻子和孩子，然后自杀，而不是落入中国人手中，这种比喻也与酷刑有关，而不是性暴行。然而，性越轨行为与女性有联系的一个地方是，慈禧太后被描绘成一个邪恶的荡妇，尽管埃德蒙·巴克斯关于她贪婪性欲的幻想直到很久以后才出现。

117

在某种程度上，没有强奸隐喻反映了中国当时的情况与1857年在印度的情况相比有所变化。变化包括目击者叙述的更大的可及性和可靠性，这要归功于电报和扩大的期刊出版。彼得·弗莱明在《围困北京城》(1959)中有关起义的叙述，提供了与早期偏见保持一致的精彩阐释："欧洲妇女在被杀害之前遭受凌辱的传说没有证据支持，而且从本质上讲是不可能的；大脚、长鼻子、白皮肤的女性野蛮人对中国男人的性欲吸引力微乎其微。"(135)[43] 也许中国男人的女性气质和性衰弱（同性恋、太监、后宫等形象）的观念阻止了保留这种虚构故事。如同大多数维多利亚时代的冒险小说，这些小说是男性作者创作的并且情节以男性为中心，这似乎是一个原因。事实上，在少数几个创作起义小说的女作家中，有一名提及了警惕性暴力，但大概是指女性基督教皈依者而不是英国女人。比伊克的《在异乡中国！》这部小说也是唯一专注于性问题的义和团叙事：起义为其两个主角提供了背景，英国驻华北一个外港的领事福布斯与港口主要贸易商的妻子威妮弗雷德之间考虑通奸。通奸永远不会发生——但只是因为威妮弗雷德因起义的苦难生病而死亡。那时他们外出到附近的寺庙，陷入一个前哨周围的山丘上爆发的敌对行动。在逃避义和团员的同时，他们遇到了各种各样的暴行，包括大批当地基督教徒惨死，其中三名妇女"显然被剥光了身体，以一切可怕的方式受到伤害，像鱼一样被劈开，挂在树上干涸"(134)。后来，一个孩子的尸体被干草叉挑衅性地肢解，在另一个角色身上引发了对所有中国人的反感，甚至包括他们的忠实仆人。这些关于性暴力的暗示就像小说本身一样不同寻常，它没有围绕英国驻北京公使馆展开，而且只是将起义情节融入一部"家庭"小说。

误导的动机：叙述中国人的观点

将西方主角的伪装问题联系到中国对手身上体现出的社会不发达的状况，是合理化欧洲介入中国和英国对这一地区的期望的叙事策略，通过一个复杂和高度调和的方式说出底层中国人可能的想法。通过英国人的乔装打扮，主角最终所在的情境是让中国农民和劳工在"洋鬼子"在场的情况下无意中表达出不满。通过强调伪装机制的真实性（因此是一种形式的霸权）和作者的无所不知（另一种形式的霸权），这些话语的使用尝试界定起义的暴力行为，指定其原因（迷信、税收、腐败、炮舰外交等）。它也力图向英国观众解释标志着这次爆发的神秘的愤怒和对洋人的系统性灭绝。这种解释不仅仅是简化论者的冲动，他们想把帝国主义的意识形态强加给种族编码的野蛮人，正如布朗特林格所说，这是兵变叙事的典型特征。相反，它代表着一种更复杂的关于公平和自由贸易的对话，主张在非正式帝国主义的框架下进行一种特定类型的资本主义扩张，并承认以前监管不足的事态允许了某些外国人在中国犯下罪行。

为了重申自由贸易和公平贸易的帝国主义，早期（通常是在起义爆发之前）的小说，就揣测中国人对"洋鬼子"不满的原因，随后，男孩主角伪装成一个本地人时偷听到中国人对此问题的看法。亨蒂的《盟军朝向北京》巧妙地并置了两个对话：一个是雷克斯·贝特曼的父亲解释中国穷人苦难的讲话，另一个是仆人阿洛（在起义爆发后）与他的父亲的讨论中解释，英国人的动机被误解了，他们想要贸易而不是战斗。这个令人好奇的角色的反转——其中，英国人为义和团员行为辩解（虽然是在起义之前），而中国人为英国非正式殖民化辩解——允许出现一种复杂的身份识别形式，将反对洋人的暴力归于无知和宣传，并认为如果合理引导的话中国人潜在地会支持英国人。起初，中国人民群众的潜在易变特征似乎违背了起义所表明的中华民族天生野蛮的言论，也违反了在这些文本中存在的报复话语中的惩罚意识形态。但野蛮人可以被驯服；正如丁尼生的《保卫勒克瑙》中"狂暴的"印度士兵可以变得温和，中国的群众也是如此。此外，重要的是要回顾格雷顿的观点，即惩罚是一个可以印在中国人身上的教训。 119

当雷克斯与阿洛的家人一起前往北京时，亨蒂花了一段很长的篇幅，来描写仆人阿洛和他父亲讨论西方事物的本质，旨在从政治和道德的角度为帝国主义计划辩护，同时强调文化本身的相似性。英国人是伟大的战士，但不喜欢战斗，阿洛说，"只有当他们的贸易受到干扰或他们的人民受到虐待时，才会开战"（64）。他们在宗教上有着宽容的态度，相信新教，就像中国人相信佛教一样。"他们试图让其他人转变宗教信仰，"阿洛继续说，"正如佛教徒来到中国，使我们的大批民众皈依佛教。他们认为在做善事，并且花费很多钱努力去做。对我来说奇怪的是，他们不能让一切顺其自然，但这是他们的方式，当然我也不会因此而对他们产生敌意。"阿洛口中的英国人没有不当的经济抱负，也不排斥其他文化，但他试图善意地传播"真正上帝"之道，最终让中国人保持了一种不可思议的感觉。这表明，虽然两种文化可以平等共存，但用 E. M. 福斯特的话来说，它们无法相互联系。重要的是，雷克斯的教育过程遵循父权制/霸权的父子的路线，而中国农民的教育过程却是相反的：是儿子教会了父亲与西方交往的根本价值。这是新中国在教育旧中国最停滞不前的成员——农民。

亨蒂的帝国主义寓言以主人公的名字"雷克斯"或"金"（含义都为国王）来强调，在同情中国叛逆者的同时，贝特曼家的家长也在努力理解他们的感受。雷克斯的父亲提醒他的儿子，英国人使中国人遭受苦难——鸦片贸易、传教士拥入、武力迫使开埠，等等。他坚持认为，欧洲人应该在北京设有大使，但是其他事务应让这个国家自己处理（除非欧洲被邀请去做一些事）。他大声抗议日本人和俄国人发起的"抢占游戏"。（香港早已被占领，不属于他的讨论范围。）雷克斯的父亲用达尔文主义的分析结束了他对中国文化的评估，根据达尔文主义的分析，出于人口密度的原因，"生存的斗争是如此激烈，以至于人们的智慧变得更加敏锐"（98）。亨蒂的稀缺论得出的结论是，中国人是世界上最精明的讨价还价者；他在本质上承认，对中国人来说，市场永远是一个战场，并把皇太后对义和团运动的默许支持，视为对贸易自治的历史限制的回应。然而，这种试图用西方科学理论来概括中国观点的尝试，最终对中国霸权进行了文化抹杀，贝特曼认为正是这种抹杀造成了这场骚乱。

从总体上看，义和团小说中所记载的士官们的讲话，在一定程度上为农民开脱了罪责。相反，他们诋毁慈禧太后是一个邪恶的女人，"显示出她能做出任何暴行"（布里尔顿，《北京龙》，75）。"正是残忍的太后恨外国人"，萨金特笔下的尼娜在《红色北京的故事》中解释道：

> 义和团员实际上是她的工具，他们把自己相信的各种事情
> 告知给无知的人民，包括欧洲人带走中国小孩并把他们杀死，我
> 们这些外国人的存在造成了这里的干旱少雨，然后他们假装看
> 到最精彩的幽灵出现，总是带来同样的信息："杀！杀！"(46)

虽然以这种方式解读这场起义值得怀疑，但对皇太后的诋毁有利于
维护帝国的意识形态目的：由头目象征的中央权力机关的腐败和颓
废引发了起义；然后，敌对帝国必须出面调解，以恢复秩序。这种诋
毁如此普遍，以至于在起义之后，慈禧开始了一场公关活动，将照片
肖像作为外交礼物分发给外国人。[44]因此，小说的结尾提出了新的监
管措施，以防止未来的崩溃，无论是在中国的英国人，还是清政府。

在威廉·卡尔顿·道的《北京的策划者》中，英国人实际上被
安排进入清廷，以履行恢复1898年"百日维新"的职能，这其中就
包括推进在日本已经进行了的快速工业化。[45]当时，西方人以赞美
的方式看待光绪皇帝领导的这次改革运动，诋毁慈禧及其反对改
革的保守派盟友，并将后者视为义和团运动拒绝一切外国事物的先
驱。道的小说描写了一个主角叙述者，他是一个融入中国社会的英
国人。他充当了"皇帝的守卫者"的角色，把光绪从慈禧太后摧毁
他的计划中拯救出来，从而保护了清廷和亲洋的改革。

其他小说更多地关注国际贸易领域。亨蒂的《盟军朝向北京》
以主人公在中国的家族企业的彻底重组而告终，由于起义，家族撤
退到英国重新建立自己的企业，这一重组得以巩固。布里尔顿的
《北京龙》也以同样的结局告终。故事讲述的是一个利润丰厚的玉
石矿，被后来成为义和团领袖的罪犯宋从叙述者的父亲手中夺走，
最终玉石矿的所有权证书在宋的尸体上被发现，控制权又回到家族
手中。小说的两个少年主人公鲍勃和他父亲的保卫查利之间的新

121

伙伴关系,为这种新型贸易奠定了基础。(这个特许权是否一开始就应该掌握在中国人手中,不是本文提出的问题。)

然而,通过减少中国动荡对英国国际利益对宋的威胁以及他对鲍勃和查利家人的个人影响,这部小说还提出了对中国的同情的复杂问题。一方面,通过将其改编成家庭剧,它为青少年读者解读了起义的历史事件。宋的邪恶行为代表了中国更大范围的野蛮行为,而正是这种野蛮行为首先引发了起义。另一方面,它通过将宋设定为需要解决的具体问题,而将这种整体的"中国"威胁嫌疑人的精华呈现出来。

这个商业视野中更为赤裸的一面出现在E. A. 弗里曼特尔的《端郡王的财富》中,这本印度出版的短篇小说的定价为两安那。[46]在这个奇怪的故事中,行动围绕着保护香港上海汇丰银行的北京分行,在那里,主角弗兰克·金等人在围困中幸存下来。被水兵和海军陆战队救出后,金等人在北京街头聚集了300万英镑的货物;他的30万英镑股份让他得以迎娶斯蒂芬斯小姐,两人在围困期间相识。当金在香港出售战利品时,一名中国人告诉了他属于反洋的端郡王的一份巨大宝藏的隐藏地点。(端郡王载漪是义和团运动主要的支持者和起义期间总理衙门的军机大臣。)金争取到联军入侵部队的帮助。他们发现了价值2 100万英镑的宝藏(他获得其中一半,另一半用于支付联军的费用),于是他和妻子幸福且富裕地返回英国。在使馆区和北堂教堂发生的那场壮观的围攻,在这里被转换成一家金融机构,这或许标志着欧洲在中国的真正利益,就像在北京,联军士兵中普遍存在的抢劫主题一样。这笔钱属于最著名的反洋的皇室顾问和义和团的拥护者,作为一种具有讽刺意味的赔偿形式,被恰如其分地转移到联军手中。因此,叙述没有留下任何余地来解释这种掠夺行为,因为它没有任何理由或原则。[47]

与中国拯救英国外交和商业人员的一系列情节相呼应，这些小　122
说中商业利益的恢复或重建为中国预示着一个未来，需严峻地拒绝
仇外心理和传统的亚洲孤立主义。英国人会留下来。事实上，他们
甚至声称拥有归属感；与作者不同的是，书中的许多人物都是在中
国出生和长大的。这也许是真的，正如《失去支柱》这部小说中最
后沉思式的一段话："他们是旅人，在很远的地方，在那个他们不得不
称作家园的陌生地方，但英格兰是他们唯一热爱的土地。"(379) 但
他们已经学会称中国为"他们自己的"这一根本事实仍然至关重要。

针对未来义和团运动的管理策略也延伸到了传教士活动上，这
些活动不仅导致了中国人和欧洲人之间的摩擦，也是在义和团运动
前的那些年里欧洲人之间产生摩擦的一个实质原因。19世纪90年
代，新教和天主教在该地区的传教活动有了巨大的增长。外国使团
的学生志愿者舍伍德·埃迪写道："在那些日子里，中国是目标，是北
极星，是吸引我们所有人的巨大磁铁。"(引自周锡瑞，《义和团运动的
起源》，92—93)[48] 西方人所认为的太平天国运动源于中国对基督教
非正宗的理解，是以改革为导向的大众运动；但与其形成鲜明对比
的是，义和团运动被认为是专门针对传教士活动的，在其孤立主义的
视野中是一种倒退。它的宣言特别指出，传教士是其目标，因为他们
被指控有犯罪行为。一则通知写道："中国各省的市场和村庄的所有
人请注意：现在，由于天主教徒和新教徒亵渎了我们的神明和圣贤，
欺骗了我们上层的皇帝和大臣，压迫了下层的中国人民，我们的神和
百姓都对他们感到生气……"[49] 充其量，英国评论家认为，对传教士
的暴力行为是不正确的，尽管这些小说是某种迹象，义和团员对其亵
渎的指责也几乎是不合理的：就像标准的"B"电影一样，《北京龙》
通过一场枪战介绍义和团员，枪战涉及主角们和"声名狼藉"的僧侣
们，以及在对抗中作为男孩堡垒的一尊巨大佛像；《失去支柱》中的

人物躲在一尊中空的佛像里，以避开歹徒；《北京危境》描写了一尊佛像挡住门，拦住了一大批义和团员，而另一尊佛像位于窗前，让其男孩主人公们逃避追捕者。一个人物打趣道，"比起崇拜它的人，那个神为我们做的事更多"（112—113；参见图1）。

"AIMING AT THE PRIEST IN FRONT BOB GENTLY PRESSED THE TRIGGER"

图1　布里尔顿的《北京龙》中用佛像对抗中国人

这些小说通常把英国传教士自己描绘成善意的,是被误导和误解的。然而,法国和德国天主教传教士受到的同情较少。尽管那些被困在北堂教堂的人进行了更为"英勇"的抵抗,但小说的重点在于天主教徒努力维护条约赋予的权利,使自己处于和当地官员相当的地位,并代表信徒们据理力争,这些行为让他们遭到农民和政府官员的厌恶。(天主教传教士比新教传教士引起更多的抱怨,他们可能更为迟钝。)[50]亨蒂写道:

> 我们带着大批传教士入侵,他们在这个国家的各地定居,建造房屋和教堂,并开始努力使中国人改信基督教。中国人自然不喜欢。如果有成百上千的中国人在我们所有的城镇定居下来,开设香室,向改信佛教的人提供各种好处,并使人口中地位最低、最无知的阶层改信儒教或佛教,我们自己也不会喜欢。但这还不是全部。传教士把皈依者置于他们的保护之下,建立了一个小小的王国,要求他们有权审判和惩罚自己的人民,一般来说无视地方当局;而天主教主教们实际上一直坚持要求拥有中国总督的头衔、等级和权力。(97)

在这里,传教士实践着一种危险的帝国主义形式——因为它在主权、司法职能和官方地位方面模仿了正式的帝国主义,而天主教徒以最坏的方式提出这些要求。这种尝试正式帝国主义的企图破坏了亨蒂等人所主张的自由贸易的帝国主义,而且值得注意的是,他们的行为破坏了阶级结构。"最低、最无知的阶层"成为基督徒,正是因为他们从中获得的经济利益(尽管历史研究并不支持这一观点)。这个过程扰乱了本土文化安排,特别是他们最神圣的"迷信"传统,如祖先崇拜,并破坏了欧洲商人的信誉。引起起义的原因之一——德国在本国两名传教士被谋杀后占领了华北的胶州港——受到类似的谴责，因为它参与另一种典型的正式帝国主义行为，即吞并领土："假设有两个中国人在德国遇害，如果中国要求用不来梅港作为补偿，你认为德国人会说什么呢？"(40)

并不是所有义和团故事都如此批判传教士；萨金特的《红色北京的故事》似乎就是由传教士家庭的一位女士撰写的，她还写了其他一些以新教为主题的小说。小说最初由传教士医生的孩子塞西莉亚叙述，从一开始就告诉读者："中国人是极其残酷、非常狡猾和虚伪的，但父亲说可以使他们成为极好的基督徒。"(2) 因此，义和团的特征是"像魔鬼附身一样"(6)。他们最野蛮的行为是杀死本土基督徒；英国人角色在前往安全地带的途中失去了一个婴儿，但他们毫发无损地活了下来，继续他们的美好事业。他们整体安全成功抵达使馆区，这多亏了一名姓李的本地基督徒富商，他经由塞西莉亚的父亲皈依基督教，这位父亲的名字暗示性地叫作保罗·圣约翰。比伊克的《在异乡中国！》也对传教士表示了谨慎的同情。比伊克指责议会政治以及英国对海外为帝国利益服务的个人漠不关心，她让笔下的英国领事福布斯在起义后对传教士发表以下评论："哦！他们并不重要。传教士现在没有私自的时间。索尔兹伯里爵士将其视作一个公理，即他们必须随时准备好殉道。"(172) 不过，她的同情并不明确。小说早些时候，她讽刺地指出，本质上传教士强迫人群到教堂去保卫他的家人，因为他为了逃避即将到来的起义，坚持要求把他的教堂场地当作庇护所。

最奇妙的义和团运动的文本是传教士奇幻小说《皇家护卫：中国在巨大的义和团运动中的故事》，故事设置在联军入侵之后的"平原之城"北京。[51] 此书由美国人赫伯特·O. 科尔所著，他声称自己年轻时在中国因一次炸药爆炸而失明。这个故事讲述了老伍德在北京成功完成一项鲜为人知、饱受诟病的"阳光任务"。起义后，老伍德在感化中国人方面取得了非凡的成功，令那些曾辱骂过他的传教士心生羡慕。然后，老伍德使一名不信教的美国军官改信基督教。而当这名军官被选中护送慈禧太后从流亡地回北京时，他与皇室产生了奇妙的关系。故事将慈禧太后描绘成撒旦的力量，将皇帝囚禁；相比之下，皇帝被塑造成一个亲基督教、亲改革的人物，只要有机会，他就会公正地统治中国。《皇家护卫》的结尾呼吁美国人远离虚假的偶像，铭记住主，并在烦恼中依靠祂。因为扩展的注释补充了情节，小说有着大量杂乱而非相干的内容，《皇家护卫》或许提供了中国人和亨蒂这样的小说家不喜欢传教士的最佳例证。

尽管如此，这些文本在对义和团运动期间以英国为主导的国际合作的理想主义讨论中，灌输了它们自己的非正式帝国主义的乌托邦式的愿景，以及有关英国在20世纪由国际联盟及其继任者联合国组织的军事行动中的先驱地位的愿望。在这种情况下，这些文本反映了它们被构建时刻的文化观点，尽管历史学家对英国在多大程度上控制着局面表示怀疑。这些小说夸大了英国在这些事件中的领导作用，以及合作实际上达到的程度。英国驻北京公使窦纳乐爵士领导了使馆的抵抗，他看上去是英帝国外交的典范：一位有效的官僚、敏锐的联盟建设者，一位谨慎的、如同父亲似的人物，他不愿派青少年主角们去完成向天津军队传递消息这一危险的使命。（事实上，许多小说表现出，是青少年自己产生承担这个使命的想法，承诺无论是否有官方支持，都会执行这项任务。）

英国军队由一群来自印度的枪骑兵组成，他们是大英帝国成功管理的一个典范，也是臣民忠诚的象征。（参加北京公使馆解围的军队的祖辈曾参加了勒克瑙和坎普尔的围困事件，这一讽刺现象并没有在这些作家的作品中表现出来。）当被告知这些印度军人已经进入北京时，很多报道称，慈禧太后说："也许这是我们期待的来自突厥斯坦的增援部队。"这句话本身就是对英国在这场比赛中所取得的帝国成就的纪念。为了使政治事件个人化，《北京龙》中派出一支孟加拉骑兵小分队，其中的男孩主角们匆匆沿河而上，进入洞穴，试图捕捉邪恶的（有部分英国血统的）宋，并夺回父亲的财产。这次逆流而上进入洞穴的旅程，以及另外一支骑兵队伍沿着长城的行进，都标志着起义加深了英国对领土和地形的控制程度。骑兵最终找到了宋——义和团员在他们到达前刚刚杀死了他——并帮助夺回了男孩继承的遗产、土地以及在这个被认为是主权国家的中国的矿山开采权。

与此同时，这些小说含蓄地暗示，欧洲人在更具战略意义的英国公使馆事件中巩固了其地位并非偶然，这是一种反映英国领导能力的命运之举，而不是反映她作为该地区主要贸易商的历史角色。它们也调和了在使馆区和外国部队里不同民族之间的紧张局势。小说以欧洲人采用的"国际性的"临时火炮象征抵挡围困，并作为文本中反复出现的主题，从而使英国"占有"作为全球监督者的新角色。"可能最奇怪的事情就是，我们努力为自己提供另一座炮，因为这与最近在马弗京和金伯利发生的事情相吻合。"《北京龙》中的兰金说。

> 我们在英国使馆里找到一座。这座炮古老且生锈了，可能在1860年属于法国人，那时他们**随同**我们的部队进入北京。美国的军械士接管了这座由法国人制造，**但由英国人发现**的炮，并且安装了为意大利炮准备的备用轮子。然后它使用俄国的炮弹开火。你听说过这样的炮吗？或者还有哪一座炮更合适被称为"国际性的"？（283，黑体为作者所加）

127

派兵干预起义的动机同样得到了美化，并被置于一种归化的论述之中。根据吉尔森的《失去支柱》：

> 他们是不同血统的人，要么来自寒冷、多雾的北方，要么来自温暖、阳光明媚的南方，他们帮助朋友，服务上帝，为自己信仰遭受的暴力复仇。自从"狮心王"理查率领他的军队来到圣地以来，还没有出现过这样的景象。这是一场20世纪的十字军东征，在这场东征中，政治被抛诸脑后，过去的竞争被遗忘在一个伟大的共同事业中——人类。(362)

只要英国能够控制国际部队，政治似乎就会被抛到九霄云外。小说因此淡化了其他势力的独立成就。虽然日本军队在解围使馆中发挥了关键作用，但这些小说肯定没有详细阐述这一点——尽管它们一贯赞扬日本的军事组织，而日本的军事组织有时损害了英国的军事组织。这些小说中对日本西化工业化和军事化模式所表现出的低调乐观，与将日本当作该地区的盟友和推动中国自身改革的政治企图是一致的。迪尔克等作家早在19世纪70年代就将日本视为英国的天然盟友，甚至将其称为"东方的英格兰"。[52]19世纪90年代，日本出人意料地、决定性地打败了中国，这为日本赢得了欧洲军事力量的进一步尊重；随后日本在国际联队抗击义和团的行动中，进一步巩固了这种尊重。日本购买了英国的军事装备（而中国人更喜欢德国的装备），也赢得了英国的好感。

然而，在义和团小说出版后的十年里，文学作品谨慎提及日本极强的军事实力，以适应"黄祸"的新范式——以"亚洲入侵小说"的形式表现出来，其中被压制的中国人在南海的另一边与他们的"黄皮肤的"同伴联手归来。尽管与中国的历史关系使得入侵小说

128 后来将中日两国合并为一个统一的反欧战线，但在义和团运动中，日本公民也是被攻击的目标。在围困和救援出征中，日本人都与西方人保持一致，而评论员们认真区分开中日两国的文明模式。义和团小说反映了这些情绪，也帮助读者巩固了这些情感。例如，亨蒂让雷克斯的父亲争辩道，日本和英国在这一切都结束之后需要团结一致：

> 坚持中国不应在俄国或其他任何一方手中遭受进一步的领土损失。毫无疑问，这是我们最好的政策。中国要保持完整和团结，有能力对抗俄方，才符合我们的利益。英国和日本都不可能有任何愿望去抢占领土，战争结束后，这两个国家之间形成的进攻和防御联盟值得我们所付出的一切生命财产损失。（274—275）

换句话说，义和团运动中的牺牲将成为日英协约的祭坛，将在被自身利益和"抢占游戏"刺激的国家中，巩固英国全球宏大的总理职位。然而在1905年以后的这些年里，让亚洲采用西方方式的乐观态度让位于对东亚群众产生的歇斯底里的情绪，西方人认为东亚人无处不在，跨越了澳大利亚、美国和南非，并且正在前往英国的海岸——这种歇斯底里的情绪在入侵小说里达到了顶峰。作为一种严格划定类型的历史小说，义和团叙述因此鼓励追查一个复杂的帝国焦虑网络，从中央王国向印度、德国和欧洲发射，并最终证明了直 129 接和间接的帝国主义模式之间隐含的、有时隐藏的联系。

第四章
"团结和民族化的"英国
1898—1914年英国的亚洲入侵小说

　　中国人在1900年企图将外国人驱逐出中国的这种做法导致了跨西伯利亚铁路的建成，也引发了日俄战争，并且让日本获得了在东方的优势地位。现在，中国好像完全臣服于东方的影响，并有可能按照四十年前的日本那样发展。

　　中国似乎正敞开大门，躺在欧洲的脚下，即将成为一个令人惊叹的西方强国，随时准备向那些仍在其领土上为"势力范围"而进行外交努力的国家屈服。

　　然而，由于中国政府的精明，没有人怀疑事情的真实情况。事实上，中华帝国非但没有承认自己被征服，反而开始梦想成为至高无上的帝国。她出现在欧洲法庭和华盛顿，她掌握了这样一种观念：只有通过那些值得采用的文明方法，才能建立和维持一个世界性的帝国……时机一到，在这一时刻。中国呢，如同一场洪水，冲出自己的国门，凶猛地、有组织地、有计划地涌向欧洲……

　　　　　　　　S. N. 塞奇威克，《最后的迫害》(1909)[1]

　　东道主中国人像蝗虫一样，跨越地平线覆盖整个天空，每个成员都配有一些工具，不是为了杀人，而是为了拖延自己的死亡,而其余中国人奋勇向前,前进中不断死亡。他的职责不是战斗,而是在死亡中占据时间。这种服役中,没有人太老,也没有人太年轻,女人也和男人一样有效。颜豪的军队由四亿中国人口构成。

M. P. 希尔,《黄色危险》(1898)[2]

他们没有共同的罪犯来对付,而需要应对一个沉浸在东西方双重身份中的人——这是一个恶魔化身,一个令人动摇的十足恶魔。

威廉·卡尔顿·道,《黄种人》(1900)[3]

130

从本章开始,共有三章聚焦介绍英国国内对中国和中国人的呈现。我的注意力主要从设置在中国地理空间的材料转移到以英国为背景或者在英国创作的材料,如同第五章中讨论的在英国创作的戏剧作品一样。本书的这一部分探究,这些章节中详细介绍的以宗主国为核心的作品和前三章的更为本土化的文本间的粗略划分是否具有意义。同时还提出一个问题:中国人的身体在文本中位于英国空间时,如何以及为什么会获得不同的身份?

在19世纪的最后几年,许多英国评论家以乐观的态度看待亚洲的变化潜力。中国是一个沉睡中的巨人,一旦被唤醒,就会加入现代国家的行列,为本国及其贸易伙伴开启一个繁荣时期。随着军火销售的蓬勃发展,从奉天到京都的铁路不断修建,中日两国的改革派都获得权力,亚洲的未来看起来很光明,尤其是从远处的伦敦看来。诚然,与乐观主义同时出现的是一种相反的论调,它指出这些变化使东亚人有能力在经济和军事方面威胁到欧洲。但是,对近期事态发展的这种悲观评估仍然居于次要地位,很难立足,因为大部分人感觉中国最终会成为全球化社区的一部分。然而，在义和团运动之后的几年中，民众的情绪发生了转变，尤其是在大众文学领域，尽管1901年签订的《辛丑条约》最初禁止了军火进口。乐观的情绪逐渐消退，取而代之的是越来越强烈的恐惧感。在起义期间"不守规矩"的农民拿起武器反抗洋人的举动，可能象征着中国正在后退的过去，但现代化军队的参与以及中央政府与起义军的勾结，让人怀疑中国是否一定会拥抱一个亲西方的未来。没有比这种现代与传统的结合更能说明中国的"半文明"地位的了。日本自己的帝国主义扩张计划也引发了类似的担忧，即欧洲和亚洲大国之间可能发生对抗，特别是在日俄战争（1904—1905）之后。与此同时，北美和大英帝国对中国移民日益增长的抵制，进一步激化了对中国人的负面态度。甚至中国派往海外接受教育的骨干学生也引起了怀疑，理由是他们可能会忘恩负义，利用学到的技能对付老师。[4]　131

世界大战

在珀西·韦斯特曼的《当东方遇见西方》(1913)这部拥有贴切标题的小说中，一开头莱昂内尔·霍姆斯利就总结评论了这些转变，宣称道："我想，我们很抱歉曾经资助过黄种人。"[5]在义和团运动和第一次世界大战期间兴起的亚洲入侵小说中，《当东方遇见西方》在很多方面都很典型。第一，它体现了帝国主义写作向"帝国是抵御新蛮族入侵的路障"的转变。[6]因此，它举例说明了阿拉塔所看到的，"维多利亚盛期小说"中的殖民地的问题向外推移，"来自帝国边缘的[分裂]威胁着一个陷入困境的宗主国"(107)。第二，它将英美对东亚的干预视为一种赞助或馈赠。第三，它弥合了中日两国人民及其领导人在历史和政治上的差异，将他们塑造成一个共同的超级威胁。正如小说家马修·菲普斯·希尔在《黄色浪潮》(1905)中所言:"日本是头脑,中国是身体,二者在一起形成大力神赫拉克勒斯。"[7]中日联盟所代表的超级威胁,被视为天朝与日本之间"天然的"种族忠诚的复兴。这也是同时期美国文学的特点。[8]最后,韦斯特曼的小说掉转了知识天赋的危险。亚洲敌人企图在西方的地盘用西方的工具来攻击西方,但是失败了。相比之下,主人公霍姆斯利对东方的了解——这是他在英国皇家邮政和日本帝国邮政部门担任军官时收集到的——使他能够阻止日本人的进攻到达伦敦。

这些反观帝国主义的文本,设想了西方技术与东方"传统"的融合,其功能是一种根本不稳定的结合,由此它与维多利亚时代晚期关于混血儿不稳定的种族话语并行。这些故事几乎总是以伦敦为部分或全部背景,这座城市代表着宗主国,遭受到殖民地以外的边缘地区的威胁。故事涉及发掘一个隐藏在帝国文字和比喻中心的"黄色魔鬼化身"(通常是一个在英国受过教育的中国或日本知识分子)。这些反面角色展示,"东方"是如何在吸收现代战争理念的同时,又保留了几个世纪以来的野蛮"传统"。小说以鸦片馆、餐馆、公立学校,甚至大英博物馆的阅览室为场景,突出了"黄祸"威胁着英国社会各个阶层的事实。它们回应了世纪之交对移民的忧虑——这种担忧与今天欧洲和美国所表达的担忧惊人地相似——反映了有关中国苦力向美国、南非和澳大利亚输入的争论,以及1905年英国通过的移民法案。

亚洲入侵小说是冒险小说的子类型,这类小说获得流行和取得成功的部分原因在于,人们认为义和团运动进一步削弱了清王朝的权威,加剧了西方对中国的争夺。实际上,对起义的提及通常直接在阴谋论中进行,这些阴谋论构成了许多此类文本的基础。例如萨克斯·罗默撰写的第二部傅满洲小说《魔鬼博士：迄今为止未出版的神秘的傅满洲博士生涯中的冒险故事》，这部作品围绕着从中国回来的传教士埃尔特姆，他在小说中被称为是起义的原因。[9]这位传教士被抓起来且受尽折磨，因为他支持河南地区一位具有改革思想的满大人，这名官员威胁要干涉傅满洲的扩张主义计划。"恶魔博士"傅满洲寻求将伦敦莱姆豪斯区为数不多的中国人扩大到几乎不可想象的规模。同样，像傅满洲这样才华横溢的中国决策者征服世界的努力，受到义和团运动记忆的影响：这些小说使用催眠术（被广泛认为是义和团员使用的一种手段），不是依靠士兵，而是依靠大量平民（通常相当于1900年起义的"农民群众"）来战斗。这些小说应验了布里尔顿在义和团故事《北京龙》中的观察：

> 这个地球的远东角落的问题将使欧洲各国互相残杀。如果义和团坚持反叛，且北京政府加入他们，那么，包括法国人、德国人、俄国人、美国人和英国人在内的联军，更不用说其他国家的军队，将会进入并试图镇压他们。这样做了，谁能说会有什么结果呢？……在我看来，中国是一条慢慢展开身体的蛇。不久，如果我们不小心，它将转向那些压制它的人，并且予以致命一击。（66—67）

许多入侵小说在情节中都再现了起义。然而，这一次，它们通过让中国当局明确直接计划消灭外国人，澄清了有关政府对此次起义制裁程度的遗留问题。中国人想要净化洋人对自己国家的影响，从而衬托出这些小说的目的，即根除危险的中国人在伦敦的存在，他们的存在被设想为反向殖民的滩头阵地。傅满洲这个名字令人想起清政府，它在罗默的系列小说开始前刚刚结束了在中国的统治，这

133

个人物唤起了这些小说洞察的英国面临的威胁所具有的官方性质（虽然他自称是一个特立独行的满大人）。

在某种程度上，这些文本也回应了欧洲内部的移民和政治不稳定问题，它们代表着对德国日益军事化的担忧被转移到了更遥远的地平线上。作为围绕德国的一大批入侵小说的一部分，包括乔治·汤姆金斯·切斯尼的《道廷之战》(1871) 和厄斯金·蔡尔德斯著名的《沙岸之谜》(1903)，亚洲入侵小说经常将欧洲内部的战争（英国对德国）作为更为重要的欧洲和亚洲（统一的欧洲对团结起来的中国和日本）间战争的必要前提。根据希尔在《龙》中的说法，分而治之、各个击破是中国的惯用伎俩，使得"一个白人国家对抗另一个白人国家"，而英国人也经常使用这句格言来对抗自己的"黄皮肤的"对手们。[10] 入侵小说设想着欧洲陷入两个阶段的冲突，先是对抗自己，然后是对抗亚洲，这些作品准确地预测到即将来临的世界大战的全球性、多战区性质。人们的假设是，欧洲军队和武器在第一次冲突中遭到的破坏，让"亚洲人"有机会在第二次冲突中摧毁欧洲。与其他几部义和团小说一样（这些小说将矛头指向德国对胶州的报复性占领，认为这是导致起义的一个诱因），许多入侵小说或多或少都在指责德国。

然而，英国最终总能挽回局面，在这个过程中经常达成对西方和其他地方进行松散的帝国主义控制。因此，入侵小说开辟了民族国家的性质发生革命性变革的可能性。东方人"成群结队"的入侵所造成的体制结构崩溃，使得建立一种新的民主和泛欧社会组织的希望成为可能，这些东方人"潮水般"横扫欧洲，涌向英国，或者发出致命的、不可思议的"黄色尖叫"，冻结了他们所经途中的一切东西。这种新的民主制度履行了1899年《海牙公约》的规定，"承认文明国家社会成员之间的团结"，并使英国处于"扩大法律帝国"

的地位。[11]这也实现了马克思和恩格斯所预言的,欧洲与亚洲的接触将引发剧变,因二者意识形态目标完全不同。这种新的民主制度还带有迪尔克所说的"大英国"的印记,以及它在世界各地的计划。因此,亚洲入侵小说假定,英国主导的欧美大国之间的合作,是击退威胁它们的毫无区别的大批东亚人的唯一手段。尽管日本人和中国人之间的民族和种族差异一直被忽略(少数小说以半中国血统、半日本血统的人为反面角色),但欧洲人之间的差异被凸显出来。对欧洲内部差异的强调突出了英国在科学和战争智慧方面的领导作用,并提出了一个欧洲力量联盟,利用各种具体的国家能力。

"大东方"是"大英国"的真实对照,它在这些文本中表现为密谋统治世界。表面上,这种融合似乎支持了爱德华·萨义德的观点,他认为欧洲的想象力在概念化"东方"和"东方"的无数地域时缺乏辨别力。尽管这些小说基于读者的假设,即不同的东方社会彼此之间的联系比它们与欧洲的联系更紧密,但它们也反映出更加微妙的地缘政治问题。中国和日本的联盟被视为一个历史必然性的问题——生物学上和文化上的兄弟姐妹走到一起——但席卷其他东方人的更广泛联盟,是建立在成功利用反帝情绪或地方权力结构弱点的基础上的。在傅满洲系列故事中,这位邪恶的博士得到了英国帝国臣民的帮助:美丽的阿拉伯奴隶卡拉曼尼(她看上去来自英国控制的某个地区),印度水手,还有其他一些人,他们在帝国中心地带的存在标志着帝国以及对帝国的不满。

本章考察了来自英国的亚洲入侵小说,以强调其与英国叙述中国人的其他方式的连续性。然而,这些作品也构成了一个更大的早期科幻小说网络的一部分,反映了人们对卷入亚洲帝国主义的其他国家的"黄祸"的担忧。在其他"盎格鲁-撒克逊"国家(主要是澳大利亚和美国),相关故事大量涌现,强调了英语世界关于中国人的论述的跨国框架。例如，在《空前入侵》（1910）一书中，将"讲英语的种族"和"讲英语的头脑"与（非语言学定义的）"中国人的头脑"进行了对比。[12]英国文本在北美和整个帝国传播；肯尼思·麦凯的《黄色浪潮》等澳大利亚入侵小说甚至在伦敦出版。在英吉利海峡对岸，两部重要的法语作品的标题是《黄色入侵》（1909）和《着火的亚洲：黄色入侵小说》（1904）。[13]这些作品还设想了中日联合起来的威胁；丹瑞特的《黄色入侵》的第一部分题为《中日动员》。

英国的入侵小说以地缘政治来标注"黄色洪水"。它们强调欧洲内部的对抗以及亚洲内部的联盟，并将对德国和俄国的焦虑置于明显的全球层面。书中的亚洲策划者利用当地的亚洲问题来实现征服欧洲的计划。在前往宗主国的漫长征途中，他们先后吞并了印度和俄国在亚洲的领土。在希尔创作的"黄祸"系列小说中，第一批战争行为之一，通常涉及将印度纳入中日阵营。《黄色浪潮》中，在日本领导人的一手策划下，入侵由印度的起义开始，德国同时宣战。在这两种情况下，这些小说都以特定的方式刺激读者。"王冠上的宝石"的丢失预示着更戏剧性的丧失，这并非偶然。鉴于苏巴斯·钱德拉·鲍斯在第二次世界大战期间与日本签订的协议，印度国内的民族主义者可能更愿意由日本人或中国人来统治，而不是英国人，这也不是不可想象的。这些小说还追溯了印度暴乱的历史，可以回溯到兵变时期。现代印度历史学家将兵变视为一场独立战争，这并非巧合。领导人对俄国的亚洲领土的密谋也反映了日本在日俄战争中取得的成就，突显出欧洲在亚洲力量面前的潜在脆弱性。这些情节利用了读者对帝国事务的了解，以及他们对英国作为全球大国的未来的担忧。这些紧张关系必须在小说的结尾得到解决，以确保英国的优势有一个积极的前景，一个与义和团叙述相匹配的前景。

这些小说的一个值得注意的特征就是,将威胁英国的亚洲人分为两组。第一组由知识分子和决策者组成,他们策划"黄种人"反对"白人";第二组是追随他们的群众。前者是阿拉塔所称的"西方主义"的例证;他们就像斯托克笔下的德古拉,"对英国受害者的身体控制始于对他们文化的智力盗用,这使得他能够深入研究'本土思维'的运作"(120)。他们也像史蒂文森的《化身博士》(1886)中的标题人物一样,有着多重人格,体现了原始野性、科学智慧和专业阶层绅士行为的辩证结合。在这些先例之上的"黄色"突变将对东亚崛起的恐惧嫁接在他们将滥用的智力视作威胁的普遍比喻之上。正如达娜·塞特勒所指出的那样,傅满洲"应该让我们感到害怕"的这一点,也适用于早期小说的主人公的模式,那就是他"从来没有简单地被描述为兽性的或返祖的,而是将兽性与文明的素质相结合。事实上,傅满洲对'白人'的真正威胁似乎在于他身体退化的能力,以及在更高的文明艺术方面的超常天赋"。[14]

这种二元论还融合了维多利亚时代晚期和爱德华时代的两种截然不同的表现形式。一边是精致的中国文化,19世纪80年代在英国和其他殖民地举办的中国宫廷国际展览就是明证;还体现在驻英国的中国公使曾纪泽身上;又如期刊上大量关于他在伦敦住处的家居布置的文章所描述的那样。另一边是苦力,他们是许多殖民地、拉丁美洲、加勒比和非洲的契约劳工计划的核心人物。

亚洲主谋的性格中既有优雅的一面,也有野蛮的一面,这给了他们一种阶级流动性,这种流动性本是他们的教育和社会地位所不允许的。他们与下层社会和上层社会的联系对他们的入侵计划至关重要,因为对边缘人的风俗习惯的了解使他们能够操纵群众。例如,希尔的《黄色危险》的开篇一章就阐明,颜豪博士的"心理广度"与越界的社会关系是一致的,但它生动地表达了他在跨阶级交

136

往中缺乏适当的同情,而不是具有更广泛的同情:

> 无论在什么国家——他从来没有在一个国家待很多年——他总是和下层社会的人在一起;因此他对这些人有着深入的了解。他的思想是如此博大,以至于他无法对东西方的阶级和地位差别表示同情。他经常在欧洲各国首都碰巧与士兵和水手们建立起友谊;这种情况处处可见,并令他受惠。(5)

小说在前面一段刚刚声称颜豪有着中国和日本的高贵血统,并且拥有欧洲国家的最高学历,这般描述与小说中颜豪离开去组织入侵计划前在英国国内接触的人有着冲突:那些都是坚实的中产阶级和体面人士。(事实上,无法区分阶级界限的人怎么能主要与下层阶级联系在一起呢?)然而,小说必须建立起颜豪与下层社会的联系,使后来的侵略阴谋成为可能。

亚洲策划者在单一角色中融合了文明和野蛮的特征,这些元素相互作用制造出了小说的叙事张力;相比之下,东亚民众只是以非个体化、兽性的方式集体出现。这种呈现群众的方式有三个目的。第一,它重述了义和团运动的一个关键神话,即政府官员误导暴民起来反抗外国人;这种误导意味着,从理论上讲,群众自己的行为是可以洗脱罪责的。类似的误导是群众参与这些文本中的统治计划的基础。第二,它隐喻了欧洲工人阶级内部可能发生的起义。马克思预示,欧洲革命将由对中国国内的中国团体的反应所引发,这对英国的社会秩序构成了威胁,其表现形式是超越中国的中国团体以及契约认可的他们在殖民地空间中的作用。因此,这些小说提出了一种保守的劳动关系观,并将工人阶级工会主义的焦虑转移到了中国人身上。第三,它剥夺了大众的能动性。中国民众的这种形态对于实现叙事目标至关重要,这一目标主张,英国的生存依赖于个人能动性。就像大屠杀叙事一样,这些小说为主人公的生存和英雄行为赋予了他们所在的文化和种族群体更大的意义。

因此,这些小说充分利用了人们对中国劳工和移民的焦虑。根据这种焦虑,"半文明"的工人是更好的工人,因为他有更多的动物性耐力,个人需求更少:他可以靠质量更低或更便宜的食物生存,忍受更恶劣的身体条件,以更低的工资工作。因此,"黄色危险"在于,以达尔文的术语来说,亚洲人的进化程度较低;他们相对缺乏个人需求,这使他们成为一支更强大的集体力量,不论是在殖民地的矿山和种植园中劳动,还是联合起来组成一支军事力量。在亚洲的英国人为了支持中国的劳工计划而提高的忍耐力和勤奋品质,却被用来对付中国人。

在希尔1898年的小说《黄色危险》(诡异的是,这本书在义和团运动之前出版,但故事设置的背景是在1899年底)中,中国人和日本人被简化成一种单一的、致命的、原始的语言——"黄色尖叫";封面插图将中国大众描绘成一张超大的颜豪的人像,图中遍布全球的龙爪指甲阐明了这一威胁的确切性质和范围(参见图2)。其他小说提到"黄色浪潮",将中国人比作蝗灾,并且使用了"充满的"和"成群的"等形容词。尽管这看起来有些矛盾,但这种表述符合 **138** 维多利亚时代对苦力的刻板印象,认为其身体是一种机械化的、混合的力量,原因有二。[15]首先,把中国人身体与动物形象联系起来,会让人想起鸟类、昆虫和蜜蜂,这些动物往往成群结队,蜂拥而至;它们成群移动,没有个体能动性,通常只有一个领导者(与此类似的是亚洲的知识分子)。这种动物形象符合阿约对美国境内中国劳工的身体描述,即"吃苦耐劳,对待自由和快乐显得机械而奴性,缺 **139** 乏与历史发生关联的意志"(阿约,《假象的满大人》,139)。书的题

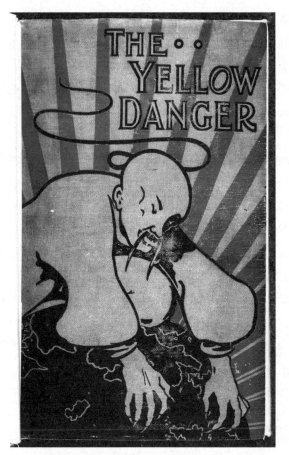

图2　M.P.希尔的《黄色危险》的封面

词援引蝗虫的飞行,也表明欧洲人更在乎的是中国人造访欧洲,而不是中国人身体本身。蝗虫对于持续的死亡带来的痛苦通常无动于衷,并且能够为了集体的需要而牺牲自己。其次,"黄色尖叫"的例子再次强调,中国人只能大规模行动;尖叫对欧洲听众来说也是一个具体的危险,尽管不需要身体上的接触。"对亚洲身体的分裂化和动物化，"塞特勒回忆道，"以及为表现其丑陋而采取的尖刻策略，都是为了服务于西方的一种种族类型的作品，这种类型的作品承载着群体认同的重量。"(163)

这些小说想象出"蜂群"和"部落"横扫西方的场面，也表现出空前的、快速的人口迁移，这种迁移明显是现代的，但实际上是可行的，因其与时代错乱的空间与封建制度相结合。例如，在"四亿人口构成了中国"的《黄色危险》中，还有什么比颜豪博士动员全国人民参战更现代呢？然而，公民本身并没有配备枪支，而是配备了简陋的"工具"。他们还参与了一场反现代的死亡运动，由无视最基本权利——生存权——的冷酷无情的领导人所鼓动。因此，他们让人想起19世纪流行的世界主宰的形象，一个看似不可阻挡的毁灭机器，以及一种对自我牺牲作用的警告。同样，危险来自中国人接受"文明"成果（例如武器）的方式，他们未能将其置于确保其正当使用的道德框架中。通过这种方式，这些小说也反映了许多关于苦力劳动与"苦力不道德"的争论，这些争论试图通过将道德问题置于功利之上来阻止中国移民的流动。

阴险的内部人士

如果联合的民众在这些小说中明显地威胁英国和其帝国的军团，那么不太明显的是，他们的领导者和将他们与亚洲联系起来的隐形网络是促成侵略计划的有利机制。亚洲入侵小说总是基于这样一个前提：日本或中国的特工可以在不引起注意的情况下运作。这些小说也总是在英国展开故事，通常在伦敦或沿着"凯尔特的边缘"。因此，反向殖民的威胁总是从自己国家内部开始：要么通过帝国本身的直接行动（例如，向亚洲精英开放教育），要么通过无法

140

有效地维护祖国边界的治安。因此，这些小说提出了一种对越界的双重阐释：这是对西方教育和对东方的影响所确立的物质边界和智力边界的一种超越。

包含亚洲人物的早期叙述已经为这种格局奠定了基础；托马斯·德·昆西的《一个英国鸦片吸食者的自白》及其中的马来人旅行者，以及威尔基·柯林斯的《月亮宝石》(1868)及其中在英国漫游的印度教牧师，这些都是重要的例证。在澳大利亚作家盖伊·布思比版的《弗兰肯斯坦》，《尼古拉医生的实验》(1899)中，尼古拉的帮手是一位名叫光马的"中国无赖"，他在伦敦和尼古拉在英格兰北部买下的偏远城堡周围活动自如。不太知名的道的《黄种人》于1900年出版，讲述了一个中国秘密组织成员在英国农村实施的一系列谋杀。在这部作品中（这部作品表明，并不是罗默创造了"黄色魔鬼的化身"），实施这一系列谋杀的动机就是报复英国合作者在密谋刺杀中国皇帝过程中的背叛。象征这个社团组织的神秘的红色蛋形图案总是凭空地出现在每一次谋杀事件的现场，它表示该组织在"最英国"的环境中保持隐身的能力。小说的男孩主角在一篇关于反向帝国主义与全球化的强有力的声明中说："我害怕这个黄种人的谋杀团体……他们在中国构想犯罪，在英国的一个乡村实施出来。我认为这样的力量会使最大胆的人也停顿下来，如果他有任何想象的话，一想到与这股力量的接触就会吓到退缩。"(147)电报监视和暗杀的概念——在亚洲指挥、在英国实施——象征着中国利用现代技术推进逆行目标的另一种方式。

在入侵小说中，英国也充满了亚洲人，他们充当入侵者的先锋，但是他们的存在没有被注意到。《当东方遇见西方》开篇就出现了一个"日本人"，当发现他在怀特岛附近从事间谍活动时，他被误认为是德国人。这一错误意义重大：作者将德日两国混为一谈，预示在战争爆发时,在小说情节中,日本从主要敌人转向次要敌人。希尔最早的亚洲入侵小说《黄色危险》通过伦敦公交车上的一次偶遇,介绍了小说中的主要人物。只有当颜豪博士脱掉帽子时,他才会显得与众不同、令人好奇;否则,他可以"通过"最公共的地方。此外,颜豪表现出了世界主义的危险性:"如果一个人是世界主义者,那么这个人就是颜豪博士。没有欧洲人可以比他更熟悉西方文明的细节。他在海德堡大学获得了医学博士学位;多年来,他一直在旧金山以妇幼疾病专家的身份行医。"(4)

　　希尔后来的小说《黄色浪潮》的开篇场景,是"隐藏"在布鲁姆斯伯里的一家日本餐馆。在那里,来自一个名为"猎虎者"的日本秘密社团的成员们正在开会,他们在为即将进行的入侵做准备。这个社团模仿义和团,其成员也包括美国人和英国人。这家餐厅,就像在英国的亚洲人一样,不知何故设法将自己隐藏在布鲁姆斯伯里这个文学煽动的温床中。希尔写道:"几乎没有读者会知道这家餐馆;人们可能不知道它在哪里:但它位于布鲁姆斯伯里的一个住宅区内。一个人通过走廊,穿过庭院,上了楼梯,敲了敲一扇门,门上画着几个日语单词。"(8) 餐馆存在于居民区却无人注意,这是对世界主义文化及其无边界的谴责。这家餐馆的入口类似地下酒吧,隐藏和保护着外来"细菌",而这些"细菌"随后会爆发出来,感染整个国家。这部小说试图通过对生鱼片和寿喜烧的描述来唤起东西方之间的差异,这在今天看来似乎很滑稽,但这种通过味觉美学来象征本质差异的方式是值得引述的。希尔在描述这个房间的时候称,用餐方式是一种"晚餐的怪相",模仿西方却令人觉得滑稽——"餐桌上方的电灯俯视着最奇怪的用餐方式……晚餐和灯一起象征着新日本,东西方最后相遇在一起"(8)。东西方相遇的主题使读者立即意识到,这个新日本是一个潜在的不稳定和威胁的来源。食

物更糟:

> 他们面前是生鱼切片,配有一种以某种方式"烹调"鱼肉的酱油;然后在六盏酒精灯上放了六盘生肉和洋葱,他们煮好肉,并拌上糖,熟练地用筷子把热的食物塞进嘴里,就像是长喙鸟那样:因为我认为,叉子用来代替野兽的爪子,筷子取代鸟的喙;但叉子比筷子好,因为野兽比鸟类更高等。(9)

技术被简化为最基本的工具,叉子或筷子,依赖于兽类和鸟类之间的自然等级来阐明西方的优越性。亚洲人与鸟类的类比在后面的情节中尤其重要,因为鸟类可以飞越边界;野兽可能更优越,但它们的领土范围更有限。(与此类似,许多侵略亚洲的小说也把空中力量作为击败威胁亚洲的手段。)这些鸟也是猛禽。食物生食和熟食之间的区别再次被认为是文明水平的指示;就英国读者而言,书中所描述的生鱼片绝不可能煮到令他们满意的程度。希尔继续分析这顿日本餐,并描述了它的结尾:"甜点来了——咸菜——不可思议的盐腌制的蔬菜;因为我们吃肉配盐,他们却配糖,但是我们甜点吃糖,他们却吃盐。"(10)就像我在其他地方讨论过的中餐一样,东方把西方颠倒了,颠倒了"可能的"和"自然的",无法得出甜蜜的结论。¹⁶

在《黄色危险》一书中,对自然的类似颠倒标志着入侵势力的横扫。东方在西方的不受控制的存在导致灾变,表明入侵是违反自然规律的:

> 他们来到了这里,这里有两座大山,就像新耶路撒冷的城墙一样,把天国紧紧锁住,不让外界接触,不让外界知道,也不

让外界怀疑。死海经年累月，变化流淌。穿过这片神秘的土地，怀有民族怨恨的蒙古族在地球中间形成了第三个未知的极地，到处都是奇怪的队列，无边的大篷车。野象和温和眼神的斑马惊奇地看着他们，夏季的季风带着这些奇妙的消息飞向平原，越过大海，来到非洲，诉说着在那里，在高高的平原上，有一种新的东西在太阳底下移动。湄公河和伊洛瓦底江的源头，只有那位俯伏的雌虎和黄皮肤的男人才能看见，他们观察了一周的路途，听到马车吱吱作响、骆驼的哭泣、在吃奶的小孩。(265)

违反自然是明确的《圣经》术语：中国人没有建造新耶路撒冷；当太阳下没有新事物时，他们篡夺新事物的角色；他们的大篷车带来的不是基督，而是世界末日的决战。之后，在入侵之中，自然感到非常生气，在南海引发爆炸，使得世界陷入黑暗，东帝汶的火山爆发导致日本海啸，从而让英国有时间重组军队，赶在了中国军队试图穿过英吉利海峡并摧毁欧洲之前。143

　　与义和团小说一样，亚洲入侵小说也通过涉及伪装的情节推动叙事向前发展。然而，在帝国或帝国原型场景里，英国主人公使用伪装的目的是收集和提供信息，或逃避抓捕和死亡，而在帝国的家乡，"本土人"只需要采用欧洲的衣服，就可以确保相对隐形。义和团的英雄采取的伪装自己身体和给皮肤上色的精心预防措施，对于生活在英国的亚洲人来说是不必要的，因为他来自"劣等"文明。一段又一段的描述把在英国的亚洲人打造成英国人自己的一个畸形或更小的版本——也许是一个更小的自我，但并没有引起特别的注意。在义和团小说中，读者希望这种伪装能够奏效，而在这些小说中，情况恰恰相反：读者等待着伪装被剥去的那一刻，等待着亚洲人物被彻底铲除的那一刻。由于这个原因，这些小说往往在伪装中包含了一些缺陷——通常是语言上的缺陷——如此已经为敌人设定好了失败的结局。

从语言学上讲，这种伪装失败还引出了亚洲人和英国工人阶级之间的另一个相似之处，尽管这些小说中的中国和日本"冒名者"在他们本国环境中是来自阶级谱系的另一端。因此，西方教育不能消除"中国人"在发"r"和"t"这两个音时所具有的典型困难，正如萧伯纳笔下的伊丽莎·杜利特尔在紧张的时刻就陷入怪异的伦敦腔。例如，颜豪博士"有两个缺陷——他的近视，这使他戴上了眼镜；他无法毫不费力地发音'little'一词，而将其读作'利欧'"(5)。西化的亚洲人是不完美的副本。事实上，这些小说所采用的策略就是打破模仿和伪装之间的区别：亚洲的恶棍意图通过获取欧洲文化的智力和身体特征来进行模仿，但最终只能掩饰其危险的、不可分割的东方身份。然后，小说将这种解读扩展到整个亚洲社会，以解释他们的对手在组织中国人反对他们方面的成功。因此，这些作品从一个非常不同的角度来看待中国自己提出的"中学为体，西学为用"的概念。正如韦斯特曼在《当东方遇见西方》所说的那样："日本武士多年以来所做的一切残酷行动，义和团员极端的暴行，都将在西方文明薄且具欺骗性的外表下再现。"(39)

他们再次出现，因为拥有技术而变得更加残忍和危险。恩格斯发表有关波斯与中国的比较之后的五十年里，情况发生了很大的变化：日本已经引进了一支完全西化的且技术娴熟的军队，中国正在从欧洲引进军事技术和专门知识——导致英国更加焦虑他们的军事技术被应用在什么方面。[17]在入侵小说中，如果说技术在刺激以及反击帝国主义的威胁方面起着至关重要的作用，原因不在于这类文体中无论在什么地理环境下，对战争和遭遇的标准描述，而在于对道德背景下东方对欧洲技术的模仿的具体编码。在这种模式下，技术的"权利"牢牢掌握在文明手中，**只有**生产和分销牢牢掌握在欧洲帝国中心手中，技术才能被传授给东方次等人。然而，当获得技术创新的途径超出这些界限时，就会立即被贴上恶意和失控的标签——就像今天"无赖"国家因渴望拥有核武器而被编码为邪恶一样。《海牙公约》禁止的诸如生物战等武器尤其如此。入侵小说描述的腐败的满大人具有一致性，他们都受过西方教育，在技术上很有独创性。这些人包括罗默的"黄色魔鬼的化身"，他对毒药和动物行为的了解远远超过英国的任何医生或科学家；希尔的《龙》中的李库余接受了公学教育，能够重塑并改进他所得到的技术模型；韦斯特曼的《当东方遇见西方》中的奥萨卡·图瓦亚，是潜艇作战战略的策划者。普罗米修斯式的科技进步与亚洲天才的狂妄自大联系在一起，他们妄图像欧洲那样通过帝国主义扩张来建设自己的国家，由此在这些故事中，技术进步演变成了道德上的退化——变成了野蛮、残忍、折磨、寄生和个人的堕落。正是由于技术创新在道德上存在缺陷，英国才得以在遭受重大损失后重振雄风，重新占据上风。

有论述预示指出，第二次世界大战后东亚组织技术的能力比西方更有效，但是因其贬低个人观念，东亚无法在创新方面取代西方，这些小说通过对现代性和进步、帝国主义的道德要求、原作和复制品的过度确定的意义来代表技术。这些小说将"黄色危险"还原为受西方教育的反面角色所做的不完美的模仿行为，为它们的种族主义和排外主义公式提供了道德基础。正如朱迪斯·巴特勒和让·鲍德里亚以不同的方式提出的，模仿的焦虑来自不完美的原作，也就是说，复制品已经是对复制品的拷贝，实际上并不存在原作。这种焦虑恰好与这些小说中所呈现的帝国主义焦虑相冲突。入侵小说中的技术创新被认为是西方进步的一个目的论概念；然

145

而,当它在非西方国家手中的不完美之处暴露出来时,人们就会质疑这种进步是否真的存在,它本质上是线性的还是循环的。

然而,这些作者认为,亚洲利用西方技术对其创造者产生巨大影响的能力,可以而且正在被置于一种进步的目的论概念之中;他们认为,欧洲文明输掉战争,是因为它不再对原始的战争行为感兴趣。相比之下,东方文明仍然停留在危险的侵略水平上,尽管如此,它也无法成功地消灭西方,因为东方在根本上是劣等的。希尔在下面的《黄色浪潮》选文中,概述了这一观点:

> 劣等的黄种人在战争中一直打败白人,每个人都在惊呼:"它不再是低等人种了!"但正是因为它的低等,所以能一直击败对手;因为黄种人仍处在对战争具有天赋的发展阶段,白种人正在进入拥有和平艺术的天赋阶段。在发展的早期阶段,每一个人都可以用石头击落一只鸟。在投掷石头的游戏中,一个黑色的摩茹特或蝙蝠男孩现在可以打败我们所有人,不是因为他比我们好,而是因为我们比他好。同样地,日本人用俄国人为他们发明的机器击败俄国,不是因为日本人或布尔人或普鲁士人更好,而是因为最强大的白人国家刚刚度过具有战争天赋的发展阶段。(69)

这里所说的威胁是经过精心策划的:东方拥有战争的天赋,体现在希尔笔下所有情节中那些特写的受过西方教育的恶棍身上。达尔文式的逻辑允许这样一个天才作为一个聪明的对手被个体化,作为一个仍然处于较低的发展状态的种族中最适合的成员。在这个模式下,所有的本土人都是可比较的,特别是所有与英国人接触的本土人。更重要的是,不属于"最强大的白人国家"的白人本土人可以与非白人本土人相提并论。书中特别提到了布尔人(直到今天仍被称为"非洲唯一的白人部落")和普鲁士人,后者是德国"种族"的代表,将在小说中引发主要的战争。还需要参照1899年的《海牙公约》和后来的1907年公约来解读希尔的评论,这两项公约的目的都是"和平解决国际争端"。

模仿性的东方策划者的危险还在于,他有能力揭露原作设计中的缺陷。科幻小说的标准主题发生了一个有趣的逆转——入侵者利用优秀技术,却受到阻碍,因为他们在物理或技术主体上被发现弱点——"黄色"入侵小说假定了在西方社会内部和它自己创造的怪物的身上存在着弱点:一个受过教育的、部分技术化的东方。因此,这种缺陷总是源于"本源",即社会建构意义上的"本源"。这些小说特别将教育精英作为问题的根源:吸纳东方人的学校,从虚构的布罗克维尔这样的公学到海德堡这样的大学,再到整个科学界,宣传种族仇恨的种子和东方人的复仇,同时为东方人试图实现这一报复,配备所需的工具和思想机制。在这个帝国的愿景中,战争仍在伊顿公学的操场上进行并取得胜利。例如,希尔的《黄色危险》三部曲的第二部小说《龙》中,布罗克维尔公学里,王子"特迪"与中国内政部官员的儿子李库余(或称作"天蓝")之间的学生战斗,是这两个帝国之间随后冲突的起因,这些人后来领导这两个帝国。充满意识形态的公学是维多利亚小说中男性气质和强身派基督教信仰的试验场,也是训练帝国主义者的传统场所,为英国主人公和亚裔对抗者之间的个人认同和同情过程提供了条件。

与此同时,在东方知识分子的形象中插入个人和政治因素,最终导致了入侵计划的失败。也就是说,"较小种族"的天才们没有能力将个人和社会目标分开,这标志着他们没有能力完全控制他希望创建的帝国。事实上,个人复仇是这一时期许多关于中国人与英

146

国人遭遇的故事的典型主题，而且这种复仇往往带有明显的性编码，尤其是在希尔的作品中。不完美的男子气概或不切实际的性目标，代表着不完美的技术模仿和对帝国主义扩张的不切实际的复制，这些入侵企图达成扩张的目的。《龙》中发生在公学里的打架，造成了同性之间紧张的感情关系——在小说的结尾，李库余带着"有毒的感情"用自己的脸颊蹭特迪的脸——随着这两个人物发展成为国家元首（这并不意外，毕竟特迪是威尔士王子），这种感情也由此耗竭。尤拉莉亚·贝利（李库余觊觎的特迪的女朋友以及后来的妻子）和"天蓝"的日本仆人大米（她觊觎着特迪）的三角关系冲突加剧了紧张局势。入侵失败后，李库余临死前致信特迪，称其为"兄弟"，说道，"我一直深爱着你"（339）。

《黄色危险》假定了入侵背后的一个类似的性动机，颜豪被他爱上的女仆埃达·苏厄德嘲笑；由于他不可分割的种族差异，她觉得他的殷勤是可笑的。颜豪后来与"英格兰的希望"，一个名叫约翰·哈迪的年轻人竞争，因他误认为哈迪也喜欢埃达。终于抓到哈迪时，颜豪折磨他，在其身上烙下埃达和颜豪姓名首字母的缩写。这段描写穿插着一段不正当的爱情场景，让人回想起柳叶纹盘上的故事，两位违背父母意愿相爱的年轻人被残忍杀害。

希尔对哈迪的描写令人好奇；尽管他认为女性存在"弱点"，但他赋予了哈迪持久的女性特质。在作品问世后不久，希尔在《每日电讯报》中对哈迪进行了如下描述："据说他的脸是世界上最严肃、最悲伤、最漂亮的姑娘脸，他在私生活中的性情比平时温和、柔软、深情得多。"（74）他患有哮喘（描述的术语与最具代表性的维多利亚时代"女性"疾病——肺结核——相同），在拯救英国的斗争中，他在一个关键时刻病倒了。尽管如此，这一呈现与塞特勒所理解的罗默笔下的主角们身体紧张、神经衰弱但意志坚定是一致的，起到提高叙事的张力和刺激感的作用。

在《黄色浪潮》中,日本 M 男爵入侵计划的动机源自他妻子多年前的自杀。她自杀是为了抵抗一位俄国贵族的非礼。[18]文化的混杂,也许比种族的混杂更能刺激不适当的行为。更重要的是,文化混合给非欧洲人带来异族通婚的欲望。它颠覆了"自然的"性对象的选择;它在提出跨文化结合的时候就激起了种族仇恨。

控制的技术

由于他们寻求以新颖的方式扩大主权,围绕这种混合关系所引发的技术之争尤为重要:对无人认领的空域和水域的宗主权(《黄色危险》),通过细菌和化学物质控制身体(《当东方遇见西方》及《黄色危险》),通过催眠和电影控制心灵(《龙》),以及通过药理学控制身体(傅满洲系列文本)。传统上构想的对土地的控制边界被打破,取而代之的是科学和理性主义所开辟的更加模糊的边界。这反映了这些小说中模糊的内部界限,即中国、日本和印度间的界限,以及英国和欧洲大陆之间的界限。同时也唤起了劳拉·奥蒂斯探索过的帝国免疫系统及其潜在渗透性。[19]

规避逆向帝国主义扩张的必然机制的唯一办法是通过新技术,这似乎是对无定形和无数(因而无法量化)威胁的唯一反应。这种技术采取飞艇、潜艇、生物战和其他机制的形式,这些机制当时不属于传统战争的范围,经常被禁止。然而,这些小说认为,无法控制的他者的威胁允许暂停标准;野蛮的威胁使得不人道甚至种族灭绝的反应合理化。值得注意的是,这些反应也不受传统上认为的边界的影响。韦斯特曼的小说《当东方遇见西方》特别包括这样的段落,一旦生物战成为唯一合适的自卫手段,《海牙公约》的议定将被

148

暂停：对东方传染病的最终报复是给欧洲军队接种疫苗，然后让他们作为新的瘟疫的携带者，向东而不是向西传播。《黄色危险》中的约翰·哈迪也通过引入霍乱来抗击黄瘟疫。这种疾病迅速蔓延，三个星期内造成1.5亿人死亡，并促使欧洲剩余的1亿"黄种人"同意撤出。然而，与韦斯特曼不同的是，希尔将生物战的使用描绘成一种"犯罪"，他笔下的人物因而受到惩罚，立即在一场奇怪的决斗中丧生。在希尔的《龙》中，那些拯救英国和欧洲大陆的飞艇同样成功，因为它们能够渗透敌人的空间，以完全类似于细菌的方式发动攻击。这些飞艇能够深入敌占区的心脏地带，特别是能够移走隐藏在德国腹地一座高塔中的资产，这与当时盛行的细胞理论有许多共同之处；双方都试图通过"感染"并使具有军事或财政重要性的关键设施失效，来赢得他们的征服。在杰克·伦敦的《无与伦比的入侵》中，美国人实际上从飞机上投放装有各种瘟疫的玻璃管，以此来消灭中国人。[20]

149

此外，这些小说还对如何在心理学时代重新定义主权进行了重要的讨论。正是在弗洛伊德等人试图将精神分析确立为一门科学的时候，这些小说强调了罪恶的中国人通过精神分析手段控制人口的能力：诱发大规模歇斯底里、催眠、先进的身份识别技术和观念的灌输，成为他们超越西方战略的关键要素。这些技术本身也参考了义和团运动的历史；有广泛的传言说，义和团运动曾使用催眠和巫术来唤醒人们反抗，使义和团战士不受痛苦的影响。虽然科学家们反对催眠可能将人们变成机械人的观点，但这些小说依赖于当时盛行的观点，即内在的自我可能屈从于他人意志。[21]结合关于把中国从千百年的沉睡中唤醒的论述，这些技术表明，群众可能被操纵进入另一种睡眠；即使他们达到某种自我意识，那也是一种误导和错误的自我意识。沉睡/苏醒的比喻也适用于受到中国人迫害的人，他们被恐怖吓得说不出话来，或者没有及时醒来以应对"黄祸"的威胁。小说通过讨论两大要素，重点关注了暴徒/大众心理学的问题：1. 1895年后，电影新技术作为大众意识发展工具的表现；2. 它表现了暴民在入侵欧洲时发出的非语言的尖叫，以及这种尖叫所引发的令人麻痹的恐怖，它暗示了原始恐怖及其致命的意义，且参考了法国大革命后罗伯斯比尔对民众采用的暴力统治。那个时候，自动化、可再现的声音以大众市场销售的蜡筒式留声机的形式被提供给读者，这些文本在声音和催眠之间建立了一种关系，这本身就很有说服力。

　　在这里讨论的一些小说中，新兴的视觉和听觉技术以随意或间接的方式出现。在希尔的《黄色危险》中，颜豪折磨哈迪的场景是通过交替让水和硫酸盐水以不规则的方式落在他的头上，编码形成了电影中的连续镜头和蒙太奇。但是，最引人注目的是1913年的作品《龙》中对电影技术的运用，这可能是因为它的后期出版恰逢多卷故事片的发展和叙事电影的兴起。在这部小说中，电影公然和隐蔽地关注民众的紧张局势。作者让领袖李库余建立起一个电影的宣传产业，煽动群众对欧洲人的仇恨，这就像布尔什维克利用电影列车来教育民众革命一样。电影摄影从德国引进（当然，德国是小说中英国的主要竞争对手），是一种组织工具，允许大众意识、"种族"本能和对西方"野蛮人"的仇恨得以构建。希尔对电影的描绘反映了当代对电影作为一种缺乏艺术完整性的流行形式的批评，它不仅暗示了我们现在熟悉的纳粹时期的宣传片类型，也暗示了媒体本身的基本性质的概念（用希尔的话来说，这是一种"消遣"）。将文化产业融入李库余的入侵计划中，标志着他的文化本身（其野蛮和原始的情绪和本能）的堕落。与此同时，希尔对电影塑造或操纵大众情绪能力的概念，又产生了对中国人以及英国国内

150

工人阶级起义的相似的焦虑。

在小说中，李库余在一个看似无关紧要的段落中订购了12.5万台电影放映机，紧接在描述他野蛮镇压突厥斯坦的起义之后——值得注意的是，这段文字强调了杀戮的"切片"过程，这显然与电影的拼接类似。因此，《龙》从一开始就把电影、暴力和起义联系在一起。李库余对起义的镇压具有典型的残暴；他在自己身后留下了一片"沙漠"，这是他在欧洲意图的先兆。当电影摄影机进入中国时，它们的使用就带有此目的：

> 同时，运载着订购的电影放映机的货船已经到达——这是李库余第一次公开向基督教种族宣战。
>
> 他自己就是其中一所学校的校长，该学校专门教授机器的使用；他自己发明了许多"情节"，这些"情节"以无限多变的方式只呈现一个主题——白种男性与黄种男性、白种女性与黄种女性之间的较量。最终黄种男性永远是最强的，他们将怯懦的白人开膛破肚，割掉他的舌头，在生意中欺骗他，挖出他的心脏，在他的尸体上跳舞。
>
> 这些电影传到了中国和日本的一些地区，那里的人甚至不知道有白人存在；入场费只有几厘钱，这些电影很快就被证明是暴行的最流行的传播使徒，变成了一种消遣，成为数亿人的全天狂欢——因为李库余非常了解他的同胞的情绪和本能。(47)

这段话既体现了允许他者拥有技术的威胁，也体现了这种技术在被用于对抗其创作者时最终失败的原因：再次强调，一个技术化的东亚仅仅是强披着一件文明外衣的传统亚洲。电影放映机一开始就是可疑的技术。电影的情节有关黄种人和白种人男男女女之间的

151

斗争，影片呈现出来的只是一个个连续的野蛮画面，殖民者将其归因于被殖民地：不公平的贸易行为，剖腹（有着鸡奸的暗示），语言力的丧失（割舌），亵渎神圣（在尸体上跳舞），以及野蛮的舞蹈（即狂欢展示出的身体和性交过剩）。这些电影投射了读者对"黄祸"可能存在的所有焦虑，尽管他们预计结局是白人的"胜利"；读者也知道，小说已预设好了结局。即使在低质的技术媒介中，李库余的电影也是不合法的，因为这些"情节"并非真实的，而只是带有引号的不完美的复制品。正如电影媒介可以通过机械复制的方式将一个单一的原作复制成无数个理论上相同的复制品，这些电影的情节也复制了一种单一的、不稳定的仇恨主题。这一主题是不稳定的，因为它违背了映射到善与恶上的东西方自然等级制度。电影被描述为"暴行的传播使徒"，突显了这一道德和宗教主题，这里的目标也被确定为"基督教种族"，巧妙地将西方与种族化的道德权威结合起来。此外，李库余结合电影，推出"政府公报"，"宣扬了同样的两部贪婪和残忍的福音书"（47）。数字对于这个模式具有特定的重要性。12.5万台电影放映机的惊人数字，加上数亿观众的观影，让人联想起一幅中日两国民众群情激奋的画面，突显出允许东方拥有工业复制和灌输机制的危险。巨大的怪物形象与进入电影市场所需的微不足道的资金形成了鲜明的对比，后者是哪怕最受压迫的人也能支付的预算。最后，电影放映机渗透至中国和日本偏远地区，在那里"基督教种族"的存在本身是未知的，再次显示了现代和古老的结合；技术创新成为一种工具，可以激发数百年的仇外情绪和文化孤立主义。

尽管希尔对电影的描述以它作为李库余对西方战争中第一个也是最具意识形态的工具而告终，但在《龙》中，通过与一种被称为"红色射线"的发明的斗争，电影的理念再次在英国得到体现。这

是由来自布罗克维尔公学的王子特迪的朋友拉尔夫·钦纳里发明
的，中国人威胁要乘坐"汽船"穿越英吉利海峡、入侵英格兰，这将
成为对抗他们的秘密武器。看到射线的人就会失明；这使得电影
变得致命。它被放置于贴有标签"不要打开"的潘多拉盒子中，类
似于相机和投影机合二为一（像许多早期的电影机）："那是一个黑
盒子，立方体的，有两英尺宽"，还戴着"一顶安全帽"（114）。当除
去盖子时，仪器会发出"一束光线，虽然很微弱，面积却非常大，但
不知道这种奇怪的光线叫什么……光线在空气中接触到尘埃颗粒
而显现出来"（245）。

在小说的后半部分，红色射线是中英两国斗争的根源，李库余
的代理人奥约娜（也是钦纳里的女管家）试图从特迪的妻子尤拉莉
亚手中夺取射线，后者对射线的性能一无所知。在小说中，射线落
到了各种人手中，其中包括像康拉德的《密探》（1907）中那样的无
政府主义者，退休的美国水手和奥约娜。美国人不知道盒子里装
的是什么，于是在海德公园的中央打开了盒子，里面的光线照得许
多人睁不开眼，引起了一片混乱。然而，红色射线最终落在特迪手
中；然后，它被用来阻止早期版本的不列颠之战，因为它使来袭飞
艇上的船员失明，这些飞艇失去了控制，坠入英吉利海峡或在英格
兰南部安全着陆。红色射线不仅对广大科幻小说（如希尔的《紫
云》）观众具有明显吸引力，而且是李库余的电影的解毒剂，它破坏
了电影所灌输的凝聚力，同时也对通过电影宣传蒙蔽观众的能力进
行了意识形态上的争论。当技术不受控制或落入坏人手中时是危
险的；当它被放在仁慈的国家——特迪王子的手中时，就可以发挥
良好的作用。

该射线还提供了中国尖叫这一武器的技术版本，通过射线阻隔
视觉的相似方式，使听觉陷入瘫痪。然而，原始尖叫声最终不能与

这种科学仪器相对抗。[22]电影是个别领导人的工具，组织大量的暴徒农民以建立一个共同的意识（基于"种族"）；尖叫是乌合之众的武器，为了打破和摧毁听众之间的意识，使个人无法参与群众行动。

因此，希尔的小说中包含了这样的场景：军队聚拢起来，与亚洲部落作战，但尖叫所引起的恐怖使其毫无用处。电影和尖叫都是中国计划通过激烈的暴力摧毁西方的武器，而且都是通过推理未知的方式来操作的。李库余的电影把未知的、外来的，以对立和毁灭的方式呈现在大众面前，而尖叫和它的偶发恐怖则以相反的方式运作，通过进一步神秘化这种激进的外来特征使对手丧失能力。《黄色危险》明确地绘制了这种方式应用于尖叫声时的过程：

> 中世纪的黑死病几乎清空了整个欧洲，毫无疑问，它引发了同样悲惨的联想；但是，它极有可能不敌"黄祸"带来的凝视、面色苍白和恐怖引起的喉咙发干这些特征。首先主要是由于中国灾变中未知的、完全新奇的因素；其次厄运注定发生，这一事实刺痛了每一个欧洲人的心；最后，伴随着黄色浪潮向前推进的传言，还有一些难以形容的恐怖迹象。（272—273）

中日士兵就像动物一样，他们把猎物吓到无法动弹，然后野蛮地屠杀他们。这段选文中，希尔将康拉德的《黑暗之心》中的"恐怖"与"传染"的形象以及"他者"的焦虑结合在一起，激发了一种完全弗洛伊德式的恐惧，这种恐惧被归因于"黄祸"。（希尔非常喜欢这个意象，在他其他的亚洲入侵冒险小说中，这一意象又以类似的形式反复再现。"黄色浪潮"也进入了韦斯特曼的作品《当东方遇见西方》之中。）他把恐惧变成催眠状态，使得潜意识苏醒，与原始状态产生关联。就像红色射线一样，恐怖让人失去知觉，让受害者"目

153

不转睛",动弹不得,不知所措。

反映在中国农民身上的阶级内部关系问题又一次引起了人们的注意。亚洲暴徒通过大规模入侵的恐怖活动表达出来的威胁,与维多利亚时代晚期和爱德华时代英国普遍存在的对工人阶级动荡的类似担忧有很多共同之处。这些小说的中国策划者与中产阶级和工业文化有着共同的目标,那就是说服劳动阶级为他们的利益而行动,尽管目的截然不同。英国的工人阶级和帝国主题的重叠是不可避免的——这一点在《黄色危险》中得到了充分体现,当时工会几乎暗中同意不反对中国企业收购,以换取某些保护,从而削弱了对入侵的抵抗。而亚洲天才本身也受到奥斯卡·王尔德式习惯的影响,与工人阶级产生联系;尽管他们很老练,但人们认为他们跨越阶级界限的程度和跨越种族界限的程度一样多。这种联系透过帝国的镜头强化了这样一种说法,即与工人阶级的接触是危险并受到污染的。因此,亚洲人的入侵以暴民、尖叫声和恐怖为信号,瓦解了工人阶级革命(就像法国大革命一样,它将摆脱"被征服的"状态);但与之矛盾的是,英国和殖民地的外部移民对工人阶级生活构成威胁。

尽管在这些叙事中,表达这些担忧的方式可能在入侵的过程中被大大夸大了,但这些担忧本身是由写作时的真正社会问题产生的。希尔为了增强这一情节设置,在叙述中加入大量的政治人物:迪尔克、贝雷斯福德和巴富尔爵士等;1913年出版的小说中有一个名叫"特迪王子"的主人公,这一点也不微妙。这些是悬疑故事,煽动中产阶级读者产生类似的担忧,即像书中中产阶级人物一样,担心面临阶级和种族的崩溃和混乱。随着英国进入20世纪,并开始面临一场欧洲战争的真正可能性,它们也引发了人们对国家建设的担忧。因此,表达出来的焦虑试图在读者的心理中复制那些通过恐怖和侵略强加于欧洲的文本。恐怖和入侵的目的是促进最大可能的心理障碍，作为强加一种重新排序的亚洲结构的前奏。但这场战争本质上是一场灭绝性的战争，这些小说中的英国人物自己也认识到这一点："人们当然觉得，如果黄色征服真的发生了，那它就不可能是一场普通的征服。征服者和被征服者没有可能像诺曼人和撒克逊人那样，在战争结束后和睦相处。黄色征服自然意味着，无论它经过哪里，它所遇到的白种人的记忆将永远消失。"（《黄色危险》，256）因此，反向帝国主义走到了极端；除了征服，它还预示着毁灭和历史的抹去。恐怖的终点不是强加一种新形式的超我，而是根除西方在其臣民心理上的一切痕迹。鉴于这些小说所描绘的边界的开放，新中华帝国的建立不是建立在吸收领土的基础上——尽管这对于为蓬勃发展的中国人口提供溢出空间显然很重要——而是建立在吸收记忆的基础上。文化冲突退化到其最基本、最具破坏性的形式。新的全球秩序将让所有人回到李库余在《龙》中引入电影改革前的那种无知水平：一个以前"甚至不知道有白人存在"的亚洲世界。

　　然而，这种全盘推翻帝国主义的计划不仅没有成功，反而适得 155
其反，从而使英国得以重新定义自己为一个全球公认的最高民族国家。这些小说以英国战胜"黄祸"中所体现的黑暗势力而告终。英国认为自己是更为仁慈的帝国主义，英国人占据上风时，不会对"黄色种族"实施全面的灭绝政策。他们确实杀死了数百万人——仅仅足以缓解当时在讨论中国移民到澳大利亚、南非和美国时所感受到的人口过剩的压力。然而，动机不是报复，而是自卫。大英帝国自己在新西兰等地的灭绝政策被轻易地忽略了。

　　除了傅满洲小说（采用神秘失踪和奇迹般死里逃生的侦探模式，使一部又一部小说永世流传）之外，这些叙事大多以亚洲天才的自杀或自我毁灭告终，象征着他们帝国抱负的自我毁灭。这里采用的比喻是为了保全面子而自杀，而不是书中其他地方讨论的许多文学作品中的返祖自杀或复仇自杀。《当东方遇见西方》中的奥萨卡·图瓦亚从飞机上跳了下来，这架飞机将把他送到伦敦的陆军部，进行一场羞辱性的审问。同样，这次入侵的发起人李库余在为特迪王子制订了一个用于重建大英帝国的慈善计划后，选择了自杀。

此外，在这些叙述中，秩序在大不列颠的疆界内从来没有真正瓦解过，不管它的边界看起来多么松散。尽管中日暴徒可能成功地摧毁了统治欧洲大陆的体制结构，以及统治英国的体制结构，但他们永远不会导致秩序的崩溃；不管英国人多么害怕，他们都无法堕落成暴徒。相反，正是入侵的中日人群对他们施加的压力，增强了他们自己的凝聚力，正如《黄色危险》的这一选段所揭示的："但是在这个时候，英国人民可能是前所未有地形成了一个真正的国家，与暴徒截然不同。他们一起遭受强烈的痛苦，一起下定决心和无畏地行动起来：他们已经在熔炉中淬炼。我们说的一个国家是指无数的人民。"（255）小说以典型的帝国冒险故事为原型，讲述了一个男孩在与"本土"文化的抗争中找到自己的身份，成长为一个男人，并进行了大量相关的创作；这个故事展现的不是个体，而是形形色色的人。这个人代表了国家的意志和力量，他在与混乱的他者暴民对抗中获得锻炼。"正是马拉松赛和特拉法尔加海战使英国人团结起来并实现国家化。无论如何，虽然现在英国人口大幅度下降，但肯定是团结和国家化的，"希尔继续说，"她几乎可以像一个人的大脑和手臂那样，自发地从思想发展到行动。她手里拿着剑——但她的额头上写满深思熟虑的神情和政治家的严肃。"（255—256）英国人已经学会了"团结和对抗"他们更大的共同威胁。

英国因此成功地打击了亚洲的威胁,永远保证了她作为世界领导人的地位。在韦斯特曼的《当东方遇见西方》的最后一章《统治不列颠》中,叙述者记录道:"成功俘获中日军舰使得英国再次成为海上霸主,而拥有比斯特恩·希尔的秘密[生物武器K4]使她在世界各地无所不能。"(290)成功不在于英国有能力将自己重塑为一个世界帝国,而在于全世界都认识到,这个角色是她自然而恰当的角色。与义和团叙事不同,这些小说没有以商业或金融的角度来描绘帝国——甚至没有明确的政治角度。由英国协调的全球市场的概念,让位给了以领导能力、神圣权利和全球友善来重建国家形象。

有趣的是,《龙》与《黄色浪潮》的结尾都建立了社会主义秩序,化解了阶级矛盾,同时为世界主张抽象的主权意志。在后一部小说中,多亏一个罗密欧与朱丽叶式的情节,双方认清他们的荒谬行为,自愿结束入侵行动。有些不合逻辑的是,日本领导人M男爵在大阪举行会议,他在会上宣扬"平等",反对封建主义,并将启蒙运动的理性("自由的天真之母")作为新的战斗口号。"这是你们在中国的兄弟们的命运,也是你们在这里的命运,以你们较小的方式,在崇高的[理性的]胜利中发挥更大的作用。那么让我们聪明且勤勉,让我们大家一起高喊:20世纪万岁!打倒贵族,无论是个人还是国家!革命万岁。"(317)由于这本小说实际上并不涉及对英国的入侵,所以英国人在结尾没有起到领导作用。然而在前一部小说中,英国是这个新社会主义的先驱。特迪王子解散议会,颁布一项法令,宣布英国和爱尔兰为他的私有财产。他的法令的其他部分通过货币贬值和建立一个基于强身派基督教的福利国家来减轻这一法令的专制。特迪废除了惩罚,开始强制性的身体训练,把教育放在了最重要的位置,并给每个人发统一的工资。因此,特迪成为有机知识分子,取代了亚洲策划者所体现的有害知识分子。157

《黄色危险》中也有类似的过程。起初，随着大量移民拥入英国海岸，中国对欧洲的入侵将英国变成了"伟大的母亲"，将伦敦变成了"避难之城"。她的主要帝国对手美国，由于害怕"贫民移民"而拒绝接收任何难民，显示出其缺乏道德。当美国被卷入这场冲突时，它同意与英国结盟，但在面临牺牲时退缩到"自私的冷漠"。在冲突最终结束后，美国为自己的态度付出了代价，它被纳入一个新的和全面的大英帝国。首先，欧洲大陆成为英国领土。然后，中国人从非洲和亚洲撤退：

> 这意味着所有的亚洲和非洲也都是英国人的。如果欧洲、亚洲和非洲都是，那么毫无疑问，美国也是；因为没有任何两个大国，一个如此庞大，另一个如此相对弱小，能够在不正式或非正式地承认大国对小国的宗主权的情况下共存。因此，英国的权杖从一极延伸到另一极，从大河延伸到大地的终点。(344)

在他的小说的最后部分，希尔退回到世纪之交的当下。在这里，他清楚地表明，小说对英国乐善好施的全球主权的未来远景也是一个具体的愿望。他预测："毫无疑问，英格兰事实上会吸纳世界：磁铁[原文如此]存在于我们之中。"(347) 希尔更具有生物学和种族色彩的术语提出了这一点，即他认为英国人拥有全人类和人类智慧的核心："难道不是因为这个原因？——所有的人都是我们体内的胚胎。工程师，征服者，统治者，清教徒，希腊人，以及酒神？"(347) 因此，英国实际上就是世界的化身。英国人同时是一个普世性的人的表现，一个普通人，被剥夺了所有的种族和种族差异的意识，是人的最高榜样。因此，英国人与这些小说中的对手——同样体现在小说中的"黄色魔鬼的化身"——处于截然相反的两端，他们是一种通过吸纳而使恶魔和邪恶失效的力量。

有趣的是，为了让英国人意识到这种吸收和融入全球的潜力，希尔倡导了一种乌托邦式的、几乎是农耕式的世界主义，让人想起威廉·莫里斯的《乌有乡消息》(1890)。他陈述道：

> 但我们必须改变。如果世界要成为英国人的，英国人必须首先变得世俗。当然，我们不会照现在的样子去做——我们现在的处境非常糟糕！上帝不会把祂多余的绿色世界变成一个巨大且低劣的工厂。我们不够狂野和天真，不够简单、古老而又欢乐。在英国，目前还没有足够的花来装饰一根可以横跨地球的权杖。(347)

158

在这部将亚洲人妖魔化为古代人，强化技术在确保国家生存中的作用的小说中，希尔自相矛盾地呼吁建立一个反工业和世俗的英国。英国人将被上帝选中，以重建人类堕落前的人间天堂。希尔用一束鲜花取代了迪尔克表达的文化纽带，象征着这个新世界秩序的慷慨丰盛。

然而，具有讽刺意味的是，技术将使这个新的现实真正实现。空中力量将空间和距离缩短，把整个世界联系在一起："当从伦敦到北京的旅程只需要几个小时的时候，一件事很容易触及每个人，然后是整个人类，那么每个人都可以说是第一次拥有了整个地球。"(347)《黄色危险》是一部沉迷于等级制度和差异、与民族主义和仇外心理产生共鸣的小说，它最终提倡一种全球适用的统一状态。它打破入侵小说通常煞费苦心建立的东西方二元对立。希尔指出，"真正的民族文化"只能建立在平等的基础上，这种平等建立在边界、围墙、伪装和战争的矛盾之上。在他对未来的展望中，"在一种空间的实际湮灭之后，是另一种空间的湮灭——例如你我之间的空间"(347)。

很多这类小说都以某种形式的乌托邦社会主义的形象结尾，这概括了它们所处的悖论。一方面，它们代表着与其他形式的帝国小说创作的连续性。它们跟随着义和团叙事的潮流，分享自己的冲动；也就是说，它们是极端爱国主义和惩罚性的，反映了英国全球扩张引发的所有焦虑。另一方面，它们展示了一个仁慈的、至高无上的帝国愿景。亚洲入侵小说在叙述了毁灭性的种族战争和东西方世界末日般的遭遇之后，对世界进行了重新塑造，从而纠正了心不在焉的帝国主义的错误。它们为帝国的进程指明了方向，这些进程几个世纪以来以一种看似随意的方式展开。它们投资技术是因为有可能促进社会进步。它们反映了对超越它们所呼吁的民族主义的国际合作形式的日益增长的政治要求。它们描绘的道路，无论多么宏伟，都是从悲观走向乐观。读者跟随这些作者在自我实现的旅程中，最终证明了他们目前的偏见和恐惧是合理的；但展望未来，它将消除偏见和恐惧，带来和谐的希望。布朗特林格认为，入侵叙事是帝国哥特文体的子类别，"表达了大英帝国在其鼎盛时期、在其衰落之前逐渐开始缩小的远景"(253)。相比之下，这些小说的结尾超越了衰落，展望了一个充满更广阔前景和更广阔地域的未来。在它们的世界里，大英国最终会成为最伟大的英国。

159

160

第五章
舞台上的天朝

　　《中国母亲》于1857年上演，讲述了一个离奇的杀婴故事。戏剧的开幕场景中，一名爱尔兰马铃薯饥荒的难民被冲上岸边，地点是英国最新的殖民地之一香港岛。"哦！"这名新来的中年人比迪·玛格拉思劝诫道，"这完全是个怪地方。"她抱怨无法与当地人沟通，丝毫没有意识到她是一名闯入者。她惊呼道："这些中国人，眼睛细细的，留着很长的辫子，不能听懂基督徒的任何一句话；倘若有人提出了一个深刻的问题，他们什么也不做，只是喋喋不休，胡言乱语；所以就像是与乌鸦对话一般。"[1]

　　这个爱尔兰女人认为中国"完全是个怪地方"，这不仅是一种个人偏见，在19世纪末、20世纪初的舞台上，对"花国"及其居民的这种印象是司空见惯的。不仅仅是小说、诗歌、游记等平面媒体上的表现形式，关于中国和中国人的最流行、最受欢迎的舞台形象，也是刻板的天朝人的形象，与幻想有关，与地理无关。这些创作中，中国代表着世界的另一端，孩子们被告知，如果他们在地球上挖得足够深，他们就能到达那里。

　　乍看之下，与整个帝国写作领域五光十色的特点不同，这些作品相比其他对中国和中国人的呈现，更还原式地展现人物、景观、宗教和家居安排。通常，特别是在维多利亚时代中期，比起其他形式，流行戏剧在呈现和展示地缘政治事件时没有那么鲜明的政治色彩，

161 譬如印度兵变。作品在心理刻画上的投入较少,更多关注的是精美布景、线条流畅的服饰和东方化的音效等表层事物。英国公众第一次接触到东亚和东南亚音乐——通过1884年国际健康展览会上的中国乐团的演奏和1882年在伦敦和布莱顿举行的爪哇甘美兰表演——然而,大部分评论将其视为噪声或不和谐。[2]真正来自亚洲的音乐与戏剧舞台对中国的呈现同时出现,却被认为是不一致的声音,这表明了观众眼中它们之间可能存在的联系。

虽然直接提到政治事件,如义和团运动,为剧院提供了一个时事问题的卖点,但闹剧、滑稽戏和哑剧的模式也表明了创作者使用重要的地缘政治事件的局限性,并进一步消除了观众通过这些模式使用的公式来感知任何政治信息的能力。由美国制作的威拉德·霍尔库姆的戏剧《金福或追求幸福:一部三幕的东方喜剧歌剧》于1903年末在维多利亚音乐厅上演。它将1900年反洋人运动中的成员塑造成"在一场滑稽的突袭中表演滑稽拳击的运动员"。[3]同样,阿尔弗雷德·道的《沈衙门,或溺爱》于1901年在拉格比皇家剧场上演,展现的是流行文化中常见的中国义和团运动与拳击运动的融合。在《沈衙门》的开场,一群戴着拳击手套的男子齐声高唱:

> 这里是中国拳击手,
> 你们看,头朝下
> 沉重的打击和残酷的打击,
> 这就是我们学习拳击的方法。(1)[4]

然而,为什么戏剧和表演突出表现为并不能认知或复制英国和中国交流的微妙之处,也不能理解中国在漫长的19世纪对大英帝国的重要性,而其他形式的文化生产却做到了这一点?此外,为何要单独辟出一章来研究这些表演的价值,并将其与前面讨论过的那些在香港、上海和通商口岸与中国发生直接接触的作家创作的更细致入微的材料放置于一起?这些问题有很多答案。

首先,虽然这些表演似乎为中国和其他"东方"人民及地方提供了更为规范和抽象的异域化表征,但实际上,它们的内容、方法和意义更为多元。一些戏剧表征以流行或季节性的娱乐形式出现,如哑剧,而另一些则出现在正统的室内剧中,通常集中体现倡议和说教的目的。

即使在流行的一端,情况也很复杂。这些作品被视作异国情调客观和永恒的展示,这暗示着它们是在孤立的环境中运作的,而不是在观众能够接触到其他有关中国和英帝国主义在亚洲的论述的环境中。事实上,作品成功地融合了不同的东方地理位置,并且在19世纪末合并了中日两国,这无疑决定了读者能够接受亚洲入侵小说,认为像希尔笔下的颜豪这样半日本人和半中国人的亚洲决策者是合乎逻辑的,而罗默书中的傅满洲可以雇佣阿拉伯人,重演杀人越货的勾当。此外,诸如约瑟芬·李等学者的研究证实,在这些作品中使用"黄脸",与"黑脸"滑稽戏是密不可分的,这表明英国观众使用的诠释框架具有层次性。[5]最重要的是,我们需要认识到,表演本身就可以是政治,就像大卫·康纳汀的《装饰主义》(2002)引发的反响所表明的那样;通过特定的东方主义形象使中国非政治化,是一种固有的政治行为。因此,装饰打扮以及华丽的表演和展出的重要性,强调了从概念上帝国对中国空间的掌握;其他显示维多利亚全貌的形态,譬如全景图,也是如此。[6]

与此同时,强调表演的通用公式忽略了东方主义是如何以其最原始的形式使普通观众更容易理解细节的。当观众缺乏区分亚洲

162

人民和景观所需的历史和文化知识时，东方主义可以提供一个包罗万象的框架，使某些区别和批评清晰可见。舞台上的东方主义如何能够足够灵活地实现这一过程，为地缘政治渗透到流行文化和意识提供了证据。

一个很好的例子就是1858年阿斯特利制作的以第二次鸦片战争为背景的《轰炸和占领广州：基于中国当前战事的一场新的盛大表演》，它被认为是"新的盛大的国家奇观"。表面上，它复制了阿斯特利以往的创作形式，即"充满喧嚣、辉煌和马术"，并包含了一批"天才"和五百个"辅助人员"。[7]如同张东申所指出的那样，它包括了18世纪90年代马戛尔尼使团之后出现在伦敦舞台上的标准场景，譬如"北京天宫"和"万花园"。[8]然而，它宣称的目标是"带领英语听众进入……中国场景"；包括了像两广总督叶名琛这样的人物；描绘了一场"复杂的战争灾难"；在印度发生兵变后，英国正努力恢复对印度的控制，此时在舞台上呈现出英国的胜利，将会突显这种戏剧文体在多个话语层面发挥作用的能力。

下面讨论的这些受欢迎的戏剧通常是更大型的中介娱乐节目的一部分。在19世纪中叶，它们可能是一系列戏剧之一，其中帝国奇观往往不是焦点。到19世纪末，这些戏剧也出现在多个媒介的场所，并被纳入展览和博览会。1901年伯爵宫举办的军事展览上，数千名观众观看了伊姆雷·基拉尔菲的《中国，解围公使馆》，但需要与展览提供的其他娱乐活动相结合，包括参观中国士兵营，并乘船游览珠江。

这些戏剧表演还需要与"中国佬"的半人类学现场展示结合起来看待。自19世纪70年代末以来，"中国佬"的现场表演在国际展览上越来越常见。在此之前，曾有华裔"暹罗双胞胎"恩和昌的表演，他们自1829年在埃及大厅、萨里剧院和刘易斯大厅登场以来，吸引了大量观众,并启发了《暹罗双胞胎》这部闹剧的创作,该剧于1834年在皇家菲茨罗伊剧院上演。"中国"杂耍演员、变戏法的人和魔术师还提供了其他形式的大众娱乐节目,看剧的大众能够参与其中。[9]进入公众意识的还有中国巨人詹,他于1865—1866年在伦敦埃及大厅与一名女侏儒(以强调他的身高)一同登台表演,后在1867年巴黎世博会上进行了精彩的演出,随之被P. T. 巴纳姆接管。[10]这些奇观也被整合到商品资本主义的网络中;例如詹的演出以中国钟为特色,这种钟在招待会上被"介绍"给公众,在达夫和霍奇森商店可以买到。

甚至表演空间本身也会决定观众对呈现出的天朝事物的反应;正如科林·钱伯斯所指出的:"维多利亚时代晚期和爱德华时代的剧院展示出一系列令人眼花缭乱的'东方'符号,如哈克尼帝国剧院。"[11]与此同时,伊丽莎白·张注意到,这些布景和场景再现了中国园林环境,改变了英国人的审美视角,并破坏了"视觉和视觉叙事的文化差异,而这种差异构建了他们作为感知、思考和认知存在的自我概念"。[12]

单辟一章谈有关中国和中国人的戏剧的第二个理由是,它们揭示了英国与该地区及其居民在时间、地点和体裁上的接触是不平衡和多样的。不出意料,戏剧上对军事事件的反应——尤其是发生在报纸和期刊大规模发行之前的鸦片战争——消除了英国与陌生地区之间的距离;教育了观众区分两个帝国不同的情况,并成功使得公众焦点从英国在中国赤裸裸的商业侵略转移到鸦片贸易附带的爱国主义。此外,安·威查德所称的哑剧"与观众的特殊密切关系,以及它对历史态度转变的独特敏感性",突显出参与制作戏剧奇观的人与观众之间的交流,比本书其他地方讨论的印刷材料更为直接。[13]它还突出了流行戏剧的能力,使用标准的情节和比喻,以灵

164

活和具体的地点来表现亚洲的异国情调。同样重要的是,"长久以来一直是东方主义特征的奇异的异族事物"与爱德华·齐特琴所主张的戏剧得以共存,齐特琴认为戏剧对特定帝国主义的地理想象变得越来越感兴趣。[14]二者的共存提醒人们,不论观众的知识基础如何,他们都可以对不同类型的文化表现做出反应并乐在其中。

第三,追溯有关中国和中国人的戏剧作品的授权和制作过程,就会发现这些作品呈现出区域性、民族性和更广泛的帝国模式,这与帝国主要关注大都市,尤其是以伦敦为中心的观念不符。本章主要突出在东伦敦(在英国的亚洲社区所在地)创作的戏剧,这也表明这些戏剧和表演作为一种文类涉及广泛的阶级。同样,哑剧的制作,以及19世纪末出现的如《艺妓》(1896)和《中国蜜月》(1899)等音乐剧(它们由当地或来访的剧团向帝国内的外籍人士和讲英语的精英观众表演),展示了一种整合全球帝国政体的方法,并标志着吸收和利用西方对亚洲人(如中国人和日本人)的刻板印象,以及对其他亚洲群体(如印度人和锡兰人)的刻板印象。[15]

第四,戏剧奇观与波特与维特查都探讨过的中国式装饰风格之间的关系,标志着18世纪关注异域审美的模式延续到了19世纪。它还突显出,随着英国在该地区的利益不断扩大,尽管存在着谁来代表亚洲人的竞争制度,但这种奇观仍有能力与之共存并蓬勃发展。这种持续性表现在两个关键方面。首先,它将中国与闭塞的联系具体物化,将其作为一种结构情节元素,就像在《阿拉丁》的哑剧中一样。这种具体化的效果是稳定了一套相当不稳定的情节和对东方、中国或鞑靼专制主义(这是一个不同的称呼)的刻画,并使其成为理解中国的一个不变的特征。这种具体化通常包括利用瓷器——瓷器、点头的满大人塑像、花瓶等——以及流行的柳叶纹盘来创作故事和人物。使中国/瓷器走向生活的文字行为,依赖于固定物品去表现戏剧之外的"中国",更重要的是在观众的家庭环境中,中国/瓷器必须是装饰性和/或实用性的。或者,正如马蒂·古尔德所说:"尽管这个人类故事铭刻在我们熟悉的日常物品的表面,但如果不是剧院,它将永远不会为人所知。剧院承担着一种说教和展示的功能。"[16] 其次,坚持中国风格使人们对性别角色的转变和子女的叛逆进行了有限的探索,通常是通过把画在柳叶纹盘上的事件展现出来。这一探索揭示了大众对19世纪女权主义的态度,以及对婚姻功能及目标理解的变化。流行戏剧(尤其是哑剧)在这方面的特别之处在于,尽管它涉及黄脸,但它对人们普遍理解的模式的依赖意味着,它在很大程度上绕过了对种族通婚的担忧,这种担忧在很多类型的帝国叙事中都非常重要。在这方面,柳叶纹盘戏剧重申了卡罗琳·威廉斯的观点,即《日天天皇》有关"一个自我民族志项目,通过这个项目,英语文化已经被陌生化处理,但仍然令人感到熟悉……因此,被局内人完全视为理所当然的文化习俗,在一种疏远的眼光下才能得到最好的阐释"。[17]

第五,本章强调跨大西洋主义对英国在亚洲存在的文化理解,以及对亚洲以外流散华人的呈现的核心作用,这有助于我扩大关于英中交流的视野。这种跨大西洋主义显然引发了一些反常现象。特别是在维多利亚时代末期,戏剧和杂耍剧场的歌曲重复利用美国人对中国人的一些刻板印象和归化了的在美华人身份的某些方面——炒杂烩菜、手洗衣服、"异教徒中国人"等,这些内容对英国城市中的小型华人社区的意义并非那么重大(尽管在澳大利亚的情况下当然是相关的)。黑脸和滑稽戏与黄脸之间的联系也反映了美国的影响力,这种影响力在对次大陆印度人的舞台描绘中是无法复制的。然而,英国观众并没有拒绝这些对中国人的呈现,这一事实暗示着一种高层次的文化交流,以及英美文化的融合,正是这种融合促成了大英国和英美联盟的概念。

166   在下面具体戏剧作品的讨论中，我没有提供一个全面的概述，尤其因为在杂耍剧场或在各殖民地进行的许多娱乐活动都没有保存下来。相反，我强调，对于理解维多利亚时代在英国本土和海外有关中国和中国人的文学创作的多样特征来说，它们十分重要。

秦–秦–中国佬：中国人戏剧的种类

根据威查德的说法，《阿拉丁》的哑剧巩固了英国"对中国的奇幻表现"。[18]这些戏剧充满了从非洲到阿拉伯再到远东的东方异域风情，因其丰富的中国服饰、专制的中国皇帝和虚幻的北京或广州的街头场景而熠熠生辉。这些戏剧中呈现的中国，穿插了双关语、魔术、对商品资本主义（通常与特定品牌产品有关）的讽刺批评，以及不可思议的哑剧的变形。约翰·麦迪逊·莫顿的《阿拉丁和神灯；或丑角和戒指神》于1856年12月在皇家公主剧院上演，其典型特征就是混杂了哑剧包含和灌输给年轻观众的众多主题。因为剧中人物阿巴纳扎尔（"一名魔术师，被认为是真正的原创的中国魔术师，总是忙于自己的戏法"）和寡妇奇·穆斯塔法，中国和中国人被归入圣诞节欢乐庆典的一系列异域风情的一部分。[19]这样的哑剧表演出现在伦敦西区和东区，以及那些社会阶层多样化的殖民地，但至少直到维多利亚时代后期，这些哑剧本身始终保持着一种相对融合的东南欧世界的形象。东区戏剧 G. H. 乔治的《大场哑剧：小丑阿拉丁和神灯》（1873年12月首演于伦敦波普拉区的阿尔比恩剧场）通过刻画阿拉丁、他的母亲"茶杯"、法克瑞纳、韦达和恶魔人物祖洛，展现出帝国的全貌。[20]

有些戏剧深入哑剧的传统，但更多地集中于中国，以哑剧的东方主义作为其基线。通过滑稽的名字，它们创造出一个中国，如同比迪·玛格拉思对中国沿岸的初次印象，那里的人们确实喋喋不休、胡言乱语。剧中中国和童年在一个层面上的反复联系，强化了这一想法，即他者是无法达到的、消失于幻想的迷雾之中；在另一方面，它支持了维多利亚时代晚期对中国人的种族成见，认为中国人像孩子一样，在种族阶梯上仅比非洲人高一点。

167

　　考虑到哑剧的融合本质——具体的和当地的典故和次要情节被添加到一个普通的喜剧情节中——难怪许多维多利亚时代的关于中国的闹剧借鉴了哑剧的传统，共享了一个标准的意象体。这些共同的喜剧剧目，使它们以一种类别的方式被认知，要求观众了解很少或根本不需要知道有关中国的历史或文化知识。相反，某些公式化的情节在所有剧目中反复出现。这些情节包括：盗窃珠宝和传家宝的故事，通常是由一个仆人从一尊华丽的宗教塑像中偷走的；又或是中国古怪法律引发的奇闻，尤其是那些关于婚姻方面的故事。这些故事往往与日本的故事相似。即使在维多利亚时代晚期，大众越来越意识到日本和中国之间的区别之后，甚至 W. S. 吉尔伯特和阿瑟·沙利文的《日天天皇》（1885）编纂了众多有关日本人的最普遍的刻板印象之后，作品中仍然存在大量的借用、重叠和融合的处理手法。[21]

　　这些标准化的故事情节中最主要的是包办婚姻的桥段：一位年迈的父亲（通常是位满大人），将女儿许配给一位年老、不般配的男人，而不是女儿所爱的年轻人。戏剧经常表现这个情节主线，这是流行的柳叶纹盘讲述的故事，这一点下文将会讨论。在这些作品中，中国被认为施行了对个人权利的践踏，其父权制实际上烘托出了维多利亚时代的问题，讽刺指出当时英国社会自身对婚姻市场和妇女个人权利状况的不安。[22]这些戏剧中，面对失败的爱情匹配，有三种可能的解决方式。在讲述柳叶纹盘故事的戏剧中,年轻的恋人在死亡中结合在一起,或者变成了鸽子,从而逃脱了尘世的束缚。在另一种戏剧中,恋人通过展示父亲青睐的求婚者有多不合适,以及女儿的选择对她本人和家庭更好,以此来逃避或克服父亲的反对。[23]这两种解决方式都将这种所谓的奇怪做法——未经本人同意的包办婚姻——展现为维多利亚时期孝道和自由恋爱之间的斗争。

　　第三类戏剧的情节更加曲折,要么是少女爱上了来访的英国人(通常是英国军官),要么是结交了英国朋友,这些英国朋友随后介入,将少女从她被许配给的老头子手中解救出来。伊萨克·威尔金森的一个原创故事(1884年12月首演于布莱顿水族馆)以一种喜剧的方式重塑了英国自己引以为豪的传统:一群精灵引导英国少年英雄和水手内德横穿整个世界,前来阻止中国公主不公正的婚姻,这体现了英国人为保护受压迫的妇女而进行干预的传统。[24]到达后,内德必须打败一群中国阴谋家。在这个充满着押韵对仗的颠倒世界中,善良驻留在水手而不是颓废贵族身上。用作者的话说,这些贵族是夜晚而不是白天。包办婚姻的腐败体系已经削弱了中国,异族通婚为政府提供了解决方案。内德问他心爱的中国姑娘:

> 你会爱上一个水手吗,
> 　　他出身卑微,
> 没有人跟他做朋友。
> 　　地球上没有伟大的人吗?
> 一个陌生人,一个外国人
> 　　在这异乡,
> 没有什么可称赞的,
> 　　唯有他正直的心和可靠的手。(29)

由于英国人身份自然胜过本地阶级特权,她可以爱上对方。

有时,营救不幸中的少女是炮舰外交的重要组成部分,就像1877年的歌曲《广州之爱》。歌曲中,林小姐的父亲同意把她交给又老又丑的田先生,作为交换,田先生将免除她父亲欠他的债务。婚礼即将开始时,"野蛮的英国人/突然来到岸边",一名海军军官候补生救下了林小姐:

> "喂——你愿意嫁给我吗,亲爱的林小姐?"
>
> "当然,先生,"她说道,
>
> "我宁愿嫁给你,也不要那个怪物田先生,
>
> 尽管他拥有黄金和茶叶。"
>
> 然后在一个战士的船上,
>
> 他们定下终身;
>
> 而林小姐,和水手一同离去,
>
> 成了水手的妻子。(5)

尽管英国水手将她作为一场一个人的战争的"奖品"带走,但这首歌清楚地表明,林小姐必须且确实同意这样的结合。[25]而如果观众认定,把女儿卖给一个不合适的求婚者的父亲是一名古怪的中国人,那么在英国的背景下这位父亲的负债也会显得完全可信。不出所料,这种剧本由此断言,英国男人的天然角色是保护和照顾女人,中国女人更喜欢英国男人,因为他们提供了解放(即使这些女人通常和比自己社会阶层低的人结婚),更普遍来说,现代比传统更好——中国作为一种极端形式的传统概念而存在。少女和老迈官员之间的婚姻,就仿佛五月和十二月间的不协调,这些婚姻往往被描述为即便没有被过时且野蛮的中国法律所实际要求所为,也是

169

受其许可的；英国人救援的解决方案因此与海蒂·霍尔德的论点相一致，即带有殖民背景的情节剧将英国法律呈现为一种救赎，与未开化的"异教"法律形成鲜明对比。[26]很多有关中国的戏剧都强调对"罪行"任意且频繁使用死刑；对中国刑具（比如枷）的巨大迷恋，进一步支持了这一观点。

有趣的是，这些中国姑娘与英国水手之间爱情的呈现往往回避了异族通婚的问题。这些剧中没有任何关于异族通婚的焦虑，而在关于中国人的小说中，这种焦虑无处不在。二者间的分离揭示，允许幻想会将观众的注意力集中在婚姻的其他动态上。然而，这种许可是在严格的条件下运行的，它要求观众结合剧情内外的元素来阅读场景，从而绕过而不是阻止种族问题。例如，黄脸和传统的东方服饰的使用突出了自我民族志的背景，通过强调伪装的技巧和培养观众对演员存在的意识，人们注意到，实际上伪装之下的少女是一名地道的英国人。因此，爱情的圆满只是似乎跨越了肤色的界限。观众对哑剧中的变形场景的熟悉，同样使他们能够将种族身份解读为可变的或非物质的。最后，这些场景消除了异族通婚的紧张关系，与流行戏剧中无处不在的性别异装癖的背景形成对比，同样可以破坏同性恋主义。

到19世纪末，一些作品通过设置有伤风化的场景来推销幽默版本的性欲放纵，以此强调英国男性气质和秀美的亚洲女性气质。例如，欧文·霍尔成功的剧作《艺妓：一个茶馆的故事》围绕着中国人袁地在日本经营的一家茶馆，这是另一种东亚的融合。官员去那里休息和娱乐。正如开场时合唱所唱的那样，这些"大块头的英国水手……娶个娇小的英国小姐/和美丽的日本女人调情"。[27]最后，一名军官的确娶了首席艺妓，但剧中的喜剧轻歌剧模式和聪明女孩含羞草的形象一起，消除了调情以外的任何威胁的可能性。

170

在淡化异族通婚的同时，关于中国婚姻的戏剧与关于犹太人的戏剧有着本质上的不同。在关于犹太人的戏剧中，种族化的文化和宗教特征是其运作方式。关于中国的戏剧对英汉爱情的性别划分，也解释了为什么它们对异族通婚既不谴责，整体而言也不感兴趣。假定一个女人承担其丈夫的国家身份——这在公民法里有法律依据，在这个基础上，女性嫁给外国人就失去了英国人的身份——以及理想化中国女性是优美精致的（即作为理想化的维多利亚时代的女性气质的另一个版本），可以共同使表面上的跨文化关系不具有威胁性。

在极少数情况下，这些男人被中国社会同化，而不是反过来。剧中断言，成为中国人实际上意味着保持英国人身份。同化不是"本土化"；相反，中国人身份只是英国人或英格兰人身份的一种替代方式。在《中国帆船，或者女仆与满大人》（1848）等早期戏剧中，这种同化的可能性并非真正意义上的同化。这一方面反映了对远东的一些模糊的思考；另一方面则表明，在大众话语中，前达尔文主义的种族思想非但不固定，而且也不会令人感到良心不安。[28]这部戏讲述了当时正在伦敦展出的"耆英"号中国帆船的离奇故事，其目的是解释这艘帆船和一群带有中国妻子的英国人如何驶抵阿尔比恩海岸。[29]其中，多布斯的特征被描述为"中国佬——归化中国人"（887）。早在"安菲特律特"号船到达之前，他就已经在中国待了很久，亲身经历了满大人的女儿西莱斯特爱上他这个英国人的情节。在戏剧的开始，多布斯的爱人这样评价他："我不讨厌英国人，我的爱人，他是一个英国人，但现在他是一个中国人，就像我喜欢的中国人一样，可爱的、个子不高的、胖胖的家伙，充满乐趣和生机。"（889）与此同时，在成为"中国人"的过程中，多布斯却在寺庙周围追逐师傅的一只猪（他想偷来烤），并且唱着"永远培根和英国"。

这些举动考验了他成为真正中国人的极限，为他和程地登上前往伦敦的炮舰铺平了道路。在伦敦，他试图将程地和他的朋友黄胜洲作为"天朝双胞胎"展出来赚钱。总之，他是可爱英国流氓的典型形象。

然而，如果说在1848年加入中国籍意义不大，那么，到了20世纪之交中国人加入外籍则意味着很多。在艾丽西娅·拉姆齐和鲁道夫·德·科尔多瓦受义和团运动启发而创作的《满大人：五幕新的原创情节剧》(1901)中，当邪恶的中国总督华东江想在领事馆内逮捕一名入籍美国的中国传教士李隆福时，李隆福呼吁英女王陛下的代表"保护英国"。[30]华东江蔑视传教士及其对国籍的声明——"你知道这一点，我是一个已经入籍的美国人。"(第一幕，33)领事约翰爵士拒绝将传教士交出来，坚持说："从来没有人徒劳地要求过这种保护。"(第一幕，33)因此，信奉新教和西方价值观的中国人，在实现愿望的这一幕中，不再是中国人。他是一个黄皮肤的英国人或美国人。

瓷盘上的中国

除了标准化的情节，舞台上对中国和中国人的表现也传播和延续了公式化的中国形象和行为，譬如中华长城、叩头的行为、遮阳伞的使用和"灯笼宴"等，这些要素被喜剧轻歌剧、幻灯片和杂耍剧场曲调永久记录下来。[31]一个相关的现象是从维多利亚时代的家用物品(如青花瓷)中衍生出来的故事，这也是从18世纪后期开始就引发了许多小说和讽刺作品的主题。[32]张在《英国的中国之眼》中探讨了瓷器如何成为中国的"转喻商品"，以及关于它的文本如何为"早前存在的中国园林的图像和叙事宝库提供一个实物的参照点"(72)，并且例证"中国人的视觉差异必然对应了文本生产的问题"(73)。

舞台上对瓷器的使用也符合这些模式。然而，我并不关心张感兴趣的美学元素，而更加关注在具体的表演语境中"动画"的功能。这种物质商品所蕴含的叙事动画，依赖于陶瓷物品的无处不在，将外来事物归化，从而以自我民族志的方式探索维多利亚时代传统的局限性，尤其是在婚姻方面，这种方式在《日天天皇》一剧上演时已经变得老套。动画的范围也从盘子、花瓶扩展至"点头的满大人"和"公牛"这些塑像，它们同样将英国人的注意力集中在了中国。

舞台动画利用了大量英国人拥有瓷器这一事实，以培养对中国/瓷器的共同投资意识。将柳叶纹盘、瓷器小雕像或茶壶作为叙述的起点，这些戏剧设想的中国是从帝国的心脏发散出来的。大家知道柳叶纹起源于乔赛亚·韦奇伍德在斯塔福德郡的公司，许多陶瓷器是从荷兰进口的，这减轻了这些物体被视作"侵入"或可能引发的焦虑，比如古尔德指出（《19世纪剧院》，127），人们担心"英国的家庭空间被外国势力所淹没"。相反，中国主要是作为帝国自我的反映而存在。只要中国仍然是这种反思的外来场景，瓷盘的边界就塑造、围绕和包含着中国。

《满大人的女儿》于1851年12月首次在庞奇剧场和斯特兰德剧院演出，剧中的瓷盘通过将更多真实的中国艺术文化展示与普通瓷器融合在一起，发挥了缓和中国他异性的功能。[33]

它重述了一个城市神话，即一位中国官员到伦敦参观世界博览会，这表明英国至少在两个层面上掌握了中国：第一，把中国置于英国"各国工业"组织的庇护之下；第二，让中国人承认英国占用本国叙述的合法性。占班塞宣告：

> 所以当然，当我听说你要举办世界博览会，
> 我很快就处于一种过渡状态，

172

我骑着我的龙来了,但是你想想我的惊奇吧!

我环顾这间公共厨房,

我看到一切,在桌子上、台子上、碗柜里和架子上的,

有陶器、瓷器、石器,和代夫特陶器,

所有绘制方式,长短不一,里里外外,

在盘子、杯碟、餐盘、盆子、盖碗上

都有一幅画,这充分说明了

一个古老的爱情故事,在我的国家众所周知。(4)

当戏剧结束时,盘子上描绘的分裂的恋人最终结合在一起,决定去英国进行蜜月旅行,用现在来瓦解陶器故事中的"旧时代",由此与许多当代社会理论家一起断言,中国没有历史——除非这段历史可以追溯到英国。

动画在舞台上也呈现出移动与静物之间的矛盾。它在编码中国的对象与表演性重叙的解码功能之间产生了一种认识论的张力,这矛盾地增强了对象原始叙事的固定性。按照一种早在维多利亚时代就已确立的模式,中国实际上被禁锢在瓷盘和小雕像中,被冻结在一个古老而浪漫的永恒之中,与政治经济学对静态东方的定义相呼应。[34]因此,S. 鲍凯特和乔治·D. 戴1897年创作的《柳叶纹盘:两幕喜剧》里的舞台指示标注道:"时间——从公元前4000年至公元1897年间的任何时代。"[35]

黑脸、黄脸和丢面子

稍晚一点的弗雷德·丹弗斯的《一首中国田园诗,或失落的红宝石》(1903),也通过婚姻情节对比了英国和中国——以及美

国。[36]在这部有关伦敦和中国之间混乱联系的闹剧中，香港总督平庞前往伦敦迎娶新娘，而茶楼老板清富则要求伦敦的另一个茶馆提供一个能来他们茶楼工作的人选。当皮卡迪利塔茶馆的茶艺师贝尔·布莱顿到来时，她被误认为是新娘；然而，真正的新娘马绍纳兰的斯特凡妮公主却被忽视和嘲笑。贝尔最终与总督结婚，而粗俗的"怀恨在心的中国侏儒"清富被迫娶了斯特凡妮，作为窃取总督珍贵红宝石的惩罚。

这部戏剧混杂了各种各样的种族成见，也混杂了各种流派和各种音乐喜剧类型的歌曲。本剧刻画了一系列人物：一个专制的中国官员——从字面上讲——对臣民课以重税或施以怪异的酷刑；一对不幸的恋人；一位英勇的海军军官（驻扎在香港的皇家海军舰艇"多丽丝"号上的中尉莱昂内尔·韦斯特），这名军官爱上了一个可爱的中国少女；还有一个出身贫寒、说话大声但十分有趣的女孩，最后得到了她的男人。（当总督礼貌地邀请贝尔吃午餐时，她惊讶地回答："为什么我这么饿，我可以吃下一份香肠加土豆泥，还有一品脱冷牛奶。"）这部剧还具有所有显著的音乐喜剧的特征：双关语，女孩的歌舞，典型的方言；女孩的傻乎乎的死党皮蒂·博和卡迪莎；当然还有那个邪恶的清富，当他开始喜欢自己的黑人新娘时，他遭到的喜剧般的报应顺利转变为幸福的家庭生活。"好吧，我的惩罚毕竟没有那么严厉，她很有魅力！"这出戏结束时，清富喊道。

此外，斯特凡妮公主则体现了黑脸扮装和滑稽戏这两大常见喜剧传统的艺术融合，她似乎更像是来自美国南部，而不是非洲。她是一名"真正的有色人种女士"，在舞台上出现时带着一大堆行李和几个"黑人小孩"，这些小孩"穿着五颜六色的华丽衣服"。"尊敬的阁下，"她遇到总督时告诉他，"我才是真正的公主。按照你的书面协议，来到这里嫁给你，瞧瞧这儿，我有证明文件。"后来，在广州

174

一座阴森的寺庙里，就是失落的宝石被隐藏起来的地方，她唱了一首"黑人的歌曲"来减轻自己的恐惧。

　　然而，对于这种种族类型和戏剧类型的拼凑手法，最有趣的不是它奇异的折中主义，而是它所反映的世纪之交时期文学的共同特点。当然，像哑剧这样的早期戏剧为黑人角色在不太可能出现的亚洲出现创造了条件。哑剧压缩式的世界观，通过对抗空间、地理和文化的特殊性，培育了一种朴素的多元文化。[37]即便如此，这些戏剧几乎没有试图融合非洲人／非裔美国人和中国人；它们只是让舞台上的不同群体共居在一个空间显得是合理的。黑脸和黄脸仍然是相互区别的类别。

　　然而，到了维多利亚时代末期，通过对人物的不同形式的刻板印象分层而塑造产生的喜剧人物，中国人和非裔美国人舞台上身份的叠加形象达到了一个顶峰。这种分层似乎总是以黑人呈现或试图呈现中国特色或人物的形式出现，但是由于明显的社会原因，从来没有相反的情况。中国社会在这些戏剧中——而且进而扩展至世纪之交的杂耍剧场演出中——是对英美白人社会的一种异国改造；在面具和服饰之下，是具有相似文化价值和相似属性的男女。事实上，在雅克·奥芬巴赫的《巴-塔-克兰》以及《清朝喜》(1865)和《张喜王》(1879)这两部翻译版本的轻歌剧中，中国王子和其他表面上是中国人的人物作为"道地的英国人"和美国人，出现在剧中。[38]"在你面前的假中国人曾经是一个英国贵族——你看到的是皮卡迪利侯爵"，段颐都宣称道，这个人物在1879年的版本中，最初为了逃避家中的债务而逃到中国。就连受太平天国启发、企图推翻太子的一群反抗者中，也有一个伪装的英国人领袖。正如在义和团叙事中，真正的英国人成功地扮演了中国精英，并且以此名义治理中国，这并不矛盾。

相比之下，非裔美国人或非洲人社会完全不同，但最重要的是不可分割的内在有趣性，这种喜剧氛围完全否定了任何可能超越种族划分的个人主体性。因此，当斯特凡妮出现在《一首中国田园诗》中的第二幕时，她穿着"非常特别的中式服装、宽松的裤子，显得越滑稽越好"，这个幽默的情境达成了双倍的效果。她原本作为"黑鬼"角色是滑稽可笑的，而她的中国装扮这一新的荒谬特征并没有削弱滑稽感，而是加剧了喜剧效果。她的失败装扮的喜剧效果，加上她作为一名非洲公主的荒诞式的高贵，恰恰符合迈克尔·皮克林的观察："黑人女性在滑稽戏的种族纲要中被塑造成有教养的白人女性的反面形象。"[39]斯特凡妮不适应中国人的服饰，与其形成鲜明对比的是，在戏剧和杂耍剧场保留节目中，英国女人可以没有任何问题地、成功地伪装成中国姑娘或者是男性苦力或官吏。

伪装不仅是白人的特权，而且常常（就像在有关义和团运动的小说中一样）是逃避充满敌意的黄色威胁（无论是政治威胁，还是性威胁）的关键手段。在G. A. 克拉克和哈里·F. 斯皮尔的义和团剧《黄色恐怖》（1900）中，一个角色在脸上抹咖喱粉，成功地蒙骗了中国人，让他们误以为自己是他们中的一员；而斯特凡妮的非洲特质是永远无法隐藏的。在舞台上，对于英国人来说，种族和民族身份是可以重建的，模仿是一种掌握的形式。然而，对于黑人角色来说，模仿和嘲弄之间的联系永远不会断裂。

哈里·亨特在《在伦敦和各殖民地的流行娱乐：曼哈顿滑稽戏》中写下和演唱的杂耍剧场的歌曲《黑鬼中国人，或者他的辫子不会长》（1877），呈现了一幅类似的不可磨灭的黑暗图景。标志性的"愚蠢黑鬼"的主角无法改变自己的外貌，进而无法改变自己在社会中的地位。[40]（见图3）

175

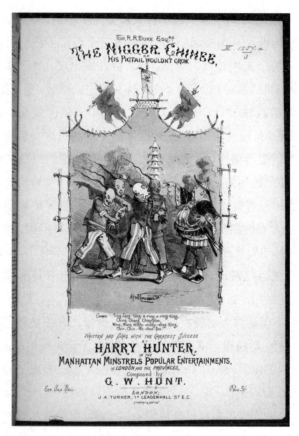

图3 《黑鬼中国人》的封面

　　这名"黑鬼"抛弃了卡罗来纳来到中国,"想要变得美丽",他把皮肤染成黄色,并试图长出辫子。然而,由于他那扭结的头发,辫子不会长出来,中国人开始盯着他看:"听不懂他说的话/不能理解他的头发。""黑鬼"被逮捕,给他半个小时的时间让他的辫子长起来,然后被处决。这首歌继续唱道:"这个故事有寓意,/但是我不记得了。"

然而，其中的寓意是明确的。尽管这是堂吉诃德式的和极端的东亚刑罚的刻板印象，但在这种情况下，这种刑罚确实适合这种罪行："黑鬼"因无法接受自己的地位来追求自己的命运；他必须为抛弃他的主人、他的妻子、他的孩子和他年迈的父亲而受到惩罚。他"徘徊"和"通过"的倾向带来了死亡。这首歌只是将一种更典型的美国叙事方式转移到了中国。在中国，一种假定的种族统一性使得试图改变的人必然被惩罚，按照他"应该"在国内受到的惩罚。"黑鬼"不可言喻的不同之处在于他的头发而不是皮肤，这是一个耐人寻味的选择，但这并不能减轻种族歧视。到了1900年，辫子在英国已经成为中国人身份的象征，并成为一种种族标志。然而黑人站在所有定义标准之外：他唯一的标准就是那像羊毛一样让他显得低人一等的头发。这首歌里的中国包含了文明社会的所有特征——监狱、法官、公众舆论，可接受的服装标准等——因此在东方形成了另一个西方。

嗜血的佛

更具体地说，中国人呈现了佛像和其他"异教"神像——尽管在这里，中国和印度的语境也存在很大的混淆，印度教战争女神时母出现在不太可能的地方。这样的呈现可以被斥为消息不灵通和夸张，因为它们描述的是恶魔和嗜血的佛、信奉活人祭祀的祭司，以及某种程度上充当折磨不知情的英国人的机器的宗教雕像。尽管如此，就像在舞台上的犹太人一样，这些同样普遍存在的表象（或歪曲事实）揭示了英国公众理解其他非基督教信仰及其信徒的重要方面。

这些戏剧对亚洲宗教的描绘揭示了英国对外来事物的理解以

及英国是否有能力被（或不被）同化的三个因素。首先，这些呈现几乎总是与神像和塑像相关联。它们是基于对象的，而不是哲学的。这些物品为舞台表演提供了丰富的可能性，人物可以爬到巨大佛像的内部或者顶端，或钻进佛像隐藏的活板门里，或抓住、推倒、毁坏佛像，以确保自己不被监禁。这种对雕像和人物的关注在舞台上是适当的，因为它有助于构建戏剧性的动作——通过操纵这些道具来推动情节，通常这样是为了让英国人能够展示他们的勇气。然而，重视宗教道具也很重要，因为它表现出，东方宗教不是神秘主义，而是偶像崇拜，推倒神像就像是推翻了它所依附的道德体系。

第二个因素是戏剧中明确的反教权主义。这些作品总是表现出和尚妨碍了中国群众的一种天然纯洁。他们的诡计颠覆了中国人的内在道德，而且他们的仪式常被揭露出来具有欺骗性。因此，和尚是邪恶的、狡诈的、贪婪的、自私自利的。他们通常被邪恶的官员利用或服务于他们，而不是作为自由思考的人或宗教领袖。特别是在有关义和团的戏剧中，和尚是自私官员们的心腹，这些官员操纵着义和团员以及民众。在《黄色恐怖》中，和尚们代表清远看守着这些囚犯。清远是一名攻击过此地英国公使馆的中国人。此外，和尚通常被描述为处于隐居状态，或者只在场景移至寺庙或室内时才出现在戏剧中。像僧侣一样，他们被限制在寺庙的范围内，因此只能在其范围内运作。（另外，对于他们更善良的描述出现在其他一些关于官吏的女儿的浪漫喜剧中，这些女人躲在寺庙里，和尚帮助她们和真爱逃走。）很多这样的描述听起来更像是对天主教的敌意描述，而不是对佛教、道教和儒教的敌意描述。这表明，理解外国宗教在某种程度上受制于英国自身内部的宗教冲突及其与法国的冲突。

戏剧对东方宗教的描写的第三个方面是其整体的世俗主义。

178

除了一些例外，流行的戏剧总把宗教局限在情节上；除了中国人是被误导的异教徒这一基本假设之外，显然没有得出任何结论。尽管总体上基督教和新教是这些戏剧对中国偶像崇拜做出反应的基础，但中国人皈依基督教或支持英国传教士在该地区传教的愿望似乎在很大程度上是缺失的。即使是以屠杀外国基督徒的古田教案 (1895) 或义和团起义为主题的戏剧，也将基督教化视为一项有价值的事业，但更注重情节而非宗教主题。比如，1903 年的《黄色的恐惧》和 1904 年的《独自在中国》，是同一部戏剧的两个版本，这部剧讲述的是一个传教士和他家人的故事，情节中结合了古田教案与义和团起义。[41] 然而，情节有关肆无忌惮的喷火号炮艇船长亨利·霍尔丹中尉和他的"女冒险家"助手阿黛尔·克赖顿。他们与义和团联手，从"巨大的武帝"的神像中窃取珠宝，并分别向传教士查尔斯·海明威和他的朋友（及后来的妻子）凯特·贝尔顿施以报复。（霍尔丹认为，他的表兄查尔斯骗取了他的遗产，并且密谋杀害他和他儿子弗雷迪。）

　　诚然，义和团运动表现为一种宗教狂热。义和团领袖，官大人王海告诉他的手下："这些野蛮人中最危险的是那些受诅咒的基督教传教士，他们试图让我们的人民放弃我们祖先的古老信仰。他们必被毁灭——不会有宽容——不会有怜悯——将这一切展示给我们周围的异族狗看。我们要把他们从中国神圣的土地上连根拔起，直到他们彻底灭绝。"（《独自在中国》，42）然而，从一开始，王海的行为就显示出腐败的个人动机，而非宗教目的，而戏剧的主要部分则是家庭情节、绑架、舞台上的折磨（带有雷鸣般的音响效果）、英国和中国阴谋家的卑鄙行径，以及其他英国人的英勇行为。这部剧的真正含义，就其存在而言，是政治上的和亲帝国主义的。正如高贵的水手比尔·斯坦特向观众解释的那样：

179

我的明星和顶尖人物，如果我们的一些国会议员能来这里度暑假，而不是去欧洲大陆的话，他们可能会看到世界上发生了什么，尤其是如果他们被迫自己去尝试［酷刑］工具。如果我们不去给这些黄色魔鬼上一堂人性的课，或者不把他们送到他们应该待的地狱里，那么用昂贵的战舰和尖枪来控制这股黄色浪潮又有什么用呢？（47）

演出的政治性和戏剧的道德性

事实上，许多关于中国的戏剧，尤其是那些大约在19世纪末首演的戏剧，都提出要把中国人逼到"合适"的位置。壮观的表演，特别是预先准备好的战斗、爆炸和特技，展示了英国人以适当的戏剧性和令人兴奋的方式来传授他们的人性课程。虽然是虚构的形式，但是这些戏剧和它们的舞台布景类似于全景画，因为它们也"通过一种指示性的联系，对历史和地理的真实提出要求，预先考虑到它们在地形上是正确和真实的战争、景观或古代文物的重建，如雅典卫城"，以此也把观众置于历史证人或战争记者的位置。[42]

如同阿斯特利剧场关于第一次和第二次鸦片战争的戏剧一样，全景本身被融入戏剧的场景中，这是通过艾利森·格里菲斯所谓的使用重游作为媒介的结构化原则（《寒颤》，2），提高英国与中国军事竞赛重演的超现实性。罗伯特·伯福德的南京全景于1845年在莱斯特广场全景剧院上演，格里菲斯在描述时注意到，这种形式呈现了"南京的综合视图，而不是以360度视角显现统一的时空发生的事件"（《寒颤》，14）。观看全景和戏剧性动作相结合的戏剧奇观的观众，可能会以类似的复合表达方式，并通过与视觉元素的类比，来理解叙事结构和战斗场景的再现。

随着维多利亚时代的前进，英国巩固了对亚洲领土的控制权（尤其是在1857年以后），戏剧舞台变得越来越不同情中国人，爱国主义的胜利被用来为更荒谬的舞台暴力辩护。第一次鸦片战争之后的1844年5月13日，在阿斯特利剧场上演的戏剧《在中国的战争，或者清海与厦门之战》没有把这场冲突归咎于中国人自己，尽管剧中以厦门之战的场面结尾。相反，战争的爆发是由"卑鄙的"莫拉克策划的，他是一个"可怜的马来人，［他］被一个印度船长带到英国，被解雇后，在街上忍饥挨饿"（608）。莫拉克将他哥哥的死归罪于英国人，当他做传信人/翻译员的时候，破坏了正在进行的谈判，欺骗中国人以一种英国人认为是背信弃义的方式行事，并将双方拖入战争以确保复仇。他还试图强奸英国军队领袖的养女艾丽斯·卡梅伦，当她拒绝接受他的要求时，他野蛮地把她关在笼子里。

莫拉克的形象概括了马来人与中国政府之间的重叠，施米特形容："这些言论令人震惊之处在于，它们反映了英国发动战争的理由的逻辑，即中华帝国自己'横行霸道'，粗暴地、轻率地损害英国的利益，而且如果不制止的话，它很可能再次这么做。"（68）这部戏也很有趣，因为它认为艾丽斯在殖民地的存在并不罕见。艾丽斯声称她在帝国战场上"如鱼得水"，质疑了以下观点，即19世纪中叶，妻子和女儿陪同男人到海外探险是不寻常的行为。

尽管这部戏剧对那个时期的伊斯兰教有着令人惊讶的准确描述，但它在一定程度上呈现出了英国化的下层殖民主体本质上的妥协。当艾丽斯宣称莫拉克的黑暗特征是"一个虚伪的奸诈之心的黑色标志"（627）时，这个主题就被种族化了。相比之下，自治的中国人仍然保留着高尚思想和行为的潜力。在典型的抱怨中，中国人称英国人为蛮族，这与其说是讽刺，不如说是独立，这是他们在文化和政治上合法自主能力的表现。

在19世纪40年代的另一部戏剧《中国帆船》中，只有真正邪恶的查讨厌"英国人"。曾到过英国的贵族郎康宁毫不吝惜对英国及其技术优势的赞美："我们把英国人视为野蛮人，但最近发生的一些事件证明，我们所有的工程和兵力，没有什么是可以对抗英国人的，人们说英国人和其战事是值得用金子来衡量的。为了解决问题，我们被迫支付了两倍量的银子。"（889）然而，英国对战后赔偿的要求 181 绝不会引起这个角色的不满。相反，郎康宁宣布，像"异族"鞑靼人征服中国一样，英国的影响力会产生积极的教育的效果："我告诉你孩子，否极泰来，中华帝国会更开明，就像我们自称的那样聪明，甚至在即将到来的这个世纪里，比那时的我们要更加聪明。"（890）事实上，英国被定位为带领汉族群众进步和启蒙的少数族群。[43]

1858年的作品《轰炸和占领广州：基于中国当前战事的一场新的盛大表演》同样也出现在阿斯特利剧场，同样也为中国人的一些行为开脱，并对冲突提出了令人惊讶的均衡的描述。英国人如同剧中所说的那样，是"一个热爱钱财的敌人，将在中国的美丽土地上撒播毒药；这些白人被驱逐之前，我们的国家没有希望也没有安全"（7）。如果说英国人的政治和经济动机不纯，英国人本身却并非如此。在戏剧开端时，一位中国将军敦促皇帝说："但他们勇敢且技艺高超——我们不应忘记，不到二十年前，他们如何从中国榨取一些最宝贵的财富，使天朝损失惨重。"（11）

然而，到19世纪末，潜在的对中国人试图制止有害毒品交易和克服外国侵略者的同情，已经从戏剧表演中消失了。1899年的《炮轰北京》是在第二次鸦片战争发生四十年后出现的代表作品，这部"壮观烟火"的戏剧只显示了背信弃义的中国人向欧洲平民复仇，类似于舞台上呈现的兵变期间坎普尔和勒克瑙围城的情况。《炮轰北京》由加拿大人威廉·托马斯·汉德和瓦特·蒂尔制作，第一个场景以白刃战开场，然后转入灯笼盛宴（英国军官从一座雄壮宝塔逃出的奇迹让人想起了伦敦塔），接着是中国仗刑的场面，以毁坏的城墙、轰炸和燃烧中的城市结束。19世纪晚期的烟花被生动地用来唤起人们对英国帝国海外冒险荣耀的强烈怀念。

　　杰基·布拉顿认为，这样的戏剧展示取代了情节和手段，有时这些展示仅与戏剧的标题事件疏远地联系起来。[44]当然，汉德和蒂尔也制作了两部类似的"壮观烟火"的作品——一部是关于蒙特苏马的失败（尽管这也被认为是帝国征服的叙述），另一部是关于兵变期间解围勒克瑙——这表明英国爱国主义和英勇表现的帝国背景是可以互换的。[45]第二次鸦片战争与这场冲突发生四十年后创作的《炮轰北京》之间的距离，也表明回收过去是为了适应帝国扩张的叙述，但是与实际历史本身只有松散的联系——就像"烟火"兵变剧重现了戴恩·鲍西考尔特的《杰西·布朗，或解围勒克瑙》(1858)的流行。[46]戏剧更多呈现的是炫耀杂技、剑斗，尤其是"盛大的最终章"烟火表演展现的燃烧的城市，而不是强调英国在具体冲突中的军事实力——尽管这些戏剧需要从根本上求助于历史，并依赖于利用历史情节来展示英国士兵和水手拯救妇女、儿童、传教士等人，使他们免于被残忍的中国人和印度人屠杀。

　　尽管历史与所描述的实际事件相去甚远，但"壮观的烟火剧"确实培养了一种爱国主义观念，这种爱国主义植根于战斗的英雄主义，尤其是场面本身传递出的英雄主义。它为炮舰外交政策提供了一个完整的理由，在这个场景中，英国和法国军官向恭亲王（奕訢）提供了一份"由盟国来执行，且中国人一直忽视的条约"(4)。英国轰炸和随后入侵中国首都的动机从贸易特权演变为对中国进行报复（因为中国人对无辜的欧洲人施加的恶毒与无理行径），同时天朝人背信弃义的各种行为也被编入剧中，这是为了加强文明与野蛮之间的二分法,这一舞台表演的突出之处在于,它毫不夸张地在舞台上展示了正义如何产生力量。

鸦片之东:道德、政治和移情的戏剧

虽然军国主义的表演和幼儿化哑剧占据维多利亚舞台上塑造中国和中国人的主要方式,但确实存在一种更具社会意义和微妙风格的表现形式。这种类型的戏剧以道德问题为中心,经常援引英国与中国关系中的时事(如鸦片贸易和鸦片战争),由此建议各种各样的方法来帮助中国民众,并扩展英国作为世界保护者和道德仲裁者的角色。在许多情况下,这些戏剧在改善中国人的计划方面具有直接的动机,就像在具有传教内容的戏剧中一样;在其他情况下,它们主要是针对英国在中国的行为进行具体的批评,而且只与中国本身有关。那些写这种戏的人分享了亨利·惠特利·泰勒于1857年提出的信条,即中国人"是无知的,虽然受过高等教育;是野蛮的,虽然文明古老,人口众多,具有很高的效用和强大的改进能力,是实践这些[英国的]义务、责任和特权的最大、最未被占用的、最肥沃的领域"。[47]

以鸦片贸易——被宗教和自由团体广泛谴责为一种强制贫困和煽动罪恶的形式——为主题的戏剧通常属于后者。比起改革者的宣传册子或其他手段,这类戏剧想要用舞台传播信息给更多的观众,特别是组织良好的反鸦片运动,因为它与反奴隶制和原住民保护协会联系在一起。在舞台上,道德和政治的十字军试图推销的反应不是推翻国家的机构,而是在内部重新评估英国殖民的角色,在殖民导致无节制的和不道德的交易、易货和贸易的欲望这一情况下,取而代之以适合欧洲最强帝国的更多道德和温和的特权。

例如,内科医生兼提倡禁酒的作家约翰·詹姆斯·里奇在1870年的作品《汉口的崎崚:一个中国戏剧事件》中,将一个家庭被鸦片毁灭的虚构故事转变成了一个关于英国参与贸易和中国自决权的道德寓言。[48]这部戏讲述了一位失去儿子的中国官员的故事。多年以后,浪子太富成了鸦片成瘾者,他出现在崎崚面前,因没有履行守护城墙的职责而被判处死刑,他背叛了自己的同僚,陷入了鸦片带来的麻木状态。所以,沉溺鸦片并不能为他的行为开脱,而是加倍恶劣的行为:

> 不,它只会加重你的罪行。
> 无名的邪恶正来自这种放纵,
> 必须毫不留情地根除它,
> 否则这个国家很快就会被摧毁。(6)

然后,太富也为他自己的习惯进行了有力的辩护,这显然是为了驳斥当时的观点,即中国人的恶习——而不是英国人的毒品交易——是鸦片问题的根源:

> 我承认我曾寻求解脱,
> 用这麻醉剂解除我所有的痛苦。
> 我越需要,就越想要得到它;
> 我追求的越多,就越需要追求;

184

> 当我最需要的时候,最不容易得到。
> 我从未想过要过度,而是想要获得,
> 那甜蜜的安慰减轻了我痛苦的悲伤,

只有通过缓慢的增长才能达到。(7)

这段引人注目的话反驳了维多利亚时代晚期英国宣扬的关于罪恶的种族主义观念。然而,这并没有让崎崚心软。只有当他与"可怜的鸦片奴隶"的联系变得明显,当他自己因为对烟斗的适度喜爱而受到指责时,这位官员才会下定决心宽恕他的儿子,给他一个改过自新的机会。"诅咒那个把沉睡的恶魔唤醒的人",他的儿子告诉他。这份呼吁显然是要把责任推到另一个父权实体——大英帝国身上:

> 教我知道还有什么是未知的,
> 既然未知,就永远不会有人前去寻求。
> 是你播下了这颗苦果的种子,
> 时间和环境使其最终成熟。(10)

这部剧仍然保留着亚洲的专制主义,因它过分冷酷地扼杀了鸦片的罪恶而受到谴责。它的道德是一种用《圣经》寓言表达的宽恕和悔改,而且毫不掩饰地呼吁新教改信。但《汉口的崎崚》坚持中国的自治权,这样做明确表达出对英国的干涉的有力驳斥。这表明了在舞台上运用个人叙事来推进道德论证的重要性,同时也让观众熟悉了来自完全不同文化的人。为了让不熟悉的东西变得可读易懂,这部戏的舞台只使用了一个道具,即崎崚的鸦片烟斗,以抵制异域化和过度东方化的冲动。这样的安排也是为了使各种场合的演出更具流动性,但这一事实仅仅强调了作者需要让这个发生在世界另一端的鸦片成瘾的故事在英国具有直接的意义。因此,尽管马克思激烈抨击"本土的英国人",认为他们"看不到比买茶的杂货店更远的地方", 并且"准备好轻易接受政府部门和媒体选择喂给公众的各种歪曲事实", 像《汉口的崎岖》这样的戏剧鼓励观众对天朝人感同身受。[49]并且它们教导他们如何做到这一点, 通过集中于任性迷失的孩子、虚伪的父母、宽恕胜过报应等这些"普世的"主题的情节。当然, 如此传播道德使得这些剧被指责为虚伪之作, 正如《滑稽报》指出的那样。杂志在1844年刊登了一篇关于"反奴隶制在中国"的讽刺文章, 里面写道, 一群中国人聚集在一起, 表达他们对英国矿山、工厂和农业地区存在奴隶制的关切。[50]

　　鸦片并不是场景设置在中国的戏剧唯一具有道德目标的题材。《南京条约》和建立香港, 不仅是为了向中国人开放西方的商业, 也是为了开启精神启蒙, 随之而来的是各种信仰的传教士。这些道德商人在非传统戏剧《中国母亲》中有着自己的捍卫者, 孟买的坦纳博士的这部乖僻的戏剧讲述的是中国人杀女婴的故事。故事中出身工人阶级的爱尔兰女子比迪·玛格拉思偶然去往香港, 最终为被遗弃的女孩建造了一所以修道院为基础的孤儿收容所。这部戏既维护了女性权益, 也赞美了迅速壮大的传教士队伍, 他们从19世纪40年代开始把中国作为他们传教的目标。它还确切地表明, 当对大众娱乐和壮丽场景的强调让位给面向消息灵通、或许更精英的公众的更复杂的、基于问题的戏剧时, "边缘"的视角可能会有多么不同。《中国母亲》与其说是一部表演作品, 不如说是一部室内剧, 对中国进行了高度智慧和道德的解读。这显然不是为大众观众准备的, 尽管剧中中国人物是以茶的种类命名的; 那些对北京轰炸场面的烟火表演和对柳叶纹盘上浪漫故事的再现, 才是为大众观众量身定做的。

　　坦纳这部戏创作于1857年, 对于他了解基督教传入中国的潜在再生本质, 以及在神圣意志指引下这种努力可能取得的成功, 这

185

一日期至关重要。该剧写于印度兵变前夕,让人回想起维多利亚时代中期想象中的亚洲的地理场景;随着东印度公司的消亡和对次大陆正式统治的建立,这一场景在19世纪后期逐渐消退。直到那个时候,东印度公司不但经营着印度,还垄断了中国的贸易,她的快船在中国海域以及广州的商行或贸易仓库里拥有专有权。当时的中国贸易——主要是出售印度鸦片换取中国茶叶——对印度经济,乃至整个帝国的福祉都是至关重要的。事实上,根据当时的估计,东印度公司为次大陆贡献了三分之一的收入。(马克思给出了更冷静的数字,七分之一。)[51]此外,未来正式英帝国主义无法在中国立足一事,在这一时间点上还没有定论,这意味着许多观察人士认为,英国在印度的商业和道德权威将向东扩展。长期以来,杀婴问题一直是印度人非常感兴趣的话题。就像"殉夫"一样,在创作《中国母亲》的那个时候,这一主题遭到了强烈的压制。W. R. 穆尔于1855年被任命为调查贝拿勒斯地区杀害女婴情况的专员,当他在印度士兵起义中遇害时,他还没有看见自己那份《杀害女婴报告》发表。同时,至少从约翰·巴罗的《中国游记》(1804)一书出版开始,中国人就"以冷漠无情地对待并杀害自己的孩子而臭名昭著"。[52]

在印度洋的另一边,《南京条约》背后的谈判以及19世纪40年代英国殖民地香港的诞生,意味着中国和西方的关系也在经历快速变化。第一次鸦片战争期间,随着英法两国入侵广州,中国备受诟病的孤立政策受到了考验,这引发了人们对英国在这个全球最大市场的投资前景以及将中国公民转变为他们显然拒绝成为的消费者的潜力的大量猜测。第二次鸦片战争,即所谓的亚罗战争,在坦纳写作的那个时候激战正酣,在英国引发了道德谴责。坦纳写道:"在中国人看来,每一艘英国军舰都与他们国家的道德败坏和毁灭联系在一起。"

每一个英国的主题都让他们想起英国所代表的毒品。所有善良的中国人，无论是帝国主义者还是造反者，都不喜欢英国人，因为他们给自己的众多同胞带来了灾难；所有邪恶的中国人都讨厌英国人，因为是英国人毁了他们。英国商人因毒品而受诅咒，英国人因它被讨厌，传教士因它受到指责，要求采取补救措施来抵消它。让英国人反思这些事情，对那些能做到的人予以肯定。(31)

《中国母亲》最有趣的地方之一是，它描绘了早期香港的画面。香港是一个避难所，避开了中国人最恶劣的行为，包括残酷、腐败、酷刑和谋杀儿童。不过，为了清楚表达出香港的景象，《中国母亲》必须完全无视殖民地形成的情况。因此，除了间歇性地提到在中国的英国人因为侮辱当地风俗习惯，不明智地激起中国人的暴力（暴力经常造访的是中国人，而不是外国人）之外，该剧并没有提及鸦片战争，甚至没有提到英国在该地区的军事存在，这令人震惊的疏漏得到全女性演员阵容的辅助。戏剧也不承认，根据英国与中国的公约条款，慈善修女会在"这个陌生的国家，在我们所生活的范围内"(17)实行的婴儿救助和改变民众信仰的做法是完全违法的。

在伦敦、都柏林和巴尔的摩出版的《中国母亲》，作为一部爱尔兰天主教作品，对书写中国人的传教作品这一体裁进行了不同寻常的干预。相比之下，在有关中国的文学作品中，占主导地位的新教话语则更为普遍，受到谴责。在某种程度上，《中国母亲》的天主教和爱尔兰倾向激发了一种同情的意识形态，其基础是一种基本的、受压迫的、需要救赎的人性。因此，对于旨在激发剧中人物、作者和观众的救赎可能的热情，与对维多利亚时代种族主义的批判性理解是一致的。维多利亚时代的种族主义直到19世纪后期才逐渐被编

187

215

码,变得僵化。

然而,这部戏与同时代关于中国风俗习惯的新教作品有所不同,部分原因在于其作者在以比迪·玛格拉思为代表的爱尔兰农民与中国人之间,表达了极其精确的相似之处。这种相似之处被这部剧的主角——无论是爱尔兰人,还是中国人——本质上的农村和农业背景所强化。只有在他们缺席时或穿插的情况下,才会调用一个本质上属于大都市的男性权威人物,比如官员、香港总督、警察等。比迪意外抵达香港有一个特定的原因,那就是在马铃薯饥荒中她的家人死于"热病"。"因为马铃薯歉收,一半的人都在忍饥挨饿"(12),于是她申请了一个"客舱服务员"的工作(她认为自己有照顾小屋的足够经验),并作为船长的妻子的伴游。她不知道他们会去哪里,直到她被丢到了香港。

饥荒在情节上将比迪与玛格丽特修女稍微联系在一起,当比迪在香港徘徊疲惫、饥肠辘辘时,她被修女救起,而且修女之前在爱尔兰照顾过她的父亲,因此推动了剧情的发展。然而,在更根本的层面上,《中国母亲》将在爱尔兰和在中国的饥荒联系起来,有助于体现关于两国穷人共同遭受苦难而获得共同遗产以及由此产生的相似性效果的政治和道德信息。它将稀缺原则重新定位到思想上,这一原则指明人类的欲望是精神上的,而不是以商品为导向的。

188　此外,就像殉夫一样(在印度文化中经常与之联系,斯皮瓦克称之为"白人男性从棕色男性手中拯救棕色女性"),这种饥荒的关连表达了对英国的殖民地做法的影响的更多问题,无论毗邻还是远离英国。[53]它反对新教传教士詹姆斯·佩格斯在1830年写下的"肇事者在中国逍遥法外"的说法——此人表示,"[杀婴]这种罪行在中国肆无忌惮且轻而易举"——且否定了"天国充满了罪行、流血且即将毁灭"的可怕观点。[54]这也激发了该剧的宗教寓意,正如玛

格丽特修女所说:"从这里上天堂和从爱尔兰去天堂不是一样容易吗?"(14)以及"比迪,你的工作不是很光荣吗?"(22)

当然,将杀婴的原因定位于饥荒而不是野蛮行为,仍然可以为妇女的行为开脱,并将责任归于父权制形式。在这方面,《中国母亲》与约瑟芬·麦克多纳所认为的英国杀婴行为的表现模式明显不同:英国模式往往以非自然的杀婴女性形象为主导。《中国母亲》通过饥荒的概念,几乎假装妇女对于杀婴行为本身是多余的。[55]然而,在中国和印度,杀害婴儿的主要手段,即遗弃婴儿,可能实际上反映了母亲或父亲的利益,因为遗弃婴儿这种方式带来了儿童被救的潜在可能。例如托马斯·马尔萨斯指出,在中国的大型船区,溺杀婴儿的穷人通常会在孩子的四肢绑上葫芦,这样孩子就能漂浮起来,或许能够获救。[56]他在这个行为中看到了关心的信号,而不是犯罪行为。因此,感情需要被(男性)理性所压倒或抵消,这可能使得杀婴对个别儿童或其社会单位,即家庭来说,似乎比痛苦的生活更实际和可取。《中国母亲》充分证明了这一命题;将要抛弃婴儿玛丽时,阿皮欧悲叹丈夫的残忍和中国妇女的悲惨命运。尽管她的理智告诉她这是最好的选择,但她的内心却厌恶这一行为。她甚至后来回到了孩子被遗弃的地方,试图营救她的孩子,但没有成功。

如此展现饥荒也表明,鸦片战争在文本中的缺席是一个蓄意的选择,而不是一个无知的行为,因为《中国母亲》显示了对当前关于中国杀婴话语的清晰认识,更不用说马尔萨斯等人口理论家的作品了。19世纪50年代,中国遭受严重干旱的影响,驻中国的西方宗教人士注意到杀婴和遗弃儿童事件显著增加。江西省主教弗朗西斯·泽维尔·蒂莫特·丹尼古特在1856年给阿拉斯主教的报告中称,这种难以置信的苦难折磨着中国至少三分之一的地区,并且造成杀婴数量的增长。丹尼古特将杀婴和遗弃儿童的做法归咎于资

189

源稀缺，而不是道德败坏。[57] 丹尼古特说："在把中国每年被遗弃、闷死和溺亡的儿童的悲惨统计数字摆在你们面前之前，我想指出，以法国为例，在穷困和腐败时期，遗弃孩子总是更为常见。"(7) 丹尼古特还煞费苦心地解释当地人的一种观念，即婴儿在被清洗之前还不是人，并强调大多数被遗弃或谋杀的受害者都是未经清洗的新生儿。[58]

作者坦纳在剧中早些时候也让修道院院长向无知的比迪解释，如果她接受收容婴儿的职责的话，她的角色是什么："人们沉溺于最可怕的行为。他们如此残忍，如果他们认为自己有太多的孩子，或者太穷养不起，那么孩子一出生就被扔到路上，留他们在那里灭亡，甚至被猪或狗吞噬。"(19) 然而，很快就变得显而易见的是，这种残酷行为与经济上的生存必需联系在一起，而不是天生对后代缺乏感情，这让坦纳能够接受这样一种意识形态假设，即中国人实际上并非天生卑劣，而只是被他们的错误信念引入歧途。

事实上，这种对中国信仰的刻画伴随着一些对佛教及其嗜血仪式的极其奇怪的描述（一个角色惊呼道，"佛陀爱血"）。但即使是他们狂热的偶像崇拜，也有助于支撑英国人对其基督教潜力的承诺。比迪把她的使命——尽可能多地营救被遗弃的女孩，通过洗礼，拯救那些她不能带到香港去的人的灵魂——看作"诅咒"魔鬼的一种方式(26)。在她第一次去内地探险时，她不明智地攻击了"在华而不实的庙中的那座大腹便便的佛像"。她意识到，尽管她和雇佣她的慈善组织的修女们可能认为佛像是恶魔的化身，但捣毁圣像不是帮助"贫穷盲目的异教徒"的方式。她的同伴阿索姆提醒她，这样的行为只会让周边村落的中国基督徒受苦，并且补充说道："他们不会因暴力转变信仰。"(58) 当比迪逃离愤怒的村民时，她总结道，比起"我扔在他身上的大石头砸到他的鼻子"，洗礼和灵

魂拯救会给魔鬼一个"更大的打击"(26)。因此,她的观点与前文 190
所讨论的情节剧和闹剧中对宗教物品更具帝国主义特色的使用有
着不同。

此外,修道院院长把杀婴、遗弃儿童和佛教等这些"可怕行为"
归类为癖嗜,突显出中国农民缺乏控制自己命运的能动性,由此为
他们开脱。缺乏这种能动性尤见于女性(尽管不是对爱尔兰女性),
这部剧中有明确的女性主义方案,这就隐含了为女性保留的神圣恩
典。这部剧中没有男性角色,剧中描述的每一个可怕行为都要归咎
于男人,他们的贪婪和非自然的欲望。因此,中国女性完全是受害
者,完全是次等的;该剧断言,由于无法寻求自己的补偿,她们应该
去天堂寻求,在那里她们有发言权,她们的祈祷最终会得到回应。

比迪与修道院院长继续交流,使得这一点变得清晰起来,关于
比迪提出的为什么在中国遗弃儿童"特别发生在女孩子的身上"这
一问题,院长回答道:"正如我刚才所说的,贪婪是一部分原因;同
时部分原因是缺乏对女性的尊重,而对上帝完美的母亲的热爱之情
已经注入基督徒的心中。女人被鄙视和贬低,除非对圣母玛利亚的
信仰给予她尊严。"(19)在比迪的第一次探险中,观众看到阿皮乌,
她丢弃的孩子后来接受了比迪的洗礼,并取名为玛丽,这位母亲哭
诉是孩子"残忍的父亲……命令把你从我的怀里夺走"(23)。然
而,阿皮乌无法离开她的孩子。她躲起来看着,希望能看到她的女
儿得救,直到她把戴着可怕帽子的比迪误认为怪物,吓得跑掉了。

在同步描绘玛利亚的历史与比迪的善行中,这部剧继续表现了
中国女性的臣服和屈辱,同时把教会建设成为地球上(与其他女性
一起)和来世(在圣母玛利亚的陪伴下)通往更大自由的唯一途径。
当然,中国的玛丽被救了,尽管比迪在帮女孩完成洗礼后被迫离开,
她在女孩的脖子上挂上了一枚圣母的勋章。这个女孩是由残忍的

继母秀美抚养长大的，尽管如此，继母仍然违背自己的意愿爱着她。后来女孩长成少女，引起了官大人的兴趣，官大人想要抛弃第一任妻子，改娶玛丽，但继母试图保护玛丽。然而，官大人的媒人威胁到她和玛丽的生命，继母只得妥协。

191   在这里，男性的欲望就像导致杀婴的贪婪一样，威胁着毁灭女性和颠覆一夫一妻及孝道的道德经济。当然，玛丽拒绝了——不是为了自己，而是因为她无法以卑鄙的方式回报第一任妻子的善良——最终逃到了香港。与此同时，她的继母被迫对天主教多米尼克神父做伪证，以安抚愤怒的官大人。神父因此殉道，秀美挽救了自己的生命，但她对中国方式的诉讼程序和显而易见的腐败感到非常厌恶。当她来到香港寻找玛丽时，她很快就愿意接受一种新的信仰。最终，使得剧中的女性如此顺从于宗教信仰的转变和成为如此明显的传教活动的目标的，不仅是她们作为受害者的身份，还有她们对母性的本能和对父权残酷的反抗。因此，她们是天生的基督徒。

这部引人注目的戏剧的结尾预示着中国近两千年等待救赎的终结：所有的角色，无论他们的过去如何，都拥抱上帝的羔羊和圣母。这样的结局不仅是这种戏剧体裁的典型，也是整个传教叙事项目的基础，它必须提供信仰的改变，让本国观众相信普世的礼仪之路。因此，随着该剧抽离出中国，面向英国的观众，读者们应该可以预见这会是一部颂扬天主教美德的长篇独白。然而，他们可能想不到的是，这些观众是谁：戏剧创作者自己的孩子，班伯里圣约翰修道院的寄宿生。对他们来说，这是一部严肃的道德进步作品；天主教神父为他们的"娱乐"而编写了剧本。正是这些远离香港和帝国场景的人，被要求去解读比迪在剧中开篇所说的"乌鸦之间的对话"(9)，构成了"中国的"话语。

　　而正是这种努力，从胡言乱语、辫子和小脚中梳理清楚意义，使这些少量的观众参与到所有这些有关中国的戏剧中。无论这些作品将中国人描述为潜在的基督徒，还是活在瓷盘、闹剧、华丽的音乐剧和"壮观烟火"戏剧中的古怪生物，它们都有一个共同点：它们认为，中国这个地方投射了英国在世界上幻想扮演的角色。由此，它们呈现了一个戏剧性的场景，英国国内的观众如何被卷入帝国这部戏剧之中。　　　　　　　　　　　　　　　　192

第六章
伦敦的一座中国城

伦敦莱姆豪斯文学

也许，蛮族最伟大的城市比我们所处的大城市中最糟糕的部分终归要好些；如果不是野蛮作家和文人所表现出的自吹自擂的无知，我也不会着重提到伦敦的悲惨。这些人总是在谈论英国文明的卓越地位——其真正的宗教的宏大且极具人性化的影响——谈到人民的财富、自由和幸福！没有任何一个部落像英国这样仁慈、正义、勇敢、智慧、自由、繁荣、满足和幸福！

亚金黎，《关于西方蛮族尤其是英国人开化的一些观察：基于在这些地方数年的居住经历》(1876)[1]

想想看，如果贫民窟像阿诺德·怀特先生那天预言的那样，孕育出一个眼睛细长的混血儿，我们无须去赞扬怀特先生在这方面的真诚。美国和澳大利亚及时击退了"黄祸"。下一个轮到我们了；因此，让我们做好准备。

《布莱克伍德的爱丁堡杂志》，1901年2月[2]

1878年9月，英国著名驻华外交官瓦尔特·亨利·麦华陀在《19世纪》期刊上撰文，为中国移民的性格及其文化辩护。他将中国移民与在美国、澳大利亚和其他地方的西方人进行了类比。麦华陀在这篇名为《作为殖民者的中国人》的文章中宣称,中国移民普遍给人的印象是邪恶的,这种印象源自白人定居地的中国移民出身于下层阶级,而非他们本质上的中国人身份。就构成中国人身份的表面特质而言,麦华陀继续说道:"如果说宗族性、爱国主义、坚持自我成长中形成的习惯和思想、节俭、希望获得资金以便在国内奠定基础、决心死后葬在自己祖国土地上,可以被定性为犯罪或令人反感的特征,那么他们很多人也像英格兰人、苏格兰人、爱尔兰人和美国人一样,不应指责这些'异教徒中国佬'。"[3]

麦华陀支持中国移民成为帝国劳工计划的理想劳动力,这既重申了对侨居海外的中国人抱有的"不道德、流浪和不服从"的刻板印象,又通过揭露他们是基于阶级的、情境的、英国文化和经济不容忍的象征来否定这些印象。与此同时,它标志着散居海外的华人在建设和服务大英帝国方面有很大的作用,而宣传如何将其转化为最基本形式的堕落和异化象征,这二者之间存在根本的分歧。在这样做的过程中,《作为殖民者的中国人》揭示了在中国语境下对阶级的误读和消除,这对于英国观察家和评论家妖魔化中国人的方式是至关重要的,正如第一章和第四章所展示的那样。

作为帝国守法公民的"中国人"与公众对其"黄祸化身"的看法之间的这种脱节,在世纪之交时的小说中表现得最为明显,这些小说讲述的地点是这个帝国大都市的中心地带,一个规模虽小但可观的华人社区。这些小说由许多作家撰写,包括从城市商人转变为贫民窟与犯罪作家的乔治·R.西姆斯,东区自学成才的托马斯·伯克,雇佣文人和小说家罗默(阿瑟·萨斯菲尔德·沃德),以及埃德温·哈考特·柏雷奇(他是19世纪80年代和90年代的清清水手和侦探系列的创始人,虽然是廉价的惊险小说,但是他的作品抵制了将中国人塑造成恶棍的潮流)。[4]这些作家带着对中国主人

193

公不同程度的同情，声称要描绘出华人社区主要聚集的伦敦东区的未知世界，并利用"东方伦敦"的神秘和危险，创造出一种东方哥特式。

　　"东方伦敦"是19世纪下半叶才出现的一种现象。尽管早在18世纪60年代，斯特普尼区就记录了中国人的存在，但早期关于该社区规模的信息很少，也不准确。1813年10月13日的《全国纪事报》刊登了一份警察公报，内容是关于在沙得韦尔地区发生的"中国水手"暴动的事件，造成三人死亡，十七人受伤；报道称，东印度公司的兵营中有五百名中国人。但是，这些中国人的民族分类是模糊的。1855年，据中校R. M. 休斯估计，英国雇用的一万至一万两千名亚非海员中，每年有一半人短暂逗留过英国，其中十分之一是中国人；从这一信息可得出，在19世纪中叶暂时居住在伦敦的中国水手人数大约在五百到六百人之间。[5]开放通商口岸和占领香港这些英国扩张运动的展开，再加上苏伊士运河的开通，引发了第一波涌向英国首都的移民潮。

　　这些中国人，几乎全是男性，大多是受雇于英国船只的水手，或者是小型店主和居住在店内维持运转的店员。常住人口最多只有几百人；当一艘船抵达时，这个数字可能会膨胀；但人口数量增长缓慢，直到第一次世界大战之前出现了第二波移民潮。[6]伦敦的华人居住在莱姆豪斯、彭尼费特斯和波普拉区的几条狭窄而阴暗的街道上——离莱姆豪斯堤道和东西印度码头不远，靠近重新开发的卡纳里码头区。[7]莱姆豪斯地区一直是伦敦华人社区最重要的中心，直到20世纪40年代，"闪电战"摧毁了大片码头区，驱散了整个社区。第二次世界大战后到来的新移民定居在伦敦西区，也就是今天的唐人街所在的地方，在两次世界大战之间，这里的中餐馆如雨后春笋般涌现。

194

有关华人社区的小说回应了更广泛的关注：担忧中国"崩溃"的后果会影响到1900年义和团起义前后英国稳定的帝国地位，焦虑"争夺中国"进程，以及随之而来的在德兰士瓦、加勒比和马来亚的大规模劳务输出计划，还有在澳大利亚和北美的中国移民问题。尽管英国华人社区的规模很小，但作者们把"黄祸"的地点设在英国国内，以此来取悦读者。W. T. 斯特德在《评论之回顾》中指出，在义和团运动最激烈时期所写的《伦敦的中国佬约翰》为"黄色问题"提供了一个契机，使其"至少在微观层面上得到研究，并在离家近得多的地方得到'现场'研究"。[8]它们还取代了以其他移民群体为中心的困扰：具体来说，它们把东欧犹太人蜂拥至伦敦东部所引发的城市"癌症"的说法，强加给了华人这个小群体。例如，反犹小册子《犹太人影响下的英格兰》指责伦敦的犹太社区加快其他令人讨厌的外国人的移民，即中国人、波兰人、意大利人和德国人（36），并坚持认为犹太人向英国进口中国洗衣工是因为只有其他亚洲人有能力清洗他们的污秽（86）。[9]同样，《泰晤士报》在1879年关于"中国移民"的一篇报道中，阐明了中国人和犹太人之间共通的与欧洲文化的共同寄生关系，特别是能煽动工人阶级潜在的愤怒："我们将看到欧洲城市中华人聚居区的崛起，这将引起我们的工人阶级的不满，他们不得不认真考虑，中国元素最终会像犹太人一样在我们中间扎根。"[10]

事实上，无法用传统比喻来解读中国人的移民和他们在城市中的生存方式，因此反犹主义的焦虑得以被施加于他们身上，这些忧虑还受到额外的刺激，吸纳了城市犯罪和堕落的比喻，犯罪和堕落在地理上与他们居住的社区联系在一起，并在查尔斯·狄更斯、阿瑟·莫里森、乔治·吉辛和哈里森·安斯沃思等讲述的故事中得到发展。正如本章开头引用的《布莱克伍德的爱丁堡杂志》（1901）

195

的一篇文章中所感叹的那样:"想想看,如果[伦敦]贫民窟像阿诺德·怀特先生那天预言的那样,孕育出一个眼睛细长的混血儿,我们无须去赞扬怀特先生在这方面的真诚。"我想这些作家确实做到了,他们用伦敦最黑暗、最不可进入的角落之一——莱姆豪斯的贫民窟、彭尼费特斯、"老虎湾"和拉特克利夫高速公路的贫民窟——中的离奇居民的故事来取悦观众。

　　早期对亚洲人在英国的存在的文学和艺术表现包括,威廉·贝克福德的《韦德克》(1786)、托马斯·德·昆西的《一个英国鸦片吸食者的自白》、狄更斯的《艾德温·德鲁德之谜》、古斯塔夫·多雷为威廉·布兰查德·杰罗尔德的《伦敦:朝圣之旅》(1872)设计的版画、詹姆斯·格林伍德基于他访问鸦片窟的经历写成的《奇怪的人群:作为巡回记者的经历》(1873)和阿瑟·柯南·道尔的《歪唇男子》(1891),而在这之后的故事主题得到扩展,包括英国在中国人手中受害,以及坎农·施米特和巴里·米利根等学者恰当描述的鸦片的使用传播了东方病毒感染。[11]它们把移民、异族通婚和同化的经历作为情节的中心,还有鸦片窝点的奇幻景观,以及秘密社团、复仇杀戮和中国入侵或接管英国的计划这些同样奇妙的安排。在这些故事中,鸦片,这种让英国与中国发生历史相遇且使其关系变形的重要物质,被归化为关于英国现在多元文化的贫民窟的争论,融合了工人阶级内部的动荡及不守规则。这种不安由恶魔鸦片和大规模反帝起义所引发,英布战争、义和团起义和印度民族主义的诞生激起了这些焦虑。重要的是,在世纪之交对鸦片的危害进行文学强化时,中国国内消费已经取代了进口,鸦片对印度和大英帝国的经济重要性已大大降低。

　　这些叙述同样继续把帝国交流的关键地点定在伦敦,它们的伦敦始终是动态的,为矛盾和变化提供了空间,而中国本身应该是静

196

止不变的。这些作品不仅关注"中国人"在帝国中心的位置,而且
描述和定义了"中国人"作为个人和集体力量参与塑造伦敦帝国主
义城市的特征,这标志着与英国早期写作不同的一种转变。此前的
文学作品关注的是与东方人接触所带来的负面影响(如德·昆西
笔下的马来人激发的反复出现的噩梦,狄更斯创作的中国化的大烟
公主和《艾德温·德鲁德之谜》中的约翰·贾斯珀)。相比之下,19
世纪晚期的文学作品也开始考虑中国人在伦敦的实际生活方式。

这些中国人常常被赋予不可分割的他异性特征,与之相反的
是,在现实中他们都被同化了(在叙述中和历史中都是如此,他们
娶了爱尔兰或英国的妻子,因为很少有中国女人来到英国),他们在
伦敦东区广受尊敬,被认为是冷静、勤劳的店主,接待到来的亚洲海
员。正如乔治·A.韦德在《伦敦的中国佬约翰》中所写的那样:

> 但总的来说,莱姆豪斯的中国人有着一种最平和、最不触
> 犯他人和最无害的性格。他与邻居的关系很好,得到大多数人
> 的赞扬。在一个迫切需要他的地区,他是风景如画般的存在;
> 他居住的街道在这个国家是独一无二的。人们也许会认为,莱
> 姆豪斯这个地区的人多少会对他在那里的存在感到不满,但总
> 的来说,必须承认,莱姆豪斯对他能在这里获得这样的荣誉感
> 到相当自豪![12]

类似的模式在纽约也很普遍,在19世纪70年代之前,纽约的华人社
区也很小。1820—1870年间,纽约有四分之一的中国男人娶了爱
尔兰女人。[13]

正如本书的引言所指出的,在众多表现莱姆豪斯中国人的方式
中,鸦片十分重要,但绝不是唯一的因素;它也不是伦敦东区华人

社区日常生活的关键。尽管如此,鸦片在维多利亚时代比其他任何领域都更能代表华人,它主导了对伦敦华人的批评,这在很大程度

197 上是因为德·昆西在浪漫主义时期研究、狄更斯在维多利亚时代研究以及罗默在20世纪流行文化研究中的突出地位。此外,在《艾德温·德鲁德之谜》等作品之后,批评人士往往忽视了一个事实,即中国人甚至没有经营伦敦现存的少数几个鸦片馆,这加剧了这种不平衡。[14] 同样,毋庸置疑的是,维多利亚时代夸大了该地区吸食鸦片盛行的事实,并将其投射至20世纪10年代到30年代对鸦片窟的文学描述中。事实上,马修·斯威特认为,伦敦鸦片馆是一个神话。他认为,19世纪对鸦片窝点的描述,遵循着源自一个核心事实的"共有的全部"意象:"在19世纪的新闻报道中,几乎所有关于鸦片窝点的描述都围绕着沙德韦尔新庭院的两家公司中的一家……一小撮中国移民和他们的英国妻子或女友经营着两家小企业:这是被文字烟雾掩盖的现实。"[15] 此外,到19世纪晚期,鸦片馆比起19世纪中叶来说更为罕见,据报道,鸦片馆的热潮正是出现在19世纪中叶。1898年,查尔斯·W. 伍德解释道:"鸦片烟馆兴旺发达的年代大约是在五十年前。从那以后,由于各种原因,它们逐渐减少了。"[16]

为了重新调整这种平衡,这一章避开了把毒品看作对中国人进行表征的构成要素这一现象,而是探索了其他对中国人在伦敦的存在的概念和叙述至关重要的叙事线索。减少对鸦片的关注,意味着更多地关注对中国人本身的看法,特别是关于他们与大都市的性融合。然而,本章的最后部分回到了鸦片的主题,来分析它如何在第一次世界大战后以如此突出的程度重新出现,以至于盖过了早前对中国人的描述(在这些描述中,鸦片这种物质并不存在,或者像托马斯·伯克的作品那样,成为社会不公和越界情感等更大主题的从属元素)。

伯克的短篇故事《中国佬与孩子》先是连载出版，然后被收录进畅销小说集《莱姆豪斯之夜》(1916)，并被改编成 D. W. 格里菲斯1919年的电影《残花泪》，为人熟知。在这个故事中，作者以更高尚的程桓为代表，纠正了叙事中常见的臭名昭著的中国佬形象。[17]程不仅能够爱一个贫穷的白人女孩（这个女孩的父亲在身体上和性上虐待她，并最终杀害了她），而且还以一种让人想起达尔齐尔的方式，唤起读者对这种爱的同情。当程在莉莉死后，杀死伯罗斯并自杀时，这种同情丝毫没有减弱。自杀和复仇情节符合一种老套的模式；它将中国男子气概视为固有的问题，并将其与鸦片的阉割变形和女性敏感性联系起来。它将中国男人与情感文学、犯罪小说和情节剧联系在一起，这些作品里实施激情犯罪的几乎总是女性主角。尽管如此，伯克的同情模式还是跨越了肤色的障碍，鼓励读者去同情程，如同他们在《肤色界限》中同情斯蒂芬·赫德利一样。

早期的电影为如何架构莱姆豪斯提供了证据，证明当时观众可以获得这种同情。乔恩·伯罗斯指出，《残花泪》在英国的成功取决于，"莱姆豪斯穿上了美国化的幻想'外套'，与英国生活的现实联系甚少"，阻止了对"那个崇拜白人女孩，却不求回报的忠诚侠义的中国男人"的更具破坏性的解读（引述自从事女性警务的一位官员递交给伦敦郡议会的一份报告）。[18]伯罗斯指出，穿着中国服装的引座员，装饰着纸灯笼和鸟笼的剧院，加上现场演员模仿在佛教寺庙中的场景，这些都是用来"将电影虚构与社会现实区分开"的额外方法(292)。实际上，发行方和电影院采用了哑剧中奇幻中国的模式，以转移人们对伯克的原著和格里菲斯的电影所揭示的可能的跨越种族的同情。

评论家经常就以下方面阅读《莱姆豪斯之夜》：女性和未成年人的性行为，以及这时期关于民族和种族威胁的焦虑——或从外国

198

男性与英国女性的堕落关系（威查德所擅长描述的），或从东区角色本身出发（就像萨沙·奥尔巴克所做的那样）。[19]但是，我想说的是，通过通商口岸小说，通过男性性存在，通过作者的声音来阅读这些故事，可以揭示出"东方"与"西方中的东方"间的不同延续性。在历史层面上，它们延续了对中国男性职业道德和美德的赞美，这反映在麦华陀和其他"中国通"以及儒教、道教和佛教的学生身上。它们还表明了对中国和中国人的不同程度的同情，即使在种族主义文本中也存在，包含"在异乡中国"创作的和"在英国本土"出版的文学作品。在虚构的层面上，它们既反映又颠覆了通商口岸文学对异族通婚的兴趣。它们包含了相似程度的不同情感：一方面表达了对故事中个性化了的中国人的同情，但另一方面把中国人视作不可分割的、令人厌恶的异类。在亚洲，这些小说通常描绘的是欧洲男人与中国情妇之间的关系，叙事更多关注的是男子气概问题，而不是担心英国男性"混血"后裔的不稳定影响；混血的人口规模较小，减轻了对帝国统治的威胁感。在伦敦，这些小说描绘了中国男人和英国女人之间的关系，这也解释了为什么在关于莱姆豪斯的新闻和小说中，人们痴迷于"种族"纯洁性。在阶级层面上，莱姆豪斯小说同样利用了读者对中国社会结构和制度的无知，将中国人物与英国的阶级观念和阶级流动性巧妙地结合起来。

莱姆豪斯小说的主人公的阶级背景更加接近读者，而不是伦敦东区的贫民窟居民；小说也与通商口岸的叙事方式建立了连续性，表现出西方人无法正确解读亚洲的阶级动态，比如在《人形神圣》一书中，或者在文学作品中多次提到的传教士们穿着紧身马褂这一现象上。在流散的背景下，这种误读还假定，基于共同的（"中国"）种族或民族血统的融合身份高于阶级。其结果是使满大人出现在伦敦贫民窟的情节成为自然的可能。入侵小说也遵循这种模式，经常让它们的亚洲主要策划者（包括傅满洲）在与自己社会地位极不相称的伦敦东区环境中运作。

入侵小说出于保守的目的，误读了中国阶级和与之相关的中国人身份认同的假设，伯克却采用了不同的方式。通过把中国人塑造成为贞节的捍卫者，作为女性属于家庭和"家庭天使"的真正信仰者，他把亚洲人在莱姆豪斯的存在变成了一种潜在的道德化力量，对比腐败的、几乎不可救药的、本身缺乏变革力量的贫民窟居民。在《吸血鬼复仇者》等中国故事中，对女性的暴力象征着对特权阶级背景的背叛。与之不同的是，伯克的故事将责任归咎于贫困环境所带来的影响。反过来，程自身不那么贫困的出身，使他得以高尚地生活在东区这一地理区域。在前一章所讨论的自由选择的爱情小说的舞台版本中，白人男性来到这里是为了从黄皮肤男人手中拯救黄皮肤女人；而在莱姆豪斯，黄种人男人扮演了白人女子救世主的角色——尽管有些姗姗来迟，比如在《中国佬与孩子》中。

更成问题的是，与发生在中国的故事不同的是，伯克笔下的女性大多是男性直接压迫的受害者，而不是能够以自己的暴力来应对父权（或帝国）暴力的主体。在这方面，我同意奥尔巴克对伯克的分析："英国男子气概确实面临着一场危机……这主要是由于自己的主动消散。"(114) 奥尔巴克认为，这些叙述显示了"在社区对社会关系的评估中，种族优先于社会地位"(116)。不过，我也想区分这种剧情呈现的现象和伯克也调动起来的读者对中国男人更激进的同情之间的差别。此外，乔治·R. 西姆斯还赞扬了在1905年出版的故事《伦敦的李廷》，其中中国人控制了财产、财富和其他有关体面身份的传统标志，这对于展现伦敦的微观世界起到了有益的作用，这部小说将在下文中进行讨论。[20]

伯克在对程桓及此类人物进行的个性化描写中，虽然没有抛弃

200

维多利亚时代晚期犯罪和贫民窟小说的一般模式，但他通过对英国特有的城市问题提出种族和文化上的跨界解决方案，重新构建了这些模式。事实上，伯克证明了道在其更具种族主义色彩的小说《黄种人》中所断言的——东方只有在西方的共谋下才能进入西方。对于道而言，这种共谋是不知情的——那些与中国和日本的恶棍合作的英国人不知道他们邀请了吸血鬼般的危险人物跨越大门，进入伦敦——而对于伯克和西姆斯等作家来说，共谋既是有利的，也是潜在的再生。

像《莱姆豪斯之夜》这样的英国故事经常模仿美国旧金山和纽约唐人街的叙事方式（这些美国城市中的中国人口比伦敦多得多，伦敦1901年人口普查记录的华人常住人口是237人，其中百分之六十是海员），这些英国故事有时针对的是这类小说的美国消费者。[21]伯克的短篇小说集的确是先在美国大受欢迎，然后才是在英国国内，这表现出在呈现中国人形象时，跨大西洋的英美两国相互补充提供了素材。事实上，在这个时期的小说和电影中，包括《残花泪》和格里菲斯后来的作品《梦想街》(1921)在内，这座英国大都市可以说是美国国内对中国移民问题的关注的一种类比。[22]例如，塞特勒认为，傅满洲小说标志着"感知到的亚洲移民对美国的威胁"(133)。

或许是受美国模式的影响，伦敦小说更加痴迷于中国人而不是印度水手，虽然统计数字显示印度水手的数量要比中国人多得多。小说的主题通常包含美国社会所熟悉的情景：反移民法规，洗衣工等中国职业的写照，以及从19世纪末起，令人困扰的城市环境下地下运作的中国犯罪黑社会。[23]帮派或帮会在伦敦没有像在美国和澳大利亚那样蓬勃发展，但它们却是莱姆豪斯中国人在文学和媒体上的一个突出特点。

就像关于旧金山的故事一样，莱姆豪斯和彭尼费特斯的故事把唐人街塑造成有着神秘建筑的区域：黑暗的小巷，洞穴，隐藏的通道和房间，以及把人们丢到泰晤士河的地板门；换句话说，这是一个有着封闭感、幽闭恐惧症和疏远感的景观，与伦敦西区形成一个合适的对比。[24] 在北美和英国，在小说和电影中，鸦片馆在呈现中国方面都具有代表性，美国电影放映机与传记公司1905年的影片《鸦片馆里的乡巴佬》（影片中一名船长带着一对年轻夫妇参加鸦片馆的成立）是这种交叉的例子。[25] 与大西洋彼岸一样，在阿尔比恩，对中国人的叙述也以白人奴隶制为主题，"盎格鲁-撒克逊"妇女变成了在鸦片馆工作的干瘪的中国老妇人。这种叙述在19世纪90年代的西海岸期刊，如《旧金山观察家报》，以及同时代的美国小说中都有出现。[26] 没有充足的证据表明在英国发生过类似的事情，但这个故事在世纪之交的伦敦小说中再次出现；考虑到W. T. 斯特德的《献给现代巴比伦的少女贡品》（1885）带来的影响，狄更斯最后一部小说的地位，以及针对"外国人"的新立法背后的紧张反移民气氛，故事的受欢迎程度不足为奇。

尽管符合表现中国移民和唐人街的国际模式，但是关于莱姆豪斯华人社区的叙述带有自己的印记特征，以大英帝国关心的事务来描述伦敦华人，并将其插入其他叙述模式中，来描述最黑暗的伦敦的心脏，如侦探小说、纽盖特监狱小说和贫民窟的改革叙事。事实上，在莱姆豪斯小说之前，这些体裁就对小说呈现施加了力量：几乎所有关于英国华人的小说的地点都设置在伦敦，尽管在航运中心利物浦和卡迪夫存在着一小撮中国人定居点（即便1911年发生的大规模骚乱摧毁了在这座威尔士城市中的中国洗衣店）[27] 伯克后来在《托马斯·德·昆西的狂喜》（1928）一书中写道，伦敦"给了德·昆西一种从未恢复过来的震惊：一种冲击，对他而言满载着痛苦，而对我们来说盛满着财富。在他的余生里，他的眼前将永 202

远呈现出伦敦千变万化的面孔，耳边则永远是伦敦喧嚣的脚步声"（18）。关于英国东方人的文学作品接受了德·昆西的观点，同时也接受了伦敦为故事背景的概念。这是必要的，这既能让读者接受涉及"亚洲人"的情节，又能让他们相信，帝国主义的经历已经不可逆转地改变了英国的城市景观，即使尚未改变农村。

因此，莱姆豪斯叙事着重强调了中国人在大都市的存在所带来的政治影响——从希尔的《黄色危险》和《黄色浪潮》等作品中对帝国主义倒退的夸大恐惧；到警告"中国佬约翰"是鸦片感染的渠道，他能使居住在东伦敦的当地居民，尤其是爱尔兰工人丧失劳动能力；再到担心在不知情的情况下，伦敦会成为反对清政府的秘密特工的庇护所，从而威胁到英国的商业利益，就像道的《黄种人》等文本呈现的一样。莱姆豪斯文本还强调了中国人对移民、贫困和酗酒过度集中的东区经济的贡献和分化。此外，在这些叙述中援引更广泛的帝国关切，突显出这些文本不同于在印度、中国和其他地方创作的更大范围的帝国小说，后者本质上描述的是中产阶级与帝国其他人间的联系。莱姆豪斯的这些故事，即使是由像西姆斯这样的"局外人"写的，也试图塑造一种形象，即工人阶级的各种文化是如何与帝国的遭遇联系在一起的，又是如何被这些遭遇所改变的。与此同时，它们提出并削弱了这样一种观点，即中产阶级对英国国内和帝国内较为贫穷的主体有着根本相似的看法。[28]

"中国人的机会"

"唐人街"是于19世纪50年代在美国流行起来的绰号，第一位将这个标签用到莱姆豪斯地区的人为西姆斯。这个术语的使用为那些聚集在东印度和西印度码头、几乎全是男性的中国人提供了一个更加统一的地理和文化身份，同时也显示了这个社区的活力，以及其在东区生活中的牢固地位。作为一名小说家，西姆斯一方面试图平衡对伦敦华人进行的历史学和人类学解读，将他们视为居住在伦敦东区（他有时称之为"殖民地"）黑暗大陆上的奇怪的和经常受到压迫的各式人物的一部分。这些人物吸引读者阅读他的大量出版物，其中包括《1902—1903年伦敦的街头生活》（收录了几篇关于莱姆豪斯地区中国人的文章）以及1905年为《斯特兰德杂志》撰写的有关这一群体的文章。[29] 另一方面，他提出了对伦敦的天朝人进行道德方面的解读这一观点。他把中国人视作模范公民以及贫民窟改革中的助手，他在自己1889年著名的宣传册《可怕的伦敦》和《穷人如何生活》中倡导这项改革。[30]

来自被遗弃的伦敦内部的自我决定和完善似乎是不可能的，所以西姆斯将中国男人视为变革的催化剂，这种变革通过与社区女性的关系以及世代相传的后代而产生影响。因此，在小说中，他提出的个人超越贫困状况的做法，与他作为一名活动家在其作品中对慈善事业的谴责是一致的；他谴责慈善事业对大都市内受压迫的群体不感兴趣，并放弃了对自己人民的责任这一事实。西姆斯怀有典型的中产阶级观念，他认为在海外殖民地中大量的穷人与英国城市贫民同样重要，并指出："在水和空气的问题上，最恶劣野蛮的英国慈善事业接受了这一现象：宠物的生活比伦敦的劳工及其家人要好上千倍，这些穷人住在医生们最后揭露给公众的恐怖地区。"（《穷人如何生活》，64）城市贫困人口处于这样一种恶化的状态，处于如此绝望的境况，不仅引起了医学界的兴趣，也吸引了人类学家的目光："目前还没有迹象表明'住在斗室的穷人'和他的孩子即将接受一点科学的关注。他们引起天然的好奇心，正因为如此，他们

可能会获得即将到来的荣誉，与泽纳纳人、土著人和南海岛民一起分享获得公众的关注。"(63)

在这两段引文中，西姆斯的关键问题是引起公众的注意——顺便说一句，这一公众讽刺地强调了原始人和贫民窟居民间的等同关系，将这两者排除在构成"公众"的范围之外。然而，中产阶级受到讽刺诽谤：因其落魄和好奇心，他们才关注穷人问题，就像狄更斯笔下的贾利比夫人一样；事实证明，他们根本无法为伦敦工人的处境承担责任。充其量，他们的注意力被分散在不同的外来人口标本中；最坏的情况是，他们完全无法认清他们身边的恐怖。简而言之，这些公众成员不能作为改进的推动者。

虽然西姆斯在各种非虚构或松散的轶事类作品中都提到了中国人，但他在1905年的短篇小说集《伦敦的李廷和其他故事》的标题故事中，最清楚地阐明了他对中国男性的看法，即中国男性具有强大的影响力。在其1906年的选集《现代伦敦的奥秘》中，作家呈现了一个真实的家族史故事，《伦敦的李廷》是其虚构版本；它以一种自我批评的叙事方式，通过呈现典型的英国人对中国人的看法，进而嘲讽他们，从而激起了被认为是中产阶级的读者的兴趣。[31]这篇小说化用了政治领袖孙中山学生时代在伦敦中国公使馆被囚禁的故事，以检验有关移民地位的普遍假设。根据1897年出版的自传作品《伦敦蒙难记》，孙中山被诱骗到中国公使馆，被中国官员非法拘留，中国官员在他逃跑后否认了这一事件。[32]与西姆斯故事中的情节不同的是，在孙中山的事件中，英国官员因担心政治后果而不愿进行调解。然而，在中国广为流传的是，媒体报道这起事件后，成千上万的伦敦人拥向使馆，威胁要摧毁使馆，因而索尔兹伯里爵士下令使馆释放孙中山。[33]

西姆斯将这些故事与一位霍拉肖·阿尔杰式的神秘中国水手

的历史背景联系起来：他在伦敦码头工作，然后与老板的女儿结婚，经营了一家业绩良好的二手家具商店，从而致富。然而，当李廷回到中国解决商业事务时，他被单独监禁起来，故事出现了出人意料的转折。他的女儿充满了浪漫的想法，劝说"从来没有真正了解丈夫"的母亲一起到中国旅行。在那里，她们发现李廷因为觊觎皇位而被慈禧太后囚禁。后来李廷寻求获得了英国代表团的庇护，并回到英国与家人团聚。妻子和女儿也从冒险中归来，一家人幸福快乐地生活着，成功地消除了他们对权位的幻想，在伦敦过着平静安宁却满意的生活。

　　在这个过程中，母女俩经历了一种幽默的文化震撼，被设计为讽刺西方人对东方的印象——例如，当到达中国时，妻子被告知她的丈夫是一名重要的义和团员。她难以置信的回答，透露了她在伦敦东区的出身，"我丈夫一生中从未用过拳头"（16）。（这句话也呼应了英国舞台上把义和团员和拳击混为一谈的做法。）当被告知他有许多（不存在的）中国妻子时，她晕倒并考虑离婚，虽然不愿相信她的丈夫是一个重婚者。故事开始时，她丈夫的洋泾浜英文也是一个类似的笑料，尽管这种笑料是以牺牲读者而不是李廷的期望为代价的。 205

　　除了李廷的家人所持有的东方主义偏见的闹剧式爆发之外（西姆斯在宗主国的读者也持有这种偏见，他们对中国的习俗和行为一无所知），更重要的是，这部作品考虑到了中国人在英国定居的现实，象征性地表现出了伦敦东区工人阶级缺乏职业道德精神，清楚地表达了对于英国的观察家和观众来说，他们很难接受血统和文化上混杂的人物是进步的、熟悉的，是帝国工业时代英国特性的不可或缺的组成部分。

　　为了推进这一观点，通过平衡李廷与英国妻子婚姻的现实写照和李廷本人不可能获得入籍许可这两件事情，该故事扭曲了中国移民到伦敦的历史事实。事实上，莱姆豪斯的中国水手和店主对伦敦女性来说，是有吸引力的丈夫，因为用一个妻子的话来说，和中国男人在一起，"你总是确信餐桌上有好吃的，有漂亮衣服穿"。[34]三年前，西姆斯在他的"伦敦生活"系列中发表了一篇题为《东方伦敦》的文章，文中重申了这一点，作者指出："所有事业有成的中国人都娶了英国女人，而且他们的婚姻并没有失败，因为他们看起来很幸福。他们的孩子看起来很健康，穿着舒适，而且大多数小孩看起来都很漂亮。这些黑头发黑眼睛的男孩和女孩，脸颊红润且表情快乐，是真正可爱的样子。"[35]（针对一位罗宾逊夫人于1911年指控中国男子试图引诱女学生发生性关系这一问题，内政部的记录做出了回应，勉强承认天朝人与英国当地妇女之间的关系通常是良性的，结论是："尽管英国女性与中国男性结婚和结合都是不受欢迎的，但是大众承认中国男人善待女人，通常是这个阶级里的好丈夫。"）[36]

然而，入籍是一项难得的福利，即使是对香港华人来说也是如此。[37]事实上，在这段时间里，李廷的妻子竟然在结婚时丧失了英国公民的身份。通过这种扭曲历史的方式，西姆斯可以推广英国身份认同的吸纳模式，而不是通过规范外国人进入英国的法律，对"本地人"和"外国人"之间的边界进行更加明显和排外的监管。[38]这个故事也含蓄地扭转了此前的文学的趋势，即透过鸦片馆的阴霾，将"中国化"的过程视为一种污染、退化和犯罪——特别是亚洲男性对流行女性形象的神秘破坏性影响，比如对拉斯卡尔·萨莉和大烟公主。这也是传教士改革者所培养的观点，例如乔治·米切尔牧师在其1925年的著作《莱姆豪斯下》中警告说："那里也需要基督，英国女孩被诱入中国巫术的罗网，成为赌博地狱祭坛上的信徒。"[39]

传统的"中国佬"形象是性软弱（柔软、阴性、无毛、无害、性倒置）的，世代赤贫、依赖酒精和虐待妇女的行为可能进一步削弱工人阶层的性活力，而西姆斯的中国主角与之不同，是英国良好品行和男子气概的典范。此外，在西姆斯看来，这种结合产生的孩子并不是阿诺德·怀特所设想的"眼睛细长的混血儿"，而是"真正可爱的样子"，与巴纳多博士以及那个时期的其他改革者宣扬的伦敦东区贫困后代的形象形成鲜明对比。[40]

然而，李廷和他的女儿隐约地吸收到英国文化——这种母亲文化表现为他的妻子和她的"老式的英国概念"，不需要改变让她适应"[中国女人] 穿的可怕靴子"（13）——他们的榜样的力量作为一个工薪阶层再生模型，证明了只有通过重建阶级规范的概念才能来定义行为的根本组成部分。虽然李廷是一个外来人，刚到伦敦时从社会底层开始起步，但他高贵的出身使他能够超越这一社会经济状况，随后他获得更大的成就，在他来到的"店主之国"中占有一席之地。

李廷个人经济腾飞的故事挑战了——但实际上并没有推翻——贫困是绝对不可避免的以及工人阶级受到地域限制的事实，这一观点是由著名的贫民窟生活故事提出的，如乔治·吉辛的《地下世界》（1889）和阿瑟·莫里森的《杰戈的孩子》（1896）。由于政治流放，他隐瞒身份，假装自己只是一名苦力。因此，他一到伦敦，就从一个破瓶子铺老板那里租了一间房子，老板是职业从事收购废品的。这种职业从业者因与查尔斯·狄更斯作品中的犯罪元素有关而臭名昭著，他们也是伦敦东区的典型居民。然而，在李廷的倡议下，这家店很快变成了一家二手家具店。然后，这个中国人在主干道上买了一家商店，娶了合伙人唯一的女儿，接管了生意，为他的岳父提供了年金形式的稳定经济收入。与此同时，李廷作为"古董"经纪人的新职业，恰好记录了他个人的转变。作为外来者，他 207

曾是本地人好奇的对象，现在变成了古董的提供者，而这些古董本身也因其在维多利亚时代客厅的装饰功能而变得自然。通过这一过程，主体性和能动性取代了客体性和被动性。他不仅为自己，也为身边的人，把静止的状态变成了动态的状态。

李廷本人，在接受最终使他成为英国主体（无论从字面上还是从话语上）的混合身份时，必须将中国的贵族身份转化为其不对等的对应身份，即中产阶级的主体性。他这样做不但拒绝了他在中国地位的象征——辫子和衣着、他对皇位的抱负——而且被他的创造者改造成典型的资产阶级个人，经常被当作东伦敦工人阶级的模范。他放弃或失去了自己作为中国人的各种主张，甚至包括自己的名字——这种策略最终消除了叙事中任何对反向殖民的焦虑。此外，他的贵族身份（即他的原始阶级地位）的中国特色要么被掩盖，要么被抹杀；它们逐渐被缝合成高贵的性格，定义了他的英国人形象，并取代了他的天朝人出身。因此，他只有在妻子用热朗姆酒给他治感冒时，才无意中向她透露了自己的贵族背景。然而，这次事件提供了一个机会，以确认他作为高贵的英国人的新身份，因为他在朗姆酒影响下的轻率行为，成为一种习惯性节制的信号，这与他在东伦敦的工人阶级同僚以杜松子酒和啤酒为主的生活形成了鲜明对比。

在李廷蜕变为一个地道的伦敦人的过程中，财产所有权也起到了重要的作用。他逐渐在自己的社区建立起了一个控股帝国，证明了他对城市的承诺和融入——再也没有引起人们对反向殖民的担忧——从而在东区租房者、寄宿家庭的居民和济贫院的收容者中获得了地位。在他外出去中国的时候，这些房产被租户进一步归化为当地的屋子，他们把"廷楼"的标志从他拥有的商店移除了，因为"听起来比较好"（9）。就他本人而言，他回到中国的公开的理由是，"看看一些亲戚去世后留下来的财产"（10）。然而，这个财产属于中国：他应该得到的是皇位，以及对英国在东亚的贸易优势和政治策略施加负面影响的能力。相反，在被慈禧太后囚禁后，他放弃了他的主张，随后接受了英国公使馆的庇护，回到了自己的家人身边。在他返回英国并确认了他的英国身份后，他可以在大英帝国的权力基地（威斯敏斯特）附近拥有一家商店，而其权力不会遭受质疑。现代社会没有部分同化的选择；这对他本人（使他成为中国暗杀企图的目标）和他周围的英国人（担心这些关系可能会对他们的经济和文化自主权造成影响）来说都太具威胁性。此外，他的女儿说的是伦敦腔，而不是中文或洋泾浜语，这强调了消除听觉上的差异性，对于融入社会十分重要。[41]

　　因此，西姆斯的故事展现了其寓意：故事的主人公做出了正确的选择，成为"宁愿选择威斯敏斯特小街也不愿剖腹自杀的王子"（23）。尽管李廷来自异教国家，但他明确地体现了新教职业道德的最佳特征，尤其是被那些去东方之前在伦敦东区进行传教的帝国传教士所信奉的新教职业道德：勤奋、忠诚、有节制、非暴力、献身于家庭。他专门避免了东区生活的许多灾难：拳击赛场、杜松子酒宫殿、音乐厅等。据他的妻子说，他也"从来不是女性社会的一分子"，因此，他也不会被性交易经济吸引，这类经济与中国他异性相关，常出现在描写鸦片窟的文学中，比如反复出现的"老虎湾"妓女和她们的阴齿。李廷甚至在财力允许的情况下，将他的家从受污染的东区搬到了更富有活力的西区。而且，尽管这个叙述似乎容忍了他的异族通婚行为——甚至为创造了莉齐廷而赞不绝口，她"以英国人的着装和谈吐，带有自己的中国特色，一直是商店里一个引人注目的人物"（10）——但故事清楚地表明，这种促成混血的模式依赖于一种对李廷作为一名满大人的不寻常出身的潜在同情。

208

爪子的事情，但是我自己的

从伯克的作品中，我们可以看到一种与意识形态相关，但更悲惨、更邪恶的观点，即中国人在伦敦的存在对虚构的工人阶级角色和假想的中产阶级读者产生了不稳定/再稳定的影响，尤其是在《莱姆豪斯之夜》的故事中。和西姆斯一样，伯克对东伦敦和中国人的研究深受音乐厅传统的影响；在他的作品中，他继承了该流派的许多形式和惯例，也沿用了许多典型的舞台情节剧的剧情主线。[42] 伯克自称在伦敦东部离他描述的地方不远的地方长大，自学成才并以记者和小说作家的身份开创了职业生涯，当《莱姆豪斯之夜》来势迅猛地先在美国，然后是在英国成为畅销书后，伯克巩固了其成功的事业。[43] 格里菲斯迅速制作了电影版的《中国佬与孩子》，这是《莱姆豪斯之夜》的第一个故事，该片于1919年上映，由莉莲·吉什主演。

在 E. M. 福斯特提出中产阶级帝国掠夺模式之前十年，《莱姆豪斯之夜》展现了一幅工人阶级文化互动的画面。在社会后果（如果不是政治后果的话）方面，它与福斯特的作品一样暴力，一样具有毁灭性。"温文尔雅"的伯克被认为缺乏"社会意识"；小万斯·凯普里甚至声称："伯克的耸人听闻和本质上的肤浅在《莱姆豪斯之夜》中表现得最为明显，作品充满了华丽的辞藻，而且出现了可预见的欧·亨利式的反转情节。"[44] 然而，尽管这本选集包含了许多真实但令人不快的自然主义以及对异国情调的迷恋（这些都是前辈作家们关于东伦敦的作品的特点，其中有查尔斯·狄更斯、亨利·梅休、《被遗弃的伦敦的痛苦哭声》[1883]的作者安德鲁·默恩斯和沃尔特·贝赞特），但伯克的作品并没有掩盖，他的读者（或人物）

209

在他所描述的可怕情况引发的事件中充当着共谋者。由于伯克的小说强调了工业化进程下城市的国际化和贫困同时造成的紧张局势，它为揭露中产阶级对中国人的错误观念提供了一个绝佳的机会。自始至终，正是社会制度的幕后支持者，即伯克假定的读者，为他所记述的伦敦东区的暴行承担了责任，并通过读者同情心理来达成他们的共谋。这本书的主题如此令人震惊，以至于他的出版商格兰特·理查兹很难在美国找到一家出版社发行《莱姆豪斯之夜》。[45]

因此，尽管《中国佬与孩子》是伯克最著名的小说，但在某种程度上，它是伯克最无趣的作品之一，因为作品充满着对于中国移民的刻板印象——特别是美国人对中国移民的刻板印象。恋童癖、性冷淡、自我牺牲、自杀、冷酷的报复、鸦片麻醉神经、颓废的快乐、东方化的审美意识以及潜在的白奴制度都包含在这个故事中，这个故事呈现出的东区，衬得上严重过剩的廉价恐怖故事和"黄祸"作家。不管伯克是否真的赞同这种刻板印象，这种混合式的人物塑造使《中国佬与孩子》成为莱姆豪斯华人社区的代表性叙事，尤其是在格里菲斯的电影取得成功之后。

现在我想回顾在第二章中讨论的小说、短篇小说和短篇故事集之间的区别。与达尔齐尔一样，对伯克来说，选集的形式是解释叙述的基础，因为它收集了多个且不断增长的视角。选集的标题通过暗示构建起"莱姆豪斯"及其外籍居民必须经过许多"夜晚"，强调了这一结构化原则的重要性。就像在《英国直辖殖民地编年史》中一样，我在下面所描绘的读者同情的图景取决于组成《莱姆豪斯之夜》的不同故事之间的张力和连续性，以及它们与伯克续集之间的互文关系。《莱姆豪斯之夜》在商业上的成功，或许是由于许多图书馆禁止此书流通，这似乎鼓励伯克在他后来对莱姆豪斯华人不那么细致的描写中去迎合公众，追求轰动效应。

210

可能由于格里菲斯的影响，对伯克的学术兴趣集中在《中国佬与孩子》上。结果，选集的轮廓变得模糊，人们忽略了本书是本故事选集，而不是这个单一的故事使得伯克出名。批评者很少提出这种区分，忽略了《中国佬与孩子》比这部短篇集早一年出版，刊登在《颜色》上，介绍语写道："由《伦敦之夜》的作者创作，这本书证明是文学旺季的轰动作品之一。"（82）还有一些关于中国人的更吸引人的故事，它们充斥在这本文集里，其中一些还连载出版，最终却从人们的视野中消失了。

在对《莱姆豪斯之夜》的分析中，卡罗尔·沃茨将《中国佬与孩子》"从伯克选集中的其他故事中单独挑选出来，因为它对情节剧的特点有着独特的处理"。沃茨提出，它的叙述技巧会影响读者，使其"接近感官攻击领域，主要带来种族的情感影响"。[46] 然而，我想说的是，这种模式不仅出现在其他故事中，作为集体结构的选集功能也是为了消除这种距离感。《莱姆豪斯之夜》的《爪子》一文清楚地表明了这一点。

《爪子》讲述了一个工人阶级家庭的可怕故事，表面上，这个家庭的撕裂是一个女人被中国移民所吸引而导致的，但实际上家庭是被伦敦东区的残酷环境所摧毁。尽管《泰晤士报文学副刊》在对《莱姆豪斯之夜》的最初评论中，将《爪子》描述为"不是一个故事，而是一篇残酷、恐怖、毫无用处的作品"，但对当时的读者来说，它可能是选集中最吸引人的作品之一。[47] 就像《中国佬与孩子》一样，这个故事的情节场景集中于跨越肤色界限的爱情线上，这种超越/跨越种族界限的欲望，从表面上看，似乎与现代社会对女性、她们的性欲和日益增强的自决权的强烈反对有关。[48] 就像《中国佬与孩子》一样，故事使用了无辜受虐的儿童形象，推动叙事走向荒诞的戏剧性结局。然而，这个叙事放弃了这些因素，聚焦于仍存在于

211

核心家庭范围内的男性家庭暴力。正如达尔齐尔的故事《肤色界限》一样，在《爪子》中，带来破坏和毁灭的是白人种族主义，而以健康和富有同情心的方式展现的是中国人的阳刚之气。

　　故事是这样的：达芙迪尔从合法丈夫格里瑟·弗拉纳根的虐待中逃离出来，抛下了她的女儿，与一位善良的中国男人同居。她的丈夫想出了一个残酷的计划来重新夺回妻子。他殴打蹒跚学步的孩子，并让其挨饿，致使孩子陷入致命的昏厥。他总是重复一句话："有人应该刺一刀——刺一刀——刺一刀——有人应该将刀刺穿血腥的中国佬！"（70）被洗脑的女儿进入达芙迪尔和中国男人同居的黑暗卧室，误杀了自己的母亲。

　　这个恐怖故事的高潮不是来自读者对中国人死亡的期望被破坏，也不是来自弑母行为，甚至不是来自先前可怕的虐待儿童，而是来自社会，尤其是城市的压迫体系使人类的心灵退化，城市的污染、过度拥挤和贫穷破坏了城市的实体框架。伯克颠覆了伦敦东区华人被比喻为野蛮和动物性的观点，把英国工人阶级的成员定位为残酷的，并揭露造成这种可怕现象的城市条件。伯克将"中国男性与白人女性的结合视为情感和唯美主义的产物，这反抗了西方男性侵略和父权统治的暴行"。[49]但是，弗拉纳根的爱尔兰姓氏暗示，伯克用一种刻板印象来替代另一种刻板印象。

　　伯克在故事一开始就把春天的莱姆豪斯描述成去自然化的、终极的城市梦魇："莱姆豪斯没有季节。甚至没有昼夜之分。"（63）他讽刺地说，不是田野和自然，而是"手中的东西多么甜美，街道多么亲切友好！"（63—64）他开始把这个充满敌意的城市——而不是中 212 国人——塑造成邪恶的化身，把弗拉纳根这个"生理上和道德上都软弱无力的人"变成一个吸鸦片的人，变成一个冷血杀手（64）。通过这样做，他将伦敦西区与伦敦东区堕落的条件联系在了一起，他认为，东区居民的受害和毁灭不是因为外国人建立的鸦片馆，而是因为本土的压迫。他还强调了工人阶级女性和中国男人之间的联系，使得达芙迪尔和中国人的结合如此合理。在这里，中国人可怕的"柠檬色的手"使弗拉纳根极其不快，他甚至迁怒于女儿的"柠檬色的鬈发"，以及他的妻子的名字达芙迪尔。

在《爪子》中，对中国男性的描写最引人注目的是，作为中心人物的中国人却缺席于叙事的核心部分。这清楚表明，这个故事讲述的是对"中国佬"的先入之见和偏见，而这些先入之见和偏见又反作用于作者。一个叫作冯迁的"中国佬"一再被提到，但是并未发声。他从来没有出现过，而格里瑟指责说，是冯迁偷走了达芙迪尔，这是不知不觉地承认自己缺乏男性气概，面对女人选择恋人时不够自信。去个性化加上沉默不语，使得冯迁成为弗拉纳根自己的问题的"杂草鸦片去除机"的完美陪衬。然而如同《中国佬与孩子》一样，《爪子》中的"中国佬"通过他对爱人的感情和牺牲来表达自己的天生的人性，与他的本土竞争对手的嫉妒、不受控制的愤怒和其他的过度形象形成鲜明对比。[50]格里瑟本人只能通过暴力，然后只能间接地通过被他虐待的、处于半动物和前语言状态的女儿来表达。（而且，考虑到叙述的背景，伯克作为叙事者，扮演着格里瑟的替身角色，记录和解释不能或不会写自己故事的人的生活。）

格里瑟努力限制欲望在固定种族范围内的努力受到挫败，这不仅是因为孩子弑母的误杀行为，还因为这意味着否定女性的能动性，而女性的这种能动性使得达芙迪尔有能力在合法丈夫和"中国佬"之间做选择——叙述明确地削弱了这种否定，"她按照自己的选择离开"（65）。然而，如果说这种叙述触及了伦敦的外来移民这一讨论的"问题"的核心——它破坏了规范的性别界限，并通过提供另类的性选择模式来威胁帝国的男权意识形态——它不是拒绝

这些维多利亚时代男子气概的准则，而是认为，贫穷使得这些准则 213
失去位置和变得扭曲。冯入侵莱姆豪斯并不是造成这种不稳定
的原因，而仅仅是使之更加明显的手段："中国佬"使得像格里瑟这
样的男人暴露出最糟糕的一面。因此，故事就这样成为指控中国人
对东区居民罪行的一次反常的回顾。弗拉纳根看起来是通过与外
来者的接触而受到伤害的，但仅仅是因为这种接触暴露了他和他这
类人遭受的非常重要的侵害；他确实因为与"中国佬"的较量而变
得衰弱，但这只是因为他自己害怕与其做斗争，"他一想到老贝利和
轻绳，就产生了冷酷而不成熟的恐惧"（67）；他确实被自己与东方
的亲密接触所感染，但他自己的不足正是"他血液中的毒药"（73），
驱使他产生了杀人的欲望。当帝国的英勇这个概念受到各方面的
打击时，《爪子》呈现出城市工人阶级的男性气质的破产。与《中国
佬与孩子》放在一起阅读，它暗示了敏感和俗称的"天朝人的善良"
可能取代暴力和凶残，并将腐烂的莱姆豪斯带回自然的状态。如果
说这种观点既将"中国人"重新定位为和平的儒家思想（格里菲斯
在《残花泪》中重塑了伯克作品的一个主题），又不干扰关于女性本
质的思想，那么它仍然提供了一个重要的选择，以取代许多其他在
英国创作的关于中国的文学中煽动民众、沙文主义的特征。

　　同样，如果说伯克的作品重新利用了将伦敦华人与鸦片窟联系
在一起的刻板印象，那么重点不再是重现中国人与东方化的邪恶之
间的联系，而是要提供在上层建筑进程中造成的贫困加诸东区居民
身上的证据。事实上，《爪子》描绘了一个衰弱的、道德观念薄弱的
主人公，他对自己的"女孩"的激情是与鸦片相抗衡的唯一感觉，这
实际上颠倒了中国人用赌博和鸦片侵蚀英国道德神经的观念。在
一个层面上，鸦片保留了与中国性的联系；但在另一个层面上，鸦
片是一种真相的精华，显现出在潜在的英国男子气概中令人不愉快

的方面。[51]

在这个故事中，鸦片作为伦敦现实的缓和剂，让弗拉纳根能够"攫取生命赋予其他人的一些丰富乐趣"(64)。就像酒精（常作为一种类比物）一样，过度使用和消费环境使鸦片从一种娱乐性毒品变成了一种破坏性物质。因此，当弗拉纳根用鸦片来应付失去达芙迪尔的悲痛心情时，毒品更加激化了他的痛苦，从而刺激他想出杀人计划。但伯克并没有将其归咎于中国的鸦片，就像故事把达芙迪尔转向冯迁的责任归于弗拉纳根本人一样（她给他留下了"最后告别的嘲讽便条"）。相反，如同杜松子酒般，鸦片成为一种提供想象的物质，让有些角色看到了城市社会经济状况噩梦般的局限性，同时又引发了城市对物质和精神生活的势不可挡的侵入的个性化。[52]

邪恶之穴

伯克在《爪子》中对鸦片本身无害的描述，与那些殖民官员的印象相符，他们认为华工偶尔吸食鸦片是一种潜在的有益释放机制，而鸦片不是一种固有的有害物质。这也符合历史事实：尽管英国政府和中产阶级媒体在工人阶级中引起了对吸食鸦片的普遍担忧，但实际上，鸦片馆通常是为了辛苦劳作的中国人或其他亚洲船员假期时抽烟而准备的。[53]贝赞特在《东伦敦》中描述了自己对一个鸦片馆的访问，他注意到了这个分歧："我们已经读过这个可怕地方相关方面的描述，不是吗？令我大失所望的是，当一个人第一次去鸦片馆的时候，他预计至少会看到瘫倒的肉体，但实际上这个地方既不可怕也不讨厌。"(205—206)韦德在分析《伦敦的中国佬约翰》中的人物时，准确地提醒人们注意鸦片馆和酒馆的差异，同时指出对鸦片馆的担忧是当地社区外部的一个因素。他以拟人化的方式描述了这片街区：

> 莱姆豪斯地区已知有一两所这样的房子，而且几乎每个天朝人都喜欢抽鸦片。但是，无疑的是，"住在玻璃房子里的人不应该扔石头［自身有短，勿批他人］"。同时这个地区有这么多的酒吧，在那里可以找到英国男人和女人在门外喝醉了的身影。但没有看到在莱姆豪斯堤道的居民任何特别的恶习，无论如何，他们没有向全世界公开展示吸食鸦片的场景！（306）

即使是一个更倾向于批判性和道德性的观察者，在1877年8月1日出版的《伦敦城市传教杂志》上，也更多地评论了鸦片馆的社会效用，而不是它们的破坏性：

215

> 当一天劳累的工作结束后，许多印度水手来到这个聚会场所，打听家那边的消息、抽烟、聊天，直到午夜来临。中国人、马来人和东印度人同样经常光顾这里；如果有逃兵或其他阶级的游手好闲的人，他们大都会在这里遇见。鸦片吸烟室是我所知道的最好的"海运公报"，到那些地方去一趟，我就会知道从东方来的每一个人的消息。[54]

同样，大多数赌场（数量通常是鸦片馆的一倍）是供中国男人打麻将或番摊的场所。很少有英国工人阶级被这两种活动吸引（鸦片酊和赌马更受欢迎）；他们也不受到欢迎。中国水手认为，鸦片馆是为数不多可以进行群体互动和交谈的场所之一。（因此，西姆斯的故事中，正是李廷对鸦片缺乏兴趣以及克制的社交活动，为其贵族出身提供了早期线索。）

一些历史学家，尤其是科林·霍姆斯，认为第一次世界大战标志着人们对中国人态度的转变，英国人相信中国人参与毒品交易，从而导致他们对华人社区的敌意日益增长。[55]霍姆斯可能过分强调了这种话语转变的重要性，部分原因在于，他强调的这种变化可以被视为维多利亚时代新闻和小说对"伦敦唐人街"描写的延续，它们将其描述为一个传染病和毒品相关恶习的中心。此外，正如何伟亚所指出的那样，在文学中出现且普及了将中国人呈现为对立性的人物的现象，以萨克斯·罗默在20世纪20年代创作的傅满洲等人物为高潮，而这种潮流植根于更早的、"对19世纪中英接触历史的广泛理解"。[56]尽管如此，第一次世界大战后，更为明显可见的"黄祸"，也为中国人及其鸦片馆的故事创造了更大的市场。[57]同样值得注意的是，在战后不久苦力劳工的进口和反对使用中国海员的组织的背景下，工人阶级群体第一次吸收和重申了几十年来中产阶级观察家发布的对中国人的种族主义态度（尽管莱姆豪斯社区对在码头看到的中国工人的不满情绪不太明显）。此外，战后警察对鸦片窝点态度的明显转变，也助长了对中国黑社会犯罪的夸张文学描写；1908年以前，他们尤其容忍这些窝点，但战后，他们开始关闭窝点，并逮捕了业主。这些文学描写也改变了小说中人物的能动作用，这些中国人从被动的鸦片产业的所有者变成了主动实施邪恶和犯罪的积极分子，其目的是进攻英国社会并煽动其垮台。

其结果是出现了一种明显带有种族主义和民族主义色彩的小说流派，与伯克等同时代作家的作品不同，这种流派没有试图通过巧妙利用或重塑对中国人的刻板印象，或通过研究中国人存在的东区社区，来减轻对其的偏见。萨克斯·罗默是这场运动的领导者，他在1915年出版了小说《黄爪》，在1919年出版了《毒品：唐人街和毒品交易的故事》。[58]罗默原本是一名记者，是他那个时代的一名畅销作家。和伯克一样，如果说罗默今天还能被人们记住，那是因为他的故事被搬上了银幕，即傅满洲系列电影——彼得·塞勒斯主演了其中几部，影片基于他创造的中国的莫里亚蒂和像是福尔摩斯克隆人的丹尼斯·奈兰·史密斯爵士。这些电影以及罗默后来在20世纪20年代和30年代的许多作品，的确从对中国人日益增长的仇恨和对种族主义的全面编纂中汲取了力量。

然而，罗默早期的作品，如《黄爪》，在很大程度上（如果不是更多的话）要归功于威尔基·柯林斯和阿瑟·柯南·道尔等维多利亚时代的作家，以及他们对异国阴谋的构思。在描述戴眼镜的对手何斌时，罗默写道，他有着"恐怖的甲虫般的外表"（106）和"甲虫何斌"（117），巧妙地将狭长眼睛的刻板印象与理查德·马什的畅销书《甲壳虫》（1897）联系在一起，这是另一本关于在伦敦的一个神秘的东方人的小说。（马什1901年出版的小说《神像：回归》不太成功，刻画了一伙亚洲人游荡在伦敦，为了捕获一名在东南亚扮演成"大神"，后来逃脱出来的英国男子。在东南亚，他被背后的操纵者们逐渐切断手足，变成了一个怪诞的偶像。）

罗默的故事延续了第四章讨论的早期"黄祸"入侵小说。诸如道和希尔等作家，引证了阴谋反对英国的中国人身上的犯罪元素，尽管他们的小说的地理位置往往既有伦敦东区，也有西区。希尔的《黄色危险》和《黄色浪潮》也刻画了东亚的策划者，他们的存在预示着罗默对中国毒品关系的特殊解读：高地位、高学历的中国人参与其中，而不是莱姆豪斯华人社区中贫穷的移民。

尽管并非相互联系的两个故事，但罗默的《黄爪》借助了作者首部傅满洲故事《傅满洲博士之谜》（1913）成功的浪潮。这部小说是关于在莱姆豪斯和巴黎的高级鸦片馆的故事，故事中富有的顾客（主要是女人，也有一位著名的政治家）受到勒索等其他欺骗手段，　217

把钱交给了一个狡猾的中国犯罪头目,这名头目正在建立一个全球网络的骗局。《黄爪》中的这只罪恶之手,威胁要把英国由鸦片贸易窃取获得的财富转回到原来的手上,它是一种传染病,一种致命的堕落病,它的隐藏使敲诈和抢劫的恶性循环得以延续。位于莱姆豪斯堤道的一个隐藏地点,其表面上经营生姜进口业务,其实是地下鸦片窟,作为这部小说大部分行动的核心场所,它在文学上揭露了犯罪的底层世界和中上阶层社会的腐朽的根源。在很大程度上,小说通过不诚实的管家索姆斯这一人物来表现工人阶级,索姆斯后来成为高级鸦片馆的服务员,为了一桩莫须有的谋杀罪而躲避警察。工人阶级因为对中产阶级社会怀有渴求和鄙视,而让自己陷于被国家敌人操纵的境地。索姆斯毫无意义的增加银行存款余额和从雇主那里盗窃的欲望,使他陷入一个异质的(非西方国家的)、被明确标记为邪恶的世界。

小说中描写了骗取英国财富,同时在政策问题上敲诈政客的国际阴谋,这使得人们对反向帝国主义的潜在恐惧得以凸显:当小说中暴露在鸦片"黄祸"下的英国受害者变成黄色时,这种恐惧感就更加坚定了。在这里,罗默也把华人社区作为流通的一个自然隐喻,尤其是考虑到其在英国的主要的(法律)职能——参与航运业。罗默所说的流通不是全球经济中财富、货物和人口的积极因素,而是传染病(种族"不洁"和毒品等)的流通——直接类比布拉姆·斯托克的《德古拉》(1897),书中类似的经济利益像瘟疫似的席卷了英国,并且破坏了异性恋的和谐状态。雷吉娜·加尼尔展示,斯托克的小说部分反映了在罗马尼亚发现石油(或称作"黑血")之后对东欧经济收购的关注,是以破坏家庭和引进偏差的性行为来实行的。[59] 鸦片在罗默的小说中,功能类似于吸取英国中上阶层的血液,确实将他们变成黄色的、干枯的怪物,像是德古拉袭击的女人的形象。随之而来的是对家庭结构和经济自主的类似颠覆，引发了资本失控般流向东方。　　　　　　　　　　　　　　**218**

因此，罗默轻触劳工争议（中国人虽然与印度水手相比数量极少，却成为工会抱怨他们工作被抢走的焦点目标）和关于赌场的争论（工人阶级在此浪费了应给妻子和家人的收入）。作者为资产阶级的读者改编了白人的血汗钱落入黄种人手里的主题，使这些读者成为鸦片计划的目标受害者；其他一些作家也把这些威胁说成是由工人阶级同中国人交往而造成的，在罗默这里，中国人已经超越了伦敦东区的边界。

与此同时，这种威胁在这部和其他罗默小说中被粗暴地表达出来，其明显的性本质具有双重功能：用精心设计的侦探故事情节来刺激读者，并"告知"整个英国社会这种威胁的存在。在《黄爪》的中心，中产阶级的婚姻完全是无法生育的；社会的堕落已经扭曲了情感和财富的天然出口（即孩子）。小说以一个美丽的鸦片瘾君子被谋杀开始，在此之前，她警告一位侦探作家，他的妻子在中国财团的手中面临着共同的困境。在作家的公寓里发现了她近乎裸体的尸体，这让人们猜测她是作家的情妇，给这起谋杀带来了明显的性暗示。当作家得知热衷社交的妻子实际上在过去的几年里并没有拜访过她在巴黎的朋友（正如她所声称的那样）时，他立即得出结论，妻子有婚外情。但是鸦片代替了这种私通，对家庭也产生了同样不稳定的影响。就像被梅毒或其他维多利亚时代情节中的核心性病所感染一样，她必须在小说的结尾死去，为海伦这位"值得的女人"腾出位置，她是丈夫最亲密朋友的女儿。值得注意的是，这位朋友是一名医生，同时也是注定要死的女人和休爵士之间的纽带。休爵士是一名崭露头角的政客，也是他的病人，吸食鸦片成瘾。休爵士由于鸦片而消亡，缓慢死去，代表了一种轻率或者过度的性行为，对英国这个国家有着直接的影响：如果没有警察和无与伦比的来自巴黎的马克斯先生的介入，何斌的鸦片阴谋将威胁攻击英国社会的政治及社会核心。

罗默把性、毒品和国家安全联系在一起，这在今天已经是陈词滥调了——目前常见于对强效可卡因和海洛因以及中产阶级对可卡因上瘾的论述中，而且经常被用来解释美国干预拉丁美洲、东南亚和阿富汗的外交政策。然而，值得注意的是，这种联系（无意识地）设想了相互竞争的帝国，其中商品交换和鸦片为天朝帝国的复仇提供了机会，并使其重新收回在数十年的非正式帝国主义和"炮舰外交"中被攫取的资本。位于伦敦东区，反映城市衰落的码头、洞穴、船只和其他阈限空间——为大多数小说提供了场景——也表明了现代城市是多孔的可渗透空间，那里潜伏着明显与工人阶级反抗相关的无与伦比的隐秘和阴谋。

汽车和火车，事实上所有进出东区和地下鸦片窝点的交通工具，因此都扮演着重要的角色。客户必须被护送到这个陌生的世界，只有在一半东方血统的金先生（他是希腊人，为鸦片生意充当掩护）和他的伙伴的帮助下，才能穿越这个世界的边界；一辆黑色豪华轿车（像一辆灵车）在火车站接客人，并将他们蒙住眼睛转移到东区。[60]这些客户是有罪的，因为他们进入贫民窟，接触到了传染病和城市堕落，他们在道德和身体上受到污染，从而招致灾难。然而，"具有污染力"的中国人自由游荡在伦敦这座城市，把富有的客户吸引到自己家里、自己的社区，在那里这些中国人感到最安全。

与伯克自称是东区社区的成员不同的是，罗默作为一个局外人，最终被证明关注的是加强种族和阶级遏制的理念——关闭城市中心的空白。他的故事似乎受到第一次世界大战期间真实逮捕事件的启发，他的朋友海军上校爱德华·塔珀在其1938年的著作《水手们的火炬》[61]中叙述了这一事件，塔珀是英国反华海员联盟的组织者和20世纪20年代的反华种族主义运动的主要支持者。在波普拉区的一名中国人因持有鸦片被罚款三百英镑之后，塔珀报道了战争期间与一名警官的一次会面：

> 我和杨警长很熟，还帮助他追查了几个不法分子，他宣称这个黄种人只不过是英国一个有钱财团的代理人。这个财团在整个伦敦西区分销鸦片及其致命的衍生物；被紧张战事折磨的年轻军官、年轻女性和中年男性都在学习"接吻"——吸食鸦片。这是对国家生命的一种威胁，从长远来看，这种威胁甚至可能造成比战争失败更为严重的事态。（165）

考虑到塔珀的种族主义及反华立场，他对中国人评论的准确性值得怀疑，但这段引文表明，涉及中国人的阴谋论以及罗默对这些阴谋论的重复利用，颇为流行。

　　伯克的故事本质上是私人的，因为它们讨论的是特定人物之间的互动以及压迫个人性格的后果。相比之下，罗默着墨于中国人的存在带来的公共和集体效应。不仅在《黄爪》中，而且在整个傅满洲系列中，罗默提到阴谋、谋杀和轰动效应，吸引中产阶级的读者大众去关注这些"对国家的"威胁。罗默利用工人阶级滥用药物的问题，将其转化为一种更普遍、更致命的文化互动焦虑。在这部小说中，东区的"东方"位置与由萨义德等人划定的包罗万象的"东方"一起崩溃，其作用并不是像伯克那样去揭露制度化的贫困，而是煽动新的遏制方式，以确保东西方永不被允许见面。

　　然而，尽管在强调危险、街头生活和城市景观时，二者存在分歧，但伯克和罗默都体现了20世纪头几十年发生的一个重大转变，

220

一个经常被认为是向现代主义的转向（尽管这些作品在风格上都不是典型的高级现代主义）。伯克特别强调了城市的叙事和自然互斥的特征，通过他的小说中的漫游特征，尤其是通过他的《城镇之夜：一部伦敦自传》（1915）中在伦敦漫游的纪实性记录。与同时代的简·里斯在其作品《四重奏》（1928）和《黑暗中的航行》（1934）中一样，以及与弗吉尼亚·伍尔夫特别是在其《达洛维夫人》（1925）中一样，伯克呈现出一种流浪、漫无目的地游荡在伦敦街头的状态，为读者绘制城市最私密和隐蔽的角落，并揭示他自己无处容身的感受。人们坚持，现代性是一种城市现象，作者的位置也同样坚定地位于城市背景之中。现代主义在于重新意识到作者是一个政治家，摒弃了以往许多文学作品的田园场景（因此，伯克在《爪子》中对春天的象征进行了嘲讽）。

早期维多利亚时代的工业小说将城市本身描述为问题的所在，伯克则将其归咎于受过教育的中产阶级消费者。他进一步指出，贫民窟的可怕状况可能为培育艺术家提供了条件，而不是培育阿诺德·怀特幻想中的狭长眼睛的杂种人。伯克在1928年的《渴望美好》一文中解释了他的美学和政治原则。他评论说，美比马克思更有力量，这对于穷人来说更为重要，他们必须为美而不是舒适而牺牲："每一个人——无论黑人野蛮人，抑或白人学者——都渴望着我们所说的美。这是所有崇高宗教的精髓；正是这种饥饿感迫使未知的人们渴望彩色的花瓶、炫耀的景色和令人难以置信的天使般的孩子们喂养鲜红色知更鸟的画面。"[62] 审美中品级测量的概念隐含着一种假设，即审美是社会变革的真正领域，并且可以跨越阶级边界被所有人所接受。伯克写道："世界永远不会被政治家、学者或游行的传教士重塑。""今天世界所拥有的一切公平，都是艺术家、思想的创造者、美的梦想家赋予它的；他们的信息传播得越多，世界就会变得越

干净。"(10—11) 他继续说，学识和学习与这一信息没有多大关系，
"因为许多受过高等教育的人对真正的美没有感觉，而许多没有受过
教育的人——口齿不清的艺术家——却对美非常敏感"(11)。

最终，这些有关伦敦华人的小说之所以如此引人注目，是因为
它们坚持认为伦敦的文化基础已经不复存在，并且其中潜在的动态
重建已不再仅仅依赖于中产阶级的意识形态。正如伯克在《城镇
之夜》中提到的东印度码头一样：

> 你会发现世界上最糟糕国家的渣滓……血统、种族和信仰
> 的融合。这是一种堕落的浮渣，但是，你知道吗，我不能说我
> 不喜欢它，比起那些在赛艇比赛之夜从帝国抛撒出来的精美黄
> 金，我更喜欢它。把这些家伙放在我们朴素的背景下，置身于
> 城市夜晚的可怕神秘之中，他们就会呈现出伦敦所能提供的最
> 好的景象。[63]

叙事不仅呈现给读者一个多元文化和充满活力的城市景观，还将东
伦敦（而不是白厅和威斯敏斯特）视作帝国的真正心脏，这是叙述
帝国与东方的起始点。在《中国佬与孩子》的开始，伯克解释说，人
们不仅在拉特克利夫铜堤道和彭尼菲尔德附近发生了不幸的爱情
故事，而且在"遥远的太平、新加坡、东京和上海，以及充斥着放荡
快乐的奇迹地方，莱姆豪斯流浪的人们都可以随意来去"(13)。那
些来自这些码头的东西，连同茶叶、棉花以及帝国交换的其他商品
一起，形成了一个悲剧的爱情故事，它本身就是帝国故事的一个缩
影。东西方之间，本土人与外来者之间复杂而分裂、结合的故事，人
类情感与人类痛苦的新形式的故事，始终是帝国在时间和空间上延
伸的有意无意的使命，横跨相异和熟悉的风景。

222

223

结 语
西方不会停下

　　……他回答了我们所有人都应该关心的问题：

　　这将成为中国的世纪吗？

　　我们应该害怕吗？或者,红龙会坠落和燃烧吗？

　　尼尔·弗格森,《中国：崛起与动荡》DVD 的封底（2012）

　　第二次世界大战后,伦敦华人社区的中心最终从东区移至西区,从一个与全球航运和贫困相连的地区,到一个与娱乐和饮食相关的地区。如今,许多快速增长的华人社区——据估计,2011年伦敦的华人占总人口的2.2%,英格兰和威尔士的华人占总人口的0.83%——与莱姆豪斯的先辈们没有直接的历史关系。[1]然而,流行文化仍然将许多关于莱姆豪斯的刻板印象转移到新的唐人街。从码头搬到苏活区,也没有改变伦敦唐人街继续发挥着英国了解中国的门户作用。

　　英国第四频道播出了尼尔·弗格森最近的纪录片《中国：崛起与动荡》,展现了漫步于爵禄街上的场景。"三十年前,我十七岁的时候,"他解释说,"'中国人'这个词意味着外卖鸡肉炒面,还有一个几乎不加掩饰的种族主义绰号'中国佬'。"[2]我们有必要立即否定弗格森在设计节目时用来吸引观众的潜在种族主义,但开场镜头将他置于族裔聚居区景观中,引发了这样一个问题：一部关于印度的纪录片会以同样的方式将开场设在绍索尔或布拉德福德吗？

答案很可能是否定的。不同的处理方式在一定程度上反映了维多利亚时代晚期，英国人对"大英国"阵营内的印度和对阵营之外且对其怀有敌意的中国之间的态度是有区别的。换句话说，弗格森的选择清楚地表明，他的故事（历史）不是关于中国的，而是关于"中国"对英国和美国意味着什么。除了他的学历，他的海外生活以及一段关于进口到英国的美国化的中餐的轶事，使他成为一名文化中间人——他本人就处于美国和英国之间——有资格向西方讲述中国的故事。

我以"为什么中国很重要"这个问题开始了这项研究。近年来，答案变得越来越明显。从美国或欧洲的角度来看，中国似乎正处于自己的全球时刻。现在，正如一百二十年以前，中国的"觉醒"就是一个大新闻。或许不那么明显的是，中国和中国人在维多利亚时代的想象中所扮演的角色与其在今天所扮演的角色之间有许多相似之处。中国的形象如何以及为什么流传？对中国和中国人的刻板印象是如何改变的，如何嫁接到新的经济、政治和文化现实中，如何无视这些现实而持续？为什么"中国崛起"的主题存在？毕竟，中国在20世纪并不像19世纪那样孤立和封闭，那时英国和其他国家觉得有必要"像打开牡蛎一样"开放中国。虽然小说家郭小橹和"猫叫女士"（即《蒸汽朋克鸦片战争》[3]的作者陈安娜）是例外，但另一个问题是：为什么在英国（如果不是在北美），中国和中国侨民社区对自我的定义，会被这些刻板的比喻所掩盖？最后，为什么"中国"继续对"西方"产生令人不安的影响？

至少从19世纪开始，人们对中国的共识就是，这个大国是不好的。就像在入侵小说中一样，中国的人口众多，尤其成为一种集中

224

"亚洲崛起"威胁的机制。入侵小说将中国的威胁设定为亚洲超越了它的边界，而在当代对中国"丰富"的描述中，过度仍然是一个占主导地位的比喻。中国人口"问题"的概念又是以二元论为中心的：一方面，这些人口压力从中国内部对西方构成潜在威胁（内部过量）；另一方面，密切相关的威胁是，中国通过其潜力超越国家或地区的边界。西方的想象继续将中国与反动移民言论中的过度概念联系在一起。尽管这一想象似乎最同情陷入全球人口变化动态中的中国个人，但它妖魔化了中国，声称中国的人权标准本质上低于西方的标准，尤其是通过所谓的不强调个性和缺乏对自由的承诺。

225

"蛇头"被描绘成残忍的人口走私者，这让人们产生了这样一种想法：中国人采取了根本不同的方式对待个体，并且中国的全球互联性是犯罪和压迫性的。这些团伙能躲避西方民族国家及其对边境的监管，很大可能是因为获得了中国地方（如果不是国家）官员的暗中支持。

2004年2月，当二十三名非法入境的中国拾贝工人在莫克姆湾溺水时，受到指责的是"雇主"林良仁，而不是那些要求价格如此便宜以致生命受到威胁的市场力量。尽管林良仁抗议"最终的责任在于客户，并责难中间商因为苛刻的管理体制而频繁削减价格"，[4]但他因过失致二十一人死亡而被判处十四年有期徒刑。这一事件导致同年通过了《雇主（许可）法》。

对这一悲剧的回应一致地是从全球化的角度。在2005年的理查德·迪布尔比演讲中，时任伦敦警察厅厅长的伊恩·布莱尔爵士评论道："对这一问题的调查范围从利物浦拥挤的住房到中国黑社会帮派的角色；而这完全是一项调查。"（《卫报》，2005年11月16日）尼克·布鲁姆菲尔德在2006年执导的敏感影片《鬼佬》的目标，是揭露他眼中的现代奴役形式，这一点值得称赞。但不幸的是，片中中国人与贩卖人口的不人道行为仍然联系在一起。凯文·利特尔伍德同样敏感的作品《在莫克姆湾》(2012) 获得了2012年英国广播公司电台第二频道的民谣类"最佳原创歌曲"提名。克里斯蒂·穆尔在这首歌中唱道："他们最后的电话穿越了半个地球／就像在河口之间，他们冲过了潮水，迷失了方向。"[5] 这首歌的第一人称叙述者同情工人们"没有梦想"的生活，"不值得为之牺牲"。他还记得看到他们发出"所有辛苦挣来的钱"的汇款单，这预示了"跨越边境来到莫克姆湾的故事"。然而这首歌没有严厉斥责中间商和超市的共谋行为。相反，它指向的是危险的自然——副歌部分一直吟唱"潮汐是魔鬼"——以及其他贪婪的中国人："在福建和泽兰，他们悼念他们的近亲／有蛇文身的黑帮头目，要求收回贷款……"

近年来，有关中国通过大宗商品交易对全球化世界构成威胁的印象明显与环境变化相关。一方面，异国情调的中国提供了一个积极的聚宝盆，如传统中药。中药提供草药、药物和针灸等治疗方法，以满足辅助医疗市场或给重病患者（癌症患者、使用复方Q的早期艾滋病患者等）以希望。另一方面，欧洲和美国认为中国对环境和健康构成重大威胁。它们指责，非典型肺炎、禽流感和H1N1猪流感都与中国有关。

2001年在英国暴发的口蹄疫占据了耸人听闻的新闻头条，并被配上糖醋猪肉的图片，因为此前有报道称，一家中国餐馆的非法进口肉类将这种疾病带到了英国。[6] 随后的媒体风暴导致了中餐业的严重低迷。2001年4月4日，面对种族歧视的指控，陈安娜和华人社区组织了一场抗议游行，游行队伍最后来到位于唐宁街上的英国农业、渔业和食品部。[7] 引人注目的是，在"英中在线论坛"网站上，关于这些指控的帖子的标题是"口蹄疫——黄祸"。[8]

226

2001年4月1日,保罗·哈里斯和安东尼·布朗在《卫报》上发表了一篇危言耸听的文章,大声疾呼道:"走私肉类以灾难性病毒威胁英国。"文章将埃博拉病毒、尼帕病毒及其他各种危险病原体与"跟中国人有关的"口蹄疫(特别提到了两家可以发现非法肉类的中国超市)以及在布里克斯顿市场出售的非法兽肉联系在一起。非洲航空公司被形容为"罪魁祸首"。这篇文章毫不含糊地暗示,英国无法控制其边境和监控肉类进口,"少数族裔享受传统美食"的愿望,以及亚裔和非裔的餐饮行业都是罪魁祸首。布朗和哈里斯援引希思罗机场一家物流公司发言人的话说:"如果机场的一部分被任何形式的病毒污染,病毒就很容易在几个小时内跨越大洲。"文章没有征求任何亚洲或非洲餐厅、店主或社区领导人的意见。布朗还曾在《观察家报》上发表题为《白人世界的最后时光》(2000年9月3日)的报道,他现任英国银行家协会的负责人。

更近期的事件是三聚氰胺丑闻。同样,据《纽约时报》刊登的一篇题为《唐人街的盘中美餐,却是水中杀手》[9]的文章称,在美国具有入侵性的物种蛇头鱼与中国地下市场的非法进口有关。尽管围绕这些问题的担忧是合理的,但它们都被归结为一种观点,即中国进入"西方"构成了对"西方"生活方式的具体威胁。

227　当前西方世界存在和19世纪一样的中国威胁论,声称中国从内部对世界其他地区构成威胁。将中国的国内劳动力与世界经济及其对全球市场施加的压力联系起来,这一提法让人想起马克思在19世纪50年代的声明(以及马尔萨斯的人口指数增长理论),跨国公司——与民族国家合作——代表着19世纪的帝国主义实践。弗格森在其纪录片中将中国视为新的中心,并加上相应的副标题"崛起与动荡",陈安娜在网上评论中称其为"无知的种族主义无稽之谈"。[10]"我们不得不向亚洲的新主人磕头",他在节目刚开始一分钟就这样吟诵着，无疑是在有意识地呼应英国18世纪末与中国建立外交关系时的"问题"，当时马戛尔尼使团拒绝跪拜乾隆皇帝。弗格森接着又恢复了对混乱中国的刻板印象："然而，我越看中国，它就越让人费解。"他的纪录片围绕着中国潜在可能的无序状态及其对西方的意义展开。

弗格森有意识地重新构建了19世纪关于中国的假设：中国一如既往地处于瓦解的边缘，这种无序状态可追溯至秦始皇领导下形成统一国家那时。他将中国这两千年的历史总结为"一个目标"：防止帝国分崩离析。历史从来没有像现在这样有目的性。按照弗格森的说法，自给自足是中国人生存方式的标志，他以一种可预见却令人反感的方式，将这种现象与西方对个人自由的投入相提并论。在中国，"个人自由似乎没有那么重要"，他的这一说法是可疑的。同样令人不安的是，他一再改写马克思；他主张中国"被分裂的幽灵所困扰"。

所有这些观点背后隐含的假设是，中国本身就是困扰欧洲的幽灵，因为中国的集体主义世界观。因此，弗格森对"亚洲价值观"论点的阐述，强调了它与民主价值观之间不可缩小的差异。集体主义和自给自足也提供了一种手段，使中国不同的地区和民族汇聚成为一个单一融合的身份。

然而，就像19世纪的许多故事一样，对弗格森来说，中国自身的"崛起"最大的威胁是中国本身。在提到1 600万人死于白莲教起义（1796—1804，后来被称"席卷了整个中华帝国"）和2 000万人死于太平天国起义之前，[11]他问道："生活在一个中国人主导的世界会是什么样子？我们应该害怕吗？或者，红龙会在过去曾摧毁中国的混乱重现时坠落和燃烧吗？"

弗格森代表了中国继续充当差异标志的方式。人们普遍认为，

228

这个国家拥有西方政府不再拥有的控制权，在很多情况下，西方政府已经被剥夺了自己对基础设施的所有权。媒体上充斥着中国如何投资非洲，如何在后殖民时代的"发展"游戏中击败西方的文章；还有中国如何在西方世界抢购公用事业和公共债务；以及中国如何利用其庞大的资产，防止本国人民陷入经济衰退。世界曾经见证过英国全球化，现在正在见证中国全球化。中国又回到了中间，"中国化"意味着什么，仍然是一个亟待解决的问题。

广泛散播对中国"钳制"稀土生产和流通的焦虑——其囤积供应，在最近争端中拒绝向日本出口，等等——都是基于类似的观点，即中国要主导全球经济。目前，世界贸易组织正在调查来自美国和欧盟的投诉，因为据《金融时报》报道，"中国对稀土供应的控制——以及北京随意停止出口的能力——长期以来为外国政府敲响警钟，它们竞相开发替代能源来打破中国的垄断"。[12] 关于稀土报道的惊人之处在于，它复制了导致西方在19世纪30年代至50年代首次入侵中国时的论点，当时的观点使用了"控制"、"遏制"和"垄断"的语言，并且提出有必要迫使中国按照西方希望的方式开展贸易。我们看到的是另一种臭名昭著的"贸易失衡"吗？那时的贸易失衡导致欧洲商人培养了一种对非法鸦片的需求，以抵消中国垄断茶叶的成本。

最近，企业开始以技术间谍活动为理由，将中国工厂迁回本国，重申西方是创意之乡，东亚是廉价模仿之乡的观念——就连弗格森也否认这一点。他在2010年11月发表于《华尔街日报》的一篇文章中指出："有观点认为，中国注定要继续充当'加州设计'产品的装配线，但与此相反，中国正在进行更多的创新……这是东方崛起的更广泛故事的一部分。"他在结尾故意使用了令人不安的词汇，这些词汇保留了在19世纪亚洲入侵小说中有如此突出问题的学生-教师的类比:"北京的绅士可能还不是师傅。但有一件事是肯定的:他们不再是学徒。"

焦虑中国崛起的另一个试金石是人权领域。许多亚洲人长期以来一直声称,西方以人权为攻打中国的棍棒,这种模式可以追溯到19世纪对中国酷刑手段的痴迷。最近,人们的注意力集中在为苹果等大企业代工的公司(例如富士康)的工人权利上。在《纽约时报》(2012年1月21日)刊登了关于苹果为什么不在美国生产的长篇报道后不久,公平劳工协会于2012年3月发布了一份谴责富士康劳工行为的报告。

虽然富士康的记录存在重大问题是毋庸置疑的,但媒体如何代表该公司则是另一回事。富士康总部设在中国台湾,工厂遍布中国和巴西等"发展中"国家,富士康汇集了很多方面的问题:西方消费者渴求廉价商品和企业追求利润,所有的问题都与美国高失业率以及人权问题所象征的中国没有彻底吸收"现代性"这一状况相关。媒体对富士康的讨论焦点之一是跳楼自杀的工人,以及该公司为防止工人跳楼而安上防盗网的应对方式。

230

与维多利亚时代一样,这些对中国实力的经济焦虑直接转化为文化表征。2010年,亨宁·曼克尔的《来自北京的男子》英文版出版。该书将19世纪的中国契约叙事与现代叙事并列,后者讲述的是一名归国劳工的孙子——雅如的故事。小说中的反派人物雅如是一个无良的商人,他计划利用数十万中国工人在非洲开发大片土地。这部小说将19世纪和当代的叙事线索结合在一起,符合一个更普遍的观点,即散居海外的华人不仅构成威胁,而且中国人对"种族"的忠诚胜过对任何"所在国"的忠诚。这种构想不仅与同样并置两个时期的华裔作家的小说题材大相径庭,例如汤婷婷的《女勇士》、李群英的《残月楼》、伍慧明的《骨》等,同时也符合第二次世界大战期间收容日裔美国人的逻辑。重要的是,印度移民很少被这样看待。

另一个很好的例子是英国广播公司的《神探夏洛克》,它是一种新维多利亚时代的现象,就像我下面的分析所显示的那样,在宣称要摒弃所回忆起的许多陈规旧俗和重申这些习俗的文化力量之间,只有一线之隔。[13]主演本尼迪克特·康伯巴奇饰演现代版的福尔摩斯,是全球唯一的"咨询侦探",马丁·弗里曼饰演他坚定的助手。《神探夏洛克》重拾了道尔原著中男主人公的模式,他与知识经济的优越关系,弥补了他在社会秩序和执法中被边缘化的地位。为了与道尔原著的精神保持一致,夏洛克迷人的大男子主义必须在帝国主义的幽灵中站稳脚跟;在第二季《贝尔格莱维亚丑闻》中,有一个场景很幽默,夏洛克伪装成理查德·伯顿的模样,从巴基斯坦的恐怖分子手中救出了艾琳·艾德勒(劳拉·普尔弗饰),使其免于被斩首。第一季的最后一集被命名为《致命游戏》。

中国和中国人是第一季第二集《盲目的银行家》的核心部分,这一集由史蒂夫·汤普森编剧,由尤洛斯·林执导。[14]该剧于2010年8月1日首播,首日收视人数为644.2万,首周人数达到866万。[15]故事围绕着沙德·桑德森投资银行香港办事处负责人埃迪·范·库恩和记者布莱恩·卢基斯的神秘死亡展开。两人之间的联系是,他们都是一个"古老的犯罪集团"(61)的成员。该集团名为"黑莲帮",是一个拥有"数千人"(103)的"庞大的网络",参与文物走私活动。这两人中的一人偷了原本属于慈禧太后的价值900万英镑的玉簪,虽然他并不知道玉簪的价值。

该计划巧妙地将跨国盗窃行为与国际金融世界混合在一起,含蓄地提到了使汇丰银行成为全球最大企业之一的英中银行业的历史,以及信贷紧缩暴露出的企业贪婪。就像入侵小说一样,中国人

231

有能力渗透至他们本不该去的地方，这构成了中国的神秘和威胁。黑莲帮的成员"蜘蛛"潜入银行的内部密室——位于前纳西韦斯大厦高层的创始人威廉·沙德的办公室——用一种奇怪的密码留下了他的信息，后来发现这是古代杭州（实际上是苏州）的编号系统。就像19世纪的许多故事一样，英国将自己在中国扮演的毒品推动者角色投射到了中国人自己身上。黑莲的名字（食用莲花以及死亡等）暗示了贩毒是其商业活动之一；这个名字还可能暗指参照了白莲教起义。

　　和弗格森一样，这个故事必须通过唐人街来构建"真实"的中国。美丽的姚素琳（嘉玛·陈饰）在剧本中被描述为"脆弱的小娃娃"(1)，她不可思议地生活在杰拉德街上，街上的"幸运猫"古董店是剧中走私情节的中心地点。为了强调唐人街比伦敦更具中国特色，夏洛克和华生在追踪杀害范·库恩的凶手踪迹时，来到了唐人街，当时电视剧的背景中播放着诡异的音乐，而镜头则停留在杰拉德街远东餐厅的招牌上。正是在唐人街，模糊难懂的东方知识得到了消解：夏洛克发现这个密码是一个编号系统，因为华生发现它潦草地写在幸运猫的价格标签上。

　　这一集以素琳的特写开场。素琳是蜘蛛的妹妹，国家古物博物馆（在剧中是大英博物馆的替身）的策展人。她正用藏品之一的茶壶为参观者进行茶道表演。这一时刻令人产生了几个联想。首先是东亚的融合：西方人把茶道更多地与日本而不是中国联系在一起。后来，《银翼杀手》中的日式折纸黑莲花（陈安娜这样称呼它们）留在了帮会受害者的尸体上。其次是将中国与错置的时代联系在一起，因为在中国人看来，密码就像算盘一样，是一种"古老工具"，却与现代性同时存在。茶壶支持了这样一种观点，即保护历史和传统是中国文化的核心。素琳说："伟大的工匠们说——茶壶用

232 得越多，它就变得越漂亮。"茶壶的光泽来自时间的积累——它作为实用物品，持续使用使它变得美丽，与现代和新事物的美丽是相对的。在这个剧本中，"古"这个词出现十次，全部与中国有关，包括"古器物"(35)、"古数制"(45)、"古汉语方言"(45，84A)、"神秘古符文……中国数字"(55)、"中国古代文物"(69)和"中国古代逃脱术"(78)。

最后，在这一幕结束后不久，这位策展人就失踪了，为介绍三合会和全球互联的东西方货物和人口流动的情节铺平了道路。素琳必须通过一个情节与这个世界联系在一起，这个情节引起了观众对她的同情，但仍将她定性为罪犯。在她被谋杀前不久的自述中，她解释说，为了避免在"黄龙城"成为衣衫褴褛的街头顽童，她和哥哥被迫加入了黑莲帮。"两个孤儿，"她说，"我们别无选择。要不为黑莲帮工作，否则就得像乞丐一样在街头挨饿。"她没有卖淫，而是成为一名走私犯，把海洛因带到了香港。可以预见的是，英国以及那里的教育机会，为她提供了一种逃避现实的方式："我并不自豪。我为自己的生活感到羞愧。我还是设法逃了出来。我设法把那种生活抛在脑后。我来到英国，在夜校学习。他们给了我一份工作。一切都很好。一个全新的生活。"(63)

然而，证明中国威胁的是，在一个全球化的世界中，逃离实际上是不可能的。"但他们从未真正让你离开。像我们这样的小社区——他们从来都不会离我们很远。"(63)不管素琳选择住在唐人街，也不管作者把她公寓楼下的商店作为走私活动的中转站。这一消息可能与夏洛克的说法相矛盾。夏洛克称，戏剧/杂技表演使得帮会成员在伦敦的存在成为可能，是因为出境签证稀缺，尽管更有可能的情况是，英国的中国公民入境手续繁琐。[16]

然而，在她讲述自己的历史之前，观众必须先通过英国年轻研究生安迪·加尔布雷思（阿尔·韦弗饰）对她产生的白人异性恋的男性欲望，来产生对她的同情。加尔布雷思和素琳一起工作，素琳不可思议地拒绝了他的求爱，不久后她就消失了。加尔布雷思十分担心她，帮助夏洛克解决了这个案子。中英两国的差异体现在他接近她时交换的礼物。"这个有四百年历史了，你可以用它来泡茶。"他说，然后邀请她去酒吧，而不是喝茶。（过了很久，夏洛克同素琳躲在博物馆的时候会问她要不要在喝茶的时候吃块饼干，让她大吃一惊。）加尔布雷思对素琳的公开的欲望——如此强烈，以至于他的老板暗示素琳可能是由于不受欢迎的关注而辞职——有意与夏洛克和华生之间没那么热烈的同性关系形成鲜明对比。（在该剧中，华生不断抗议表明自己不是同性恋。）

这一情节的关键是一个东方之谜——书中的"密码"不协调地在伦敦的风景上乱涂乱画——而不是道尔原作中的三 K 党标志。（夏洛克本人得到了现代贝克街一位班克西风格的涂鸦艺术家的帮助。）当然，密码的关键是城市本身。这本书需要解码的是伦敦的 A 到 Z，而帮会在伦敦的总部位于一条废弃的有轨电车隧道中，这表明中国占领了一个与城市化和快速交通直接相关的过时空间。在完美的新维多利亚时代风格中，解决这个密码将倒退的性别政治与东方主义幻想联系在一起，当华生的约会对象萨拉看到了夏洛克所不能看到的——姚素琳翻译了几句密码，给了他们一块罗塞塔石碑。

后来，在故事中萨拉因智胜夏洛克而受到了惩罚，她和华生被黑莲帮女帮主珊绑架了。珊一直在跟踪夏洛克和华生，试图找到丢失的发簪。然而，她对信息的掌握并不等同于夏洛克，她把华生错当成了夏洛克。被绑起来的萨拉被置于先前看到的杂技场景中。珊刺穿了一个控制重量的沙袋，当它空了时，会推动一把匕首杀死萨拉。"西方的一切都是有代价的，"珊断断续续地用英语告诉华生，"所以……这是她生命的代价……信息。"(94) 舞台上，夏洛克在最后一刻解救了陷入困境的年轻女子，而不是直接攻击蜘蛛。所有这一切都有赖于夏洛克之前阻止了华生"和萨拉共进退"的打算（76A）。

　　在这个故事中，女性都是受过良好教育、有能力的专业人士——萨拉是全科医生，素琳是博物馆策展人——但她们永远比不上夏洛克。该剧的一大笑料是夏洛克对病理学家"霍珀小姐"的操纵——正如她在剧本中所表现的那样——因为她迷恋上了夏洛克。在陈看来，这场表演杀死了素琳，是"黄柳霜非死不可"的非异族通婚的综合征，也是对她过去走私毒品的惩罚。银行家兼走私者埃迪·范·库恩从黑莲帮偷走的玉簪怎么了？他把这个礼物送给了他的情人阿曼达：

> 阿曼达：我想……他对我毫不在乎，
>
> 　　　　（叹了口气，终于承认……）
>
> 　　　　总是放我鸽子。说好一起度周末的，他突然就走了。
> 打个招呼就飞去中国了。(100)

这个情节似乎体现了某些女权主义价值观，但实际上破坏了它们；同样，这种破坏发生在古代中国与现代英国的对比背景下。在剧本中，夏洛克找回了这支玉簪，并把它交给了博物馆女策展人，在武则天的人像前面，武则天被称为"唯一统治过中华帝国的女皇……她的一切都没有保存下来"(102)。与柯林斯的《月亮宝石》情节不同的是，在这里，亚洲人并没有拿回属于他们的东西——他们的罪行使其成为普遍存在的人类遗产的非法占有者，这些遗产与博物馆里的其他战利品放在一起更为合适。武则天早在一千四百多年前的唐朝就已经去世了，而这个故事的背景更多的是慈禧和清朝。后

234

来，华生把范·库恩的雇主为解决公司安全漏洞而付给夏洛克的钱交给了安迪。他建议安迪把这笔钱捐给他的老板，这样博物馆就会以素琳的名义制作一块捐赠者的牌匾。由于无法与安迪建立完美的关系，素琳实际上变成了博物馆死气沉沉的文化的一部分。然而，在实际拍摄的版本中，我们并未获知玉簪的命运，除了看到第二天华生和夏洛克在吃早餐的时候，《每日邮报》封面上的标题是"谁想拥有百万头发？"。

　　这个故事的结尾反转了道的《黄种人》中的叙事模式："一个黄种人的杀人团伙在中国策划了犯罪，并在英格兰的一个乡镇犯下罪行。"回到了中国的珊在网络电话上与一个人联络，观众认识那个人就是莫里亚蒂。"没有你——没有你的帮助——我们就不会进入伦敦了。向你致谢。"她在最后灯光熄灭之前告诉莫里亚蒂（104），当时镜头显示出她的前额上有一个激光导引器的红点。莫里亚蒂对英国来说可能是更大的反派，从最真实的意义上来说，他比黑莲帮更残忍和更全面。但事实是：正是通过中国以及中国的存在引发的有关国家、忠诚和财富的问题，引出了他的故事。就像一百七十年前的第一次鸦片战争，或者像塞缪尔·亨廷顿在冷战期间提出的"文明冲突"模式一样，作为一个叙事实体，"中国"仍然是困扰"西方"的"其余部分"。

235

236

注　释

引　言　颠倒的英国和中国

1. Julian Croskey, "*The S. G.*": *A Romance of Peking*, London: Lamley & Co., 1900, 107—108.

2. Walter Henry Medhurst, *The Foreigner in Far Cathay*, London: Edward Stanford, 1872, 172—173. 麦华陀（Medhurst）长期担任驻华外交官，其父为来华的传教士，他后来参与了19世纪80年代英国北部婆罗洲公司组织中国移民的活动。更多生平介绍，请参阅 Charles Alexander Harris, rev. T. G. Otte, "Medhurst, Sir Walter Henry," *Oxford Dictionary of National Biography*, www.oxforddnb.com。

3. Betty [pseud.], *Intercepted Letters: A Mild Satire on Hongkong Society*, Hong Kong: Kelly & Walsh, 1905, 79—80.

4. 请参阅 James L. Hevia, *English Lessons: The Pedagogy of Imperialism in Nineteenth-century China*, Durham, NC: Duke University Press, 2003, 11—12。

5. 更多有关贝雷斯福德（Beresford）以及他承担的任务的信息，请参阅 Geoffrey Bennett, *Charlie B: A Biography of Admiral Lord Beresford of Metemmeh and Curraghmore*, London: Peter Dawnway, 1968, 196—225。

6. Charles Beresford, *The Break-up of China with an Account of Its Present Commerce, Currency, Waterway, Armies, Railways, Politics and Future Prospects*, London: Harper & Brothers, 1899, 1—2.

7. Thomas Richards, *The Imperial Archive: Knowledge and the Fantasy of Empire*, London: Verso, 1993, 3.

8. 我使用"认同此空间的民族"这一短语，因为对维多利亚时代的人来说，共同的中国民族认同感并没扩及整个中华帝国境内。

9. George Orwell, "Shooting an Elephant," 1936, in Saros Cowasjee, ed., *The Oxford Anthology of Raj Stories*, Delhi: Oxford University Press, 1998, 281—287.

10. 请参阅 Lydia H. Liu, *The Clash of Empires: The Invention of China in Modern World Making*, Cambridge, MA: Harvard University Press, 2004。在《衍指符号的诞生》

272

这一章中，刘禾显示了英国人如何担心中国政府是否以贬损的方式提及他们，以及他们付出巨大努力控制在正式公报中使用的中文。237

11. Friedrich Engels, letter to N. F. Danielson, September 22, 1892, in Karl Marx and Friedrich Engels, *On Colonialism*, Moscow: Foreign Languages Publishing House, 1960, 311.

12. 请参阅 Catherine Hall, *Civilising Subjects: Metropole and Colony in the English Imagination, 1830—1867*, Chicago: University of Chicago Press, 2002, 174—208。

13. Robert Markley, *The Far East and the English Imagination, 1600—1730*, Cambridge: Cambridge University Press, 2006, 3. 17世纪和18世纪是英国与中国开始近代交往的时期；1792年至1794年的马戛尔尼使团是启蒙运动时期欧洲与中国当局接触的新形式的缩影，为政府、贸易和消费者对中国兴趣的蓬勃发展铺平了道路，其中包括园艺、瓷器和中国风等领域。一些学者探讨了英国如何将中国作为这些多重兴趣的场所，以及如何帮助英国这一新兴现代欧洲民族国家进行自我定义。请参阅 David Porter, *Ideographia: The Chinese Cipher in Early Modern Europe*, Stanford, CA: Stanford University Press, 2001; Chi-ming Yang, "Virtue's Vogues: Eastern Authenticity and the Commodification of Chinese-ness on the 18th-century Stage," *Comparative Literature Studies* 39.4, 2002, 326—346; Adrian Hsia, ed., *The Vision of China in the English Literature of the Seventeenth and Eighteenth Centuries*, Hong Kong: The Chinese University Press, 1998; Robert Batchelor, "Concealing the Bounds: Imagining the British Nation through China," in Felicity A. Nussbaum, ed., *The Global Eighteenth Century*, Baltimore, MD: Johns Hopkins University Press, 2003; Robert Batchelor, "On the Movement of Porcelains: Rethinking the Birth of Consumer Society as Interactions of Exchange Networks, 1600—1750," in John Brewer and Frank Trentmann, eds., *Consuming Cultures, Global Perspectives: Historical Trajectories, Transnational Exchanges*, Oxford: Berg, 2006, 95—121; 以及 Jeng-Guo S. Chen, "The British View of Chinese Civilization and the Emergence of Class Consciousness," *Eighteenth Century* 45.2, 2004, 193—206. 有关浪漫主义作家作品，请参阅 Nigel Leask 关于德·昆西和柯尔律治的论述，*British Romantic Writers and the East: Anxieties of Empire*, Cambridge: Cambridge University Press, 1992, 尤其请参阅217—220, 以及他的"全球神经系统或自由市场"这一概念 (219); Josephine McDonagh, "Opium and the Imperial Imagination," in Philip W. Martin and Robin Jarvis, eds., *Reviewing Romanticism*, Basingstoke: Macmillan, 1992, 116—133; 以及 Althea Hayter, *Opium and the Romantic Imagination*, London: Faber & Faber, 1968。

14. Bernard Porter, *The Absent-minded Imperialists: Empire, Society and Culture in Britain*, Oxford: Oxford University Press, 2005.

15. Andre Gunder Frank, *ReOrient: Global Economy in the Asian Age*, Berkeley:

University of California Press, 1998, 5.

16. Robert D. Aguirre, *Informal Empire: Mexico and Central America in Victorian Culture*, Minneapolis: University of Minnesota Press, 2005, xvii.

17. 金砖四国是巴西、俄罗斯、印度和中国的缩写。"中印大同"是2004年出现的一个
新造词,用以描述中国和印度的经济合力。关于这一概念,请参阅Peter Engardio,
ed., *Chindia: How China and India Are Revolutionizing Global Business*, New York:
McGraw Hill, 2007。

18. 许多当代印度历史学家不喜欢"印度兵变"和"印度士兵起义"这些形容1857年
冲突的术语的政治含义,有些则倾向于把它称为第一次独立战争。虽然这些名字
存在争议,我在这本书中仍使用这些名字,因为它们是维多利亚人提及这次冲突
普遍使用的名称。

19. 摘引自Karl Marx, "The New Chinese War, "*New York Daily Tribune*, September
27, 1859, in Marx and Engels, *On Colonialism*, 204。

20. Charles Wentworth Dilke, "Preface to First Edition, " 1868, *Greater Britain: A
Record of Travel in English-Speaking Countries. With Additional Chapters on English
Influence in Japan and China and on Hong Kong and the Straits Settlements*, 8th
edn., London: Macmillan and Co., 1885.

21. 弗雷德里克·威尔金·雅各·艾雷在下面这本书中提出此观点: *Pidgin Inglis
Tails and Others*, Shanghai: Kelly & Walsh, 1906, 8。阿查亚·高希有关鸦片战争
爆发前夕的历史小说中,主角是一名非裔美国人,他学习洋泾浜以便与他的印度
船员进行沟通,这显示出洋泾浜是一种广泛使用的语言。请参阅 *Sea of Poppies*,
London: John Murray, 2008。

22. Albert Barrère and Charles G. Leland, *A Dictionary of Slang, Jargon & Cant
Embracing English, American, and Anglo-Indian Slang, Pidgin English, Tinkers'
Jargon and Other Irregular Phraseology*, Edinburgh: The Ballantyne Press, 1889,
vol. i: xxi.

23. 大清皇家海关在很长时间里由罗伯特·赫德爵士掌控,直到19世纪晚期海关的雇
佣人员几乎全是欧洲人和美国人,一直持续到第一次世界大战,它是中国政府的主
要收入来源。麦华陀的《在遥远中国的外国人》中称:海关服务最初由卢瑟福·阿
尔科克爵士 (Sir Rutherford Alcock) 在上海组织,后来又在所有通商口岸组织,并
"由一位驻北京的英国总税务司监管,由各国洋人担任职员和监察员"(54)。

24. 关于这段情节,请参阅Rachel Bright, "'Irregular Unions': Alicia Bewicke Little's *A
Marriage in China* and British—Chinese Relations in the Late-Nineteenth Century, "
Schuylkill 5.1, 2002, 38—53。

25. James Dalziel, *Chronicles of a Crown Colony*, Hong Kong: South China Morning
Post, 1907, 35.

26. 聚焦鸦片的文本包括 Barry Milligan, *Pleasures and Pains: Opium and the Orient*

in Nineteenth-century British Culture, Charlottesville: University Press of Virginia, 1995; Curtis Marez, *Drug Wars: The Political Economy of Narcotics*, Minneapolis: University of Minnesota Press, 2004 前两章; Marez, "The Other Addict: Oscar Wilde's Opium Smoke Screen," *ELH* 64.1, 1997, 257—287; Terry M. Parssinen, *Secret Passions, Secret Remedies: Narcotic Drugs in British Society, 1820—1930*, Manchester: Manchester University Press, 1983; Jeremy Tambling, "Opium, Wholesale, Resale, and for Export: On Dickens and China," *Dickens Quarterly* 21.1, 2004, 28—43 and 21.2, 2004, 104—113; Joaquim Stanley, "Opium and *Edwin Drood*: Fantasy, Reality and What the Doctors Ordered," *Dickens Quarterly* 21.1, 2004, 12—27; Wenying Xu, "The Opium Trade and *Little Dorrit*: A Case of Reading Silences," *Victorian Literature and Culture* 25.1, 1997, 53—66。另请参阅 Susan Schoenbauer Thurin, "China in Dickens," *Dickens Quarterly* 8.3, 1991, 99—111。

239

27. Shanyn Fiske, "Orientalism Reconsidered: China and the Chinese in Nineteenth-century Literature and Victorian Studies," *Literature Compass* 8.4, 2011, 214—226.

28. 此外，有关鸦片的文学研究只使用了部分材料。重要的资源，比如和贵格会有关的英华禁止鸦片贸易协会（Anglo-Oriental Society for the Suppression of the Opium Trade）于1875年到1916年出版发行的期刊《中国之友》（*Friend of China*）以及由中国内地会（China Inland Mission）出版的刊物《亿万华民》（*China's Millions and Our Work among Them*, 1875—1952）需进一步研究。关于英华禁止鸦片贸易协会，请参阅 Andrew Blake, "Foreign Devils and Moral Panics: Britain, Asia and the Opium Trade," in Bill Schwarz, ed., *The Expansion of England: Race, Ethnicity and Cultural History*, London: Routledge, 1996, 240—249; J. B. Brown, "The Politics of the Poppy: The Society for the Suppression of the Opium Trade, 1874—1916," *Journal of Contemporary History* 8.3, 1973, 97—111。

29. 尚有很多领域的叙事创作，本书并未涉及，包括中文典籍的翻译，以及在维多利亚时代出现在诸如《19世纪》（*The Nineteenth Century*）期刊的激增的中国文学和戏剧批评。传教士理雅各是其中一位杰出的人物，他于1861年出版了《中国古典》（*The Chinese Classics*），并翻译了中国的宗教作品，包括《道教经典》（*The Texts of Taoism*, 1891年），后被收录入马克斯·缪勒编著的《东方圣书》（*Sacred Books of the East*）。有关理雅各，请参阅 Norman J. Girandot, *The Victorian Translation of China: James Legge's Oriental Pilgrimage*, Berkeley: University of California Press, 2002; Wong Man Kong, *James Legge: A Pioneer at Crossroads of East and West*, Hong Kong: Hong Kong Educational Publishing Co., 1996。与此相关的现象是由英国作家写的"中国故事"，就像是从中文翻译过来一样。这一类型的著名作品有欧内斯特·布拉默的《启隆的钱包》（*The Wallet of Kai Lung*, London, Grant Richards, 1900）。

30. "The Yarn of the 'Broker Swell,'" in *China Punch* 18, August 27, 1874, 4.

31. 一段时间以来,维多利亚时代的中国旅行文学一直是评论界关注的焦点。请参阅 Susan Schoenbauer Thurin, *Victorian Travelers and the Opening of China, 1842—1907*, Athens: Ohio University Press, 1999; Nicholas J. Clifford, "*A Truthful Impression of the Country": British and American Travel Writing in China, 1880—1949*, Ann Arbor: University of Michigan Press, 2001; Jeffrey N. Dupée, *British Travel Writers in China: Writing Home to a British Public, 1890—1914*, Lewiston, NY: Edwin Mellen Press, 2004; Douglas Kerr and Julia Kuehn, eds., *A Century of Travels in China: A Collection of Critical Essays on Travel Writing from the 1840s to the 1940s*, Hong Kong: Hong Kong University Press, 2007。另请参阅 Susan Schoenbauer Thurin, ed., *The Far East, vol. iv, Nineteenth-century Travels, Explorations and Empires: Writings from the Era of Imperial Consolidation 1830—1910*, London: Pickering & Chatto, 2003。

240

32. Elizabeth Hope Chang, *Britain's Chinese Eye: Literature, Empire and Aesthetics in Nineteenth-century Britain*, Stanford, CA: Stanford University Press, 2010; "'Eyes of the Proper Almond-Shape': Blue-and-White China in the British Imaginary, 1823—1883," *Nineteenth Century Studies* 19, 2005, 17—34.

33. 包括的作品有: Wang Gungwu, *Anglo-Chinese Encounters since 1800: War, Trade, Science, and Governance*, Cambridge: Cambridge University Press, 2003; John Yue-Wo Wong, *Deadly Dreams: Opium, Imperialism and the "Arrow" War*, Cambridge: Cambridge University Press, 1998; James L. Hevia, *Cherishing Men from Afar: Qing Guest Ritual and the Macartney Embassy of 1793*, Durham, NC: Duke University Press, 1995; Arthur David Waley, *The Opium War through Chinese Eyes*, London: Allen & Unwin, 1958; and Jonathan Spence, *The Chan's Great Continent*, New York: Norton, 1998。

34. 有关在华传教士的作品包含: Eric Reinders, *Borrowed Gods and Foreign Bodies: Christian Missionaries Imagine Chinese Religion*, Berkeley: University of California Press, 2004; Ryan Dunch, *Fuzhou Protestants and the Making of a Modern China, 1857—1927*, New Haven, CT: Yale University Press, 2001; Kathleen L. Lodwick, *Crusaders against Opium: Protestant Missionaries in China, 1874—1917*, Lexington: University Press of Kentucky, 1995; Patricia Miriam Barr, *To China with Love: The Lives and Times of Protestant Missionaries in China*, London: Secker and Warburg, 1972; W. K. Cheng, "Constructing Cathay: John Macgowan, Cultural Brokerage, and Missionary Knowledge of China," *Journal of Asian Pacific Communication* 12.2, 2002: 269—290; Patrick Hanan, "The Missionary Novels of Nineteenth-century China," *Harvard Journal of Asiatic Studies* 60.2, 2000, 413—443; and Susan Fleming McAllister, "Between Romantic Revolution and Victorian Propriety: The Cultural Work of British Missionary Narratives," unpublished PhD

dissertation, University of Oregon (1997)。有关英国对佛教的接受情况，请参阅 J. Jeffrey Franklin, *The Lotus and the Lion: Buddhism and the British Empire*, Ithaca, NY: Cornell University Press, 2008。有关维多利亚时期的讨论，请参阅 Max Müller, "The Religions of China," *Nineteenth Century* 48, January—July 1900, 373—384, 569—581, 730—742。

35. 另请参阅东南亚地区的英国帝国主义文学研究的作品，包括 Philip Holden, *Modern Subjects/Colonial Texts: Hugh Clifford and the Discipline of English Literature in the Straits Settlements and Malaya 1895—1907*, Greensboro: ELT Press/ University of North Carolina, 2000 and Tamara S. Wagner, *Occidentalism in Novels of Malaysia and Singapore, 1819—2004: Colonial and Postcolonial Financial Straits and Literary Style*, Lewiston, NY: The Edwin Mellen Press, 2005。

36. Henry Norman, "Our Vacillation in China and Its Consequences," *Nineteenth Century* 48.281, July 1900, 11.

37. 有关文学研究后殖民的方法与现代帝国历史的当前实践之间相互作用产生的回报，请参阅 Dane Kennedy, "Imperial History and Post-Colonial Theory," *The Journal of Imperial and Commonwealth History*, 24.3, 1996, 345—363。

38. Frederick Cooper and Ann Laura Stoler, "Between Metropole and Colony: Rethinking a Research Agenda," in Frederick Cooper and Ann Laura Stoler, eds., *Tensions of Empire: Colonial Cultures in a Bourgeois World*, Berkeley: University of California Press, 1997, 1.

39. Dipesh Chakrabarty, *Provincializing Europe: Postcolonial Thought and Historical Difference*, Princeton, NJ: Princeton University Press, 2000.

40. 有关19世纪中叶之前的中英关系，请参阅 D. E. Mungello, *The Great Encounter of China and the West, 1500—1800*, 2nd edn., Lanham, MD: Rowman & Littlefield, 2005。

41. Nigel Cameron, *Barbarians and Mandarins: Thirteen Centuries of Western Travelers in China*, Chicago: University of Chicago Press, 1970, 364.

42. Robert S. Winn, "A Chinese Adventure," in Alfred Miles, ed., *Fifty-two Stories of Greater Britain*, London: Hutchinson & Co., 1901, 412—420.

43. Bessie Marchant, *Among Hostile Hordes: A Story of the Tai-ping Rebellion*, London: Gall and Inglis, 190.

44. J. A. R. Marriott, "The Imperial Note in Victorian Poetry," *Nineteenth Century* 48.282, August 1900, 243.

241

第一章 现代中国人的风俗习惯：透过通商口岸叙述中国故事

1. John Otway Percy Bland, *Verse and Worse: Selections from Tung Chia [aka Bland]*, Shanghai: Oriental Press, 1902, iii. 这部作品发表时，濮兰德是海关官员，时任上

海英租界工部局秘书长。请参阅 Robert Bickers, *Britain in China: Community, Culture and Colonialism 1900—1949*, Manchester: Manchester University Press, 1999, 31。他同时在1900年义和团运动期间兼任《泰晤士报》驻上海的记者。

2. William A. Rivers, "A Tai-pan of the 'Fifties," *Anglo-Chinese Sketches*, London: S. R. Menheneott, 1903, 5—7. 里弗斯是韦罗妮卡和保罗·金出版时使用的笔名。保罗·金在中国时就职于大清海关,他根据自己在此的经历,创作出作品 *In the Chinese Customs Service: A Personal Record of Forty-Seven Years*, London: T. Fisher Unwin, 1924。史蒂文·拉尔夫·哈迪在其博士论文关于里弗斯的一章里讨论了《英华杂记》,请参阅"Expatriate Writers, Expatriate Readers: English-Language Fiction Published along the China Coast in the Late Nineteenth and Early Twentieth Centuries," unpublished PhD dissertation, University of Minnesota, 2003。

3. Lise Boehm [Elise Williamina Edersheim Giles], introduction to *China Coast Tales*, 2nd edn., Shanghai: Kelly & Walsh, 1898. 博海姆于1883年与编写威妥玛式拼音法的汉学家翟理斯(Herbert A. Giles)结婚。

4. 英国人也组成了大部分"室内"工作人员。有关统计信息,请参阅 Stanley F. Wright, *The Origin and Development of the Chinese Customs Service, 1843—1911*, Shanghai: n.pub., 1939, 48。

5. "朱利安·克洛斯基"是查尔斯·韦尔什·梅森采用的一个笔名,他曾在大清皇家海关工作,在其自传性的抨击文章《失落的军团之一》中公开了自己使用这个名字,这篇文章于1898年出版在《新世纪评论》中。

6. 全面讨论英国人在中国的情况,请参阅 Frances Wood, *No Dogs and Not Many Chinese: Treaty Port Life in China 1843—1943*, London: John Murray, 1998。

7. Jürgen Osterhammel, "Britain and China, 1842—1914," in Andrew Porter and Alaine Low, eds., *The Nineteenth Century*, Oxford: Oxford University Press, 1999, 149. Vol. iii of *The Oxford History of the British Empire*.

8. 大多数传教团都在中国城市的"本地人居住区"设立了办事处;他们也没有把自己限制在通商口岸,而是在中国内地的限制地区内非法建立据点。在19世纪末开放的较小的港口的租界和定居点并不总是外国人居住或工作的地方,这往往是因为割让给他们的土地不受欢迎且疟疾肆虐,尽管那里仍然受到激烈的土地投机活动的影响。

9. 请参阅 Dana Arnold, "Ambivalent Geographies: The British Concession in Tianjin, China, c.1860—1946," in Julie F. Codell, ed., *Transculturation in British Art, 1770—1930*, Farnham: Ashgate, 2012, 143—155; James A. Cook, "Reimagining China: Xiamen, Overseas Chinese, and a Transnational Modernity," in Madeline Yue Dong and Joshua L. Goldstein, eds., *Everyday Modernity in China*, Seattle: University of Washington Press, 2006, 156—194; Lee Ho Yin and Lynne DiStefano, "Chinese-Built Western Towers: The Hyper-Tradition of the Overseas Chinese's

Fortified Towers in the Cantonese Counties of Kaiping and Taishan，" *Traditional Dwellings and Settlements Review: Journal of the International Association for the Study of Traditional Environments* 18.1，2006，27—28；Maurizio Marinelli，"Making Concessions in Tianjin: Heterotopia and Italian Colonialism in Mainland China，" *Urban History* 36.3，2009，399—425；Jeremy E. Taylor，"The Bund: The Littoral Space of Empire in the Treaty Ports of East Asia，" *Social History* 27.2，2002，125—142。

10. Joseph W. Esherick，"Modernity and Nation in the Chinese City，" in Joseph W. Esherick，ed.，*Remaking the Chinese City: Modernity and National Identity，1900—1950*，Honolulu: University of Hawaii Press，2000，6。

11. 请参阅，例如 Julian Croskey，*The Shen's Pigtail and Other Cues of Anglo-China Life*，London: T. Fisher Unwin，1894 和里弗斯。

12. 请参阅 Osterhammel，"Britain and China，" 149："英国对中国人的统治，例如在香港、上海中心，还有在新加坡，局限于流动的、相对现代的城市环境，这些环境很大程度上是由欧洲的入侵本身造成的：跨文化妥协地带的边境城市。"另请参阅 Robert Bickers，*Britain in China*，69。

13. Bickers，*Britain in China*，76. 有关印度人如何在中国就业的讨论，请参阅 Claude Markovits，"Indian Communities in China, c. 1842—1949，" in Robert Bickers and Christian Henriot，eds.，*New Frontiers: Imperialism's New Communities in East Asia，1842—1953*，Manchester: Manchester University Press，2000，55—74。

14. Bland，*Verse and Worse*，iii. 有关濮兰德的传记信息，请参阅 Bickers，*Britain in China*，31。

15. Bernard Porter，*The Lion's Share: A Short History of British Imperialism 1850—1995*，3rd edn.，London: Longman，1996，156。

16. 请参阅，例如 Harry Collingwood，*A Chinese Command: A Story of Adventure in Eastern Seas*，London: Blackie and Son，1915。

17. William Carlton Dawe，"A Night in Canton，" in *Kakemonos: Tales of the Far East*，London: John Lane，1897，100。

18. Stephen Arata，*Fictions of Social Loss in the Victorian Fin de Siècle*，Cambridge: Cambridge University Press，1996，159。

19. 有关杰奎琳·杨解读梅森个人对小说的投入，请参阅"Rewriting the Boxer Rebellion: The Imaginative Creations of Putnam，Weale，Edmund Backhouse，and Charles Welsh Mason，" *The Victorian Newsletter* 114，2008，21—24。

20. 另请参阅 Hardy，"Expatriate Writers，Expatriate Readers，" 128—133，162—163。

21. Brady，"Little Mertens，" 44。

22. Dolly，*The Vampire Nemesis*，9. 这些故事最早出现在英中报刊上。另请参阅哈迪论文中关于"多利"的一章，"Expatriate Writers，Expatriate Readers，" 298—330。哈迪的研究表明，多利和达尔齐尔一样，在轮船上工作（299）。

243

23. Roslyn Jolly，"Piracy，Slavery，and the Imagination of Empire in Stevenson's Pacific Fiction，" *Victorian Literature and Culture* 35，2007，161.

24. Joseph Bristow，*Effeminate England: Homoerotic Writing after 1885*，Buckingham：Open University Press，1995，11.

25. 请参阅，例如，W. C. Metcalfe，*Pigtails and Pirates: A Tale of the Sea*，London：Blackie and Son，1908。故事中，一群船员在中国南海经历了困境，从恶霸转变为模范男人，他们形成了"英勇的"道德社区。

26. James Payn，*By Proxy*，London：Chatto and Windus，1878，vol. i：1.

27. C. Mary Turnbull，"Hong Kong: Fragrant Harbour, City of Sin and Death，" in Robin W. Winks and James R. Rush，eds.，*Asia in Western Fiction*，Manchester：Manchester University Press，1990，118.

28. 请参阅 G. W. Keeton，*Extraterritoriality in China*，London：Longman，Green and Co.，1928，vol. i：284—285。

29. 这本书也是金一家人在英国时出版的，请参阅King，*In the Chinese Customs Service*，176，177。

第二章　水坑口投影：詹姆斯·达尔齐尔的香港编年史

1. *The Chronicle and Directory for China, Japan, Corea, Indo-China, Straits Settlements, Malay States, Siam, Netherlands India, Borneo, The Philippines, & C. for the Year 1898*，Hong Kong：The Daily Press，1898，Directory，244. 1841年1月，英国在水坑口升起旗帜，标志着第一次鸦片战争的结束。《南京条约》将香港岛割让给英国，香港于一年后成为英国殖民地。第二次鸦片战争后（1856—1860），中国割让了九龙半岛和昂船洲。1898年，英国获得被称为新界的地区的九十九年的租约，大大扩展了殖民地。最后一个文本使香港在1997年回归中国。19世纪和20世纪之交时，港岛（特别是城市核心区的维多利亚城）是英国人居住、工作和社交的主要地区。不过，九龙也正在逐渐兴旺中。

2. 另请参阅哈迪论文中关于贝蒂的讨论，"Expatriate Writers, Expatriate Readers，" 18—19。我没有看到哈迪提出的20世纪初"在华英国人"小说衰落的证据。

3. 请参阅1898年年鉴和目录中的人口统计数据，其中列出了总人口为246 880人：其中3 269名"除葡萄牙人以外的欧洲人和美国人"，2 263名葡萄牙人，1 348名印度人，272名欧亚人，882名其他种族人，200 005名中国人（"Directory，"254）。

4. Ackbar Abbas，*Hong Kong: Culture and the Politics of Disappearance*，Minneapolis：University of Minnesota Press，1997，14.

5. James Dalziel，*In the First Watch and Other Engine-Room Stories*，London：T. Fisher Unwin，1907；*High Life in the Far East: Short Stories*，London：T. Fisher Unwin，1909.

6. 没有达尔齐尔进一步创作小说的记录，虽然他完成了作品：*Silver & the Dollar*，

Hong Kong: Newspaper Enterprise, 1931。

7. 请参阅 *Chronicle and Directory*, Directory, 563 ("Coasting and River Steamers");
624 ("Foreign Residents")。

8. James Dalziel, *A Paper on Light Draught Steamers for River Service, with Remarks on Types Suitable for the West River Trade, and Maps, Diagrams, Dimensions of Steamers, Etc.*, Hong Kong: Kelly & Walsh, 1898.

9. 达尔齐尔不再出现在1904年、1905年和1906年华南名录中的外国人名单上, 也不在其船只名单上。他也未出现在这段时期的远东名人录上。然而, 对日俄战争等事件的专题介绍表明, 在他的选集出版之前的几年, 他仍然可能在这个地区。

10. 请参阅 *The Institution of Mechanical Engineers List of Members 1st May 1929*, London: Institution of Mechanical Engineers, 1929, 39. 有关达尔齐尔死亡的信息, 请参阅 "Tinwald Churchyard Inscriptions," homepages.rootsweb. com/~scottish/indextinwaldchrh.html。

11. "High Life in the Far East," *Bookman* 36, Spring 1909, Supplement 2.

12. "Our Library Table," *Athenæum* 4170, September 28, 1907, 366.

13. 有关康拉德, 请参阅 Robert Hampson, *Cross-Cultural Encounters in Joseph Conrad's Malay Fiction*, London: Palgrave, 2000。

14. Edward Salmon, *The Literature of the Empire*, London: W. Collins Sons, 1924, 166—167. Vol. xi of Hugh Gunn, ed., *The British Empire: A Survey in 12 Volumes*.

15. Xu Xi, "Writing the Literature of Non-denial," *World Englishes* 19.3, 2000, 417. 相反, 阿巴斯认为香港本地人 "已经转换了……使地方的问题不能脱离文化本身的问题" (*Hong Kong*, 12)。对阿巴斯而言, 语言媒介的选择在很大程度上是无关紧要的, 因为 "殖民主义者的心态可以用英语和中文来表达" (*Hong Kong*, 12)。

16. 请参阅 Thurin, *Victorian Travelers*。

17. Philippa Levine, *Prostitution, Race, and Politics: Policing Venereal Disease in the British Empire*, New York: Routledge, 2003.

18. 请参阅 Bickers, *Britain in China*; Markovits, "Indian Communities in China"。

19. Leo Ou-Fan Lee, *Shanghai Modern: The Flowering of a New Urban Culture in China, 1930—1945*, Cambridge, MA: Harvard University Press, 1999, 6, 309—310.

20. Ronald Robinson, "The Excentric Idea of Imperialism, with or without Empire," in Wolfgang J. Mommsen and Jürgen Osterhammel, eds., *Imperialism and After: Continuities and Discontinuities*, London: German Historical Institute/Allen & Unwin, 1986, 268.

21. Kenneth Pomeranz, *The Great Divergence: China, Europe, and the Making of the Modern World Economy*, Princeton, NJ: Princeton University Press, 2001. 在 *Civilisation: The West and the Rest*, London: Allen Lane, 2011 中, 尼尔·弗格森主张: "最近的研究破坏了一个时髦的观点, 即中国与西方在经济上一直是并驾齐驱

245

的，直到最近的1800年才出现差异"(304)。这个问题在《伦敦书评》上弗格森和潘卡基·米什拉之间的激烈讨论中也曾出现过。详见2011年12月1日(33.23)：4上刊登的他们各自的信件。

22. Kenneth Pomeranz, "Without Coal? Colonies? Calculus?," in Philip E. Tetlock, Richard Ned Lebow, and Geoffrey Parker, eds., *Unmaking the West: "What-If" Scenarios that Rewrite World History*, Ann Arbor: University of Michigan Press, 2006, 266.

23. Giovanni Arrighi, Takeshi Hamashita, and Mark Selden, "Introduction: The Rise of East Asia in Regional and World Historical Perspectives," in Giovanni Arrighi, Takeshi Hamashita, and Mark Selden, eds., *The Resurgence of East Asia: 500, 150 and 50 Year Perspectives*, London: Routledge, 2003, 5.

24. Pablo Mukherjee, "Introduction: Victorian World Literatures," *The Yearbook of English Studies* 41.2, 2011, 2.

25. Priya Joshi, *In Another Country: Colonialism, Culture, and the English Novel in India*, New York: Columbia University Press, 2002; "Globalizing Victorian Studies," *The Yearbook of English Studies* 41.2, 2011, 20—40.

26. Robinson, "Excentric Idea of Imperialism," 270.

27. Jürgen Osterhammel, "Semi-Colonialism and Informal Empire in Twentieth-Century China: Towards a Framework of Analysis," in Wolfgang J. Mommsen and Jürgen Osterhammel, eds., *Imperialism and After: Continuities and Discontinuities*, London: German Historical Institute/Allen & Unwin, 1986, 299.

28. Thurin, *Victorian Travelers*, 165.

29. *The Opinions of Mr. Briggs*, Hong Kong: South China Morning Post, 1904.

30. 请参阅，例如亨蒂的作品：*By Conduct and Courage*, London: Blackie & Son, 1905。本书的后面列出了该出版社出版的亨蒂的历史故事的"图画书"，紧接着还有"男孩故事书"、"女孩故事书"及"儿童图画书"等，书单的结尾是《圣经》图画书"和"动物图画书"。

31. *South China Morning Post*, May 19, 1904: 4e—f.

32. Rudi Butt, "Hong Kong's First: Newsies in the Nineteenth Century," hongkongsfirst.blogspot.co.uk/2010/09/newsies-in-nineteenth-century.html.

33. David Porter, "Historicizing the History of Chinese Literature," unpublished paper, Inter-Asian Connections III, University of Hong Kong, June 8, 2012.

34. Leo Ou-Fan Lee, "Literary Trends: The Quest for Modernity, 1895—1927," in Merle Goldman and Leo Ou-Fan Lee, eds., *An Intellectual History of Modern China*, Cambridge: Cambridge University Press, 2002, 142—195. 另请参阅米歇尔·霍克斯关于共和党新闻业的作品：*Questions of Style: Literary Societies and Literary Journals in Modern China 1911—1937*, Leiden: Brill, 2003 以及荣·Z. 沃尔兹和李金

246

川有关英美报刊在中国的意识形态竞赛的讨论:"Semi colonialism and Journalistic Sphere of Influence," *Journalism Studies* 12.5, 2011, 559—574。

35. "The Murder at Bangkok. British Bluejacket Dismissed," *China Mail*, January 20, 1902: 5c. 根据治外法权的规定,英国地方法官审理了这样一个涉及两名英国人的案件。

36. 即使在关于印度的文学作品中,直到1901年,分离的规则也不是很重要。一个重要的例子是1901年出版的新女性小说:Annie Sophie Cory, aka Victoria Cross, *Anna Lombard*, London: Continuum, 2006。这部小说围绕着书名同名的女主人公向叙述者埃瑟里奇提出的一妻多夫制展开。杰拉尔德受到了安娜与她电力十足的迷人仆人加伊达"结婚"的折磨和刺激,加伊达的肉体性与英国人被动、克制和不足的男子气概形成了鲜明的对比。随后杰拉尔德以种族主义的语言排斥安娜和加伊达结合的后裔,但是读者认为这植根于他的嫉妒,而不是对种族侵害的恐惧;当杰拉尔德煽动安娜杀婴,引诱她这样做能带来美满的结局时,真正的恐怖来到了。

37. 另请参阅特恩布尔关于与中国女子结婚的海关官员查尔斯·哈尔科姆的讨论,后者撰写了关于这一主题的小说("Hong Kong," 118—119)。

38. 请参阅 Christina Firpo, "Crises of Whiteness and Empire in Colonial Indochina: The Removal of Abandoned Eurasian Children from the Vietnamese Milieu, 1890—1956," *Journal of Social History* 43.3, 2010, 2。

39. William Dalton, *The Wasps of the Ocean: or, Little Waif and the Pirate of the Eastern Seas. A Romance of Travel and Adventure in China and Siam*, London: E. Marlborough & Co., 1864, 1.

40. Elleke Boehmer, *Colonial and Postcolonial Literature: Migrant Metaphors*, 2nd edn., Oxford: Oxford University Press, 2005, 44.

247

41. 请参阅 Jenny Sharpe, *Allegories of Empire: The Figure of Woman in the Colonial Text*, Minneapolis: University of Minnesota Press, 1993。

42. Andrea White, *Joseph Conrad and the Adventure Tradition: Constructing and Deconstructing the Imperial Subject*, Cambridge: Cambridge University Press, 1993, 48.

43. Erin O'Connor, "Preface for a Post-Postcolonial Criticism," *Victorian Studies* 45.2, 2003, 220. 斯皮瓦克的引文来自:"Three Women's Texts and a Critique of Imperialism," in Henry Louis Gates, Jr., ed., "*Race*," *Writing and Difference*, Chicago: University of Chicago Press, 1985。

44. John Thomson, *Through China with a Camera*, London: A. Constable & Co., 1898, 24.

45. Wang, *Anglo-Chinese Encounters*, 112.

46. Ann Laura Stoler, *Carnal Knowledge and Imperial Power: Race and the Intimate in*

Colonial Rule, Berkeley: University of California Press, 2002, 2.

47. Dalziel, *In the First Watch*, 252.

48. 比较Catherine Gallagher, "Floating Signifiers of Britishness in the Novels of the Anti-Slave-Trade Squadron," in Wendy S. Jacobson, *Dickens and the Children of Empire*, London: Palgrave, 2000, 78—93。加拉格尔阅读了1830年至1890年的海军小说，认为反奴隶制的海军故事"通过把大西洋看作一个包含差异和相似的体系，需要交换细节以实现英国性。这里的英国性似乎不是一个单一的身份，而是跨越国家乃至种族界限的身份交换模式"(82)。达尔齐尔的故事表明，这种身份认同的模式在维多利亚时代后期和爱德华时代的海上小说中并不一定被取代或压制，并延伸到太平洋。

49. Dalziel, *High Life*, 283.

50. 请参阅 Henrik Ibsen, *The Pillars of Society and Other Plays*, ed. Havelock Ellis, London: Walter Scott, 1888。

51. 讨论不合时宜的空间和后殖民理论，请参阅 Anne McClintock, *Imperial Leather*, London: Routledge, 1994, 9—17。

52. Stoler, *Carnal Knowledge and Imperial Power*, 64.

53. 评论家对帝国冒险小说的惯例给予了相当的关注。在约瑟夫·康拉德和"冒险传统"中，怀特提供了一个帝国典型"中毒"的全面概述，标志了这个流派，并且认为它经常被用于帝国扩张服务中。另请参阅Patrick Brantlinger, *The Rule of Darkness: British Literature and Imperialism, 1830—1914*, Ithaca, NY: Cornell University Press, 1988 以及 Joseph Bristow, *Empire Boys: Adventures in a Man's World*, London: HarperCollins Academic, 1991。

54. 请参阅 Kelly Boyd, "'Manhood Achieved': Imperialism, Racism and Manliness" in *Manliness and the Boys' Story Paper in Britain: A Cultural History, 1855—1940*, Basingstoke: Palgrave Macmillan, 2003, 123—152。在回顾这个相关的冒险小说时，博伊德注意到人们对种族态度的不稳定和变化，特别是在1890年至1920年期间，但是并没有在达尔齐尔的编年史中找到对种族混血的颂扬。

55. Review of *In the First Watch*, *Academy* 73, September 28, 1907, 953.

56. 比较Gallagher, "Floating Signifiers," 78:"许多人现在认为，英国比起一个家乡，更是一种在国外的方式。它并不是先存在帝国，然后在海外'扩张'，而是由扩张而产生，因此可能被分析为一种超越疆土的现象。"

57. Cesare Casarino, *Modernity at Sea: Melville, Marx, Conrad in Crisis*, Minneapolis: University of Minnesota Press, 2002, 1.

58. 请参阅，例如，Edward Greey [sic], *Blue Jackets; or, The Adventures of J. Thompson, A.B. among "The Heathen Chinee": A Nautical Novel*, Boston: J. E. Tilton & Co., 1871; James R. N. Cox, "Caught and Caged," *Boy's Own Paper* 6.286, July 5, 1884: 630—632 and 6.287, July 12, 1884: 649—650; Collingwood, *A Chinese*

248

Command；Metcalfe，*Pigtails and Pirates*。

59. 请参阅"Above Normal，"in Dalziel，*High Life*，269—304；"Maguire's Trip Home，"
in Dalziel，*In the First Watch*，32—46。

60. 请参阅"Maguire's Trip Home"and"Dead Reckoning，"in Dalziel，*In the First Watch*，144—181；"The Passing of Pan-Fat：Coal-Trimmer，"in *In the First Watch*，182—195。

61. "The Spectre of Three Chimney Bluff，"in Dalziel，*High Life*，238.

62. 原始的版本是从孟德斯鸠的《波斯人信札》(1721) 开始的一系列讽刺作品，到一些据称为中国作家游记的文类的子集，*England through Chinese Spectacles: Leaves from the Notebook of Wo Chang*，London：Cotton Press，1897发表于19世纪后期，提供了一个"局外人"对城市化、工业化和伦敦风俗习惯的批判。另请参阅Ah-Chin-Le，*Some Observations upon the Civilization of the Western Barbarians, Particularly the English; Made during a Residence of Some Years in Those Parts*，trans. John Yester Smythe，Boston：Lee and Shepard，1876。

63. Sara Suleri，*The Rhetoric of English India*，Chicago：University of Chicago Press，1992，23.

64. Robert J. C. Young，*Colonial Desire: Hybridity in Theory, Culture and Race*，London：Routledge，1995，175.

65. Edward Westermarck，*The Origin and Development of the Moral Ideas*，vol. 2，London：Macmillan and Co.，1908，242.

66. Lise Boehm，"Peter Wong，"no. 6，*China Coast Tales*，2nd edn.，Shanghai：Kelly & Walsh，Limited，1898，59. 据史蒂文·哈迪介绍，这个故事以《彼得·黄的复仇》为标题，出现在1891年的《字林西报》(108) 上面；关于他的论述，请参阅"Expatriate Writers，Expatriate Readers，"120—123。

第三章　北京阴谋：叙述 1900 年义和团运动

1. W. Murray Graydon，*The Perils of Pekin*，London：John F. Shaw and Co.，1904，286；W. A. P. Martin，*The Siege in Peking: China against the World*，Edinburgh：Oliphant，Anderson & Ferrier，1900，16.

2. "Beheading of a Chinese Boxer，"dir. Sagar Mitchell and James Kenyon，1900，British Film Institute.

3. 尽管现代史学家在很大程度上将1900年的事件称为义和团战争，就像1857年的兵变/起义一样，我仍然保留义和团运动/起义的说法来强调维多利亚人他们自己对冲突的概念框架。

4. 对于详尽的 (可能有时是不准确的) 起义及其前因的概述，请参阅Peter Fleming's 1959 *The Siege at Peking*，Oxford：Oxford University Press，1984。

249

5. 据报道，"义和团"因1900年初内地传教士在《字林西报》上对其描述而得名。在义和团员的集会上，他们进行了"神奇"能力示范（通常以癫痫患者为神秘主义者），奇迹般地能抵抗子弹和钢铁。准确地说，义和团起义实际上并不是起义；它自称支持清政府。

6. 八个盟国是英、美、日、俄、法、德、意、奥。在围困期间，十一个国家的官员被隐藏在公使馆内；行动总共代表着十四个国家。

7. C.A. 贝利讨论了印度精英对起义的反应："The Boxer Uprising and India: Globalizing Myths," in Robert Bickers, eds., *The Boxers, China, and the World*, Lanham, MD: Rowman & Littlefield, 2007, 147—155。

8. Robert Bickers, "Introduction," in Robert Bickers, ed., *The Boxers, China, and the World*, Lanham, MD: Rowman & Littlefield, 2007, xii.

9. 这种神话创造绝不是纯粹的英国现象。吕贻旭在德国文学中发现了一个类似的模式：Yixu Lü, "German Colonial Fiction on China: The Boxer Uprising of 1900," *German Life and Letters*, 59.1, 2006, 78—100。

10. 有关报纸和漫画报道的讨论，请参阅Jane E. Elliott, *Some Did It for Civilisation, Some Did It for Their Country: A Revised View of the Boxer War*, Hong Kong: Chinese University Press, 2002。

11. Constancia Serjeant, *A Tale of Red Pekin*, London: Marshall Brothers, 1902; Mrs. Archibald Little, *Out in China!*, London: Anthony Treherne, 1902.

12. Brantlinger, *Rule of Darkness*, 200.

13. John Gallagher and Ronald Robinson, "The Imperialism of Free Trade," in William Roger Louis, ed., *Imperialism: The Robinson and Gallagher Controversy*, New York: New Viewpoints, 1976, 53—72. 罗伯特·赫德指责义和团起义和清政府的权力危机影响了英国强加的条约规定，尤其是影响了治外法权原则。请参阅 *"These from the Land of Sinim": Essays on the Chinese Question*, London: Chapman & Hall, 1901.

14. 请参阅苏勒里《印度英语修辞》一书中的介绍性章节。

15. 这种"厌恶俄国"的情绪出现于19世纪晚期出版的几部关于中国的小说。在克洛斯基的《总税务司》中，赫德是阻止俄国吞并中国的唯一的人。Kenneth Mackay, *The Yellow Wave: A Romance of the Asiatic Invasion of Australia*, London: Richard Bentley and Son, 1895这部早期的入侵小说把镜头推进到1954年，那时俄国迫使中国参与入侵澳大利亚，以避免自己领土被大规模侵略。有关这期间的历史背景，请参阅 Mary H. Wilgus, *Sir Claude MacDonald, the Open Door, and British Informal Empire in China, 1895—1900*, New York: Garland Publishing, 1987。

16. 历史学家认为，义和团运动的起因是干旱、饥荒和基督教进入中国内地。请参阅 Joseph W. Esherick, *The Origins of the Boxer Uprising*, Berkeley: University of

California Press，1987。

17. *The Boxer Rising: A History of the Boxer Trouble in China*，Shanghai：Shanghai Mercury，1900，i. 这里引用的这段话是在起义前不久，美国圣经学会的海格思博士写的。

18. 7月下旬短暂的停火为被围困者提供了恢复防御工事的机会。在法国主教樊国梁的主持下，数千名群众，主要是中国的基督教徒和女学生，抵抗了对北堂教堂的进攻。虽然条件更加恶劣以及抵抗更为英勇，英国小说家们却并不把焦点放在这次围攻上，也许是因为主要参与者是法国人、意大利人和中国人。

19. 尽管起义事件令在华的外国人感到惊讶，但是在其爆发前夕，一些小说奇特地预测到了此类事件的发生。其中包含威廉·托马斯·汉德和瓦特·蒂尔共同创作的有关1860年欧洲入侵北京的作品：Thomas William Hand & Walter Teale，*Pyro-Spectacular Drama, The Bombardment of Peking*，n.p.，1899。

20. Frederick Sadleir Brereton，*The Dragon of Pekin*，London：Blackie and Son，1902，159.

21. 兵变背后的传说是，在印度兵携带的枪支中使用神圣或亵渎的动物油脂（猪肉冒犯穆斯林，牛冒犯印度教徒）引发了起义，而不是更大的经济和政治问题。在中国，仇外情绪和对"善意"传教活动的不理解被证明是引发起义的原因。有报道称，欧洲人在井里下了毒，义和团员到处传播这些报道，由此对中国民众产生了煽动性影响，类似于动物油脂在印度造成的效果。

22. 根据李小兵在《中国战争百科全书》（Santa Barbara, CA：ABC-CLIO, 2012）词条中的记载，太平天国起义横扫十四个省，估计死亡人数在两千万人到三千万人之间。

23. Julia Lovell，*The Opium War: Drugs, Dreams and the Making of China*，London：Picador，2011，251—253.

24. Karl Marx，"Revolution in China and in Europe,"1853，in Marx and Engels，*On Colonialism*，15—22.

25. Karl Marx，"The Opium Trade,"September 20，1858，reprinted in Marx and Engels，*On Colonialism*，188.

26. Friedrich Engels，"Persia and China,"June 5，1857，reprinted in Marx and Engles，*On Colonialism*，111.

27. Clive Bigham，author of *A Year in China*（1901），quoted in Fleming，*The Siege*，77.

28. Charles Gilson，*The Lost Column*，London：Henry Frowde，1909，41.

29. Eric Hayot，*The Hypothetical Mandarin: Sympathy, Modernity, and Chinese Pain*，Oxford：Oxford University Press，2009，139.

30. Paul A. Cohen，*History in Three Keys: The Boxers as Event, Experience, and Myth*，New York：Columbia University Press，1997，197.

31. 起义后的电影也显示了对中国不断扩大的视角的掌控力。请参阅 Matthew D.

251

Johnson, "'Journey to the Seat of War': The International Exhibition of China in Early Cinema," *Journal of Chinese Cinemas* 3.2, 2009, 112。

32. 请参阅弗兰克·诺里斯的《第三圈》(1895)，讲述旧金山唐人街是"中国在美国"的一种渗透。这个故事被收录在《第三圈》选集中 (*The Third Circle*, New York: John Lane, 1909, 13—27)。

33. 义和团叙事对伪装的解读依赖于忽视传教士在中国经常穿着当地服饰这一事实。关于传教士的小说在这方面往往更符合历史。威廉·卡尔顿·道的作品《满大人》(William Carlton Dawe, *The Mandarin*, London: Hutchinson & Co., 1899) 将内陆传教团的领头描述为穿着"中国绅士的普通服装"(80)。

34. 在这些小说中，几乎没有工人阶级的英国人物，除了吉尔森的《失去支柱》中的漫画式人物潘尼克先生。

35. 关于这一场景的讨论，请参阅 Dong Ning Lin, "Power and Representation in Victorian Discourse on China," PhD dissertation, University of Maryland, 1994。

36. 亨蒂笔下雷克斯的原型可能是理查德·伯顿，他的语言能力使他能够伪装成一名阿富汗商人进入麦加。

37. 比较苏勒里在《印度英语修辞》中关于吉卜林的一章。

38. Bristow, *Effeminate England*, 11.

39. 关于这个问题，请参阅 Neville Hoad, "Arrested Development or the Queerness of Savages: Resisting Evolutionary Narratives of Difference," *Postcolonial Studies* 3.2, 2000, 133—158。

40. Frank Proschan, "Eunuch Mandarins, *Soldats Mamzelles*, Effeminate Boys, and Graceless Women: French Colonial Constructions of Vietnamese Genders," *GLQ* 8.4, 2002, 438。

41. George Manville Fenn, *Stan Lynn: A Boy's Adventures in China*, London: W. & R. Chambers, 1902, 37—38. 严格来说，《斯坦·林恩》是一部关于海盗的小说，但是它呈现出来的中国流氓与同时代的、明确的义和团主题几乎没有区别。

42. 请参阅 Christopher Lane, *The Ruling Passion: British Colonial Allegory and the Paradox of Homosexual Desire*, Durham, NC: Duke University Press, 1995。在其著作中，克里斯托弗·莱恩讨论了在帝国背景下的同性欲望的升华。这本书的介绍部分与我的分析密切相关。

43. 这里"大脚"的说法是可疑的，因为出身于农民家庭的女性义和团员是不实行缠足的，满族妇女也是如此。

44. 这些肖像于 2011 年至 2012 年在史密森学院的萨克勒画廊展出，题目是"权力/戏剧：中国慈禧太后"。请参阅 asia.si.edu/explore/china/powerplay/default.asp。

45. William Carlton Dawe, *The Plotters of Peking*, London: Eveleigh Nash, 1907. 虽然不是关于义和团起义本身，但起义是一个明确的潜台词。

46. E. A. Freemantle, "Prince Tuan's Treasure," *Prince Tuan's Treasure and Other*

252

Interesting Tales of the "Boxer Rebellion of 1900"，Vellore：The Record Press，1911. 弗里曼特尔显然是这个媒体的老板。

47. 正如何伟亚在《掠夺与不满》中所指出的那样，1900年8月掠夺的规模和普遍性是当时引起人们关注的一个原因。Robert Bickers, ed., *The Boxers, China, and the World*，Lanham，MD：Rowman & Littlefield，2007，93—114.

48. 周锡瑞指出，在19世纪的最后十年，中国的新教传教士人数翻了一番，从1889年的1 296人增加到1900年的2 818人（*Origins*，93）。

49. Qtd. in Ssu-yü Teng and John K. Fairbank, eds., *China's Response to the West: A Documentary Survey, 1839—1923*，Cambridge，MA：Harvard University Press，1954，190. 一些义和团宣言的翻译将可用于这里讨论的小说家。

50. Esherick，*Origins*，84—85.

51. Herbert Ornando Kohr, *The Escort of an Emperor: A Story of China during the Great Boxer Movement*，Akron[?]，OH：no pub.，1910.

52. 请参阅迪尔克赞誉明治维新加强了"英国人在日本的影响力"：*Greater Britain*，566—590。

第四章　"团结和民族化的"英国：
1898—1914年英国的亚洲入侵小说

1. Sidney Newman Sedgwick, *The Last Persecution*，London：Grant Richards，1909，9—10。

2. Matthew Phipps Shiel, *The Yellow Danger*，London：Grant Richards，1898.

3. William Carlton Dawe, *The Yellow Man*，London：Hutchinson and Co.，1900.

4. 根据苾亨利（Harley Farnsworth MacNair）的《海外中国人》（*The Chinese Abroad*，Shanghai：Commercial Press，1924），少量的中国学生到英国留学；其中四分之一是由政府派出的。据苾亨利估计，1916年在英国有大约300名中国学生（247）。

5. Percy F. Westerman, *When East Meets West: A Story of the Yellow Peril*，London：Blackie and Son，1913，164.

6. Brantlinger，*Rule of Darkness*，230.

7. M. P. Shiel, *The Yellow Wave*，London：Ward，Lock，& Co.，1905，36.

8. 请参阅科琳·莱伊对杰克·伦敦的讨论：*America's Asia: Racial Form and American Literature, 1893—1945*，Princeton，NJ：Princeton University Press，2005，14—17。莱伊指出："伦敦的'黄祸'，其核心是日本不可避免地对中国实行现代化的调停。"（16）另请参阅 Patrick B. Sharp, *Savage Perils: Racial Frontiers and Nuclear Apocalypse in American Culture*，Norman：University of Oklahoma Press，2007，101。

9. Sax Rohmer [Arthur Sarsfield Ward], *The Devil Doctor: Hitherto Unpublished*

253

Adventures in the Career of the Mysterious Dr. Fu-Manchu，London：Methuen & Co.，1916.

10. 《龙》在1929年再版时被更名为《黄祸》，也许是因为随着中华帝国的消亡（龙是这个帝国的符号），这个标题不再产生足够的共鸣。

11. "《海牙公约》(I) 于1899年7月29日签订，为了和平解决国际争端（公约1号）。" 请参阅The Avalon Project，Yale University，http://avalon.law.yale.edu/19th_century/hague01.asp。

12. Jack London，"The Unparalleled Invasion：Excerpt from Walt. Nervin's Certain Essays in History，"*McClure's Magazine* 35，July 1910，308. 分析美国人对中国入侵的叙述，请参阅William F. Wu，"Early Novels of Chinese Invasion，"*The Yellow Peril：Chinese Americans in American Fiction 1850—1940*，Hamden，CT：Archon Books，1982，30—40。

13. Capitaine Danrit [Émile Augustin Cyprien Driant]，*L'invasion jaune*，3 vols.，Paris：Ernest Flammarion，1909；Féli-Brugière and Jules Louis Gastine，*L'Asie en feu：Le roman de l'invasion jaune*，Paris：C. Delagrave，1904.

14. Dana Seitler，*Atavistic Tendencies：The Culture of Science in American Modernity*，Minneapolis：University of Minnesota Press，2008，165.

15. 埃里克·阿约在美国入侵小说的背景下讨论了这种对苦力劳工的刻板印象（Arthur Vinton's 1890 *Looking Further Backward*) in "Chinese Bodies，Chinese Futures：Nationalism and Its Discontents，"*Representations* 99，2007，99—129。

16. Ross G. Forman，"Eating out East：Representing Chinese Food in Victorian Travel Literature and Journalism，" in Julia Kuehn and Douglas Kerr，eds.，*A Century of Travels in China：A Collection of Critical Essays on Travel Writing from the 1840s to the 1940s*，Hong Kong：Hong Kong University Press，2007，63—73.

17. 在世纪之交，对技术与战争的小说形象进行了开创性的讨论，请参阅I. F. Clarke，"Science and the Shape of Wars to Come，1800—1914，" in *Voices Prophesying War 1763—1984*，2nd edn.，London：Oxford University Press，1992，57—92。另请参阅Johan A. Höglund，"Mobilising the Novel：The Literature of Imperialism and the First World War，" PhD thesis，University of Uppsala，1997。

18. 这部小说中描述的中国入侵主要涉及俄国而不是英国，实际上本书通过较少关注东西方的划分，而避免了作家其他两部作品具有的强烈的仇外情绪。

19. Laura Otis，*Membranes：Metaphors of Invasion in Nineteenth-century Literature，Science and Politics*，Baltimore：Johns Hopkins University Press，1999.

20. 请参阅Sharpe，*Allegories of Empire*，105。

21. 请参阅Otis，*Membranes*，120—125。

22. 在《黄色危险》中，尖叫声本身变成了一种同样失败的模仿行为。中国的暴徒发出的"砰"的一声，仿佛向西飞去的枪声（287）。

254

第五章　舞台上的天朝

1. Dr. Tanner, *The Chinese Mother: A Drama*, London: Richardson and Son, 1859. 坦纳后来出版了: *The Foundling of Sebastopol: A Drama*, London: Burns, Lambert & Oates, 1867。

2. 有关对1882年在皇家水族馆进行的甘美兰的表演的反应, 请参阅 Matthew Isaac Cohen, *Performing Otherness: Java and Bali on International Stages, 1905—1952*, Basingstoke: Palgrave Macmillan, 2010, 11—12。

3. Willard Holcomb, *Kin Fu or the Pursuit of Happiness: An Oriental Comedy Opera in Three Acts*, 改编自 the Hungarian of Jeno Fargao, 编曲 Gaza Markus, Isidore Witmark。获得许可 Victoria Hall, November 30, 1903, Lord Chamberlain's Plays collection 1903/29, 75。此后标记为LCP。

4. Alfred Dawe, *Sen Yamen, or An Overdose of Love*, Theatre Royal, Rugby, October 7, 1901, music by Frederic William Sparrow (LCP 1901/27)。

5. Josephine Lee, *The Japan of Pure Invention: Gilbert and Sullivan's* The Mikado, Minneapolis: University of Minnesota Press, 2010, 90.

6. 请参阅, 例如, W. D. Broadfoot, *Wars in China or the Battles of Chinghae & Amoy*, Astley's Theatre, May 13, 1844, LCP 42975, ff. 598—641。有关全景和殖民地背景, 请参阅 Robert D. Aguirre, "Annihilating the Distance: Panoramas and the Conquest of Mexico, 1822—1848," *Genre* 35.2, 2002, 25—53。

7. Joachim Hayward Stocqueler, *The Bombardment & Capture of Canton: A New & Grand Spectacle Founded upon Events in the Present War in China. In Two Acts. To be perform'd at Astley's Royal Ampitheatre on Easter Monday, April3rd, 1858*, LCP 52973H. 这段描述来自一个1858年4月10日的广告, 收藏于维多利亚和阿尔伯特博物馆的戏剧展品。

8. Dong-Shin Chang, "*Chinese Sorcerer*: Spectacle and Anglo-Chinese Relations," Conference on Race, Nation, and the Empire on the Victorian Popular Stage, University of Lancaster, July 13, 2012.

9. 关于维多利亚时代的人与戏剧奇观中的"好奇心"间的关系, 请参阅 Brenda Assael, "Victorian Curiosity," *The Circus and Victorian Society*, Charlottesville: University of Virginia Press, 2005, 62—84。

10. 多部音乐剧都涉及詹, 包括: Charles Godfrey, "Chang, the Great Fychow Galop", London: Duff & Hodgson, 1866 和 "The Great Chang Polka", London: Duff & Hodgson, 1866。

11. Colin Chambers, *Black and Asian Theatre in Britain*, Abingdon: Routledge, 2011, 71.

12. Chang, *Britain's Chinese Eye*, 70.

13. Anne Witchard, *Thomas Burke's Dark Chinoiserie:* Limehouse Nights *and the Queer Spell of Chinatown*, Farnham: Ashgate, 2009, 30.

14. Edward Ziter, "Staging the Geographic Imagination: Imperial Melodrama and the Domestication of the Exotic," in Elinor Fuchs and Una Chaudhuri, eds., *Land/Scape/Theater*, Ann Arbor: University of Michigan Press, 2002, 191.

15. Owen Hall, *The Geisha: A Story of a Tea House: A Japanese Musical Play*, London: Hopwood & Crew, 1897; George Dance, *A Chinese Honeymoon: A Musical Play in Two Acts*, music by Howard Talbot, London: Hopwood & Crew, 1902; perf. Hanley, October 16, 1899; Royal Strand Theatre, October 5, 1901.

16. Marty Gould, *Nineteenth-century Theatre and the Imperial Encounter*, Abingdon: Routledge, 2011, 127.

17. Carolyn Williams, *Gilbert and Sullivan: Gender, Genre, Parody*, New York: Columbia University Press, 2011, 257. 威廉斯从詹姆斯·巴扎德（James Buzard）那里获得了"自我民族志"（autoethnography）这一概念。

18. Witchard, *Thomas Burke's Dark Chinoiserie*, 37.

19. John Maddison Morton, *Aladdin and the Wonderful Lamp; or, Harlequin and the Genie of the Ring: A New Comic Christmas Pantomime*, London: Thomas Hailes Lacy, 1856.

20. G. H. George, *Grand Pantomime of Harlequin Aladdin and the Lamp; or The Wizard, the Ring, and the Scamp*, London: Williams and Strahan, 1873[?].

21. 对日本的熟悉程度并没有使得呈现的异国色彩减弱，即使标准剧院安排了一个短季节的日语作品，于1901年7月由东京的一个剧团表演，上演的这两部戏剧之间由著名的外国舞蹈家洛伊·富勒表演。

22. 请参阅，例如Reginald de Koven and Larry B. Smith, *The Mandarin: A Chinese Comic Opera in Three Acts*, Royal Edinburgh, licensed October 21, 1896; LCP 53612C。

23. 这个模式的一个有趣的例子为：*Mandarin's Ghost*, New Hall, Walsingham, licensed March 31, 1897; LCP 53625H。

24. Isaac Wilkinson, *Ching-a-ma-ree: An Original Fairy Tale*, Brighton: I. Wilkinson, 1884.

25. 有关戏剧人物塔尔的发展，请参阅J. S. Bratton, "British Heroism and the Structure of Melodrama," in J. S. Bratton, Richard Allen Cave, Brendan Gregory, Heidi J. Holder, and Michael Pickering, eds., *Acts of Supremacy: The British Empire and the Stage, 1790—1930*, Manchester: Manchester University Press, 1991, 18—61。

26. Heidi J. Holder, "Melodrama, Realism and Empire on the British Stage," in J. S. Bratton, Richard Allen Cave, Brendan Gregory, Heidi J. Holder, and Michael Pickering, eds., *Acts of Supremacy: The British Empire and the Stage, 1790—1930*, Manchester: Manchester University Press, 1991, 130.

27. Hall, *The Geisha*, 5. 这部戏以西德尼·琼斯（Sidney Jones）的音乐作品为特色，

由哈里·格林班克（Harry Greenbank）填写歌词，并于1896年在达利剧院（Daly's Theatre）开幕。作品大获成功，于1897年圣诞节重新上演。

28. *The Chinese Junk, or The Maid and the Mandarin in 2 Acts*, Britannia Saloon, Hoxton, September 1848, LCP 43013, ff. 886—932.

29. 有关"耆英"号，请参阅 Richard D. Altick, *The Shows of London*, Cambridge, MA: Belknap Press of Harvard University Press, 1978, 294—297. 另请参阅 Catherine Pagani, "Objects and the Press: Images of China in Nineteenth century Britain," in Julie Codell, ed., *Imperial Co-histories: National Identities and the British Colonial Press*, Madison, NJ: Fairleigh Dickinson University Press, 2003, 153—157。

30. Alicia Ramsey and Rudolph de Cordova, *The Mandarin: A New and Original Melodrama in Five Acts*, licensed March 7, 1901, LCP 1901/7. 这部戏剧在伊斯灵顿大剧院成功演出。

31. 有关中国长城是性别差异的隐喻，请参阅 *The Great Wall of China*, Criterion, April 8, 1876, LCP 53165G。关于英国在让"看不见的"长城变得可见方面所扮演的角色，请参阅 Julia Lovell, *The Great Wall: China against the World, 100 bc—ad 2000*, London: Atlantic Books, 2006。关于叩头和英国大使马戛尔尼拒绝这样做的传闻中，许多流行戏剧都有所涉及，参阅 Cannon Schmitt, *Alien Nation: Nineteenth-Century Gothic Fictions and English Nationality*, Philadelphia: University of Pennsylvania Press, 1997, 70—71。舞台上呈现中国时有一个有趣的特点，即相对缺乏鸦片或鸦片烟馆，至少直到19世纪晚期。

32. 柳叶纹盘戏剧包括 West Digges, *A China Wedding: An Original Mythical Fancy. In One Act*, Duke's, Holborn, May 21, 1877, LCP 53187B; G. Manchester Cohen, *Y'Lang Y'Lang: The Fair Maid of Too Bloo. A Piece of Old China. An Original Nautical Pantomime*, Normansfield, Hampton Wick, January 5, 1892, LCP 53518J; Basil Hood, *The Willow Pattern: Comic Operetta in Two Episodes*, London: Chappell & Co., [1901]; and Ching-a-ma-ree。

33. William Palmer Hale and Francis Talfourd, *The Mandarin's Daughter! Being the Simple Story of the Willow-Pattern Plate*, London: Thomas Lacy, 1851.

34. 请参阅，例如，*The Chinese Exhibition, or the Feast of Lanterns*, licensed December 1844, LCP 42980, ff. 986。

35. S. Bowkett and George D. Day, *The Willow Pattern Plate: A Comedy Opera in Two Acts*, The Marina, Lowestoft, licensed September 28, 1897, LCP 53639A.

36. Fred Danvers, *A Chinese Idyl, or The Lost Ruby*, licensed December 14, 1903, LCP 1903/32.

37. 请参阅，例如，W. J. Verner, *Harlequin and the Willow Pattern Plate: The Four Corners of the Globe out on the Spree. A Pantomime Sketch*, Queen's, October 5, 1860, LCP 52995V。

256

38. 请参阅 Jacques Offenbach, *Ching-Chow-Hi and a Cracked Piece of China*, trans. and adapted by William Brough and German Reed, Grand Theatre, Islington, August 14, 1865, LCP Ms 1865.53044K. 该剧在伦敦皇家插图画廊 (Royal Gallery of Illustration) 上演，展现了英国作为一个由不同元素组成的联合体的特性，这些元素都以一种具有讽刺意味的统一和难以区分的中国风格呈现自己。剧中两位伦敦人分别是伦敦流行音乐会的丹迪和多西尼亚·波德小姐，另一位是爱尔兰人特里·奥马利根。另请参阅 *Chang-hi-Wang: Operetta in One Act by Offenbach*, translated and adapted by Frederic Maccabe, licensed for the Royal Theatre, Birmingham, March 28, 1879, LCP 53216C。奥芬巴赫的原创作品于 1855 年在巴黎演出，并于 1857 年 5 月来到伦敦圣詹姆斯，由奥芬巴赫指挥。请参阅 Richard Northcott, *Jacques Offenbach: A Sketch of His Life and a Record of His Operas*, London: The Press Printers, 1917, 39。

39. Michael Pickering, "Mock Blacks and Racial Mockery: The 'Nigger' Minstrel and British Imperialism," in J. S. Bratton, Richard Allen Cave, Brendan Gregory, Heidi J. Holder, and Michael Pickering, eds., *Acts of Supremacy: The British Empire and the Stage, 1790—1930*, Manchester: Manchester University Press, 1991, 198.

40. Harry Hunter, *The Nigger Chinee, or His Pigtail Wouldn't Grow*, London: J. A. Turner, 1877.

41. Ilett Ray, *The Yellow Dread: An Oriental Melo Drama in Four Acts*, Masonic Hall, Wimbledon, licensed November 16, 1903, LCP 1903/27. 剧本打字稿上的原始标题是《黄色恐怖》。阿勒代斯·尼科尔表示，该剧的第一场演出是在 1904 年 2 月 29 日的西科姆的欧文。请参阅 Nicoll, *English Drama 1900—1930: The Beginnings of the Modern Period*, Cambridge: Cambridge University Press, 1973, 904。另请参阅 Henry T. Johnson, *Alone in China*, licensed June 15, 1904 for Alexandra, Birmingham; Brixton, June 20, 1904。

42. Alison Griffiths, "'Shivers Down Your Spine': Panoramas and the Origins of the Cinematic Reenactment," *Screen* 44.1, 2003, 2, 11. 另请参阅 Edward Ziter, "Orientalist Panoramas and Disciplinary Society," *Wordsworth Circle* 32, 2001, 21—24。齐特要求对 19 世纪娱乐产业做地缘政治的分析，因为他声称它是英国想象帝国的主要地点。

43. 类似的情绪重演于以下作品：Charlies Harrie Abbott, *The Celestials or the Flowery Land: Anglo-Chinese Musical Farce in Two Acts*, licensed October 10, 1898, LCP 53665L, lyrics by J. W. Houghton, music by F. Osmond Carr。

44. J. S. Bratton, "Theatre of War: The Crimea on the London Stage 1854—5," in David Bradby, Louis James, and Bernard Sharratt, eds., *Performance and Politics in Popular Drama: Aspects of Popular Entertainment in Theatre, Film and Television 1800—1976*, Cambridge: Cambridge University Press, 1980, 119—137. 恰当的一个例子是《轰炸和占领广州》的作者斯托克勒，他还创作了《阿尔玛之战》(Astley's,

257

1854）。

45. Thomas William Hand and Walter Teale, *The Conquest of Mexico and Death of Montezuma: A Pyro-Spectacular Drama*, Ottowa: T. W. Hand Firework Co., 1903; Thomas William Hand and Walter Teale, *Hand and Teale's Spectacular Drama of "The Relief at Lucknow": An Original, Outdoor, Military Spectacle, Designed to Exhibit New Pyrotechnic, Scenic and Spectacular Effects*, n.p.: Thomas William Hand and Walter Teale, 1895.

46. Dion Boucicault, *Jessie Brown; or The Relief of Lucknow*, London: Thomas Hailes Lacy, 1858. 有关起义的描写，请参阅 Brantlinger, *Rule of Darkness*, 199—224, and Gould, *Nineteenth-century Theatre*, 155—208。

47. Henry Whatley Tyler, *Questions of the Day. No 1. Indian Revenue from Indian Opium; Chinese Money at the Expense of Chinese Life; British Honour or British Disgrace; Questions Which Should Be Considered in the Treaty to Be Concluded with China*, London: James Ridgway, 1857, 32.

48. J. James Ridge, *Ki-Ling of Hankow: A Chinese Dramatic Incident*, London: John Kempster, 1870.

49. Marx, "English Ferocity in China," *New York Daily Tribune*, March 22, 1857, reprinted in *On Colonialism*, 106.

50. "Anti-Slavery in China," *Punch, or The London Charivari* 6, 1844, 103.

51. Marx, "Revolution in China and in Europe," *New York Daily Tribune*, June 14, 1853, in *On Colonialism*, 15—22. 另请参阅 Gregory Blue, "Opium for China: The British Connection," in Timothy Brook and Bob Tadashi Wakabayashi, eds., *Opium Regimes: China, Britain, and Japan, 1839—1952*, Berkeley: University of California Press, 2000, 32—35。

52. John B. Beck, "Infanticide," in Theodric Romeyn Beck and John B. Beck, eds., *Elements of Medical Jurisprudence*, 7th edn., London: Longman and Co., 1842, vol. i, 230.

53. Gayatri Chakravorty Spivak, *A Critique of Postcolonial Reason: Toward a History of the Vanishing Present*, Cambridge, MA: Harvard University Press, 1999, 287.

54. James Peggs, *India's Cries to British Humanity, Relative to the Suttee, Infanticide, British Connexion with Idolatry, Ghaut Murders, and Slavery in India*, 2nd edn., London: Seely & Son, 1830, 131.

55. 请参阅 Josephine McDonagh, "Infanticide and the Boundaries of Culture from Hume to Arnold," in Susan C. Greenfield and Carol Barash, eds., *Inventing Maternity: Politics, Science, and Literature, 1650—1865*, Lexington: University Press of Kentucky, 1999, 217。

56. 请参阅 William Burke Ryan, *Infanticide: Its Law, Prevalence, Prevention, and History*,

258

London: J. Churchill, 1862, 他采用了马尔萨斯的观点, 贫穷是起因, 使用葫芦包含着同情之心, 从而得出结论: "把我们从朋友那里救出!" (236) 关于托马斯·马尔萨斯对中国人杀婴的整体同情, 请参阅 "Of the Checks to Population in China and Japan," *An Essay on the Principle of Population as It Affects the Future Improvement of Society*, 1798; 1803, London: Dent, 1973, 125—138。就在中国发生的杀婴行为, 有关休谟观点的讨论, 另请参阅 Josephine McDonagh, *Child Murder and British Culture, 1720—1900*, Cambridge: Cambridge University Press, 2003, 41—42。

57. François-Xavier-Timothée Danicourt, *Infanticide et exposition des enfants en Chine*, Amiens: Lemer Ainé, 1863, 9.

58. 就中国人对杀婴的看法, 请参阅 James Z. Lee and Wang Feng, *One Quarter of Humanity: Malthusian Mythology and Chinese Realities, 1700—2000*, Cambridge, MA: Harvard University Press, 1999, 60—61。

第六章　伦敦的一座中国城：伦敦莱姆豪斯文学

1. Ah-Chin-Le, *The Civilization of the Western Barbarians*, 274.

2. "Foreign Undesirables," *Blackwood's Edinburgh Magazine* 169, February 1901, 289.

3. Walter H. Medhurst, "The Chinese as Colonists," *Nineteenth Century* 4.19, September 1878, 518.

4. 柏雷奇的秦秦系列从海上冒险开始, *Handsome Harry of the Belvedere* (1886), 然后发展至一系列关于狡猾的中国人在英国的冒险故事, 尤其请参阅 *Wonderful Ching-Ching* (1885) 和 *Young Ching-Ching* (1886)。1888 年, 柏雷奇开始撰写一篇关于一个男孩的文章, 名为 *Ching-Ching's Own*, 后又推出 *Best for Boys's Ching-Ching's Own* 一书, 其中包括了描述秦秦作为侦探的故事。参阅 Ralph Rollington [H. J. Allingham], *A Brief History of Boys' Journals, with Interesting Facts about the Writers of Boys' Stories*, Leicester: H. Simpson, 1913, 101—103。

5. R. M. Hughes, *The Laws Relating to Lascars and Asiatic Seamen Employed in the British Merchants' Service, or Brought to the United Kingdom in Foreign Vessels*, London: Smith, Elder and Co., 1855, 6.

6. 人口普查数字不一定反映出生在香港或其他英国属地的居民的数量。请参阅 Colin Holmes, "The Chinese Connection," in Geoffrey Alderman and Colin Holmes, eds., *Outsiders and Outcasts: Essays in Honour of William J. Fishman*, London: Gerald Duckworth & Co., 1993, 74。中国人在西区也有少量的存在, 到 1900 年, 那里已经有了中国人开的洗衣店。参阅 Jonathan Schneer, *London 1900: The Imperial Metropolis*, New Haven, CT: Yale University Press, 1999, 266 n9。20 世纪初, 这个地区还有了几家中国餐馆。

7. 有关英国华人的历史资料, 请参阅 John Seed, "Limehouse Blues: Looking for

259

Chinatown in the London Docks, 1900—40," *History Workshop Journal* 62, 2006, 58—85; Holmes's *John Bull's Island: Immigration and British Society, 1871—1971*, London: Macmillan Education, 1988; J. P. May, "The Chinese in Britain," in Colin Holmes, ed., *Immigrants and Minorities in British Society*, London: George Allen & Unwin, 1978; Kwee Choo Ng, *The Chinese in London*, London: Institute of Race Relations/Oxford University Press, 1968; Joanne M. Cayford, "In Search of 'John Chinaman': Press Representations of the Chinese in Cardiff, 1906—19," *Llafur: Journal of Welsh History* 5.4, 1991, 37—50。

8. "China Town in London," *Review of Reviews* 22 , July 2, 1900, 51.

9. Joseph Banister, *England under the Jews*, London: Joseph Banister, 1901, 36, 86.

10. *Times*, November 22, 1879, 11e, reporting on Guillaume Henry Jean Meyners d'Estrey, "L'Émigration Chinoise," *Annales de l'Extrême Orient* 2, 1879, 1—5.

11. Thomas De Quincey, *Confessions of an English Opium-Eater*, London: Taylor and Hessey, 1822; Dickens, *The Mystery of Edwin Drood*; William Blanchard Jerrold, *London: A Pilgrimage*, ill. Gustave Doré, London: Grant & Co., 1872; James Greenwood, *In Strange Company: Being the Experience of a Roving Correspondent*, London: Henry S. King & Co., 1873; Arthur Conan Doyle, "The Man with the Twisted Lip," *Strand Magazine*, 1891, 623—637. 关于这类文学的评论分析, 请参阅 Cannon Schmitt's chapter "De Quincey's Gothic Autobiography and the Opium Wars," in *Alien Nation: Nineteenth-century Gothic Fictions and English Nationality*, Philadelphia: University of Pennsylvania Press, 1997, 46—75。另请参阅 Barry Milligan, *Pleasures and Pains*, and David Faulkner, "The Confidence Man: Empire and the Deconstruction of Muscular Christianity in *The Mystery of Edwin Drood*," in Donald E. Hall, ed., *Muscular Christianity: Embodying the Victorian Age*, Cambridge: Cambridge University Press, 1994, 175—193。

260

12. George A. Wade, "The Cockney John Chinaman," *The English Illustrated Magazine* 23, July 1900, 307.

13. John Kuo Wei Tchen, "Quimbo Appo's Fear of the Fenians: Chinese—Irish—Anglo Relations in New York City," in Ronald H. Bayor and Timothy Meagher, eds., *The New York Irish*, Baltimore, MD: The Johns Hopkins University Press, 1996, 128—129. 就再次出现的担心异族通婚破坏阶级秩序, 亨利·斯内尔 (Henry Snell) 在 "独立工党" (Independent Labour Party) 的一份出版物 *The Foreigner in England: An Examination of the Problem of Alien Immigration*, Keighley: The Rydal Press, 1904 中辩论道, "英国人的种族可能会因为外来血液的不断流入而得以加强并保持健康"(10)。

14. 例如, Richard Rowe, 在 *Picked up in the Streets, or Struggles for Life amongst the London Poor*, London: W. H. Allen and Co., 1880 中, 参观了大烟公主的原型伊莉

莎（Eliza）的处所，并描述了她与印度水手结婚，会说印地语（38—39）。

15. Matthew Sweet, *Inventing the Victorians*, New York: St. Martin's Press, 2001, 92.

16. Charles W. Wood, "In the Night-Watches," *Argosy* 65.387, February 1898, 209. 伍德将数量的减少归因于当中国和印度水手抵达英格兰时，结束了对他们支付薪水的做法。

17. Thomas Burke, *Limehouse Nights*, 1916, London: Daily Express Fiction Library, n.d.; *Broken Blossoms*, dir. D. W. Griffith, perf. Lillian Gish and Richard Barthlemess, United Artists, 1919.《中国佬与孩子》首次发表于 *Colour* 3.3, October 1915, 82—88。

18. Jon Burrows, "'A Vague Chinese Quarter Elsewhere': Limehouse in the Cinema 1914—36," *Journal of British Cinema and Television* 6.2, 2009, 289, 292.

19. Witchard, *Thomas Burke's Dark Chinoiserie*, 219—228 and 234—239; Sascha Auerbach, *Race, Law, and "The Chinese Puzzle" in Imperial Britain*, Basingstoke: Palgrave Macmillan, 2009, 109—118.

20. George R. Sims, "Li Ting of London," in *Li Ting of London and Other Stories*, London: Chatto & Windus, 1905, 7—23.

21. 罗默的傅满洲书籍同时在伦敦和纽约出版。请参阅 Tina Chen, "Dissecting the 'Devil Doctor': Stereotype and Sensationalism in Sax Rohmer's Fu Manchu," in Josephine Lee, Imogene L. Lim, and Yuko Matsukawa, eds., *Re/collecting Early Asian America: Essays in Cultural History*, Philadelphia: Temple University Press, 2002, 220。关于人口普查数字，请参阅 May, "The Chinese in Britain," 121—122。

22. 值得注意的是，格里菲斯从未涉足莱姆豪斯，当他制作《残花泪》这部电影时，他完全依据美国人对海外华人飞地的概念地图进行创作。

23. 这一流派的美国文学的典型例子是弗兰克·诺里斯 1897 年的小说《第三圈》("The Third Circle")。在这个故事中，一个美丽的年轻女子（有着某些未混血的美国人中才能看到的"新鲜的、有活力的、健康的美丽" [16]）与她的未婚夫到旧金山的唐人街时被绑架。许多年后，叙述者发现她成了鸦片王阿伊的奴隶。

24. 有关旧金山唐人街上的神秘的建筑风格，请参阅 Emma Jinhua Teng, "Artifacts of a Lost City: Arnold Genthe's Pictures of Old Chinatown and Its Intertexts," in Josephine Lee, Imogene L. Lim, and Yuko Matsukawa, eds., *Re/collecting Early Asian America: Essays in Cultural History*, Philadelphia: Temple University Press, 2000, 55—56。

25. "Rube in an Opium Joint," American Mutoscope and Biograph Company, 1905, Library of Congress FLA 3818.

26. 请参阅，例如 C. W. Doyle, *The Shadow of Quong Lung*, Philadelphia and London: J. B. Lippincott Company, 1900。

27. 有关威尔士的中国人社群，请参阅 Cayford, "In Search"; Panayi Panikos, *Immigration,*

261

Ethnicity and Racism in Britain, 1815—1945, Manchester: Manchester University Press, 1994, 112。有关19世纪90年代利物浦的中国人经营的洗衣店，请参阅P. J. Waller, "The Chinese," *History Today* 35, 1985, 9。另请参阅Maria Lin Wong, *Chinese Liverpudlians: A History of the Chinese Community in Liverpool*, Birkenhead: Liver Press, 1989。

28. 对于澳大利亚采矿业中出现的与中国人进行工人阶级互动的类比小说，请参阅Louis Becke, *Chinkie's Flat*, London: T. Fisher Unwin, 1904。在弗格斯·休谟受欢迎的 *The Mystery of a Hansom Cab*, London: Hansom Cab Publishing Co., 1888中，一名贫民窟女孩消失不见，并在悉尼与一名"中国人"混在一起。休谟后来创作了一个背景设置于伦敦的谋杀之谜，故事围绕着一个半苏格兰半中国血统的女人，这名绰号为"官大人母亲"的女子是一间鸦片馆的主人。请参阅 *Mother Mandarin*, London: F. V. White & Co., 1912。有关中国人在澳大利亚的历史信息，请参阅Andrew Markus, *Fear and Hatred: Purifying Australia and California 1850—1901*, Sydney: Hale & Iremonger, 1979。

29. George R. Sims, "Trips about Town: V. In Limehouse and the Isle of Dogs," *Strand Magazine* 30.175, July 1905: 35—40.

30. Sims, *How the Poor Live, and Horrible London*, London: Chatto & Windus, 1889.

31. George R. Sims, "The Romance of Reality," in *The Mysteries of Modern London*, London: C. Pearson, 1906, 164—165.

32. Sun Yat-Sen, *Kidnapped in London: Being the Story of My Capture by, Detention at, and Release from the Chinese Legation, London*, Bristol: J. W. Arrowsmith, 1897. 虽然表面上是由孙中山撰写的，但是现代学术研究表明，这本书是由英国朋友康德黎爵士撰写的。请参阅John Yue-HoWong, *The Origins of an Heroic Image: Sun Yatsen in London, 1896—1897*, Hong Kong: Oxford University Press, 1986, 185—188。

33. Chen Shaobai, cited in John Yue-Ho Wong, "Sun Yatsen: His Heroic Image a Century Afterwards," *Journal of Asian History* 28.2, 1994, 154—176.

34. 摘引自Wong, *Chinese Liverpudlians*, 30。同样的情况也发生在纽约，请参阅Wong Chin Foo, "The Chinese in New York," *Cosmopolitan* 5, March—October 1888, 297—231。另请参阅Emma Jinhua Teng, "Miscegenation and the Critique of Patriarchy in Turn-of-the-Century Fiction," *Race, Gender & Class* 4.3, 1997, 69—87。她认为在亚裔美国作家水仙花（Sun Sin Far）的《一个嫁给中国的白人女子的故事》和《她的中国丈夫》中，对于主角米妮来说，故事展现出中国丈夫优于白人。请参阅Sui Sin Far [Edith Maude Eaton], *Mrs. Spring Fragrance and Other Writings*, ed. Amy Ling and Annette White-Parks, Urbana: University of Illinois Press, 1995, 56—83。

35. Count E. Armfelt, "Oriental London," in George R. Sims, ed., *Living London*, London: George Cassell and Company Limited, 1902, vol. i, 84.

36. 请参阅 "Report on Mrs. Robinson's Allegation re Chinamen" 一文附上的备注，编号

262

HO 45/11843/18。

37. 国家档案馆的一条记录显示了19世纪40年代一个来自澳门的有着一半中国血统的茶叶经纪人不正常加入英国国籍的情况,编号为 HO 45/8909。

38. 这种吸收模式也反映了历史现实。斯特德在其《评论之回顾》杂志上的文章《伦敦中国城》中指出,英中婚姻的孩子总是以英文命名,并且穿英式服装。请参阅"China Town in London,"51。另请参阅 Wade,"The Cockney John Chinaman,"305。

39. George Mitchell, *Down in Limehouse*, London: Stanley Martin & Co., 1925, 13.

40. 关于Barnardo,请参阅 Seth Koven, *Slumming: Sexual and Social Politics in Victorian London*, Princeton, NJ: Princeton University Press, 2004, 88—139。

41. 另请参阅多萝西娅·弗拉陶的《庆鹰》中的半爱尔兰人半中国人血统的男童: *Pong Ho: A Volume of Short Stories*, London: Hutchinson & Co., 1924, 265—278。

42. 卡罗尔·沃茨在这里讨论了其中的一些特点,请参阅:"Adapting Affect: The Melodramatic Economy of *Broken Blossoms*," *Film Studies* 3, 2002, 31—46。

43. 和查理·卓别林一样,伯克似乎捏造了他的个人历史,并且改变了它以适应情况。有关传记信息,请参阅 Fred B. Millett, "Thomas Burke," in John M. Manly and Edith Rockert, eds., *Contemporary British Literature: A Critical Survey and 232 Author Bibliographies*, 3rd edn., London: George G. Harrap & Co., 1935, 160; 以及他的讣告, *Times*, September 24, 1945, 7d; and Anne Witchard, "Thomas Burke, the 'Laureate of Limehouse': A Biographical Outline," *ELT/English Literature in Transition*, 1880—1920 48.2, 2005: 164—187。

44. Vance Kepley, Jr., "Griffith's 'Broken Blossoms' and the Problem of Historical Specificity," *Quarterly Review of Film Studies* 3.1, 1978, 41. 对伯克的外表的描述来自 A. St. John Adcock, *Gods of Modern Grub Street*, London: Sampson Low, Marston & Co., 1923, 114。

45. Grant Richards, *Author Hunting by an Old Literary Sportsman: Memories of Years Spent Mainly in Publishing*, London: Hamish Hamilton, 1934, 127.

46. Watts, "Adapting Affect," 37.

47. "Limehouse Nights," *Times Literary Supplement*, September 28, 1916: 464.

48. 对比Watts, "Adapting Affect," 35。

49. Teng, "Miscegenation and the Critique of Patriarchy," 71.

50. 正如朱莉娅·勒萨热(Julia Lesage)所指出的:"格里菲斯把伯克的中国主角从一名阴谋家和'无价值的东方漂泊者'变成了一位诗人般的、和平的佛教爱好者。表面上,《残花泪》包含一个道德信息:亚洲佛教的平和特征优于盎格鲁-撒克逊的无知、残酷斗争。"请参阅Julia Lesage, "Broken Blossoms: Artful Racism, Artful Rape," *Jump Cut: A Review of Contemporary Cinema* 26, 1981, 51。

51. 伯克写道,他对鸦片的迷恋来自德·昆西,并声称自己购买的第一本书是《一个

263

英国鸦片吸食者的自白》。他最早的文学作品之一（后来方才出版）包含德·昆西的编辑版本。请参阅 Thomas Burke, ed., *The Ecstasies of Thomas De Quincey*, London: George G. Harrap, 1928, 23。

52. 斯坦利有关小说《艾德温·德鲁德之谜》中鸦片馆的解读可见于 "Opium and Edwin Drood"。斯坦利争论道，贾斯珀吸食鸦片更多地与心理疏离相关，而不是 "文化差异"（17）。

53. 请参阅 Virginia Berridge and Griffith Edwards, *Opium and the People: Opiate Use in Nineteenth-century England*, New Haven, CT: Yale University Press, 1987, 他们明确表示，反对鸦片窝源自莱姆豪斯以外的中产阶级观察员，而不是来自其工人阶级邻居。伊夫·科索夫斯基·塞奇威克有关吸纳外国人的危险的解读，另请参阅: *Edwin Drood in Between Men: English Literature and Male Homosocial Desire*, New York: Columbia University Press, 1985, 183。

54. "Missionary to the Asiatics and Africans," *London City Mission Magazine* 42.500, August 1, 1877, 78.

55. Holmes, "The Chinese Connection," 71—93. Marek Kohn, in *Dope Girls: The Birth of the British Drug Underground*, London: Granta, 1992, 同时认为，痴迷的关键问题不是鸦片，而是中国男人在20世纪前二十五年与白人妇女的关系（57）。

56. Hevia, *English Lessons*, 318.

57. 香农·凯斯将中国人的伦敦的更大知名度归功于伯克和罗默以及其历史发展。请参阅 "Lilied Tongues and Yellow Claws: The Invention of London's Chinatown, 1915—45," in Stella Dean, ed., *Challenging Modernism: New Readings in Literature and Culture, 1914—45*, Aldershot: Ashgate, 2002, 18。

58. Rohmer, *The Yellow Claw; Dope: A Story of Chinatown and the Drug Traffic*, London: Cassell and Company, 1919.

59. Regenia Gagnier, "Evolution and Information, or Eroticism and Everyday Life, in *Dracula* and Late Victorian Aestheticism," in Regina Barreca, ed., *Sex and Death in Victorian Literature*, London: Macmillan, 1990, 140—157.

60. 凯·范·阿什和伊丽莎白·萨克斯·罗默在其主观性的作品中指出，罗默于1911年开始对唐人街感兴趣，当时一名编辑要求他调查 "国王金先生"，此人是莱姆豪斯地区的一名知名毒贩（4）。请参阅 *Master of Villainy: A Biography of Sax Rohmer*, Bowling Green, OH: Bowling Green University Press Popular Press, 1972。

61. Edward Tupper, *Seamen's Torch: The Life Story of Captain Edward Tupper*, National Union of Seamen, London: Hutchinson & Co., 1938.

62. Thomas Burke, "The Hunger for Beauty," *Essays of Today and Yesterday*, London: George G. Harrap & Co., 1928, 9—10.

63. Thomas Burke, *Nights in Town: A London Autobiography*, London: George Allen & Unwin, 1915, 84.

264

结　语　西方不会停下

1. 我的人口统计数据来自"The Ethnic Population of Britain Broken Down by Local Authority," *Guardian*, May 18, 2011, www.guardian.co.uk/news/datablog/2011/may/18/ethnic-population-england-wales。有关中国社区增长率的信息来自国家统计局"Population Estimates by Ethnic Group, 2002—2009," May 18, 2011, www.ons.gov.uk。

2. Niall Ferguson, *China: Triumph and Turmoil*, dir. Adrian Pennink, Chimerica Media and Educational Broadcasting Corporation for Channel 4, 2012. "Chinks"一词在美国也指中国食品。另见文章"Get Ready to Be a Slave in China's World Order" on Ferguson's website, www.niallferguson.com。

3. "The Steampunk Opium Wars"于2012年2月16日在格林威治国家海事博物馆首次演出。更多关于此剧的信息可以在Anna Chen的网站上找到: www.annachen.co.uk/the-steampunk-opium-wars。

4. Jill Insley, "A Working Life: The Gangmaster," *Guardian*, July 29, 2011.

5. 歌词来自www.christymoore.com/lyrics/on-morecambe-bay。

6. Valerie Elliott and Philip Webster, "Smuggled Meat Blamed for Epidemic," *Times*, March 27, 2001: 1.

7. Peter Hitchens, "Brown's Chinese Restaurant Lie," *Daily Mail*, April 15, 2001, online at www.dailymail.co.uk.

8. 请参阅www.britishchineseonline.com/forum/showthread.php?t=409。

9. Liz Robbins and Jeffrey E. Singer, "A Delicacy on Chinatown Plates, but a Killer in Water," *New York Times*, April 29, 2011, www.nytimes.com.

10. Chen, "The Triumph and Turmoil of Niall Ferguson's Obsession with China," madammiaow.blogspot.co.uk/2012/03/triumph-and-turmoil-of-niall fergusons.html, March 13, 2010.

11. 显然，红龙是中华帝国的象征。

12. Leslie Hook and Jonathan Soble, "China's Rare Earth Stranglehold in Spotlight," *Financial Times*, March 13, 2012.

13. 另见2010年8月1日陈的博客评论，"Sherlock and Wily Orientals," madammiaow.blogspot.co.uk/2010/08/sherlock-and-wily-orientals-bbc-stuck.html。

14. www.bbc.co.uk/programmes/b00tc6t2. 汤普森的剧本可以在英国广播公司Writer's Room网站上找到，www.bbc.co.uk/writersroom/scripts/sherlock-the-blind-banker。

15. Jason Deans, "Sherlock on the Case with 6.4 Million," *Guardian*, August 2, 2012; "Weekly Top 30 Programmes," August 2—8, 2010, Broadcaster's Association Research Board, www.barb.co.uk.

16. Gwyn Topham, "Tourism Bosses Say Visa Red Tape — and Cost — Are Putting off Chinese Visitors," *Guardian*, August 17, 2012.

265

266

参考文献

一手材料

Abbott, Charlies Harrie. *The Celestials or the Flowery Land: Anglo-Chinese Musical Farce in Two Acts*. Lyrics by J. W. Houghton, music by F. Osmond Carr. Licensed October 10, 1898. LCP 53665L.

Ah-Chin-Le [pseud.]. *Some Observations upon the Civilization of the Western Barbarians, Particularly the English; Made during a Residence of Some Years in Those Parts*. Trans. John Yester Smythe. Boston: Lee and Shepard, 1876.

Airey, Frederick Wilkin Iago. *Pidgin Inglis Tails and Others*. Shanghai: Kelly & Walsh, 1906.

"Anti-Slavery in China." *Punch, or The London Charivari* **6** (1844): 103.

Armfelt, E. "Oriental London." In George R. Sims, ed., *Living London*. London: George Cassell and Company, 1902. Vol. 1, 81–86.

"Attack on a China Mission." Dir. James Williamson. Williamson Kinematograph Company, 1900.

Banister, Joseph. *England under the Jews*. London: Joseph Banister, 1901.

Barrère, Albert, and Charles G. Leland. *A Dictionary of Slang, Jargon & Cant Embracing English, American, and Anglo-Indian Slang, Pidgin English, Tinkers' Jargon and Other Irregular Phraseology*. Edinburgh: The Ballantyne Press, 1889.

Beck, John B. "Infanticide." In Theodric Romeyn Beck and John B. Beck, eds., *Elements of Medical Jurisprudence*, 7th edn. London: Longman and Co., 1842. Vol. 1, 230.

Becke, Louis. *Chinkie's Flat*. London: T. Fisher Unwin, 1904.

"Beheading of a Chinese Boxer." Dir. Sagar Mitchell and James Kenyon, 1900. British Film Institute, London.

Beresford, Charles. *The Break-up of China with an Account of Its Present Commerce, Currency, Waterway, Armies, Railways, Politics and Future Prospects*. London: Harper & Brothers, 1899.

Best for Boys' Ching-ching's Own. Edwin Harcourt Burrage, ed. 1–83. September 27, 1890, to April 23, 1892.

Betty [pseud.]. *Intercepted Letters: A Mild Satire on Hongkong Society*. Hong Kong: Kelly & Walsh, 1905.

Bewicke, Alicia [Mrs. Archibald Little]. *Out in China!* London: Anthony Treherne, 1902.

Bland, John Otway Percy. *Verse and Worse: Selections from Tung Chia [aka Bland].* Shanghai: The Oriental Press, 1902.

"The Blind Banker." *Sherlock.* Dir. Euros Lyn, perf. Benedict Cumberbatch, Martin Freeman, and Una Stubbs. BBC, August 1, 2010.

Blumenthal, F. C. *A Tale of Old China: Entertainment in One Act.* St. George's Hall, Langham Place, April 6, 1875. LCP 53148D.

Boehm, Lise [Elise Williamina Edersheim Giles]. *China Coast Tales.* 2nd edn. Shanghai: Kelly & Walsh, 1898.

Boothby, Guy. *Dr. Nikola's Experiment.* London: Hodder & Stoughton, 1899.

Boucicault, Dion. *Jessie Brown; or The Relief of Lucknow.* London: Thomas Hailes Lacy, 1858.

Bowkett, S., and George D. Day. *The Willow Pattern Plate: A Comedy Opera in Two Acts.* The Marina, Lowestoft. Licensed September 28, 1897. LCP 53639A.

The Boxer Rising: A History of the Boxer Trouble in China. Reprinted from the "Shanghai Mercury." Shanghai: Shanghai Mercury, 1900.

Brady, S. E. "Little Mertens." *The Jewel in the Lotus and Other Stories.* Shanghai: The Oriental Press, 1905.

Bramah, Ernest. *The Wallet of Kai Lung.* London: Grant Richards, 1900.

Brereton, Frederick Sadleir. *The Dragon of Pekin: A Tale of the Boxer Revolt.* London: Blackie and Son, 1902.

Broadfoot, W. D. *Wars in China or the Battles of Chinghae & Amoy.* Astley's Theatre, May 13, 1844. LCP 42975.

Broken Blossoms. Dir. D. W. Griffith, perf. Lillian Gish and Richard Barthlemess. United Artists, 1919.

Burke, Thomas. "The Chink and the Child." *Colour* 3.3 (1915): 82–88.

    The Ecstasies of Thomas De Quincey, Thomas Burke, ed. London: George G. Harrap, 1928.

    "The Hunger for Beauty." In *Essays of Today and Yesterday.* London: George G. Harrap & Co., 1928. 9–13.

    Limehouse Nights. 1916. London: Daily Express Fiction Library, n.d.

    Nights in Town: A London Autobiography. London: George Allen & Unwin, 1915.

Burrage, Edwin Harcourt. *Ching-Ching's Own.* 1–118. June 23, 1888, to September 20, 1890.

    Handsome Harry of the Belvedere. London: W. Lucas, 1886.

    Wonderful Ching-Ching. London: C. Fox, 1885.

    Young Ching-Ching. London: C. Fox, 1886.

Chang, Wo [pseud.]. *England through Chinese Spectacles: Leaves from the Notebook of Wo Chang.* London: Cotton Press, 1897.

Chen, Anna. "The Steampunk Opium Wars." Perf. February 16, 2012. www.annachen.co.uk/the-steampunk-opium-wars.

Chesney, George Tomkyns. *The Dilemma.* London: William Blackwood and Son, 1876.

Childers, Erskine. *The Riddle of the Sands.* London: Smith & Elder, 1903.

"China Town in London." *Review of Reviews* **22** (July 2, 1900): 51.

The Chinese Exhibition, or the Feast of Lanterns. Licensed December 1844. LCP 42980.

"The Chinese in Europe." *The Times*, November 22, 1879. 11e.

The Chinese Junk, or The Maid and the Mandarin in 2 Acts. Britannia Saloon, Hoxton, September 1848. LCP 43013.

Chisholm, J. Marquis. *The Great Chang Polka*. London: Duff & Hodgson, 1866.

The Chronicle and Directory for China, Japan, Corea, Indo-China, Straits Settlements, Malay States, Siam, Netherlands India, Borneo, The Philippines, &C. for the Year 1898. Hong Kong: The Daily Press, 1898.

Cohen, G. Manchester. *Y'Lang Y'Lang: The Fair Maid of Too Bloo. A Piece of Old China. An Original Nautical Pantomime*. Normansfield, Hampton Wick, January 5, 1892. LCP 53518J.

Collingwood, Harry [William Joseph Cosens Lancaster]. *A Chinese Command: A Story of Adventure in Eastern Seas*. London: Blackie and Son, 1915.

Collins, Wilkie. *The Moonstone*. **3** vols. London: Tinsley Brothers, 1868.

"Colonial Novels." Advertisement. *South China Morning Post*. May 19, 1904: 4e–f.

Conrad, Joseph. *Heart of Darkness*. 1898. Ware: Wordsworth Editions, 1995.

   Typhoon. 1902. In Cedric Watts, ed., *Typhoon and Other Tales*. Oxford: Oxford University Press, 1986.

Cory, Annie Sophie [Victoria Cross]. *Anna Lombard*. Gail Cunningham, ed. 1901. London: Continuum, 2006.

Cox, James R. N. "Caught and Caged." *Boy's Own Paper* **6**.286 (July 5, 1884): 630–632 and **6**.287 (July 12, 1884): 649–650.

Croskey, Julian [Charles Welsh Mason]. *The Chest of Opium*. London: Neville Beeman, 1896.

   "One of the Last Legion." *The New Century Review* **3**.16 (April 1898): 281–289.

   "The S. G.": A Romance of Peking. London: Lamley & Co., 1900.

   The Shen's Pigtail and Other Cues of Anglo-China Life. London: T. Fisher Unwin, 1894.

Dalton, William. *The Wasps of the Ocean: or, Little Waif and the Pirate of the Eastern Seas. A Romance of Travel and Adventure in China and Siam*. London: E. Marlborough & Co., 1864.

Dalziel, James. *Chronicles of a Crown Colony*. Hong Kong: South China Morning Post, 1907.

   High Life in the Far East: Short Stories. London: T. Fisher Unwin, 1909.

   In the First Watch and Other Engine-Room Stories. London: T. Fisher Unwin, 1907.

   A Paper on Light Draught Steamers for River Service, with Remarks on Types Suitable for the West River Trade, and Maps, Diagrams, Dimensions of Steamers, Etc. Hong Kong: Kelly & Walsh, 1898.

   Silver & the Dollar. Hong Kong: Newspaper Enterprise, 1931.

Dance, George. *A Chinese Honeymoon: A Musical Play in Two Acts*. Music by Howard Talbot. London: Hopwood & Crew, 1902. Hanley, October 16, 1899; Royal Strand Theatre, October 5, 1901.

Program for *A Chinese Honeymoon: A Musical Play in Two Acts*. Victoria and Albert Museum, London.

Danicourt, François-Xavier-Timothée. *Infanticide et exposition des enfants en Chine*. Amiens: Lemer Ainé, 1863.

Danrit, Capitaine [Émile Augustin Cyprien Driant]. *L'invasion jaune*. 3 vols. Paris: Ernest Flammarion, 1909.

Danvers, Fred. *A Chinese Idyl, or The Lost Ruby*. Licensed December 14, 1903. LCP 1903.

Dawe, Alfred. *Sen Yamen, or An Overdose of Love*. Music by Frederic William Sparrow. Theatre Royal, Rugby, October 7, 1901. LCP 1901/27.

Dawe, William Carlton. *The Mandarin*. London: Hutchinson & Co., 1899.

"A Night in Canton." In *Kakemonos: Tales of the Far East*. London: John Lane, 1897. 75–102.

The Plotters of Peking. London: Eveleigh Nash, 1907.

The Yellow Man. London: Hutchinson & Co., 1900.

De Koven, Reginald, and Larry B. Smith. *The Mandarin: A Chinese Comic Opera in Three Acts*. Royal Edinburgh, licensed October 21, 1896. LCP 53612C.

Denby, Jay. *Letters of a Shanghai Griffin to His Father and Other Exaggerations*. Shanghai: The Shanghai Printing Company, 1910.

De Quincey, Thomas. *Confessions of an English Opium-Eater*. 1821, Alethea Hayter, ed. Harmondsworth: Penguin, 1971.

Dickens, Charles. *The Mystery of Edwin Drood*. London: Chapman and Hall, 1870.

Digges, West. *A China Wedding: An Original Mythical Fancy. In One Act*. Duke's, Holborn, May 21, 1877. LCP 53187B.

Dilke, Charles Wentworth. *Greater Britain: A Record of Travel in English-Speaking Countries. With Additional Chapters on English Influence in Japan and China and on Hong Kong and the Straits Settlements*. 8th edn. London: Macmillan and Co., 1885.

Dolly [Leonard d'Oliver]. *The Vampire Nemesis and Other Weird Stories of the China Coast*. Bristol: J. W. Arrowsmith, 1905.

Doyle, Arthur Conan. "The Man with the Twisted Lip." *Strand Magazine* (1891): 623–637.

Doyle, C. W. *The Shadow of Quong Lung*. Philadelphia and London: J. B. Lippincott Company, 1900.

Dream Street. Dir. D. W. Griffith, perf. Charles Emmett Mack and Carol Dempster. United Artists, 1921.

Ellis, Henry Havelock. Preface to Henrik Ibsen, *The Pillars of Society and Other Plays*, ed. Havelock Ellis, trans. William Archer. London: Walter Scott, 1888.

"Exhibition of the English in China." *Punch or the London Charivari* 7 (1844): 219–222.

Féli-Brugière and Jules Louis Gastine. *L'Asie en feu: Le roman de l'invasion jaune*. Paris: C. Delagrave, 1904.

Fenn, George Manville. *Stan Lynn: A Boy's Adventures in China*. London: W. & R. Chambers, 1902.

Flatau, Dorothea. "Chingie." In *Pong Ho: A Volume of Short Stories*. London: Hutchinson & Co., 1924. 265–278.

"Foreign Undesirables." *Blackwood's Edinburgh Magazine* **169** (February 1901): 279–289.

Freemantle, E. A. "Prince Tuan's Treasure." In *Prince Tuan's Treasure and Other Interesting Tales of the "Boxer Rebellion of 1900"*. Vellore: The Record Press, 1911. 1–19.

George, G. H. *Grand Pantomime of Harlequin Aladdin and the Lamp; or The Wizard, the Ring, and the Scamp*. London: Williams and Strahan, 1873[?].

Ghosh, Amitav. *Sea of Poppies*. London: John Murray, 2008.

Gilson, Charles. *The Lost Column: A Story of the Boxer Rebellion in China*. London: Henry Frowde, 1909.

Godfrey, Charles. *Chang, the Great Fychow, Galop*. London: Duff & Hodgson, 1866.

Graydon, W. Murray. *The Perils of Pekin*. London: John F. Shaw and Co., 1904.

The Great Wall of China. Criterion Theatre, April 8, 1876. LCP 53165G.

Greenwood, James. *In Strange Company: Being the Experience of a Roving Correspondent*. London: Henry S. King & Co., 1873.

Greey [sic], Edward. *Blue Jackets; or, The Adventures of J. Thompson, A.B. among "The Heathen Chinee": A Nautical Novel*. Boston: J. E. Tilton & Co., 1871.

"The Hague Convention (I) for the Pacific Settlement of International Disputes (Hague 1) 29 July 1899." The Avalon Project, Yale University, http://avalon.law.yale.edu/19th_century/hague01.asp.

Hale, William Palmer, and Francis Talfourd. *The Mandarin's Daughter! Being the Simple Story of the Willow-Pattern Plate*. London: Thomas Lacy, 1851.

Hall, Owen. *The Geisha; A Story of a Tea House: A Japanese Musical Play*. Music by Sidney Jones, lyrics by Harry Greenbank. London: Hopwood & Crew, 1897.

Hand, Thomas William, and Walter Teale. *The Conquest of Mexico and Death of Montezuma: A Pyro-Spectacular Drama*. Ottowa: T. W. Hand Firework Co., 1903.

Hand and Teales' [sic] *Pyro-Spectacular Drama, The Bombardment of Pekin, By the British and French. Time 1860*. N.p.: Thomas William Hand and Walter Teale, 1899.

Hand and Teale's Spectacular Drama of "The Relief at Lucknow": An Original, Outdoor, Military Spectacle, Designed to Exhibit New Pyrotechnic, Scenic and Spectacular Effects. N.p.: Thomas William Hand and Walter Teale, 1895.

Hart, Robert. *"These from the Land of Sinim": Essays on the Chinese Question*. London: Chapman & Hall, 1901.

Henty, George Alfred. *By Conduct and Courage*. London: Blackie & Son, 1905.

In Times of Peril: A Tale of India. London: Griffith and Farran, 1881.

With the Allies to Pekin. London: Blackie and Son, 1904.

"High Life in the Far East." *Bookman* **36** (Spring 1909): Supplement 2.

Holcomb, Willard. *Kin Fu or the Pursuit of Happiness: An Oriental Comedy Opera in Three Acts*. Licensed for Victoria Hall, November 30, 1903. LCP 1903/29.

Hood, Basil. *The Willow Pattern: Comic Operetta in Two Episodes*. Music by Cecil Cook. London: Chappell & Co., [1901].

Huberich, Charles Henry. "The Commercial Law of Ceylon, Straits Settlements, Federated Malay States, Johore, Kedah, Perlis, Kelantan, Trengganu, North Borneo, Brunei, Sarawak, Hongkong, Weihaiwai, and Cyprus." In *The Commercial Laws of the World Comprising the Mercantile, Bills of Exchange, Bankruptcy and Maritime Laws of All Civilized Nations*. Vol. XVI: *British Dominions and Protectorates in Asia*. William Bowstead, ed. London: Sweet & Maxwell, 1912. 266–652.

Hughes, R. M. *The Laws Relating to Lascars and Asiatic Seamen Employed in the British Merchants' Service, or Brought to the United Kingdom in Foreign Vessels*. London: Smith, Elder and Co., 1855.

Hume, Fergus. *Mother Mandarin*. London: F. V. White & Co., Ltd., 1912.

The Mystery of a Hansom Cab. London: Hansom Cab Publishing Co., 1888.

Hunter, Harry [George W. Hunt]. *The Nigger Chinee, or His Pigtail Wouldn't Grow*. London: J. A. Turner, 1877.

Hunter, William. *1904: A Research into Epidemic and Epizootic Plague*. Hong Kong: Noronha & Co., 1904.

Ibsen, Henrik. *The Pillars of Society and Other Plays*, ed. Henry Havelock Ellis, trans. William Archer. London: Walter Scott, 1888.

Jerrold, William Blanchard. *London: A Pilgrimage*. Ill. Gustave Doré. London: Grant & Co., 1872.

Johnson, Henry T. *Alone in China*. Licensed June 15, 1904 for Alexandra, Birmingham; Brixton, June 20, 1904.

King, Paul. *In the Chinese Customs Service: A Personal Record of Forty-Seven Years*. London: T. Fisher Unwin Ltd., 1924.

Kipling, Rudyard. *Kim*. London: Macmillan, 1901.

Kohr, Herbert Ornando. *The Escort of an Emperor; A Story of China during the Great Boxer Movement*. Akron[?], OH: no pub., 1910.

Le, Ah-Chin. *Some Observations upon the Civilization of the Western Barbarians, Particularly the English; Made during a Residence of Some Years in Those Parts*, trans. John Yester Smythe. Boston, MA: Lee and Shepard, 1876.

Legge, James. *The Chinese Classics with a Translation, Critical and Exegetical Notes, Prolegomena, and Copious Indexes*. 5 vols. London: Trübner & Co., 1861–1872.

The Texts of Taoism, ed. Max Müller, trans. James Legge. Vol. XXXIX and XIV of *The Sacred Books of the East*. London: Dover, 1891.

"Limehouse Nights." *Times Literary Supplement*, September 28, 1916: 464.

Littlewood, Kevin. "On Morecambe Bay." Perf. Christy Moore. www.christymoore.com/lyrics/on-morecambe-bay.

London, Jack. "The Unparalleled Invasion: Excerpt from Walt. Nervin's Certain Essays in History." *McClure's Magazine* 35 (July 1910): 308–315.

Mackay, Kenneth. *The Yellow Wave: A Romance of the Asiatic Invasion of Australia*. London: Richard Bentley and Son, 1895.

Mackay, R. F. *Quong-Hi: A Farcical Comedy in Three Acts*. Perf. Strand. Licensed March 29, 1895. LCP 53571L.

Malthus, Thomas. *An Essay on the Principle of Population as It Affects the Future Improvement of Society.* 1798; 1803. London: Dent, 1973.

Mandarin's Ghost. New Hall, Walsingham. Licensed March 31, 1897. LCP 53625H.

Mankell, Henning. *The Man from Beijing.* Trans. Laurie Thompson. London: Vintage, 2011.

Marchant, Bessie. *Among Hostile Hordes: A Story of the Tai-ping Rebellion.* London: Gall and Inglis, 1901.

Marriott, J. A. R. "The Imperial Note in Victorian Poetry." *Nineteenth Century* **48**.282 (August 1900): 236–248.

Marsh, Richard. *The Beetle.* London: Skeffington & Son, 1897.

The Joss: A Reversion. London: F. V. White, 1901.

Martin, W. A. P. *The Siege in Peking: China against the World.* Edinburgh: Oliphant, Anderson & Ferrier, 1900.

Marx, Karl, and Friedrich Engels. *On Colonialism.* Moscow: Foreign Languages Publishing House, 1960.

Medhurst, Walter Henry. "The Chinese as Colonists." *Nineteenth Century* **4**.19 (September 1878): 517–527.

The Foreigner in Far Cathay. London: Edward Stanford, 1872.

Metcalfe, W. C. *Pigtails and Pirates: A Tale of the Sea.* London: Blackie and Son, 1908.

Meyners d'Estrey, Guillaume Henry Jean. "L'Émigration Chinoise." *Annales de l'Extrême Orient* **2** (1879): 1–5.

"Missionary to the Asiatics and Africans." *London City Mission Magazine* **42**.500 (August 1, 1877): 178.

Mitchell, George. *Down in Limehouse.* London: Stanley Martin & Co., 1925.

Morris, William. *News from Nowhere.* 1890. London: Reeves & Turner, 1891.

Morton, John Maddison. *Aladdin and the Wonderful Lamp; or, Harlequin and the Genie of the Ring: A New Comic Christmas Pantomime.* London: Thomas Hailes Lacy, 1856.

Müller, Max, "The Religions of China." *Nineteenth Century* **48** (January–July 1900): 373–384, 569–581, 730–742.

"The Murder at Bangkok. British Bluejacket Dismissed." *China Mail.* January 20, 1902: 5c.

National Register. October 13, 1813.

Naturalization by Private Act: HOPE, Charles b Macao (East Indies) Act. 1843. HO 45/8909.

News from China. Haymarket, February 9, 1842. LCP 42968.

Norman, Henry. "Our Vacillation in China and Its Consequences." *Nineteenth Century* **48**.281 (July 1900): 4–16.

Norris, Frank. "The Third Circle." 1895. *The Third Circle.* New York: John Lane, 1909. 13–27.

Offenbach, Jacques. *Chang-hi-Wang: Operetta in One Act by Offenbach.* Trans. and adapted by Frederic Maccabe. Licensed for the Royal Theatre, Birmingham. March 28, 1879. LCP 53216C.

Ching-Chow-Hi and a Cracked Piece of China. Trans. and adapted by William Brough and German Reed. Grand Theatre, Islington. August 14, 1865. LCP Ms 1865.53044K.

The Opinions of Mr. Briggs. Hong Kong: South China Morning Post, 1904.

Orwell, George. "Shooting an Elephant." 1936. In Saros Cowasjee, ed. *The Oxford Anthology of Raj Stories.* Delhi: Oxford University Press, 1998. 281–287.

"Our Library Table." *Athenæum* no. 4170 (September 28, 1907): 366.

Payn, James. *By Proxy.* London: Chatto and Windus, 1878.

Peggs, James. *India's Cries to British Humanity, Relative to the Suttee, Infanticide, British Connexion with Idolatry, Ghaut Murders, and Slavery in India.* 2nd edn. London: Seely & Son, 1830.

Ramsey, Alicia, and Rudolph de Cordova. *The Mandarin: A New and Original Melodrama in Five Acts.* Grand Theatre, Islington. Licensed March 7, 1901. LCP 1901/7.

Ray, Ilett. *The Yellow Dread: An Oriental Melo Drama in Four Acts* [aka *The Yellow Terror*]. Masonic Hall, Wimbledon. Licensed November 16, 1903. LCP 1903/27.

"Report on Mrs. Robinson's Allegation re Chinamen." 1911. HO 45/11843/18.

Review of *In the First Watch. Academy* 73 (September 28, 1907): 953.

Ridge, J. James. *Ki-Ling of Hankow: A Chinese Dramatic Incident.* London: John Kempster, 1870.

Rivers, William A. [Veronica and Paul King]. *Anglo-Chinese Sketches.* London: S. R. Menheneott, 1903.

Rohmer, Sax [Arthur Sarsfield Ward]. *The Devil Doctor: Hitherto Unpublished Adventures in the Career of the Mysterious Dr. Fu-Manchu.* London: Methuen & Co., 1916.

   Dope: A Story of Chinatown and the Drug Traffic. London: Cassell and Company Ltd., 1919.

   The Yellow Claw. London: Methuen & Co., 1915.

Rowe, Richard. *Picked up in the Streets, or Struggles for Life amongst the London Poor.* London: W. H. Allen and Co., 1880.

"Rube in an Opium Joint." American Mutoscope and Biograph Company, 1905. Library of Congress FLA 3818.

Ryan, William Burke. *Infanticide: Its Law, Prevalence, Prevention, and History.* London: J. Churchill, 1862.

Salmon, Edward. *The Literature of the Empire.* London: W. Collins Sons, 1924. Vol. XI of Hugh Gunn, ed., *The British Empire: A Survey in 12 Volumes – Each Self-Contained.*

Sedgwick, S[idney] N[ewman]. *The Last Persecution.* London: Grant Richards, 1909.

Serjeant, Constancia. *A Tale of Red Pekin.* London: Marshall Brothers, 1902.

Shiel, Matthew Phipps. *The Dragon.* London: Grant Richards, 1913.

   The Purple Cloud. London: Chatto & Windus, 1901.

   The Yellow Danger. London: Grant Richards, 1898.

   The Yellow Wave. London: Ward, Lock, & Co., 1905.

Sims, George R. *How the Poor Live, and Horrible London.* London: Chatto & Windus, 1889.

"Li Ting of London." In *Li Ting of London and Other Stories*. London: Chatto & Windus, 1905. 7–23.

"The Romance of Reality." *The Mysteries of Modern London*. London: C. Pearson Ltd., 1906. 164–165.

"Trips about Town: V. In Limehouse and the Isle of Dogs." *Strand Magazine* 30.175 (July 1905): 35–40.

Snell, Henry. *The Foreigner in England: An Examination of the Problem of Alien Immigration*. Keighley: The Rydal Press, 1904.

Stocqueler, Joachim Hayward. *The Bombardment & Capture of Canton: A New & Grand Spectacle Founded upon Events in the Present War in China. In Two Acts. To be perform'd at Astley's Royal Ampitheatre on Easter Monday, April 3rd, 1858.* LCP 52973H.

Sui Sin Far [Edith Maude Eaton]. *Mrs. Spring Fragrance and Other Writings*, ed. Amy Ling and Annette White-Parks. Urbana, Champaign: University of Illinois Press, 1995.

Sun Yat-Sen. *Kidnapped in London: Being the Story of My Capture by, Detention at, and Release from the Chinese Legation, London*. Bristol: J. W. Arrowsmith, 1897.

Tanner, Dr. *The Chinese Mother: A Drama*. London: Richardson and Son, 1857.

The Foundling of Sebastapol. London: Burns, Lambert & Oates, [1867].

Taylor, Philip Meadows. *Seeta*. London: Kegan Paul & Co., 1872.

Tennyson, Alfred. "The Defence of Lucknow." 1880. In Elleke Boehmer, ed., *Empire Writing: An Anthology of Colonial Writing, 1870–1918*. Oxford: Oxford University Press, 1998. 59–63.

Thomson, John. *Through China with a Camera*. London: A. Constable & Co., 1898.

Tupper, Edward. *Seamen's Torch: The Life Story of Captain Edward Tupper, National Union of Seamen*. London: Hutchinson & Co., 1938.

Tyler, Henry Whatley. *Questions of the Day. No 1. Indian Revenue from Indian Opium; Chinese Money at the Expense of Chinese Life; British Honour or British Disgrace; Questions Which Should Be Considered in the Treaty to Be Concluded with China*. London: James Ridgway, 1857.

Verner, W. J. *Harlequin and the Willow Pattern Plate: The Four Corners of the Globe out on the Spree. A Pantomime Sketch*. Queen's, October 5, 1860. LCP 52995V.

Wade, George A. "The Cockney John Chinaman." *The English Illustrated Magazine* 23 (July 1900): 301–307.

Westerman, Percy F. *When East Meets West: A Story of the Yellow Peril*. London: Blackie and Son, 1913.

Westermarck, Edward. *The Origin and Development of the Moral Ideas*. Vol. II. London: Macmillan and Co., 1908.

Wilde, Oscar. *The Picture of Dorian Gray*. 1890. London: Penguin Books, 2003.

Wilkinson, Isaac. *Ching-a-ma-ree: An Original Fairy Tale*. Music by Jacques Greebe. Brighton: I. Wilkinson, 1884.

Winn, Robert S. "A Chinese Adventure." In Alfred H. Miles, ed., *Fifty-Two Stories of Greater Britain*. London: Hutchinson & Co., 1901. 412–420.

Wong, Chin Foo. "The Chinese in New York." *Cosmopolitan* **5** (March–October 1888): 297–231.

Wood, Charles W. "In the Night-Watches." *Argosy* **65**.387 (February 1898): 191–223.

Wright, Arnold, ed. *Twentieth Century Impressions of Hongkong, Shanghai, and Other Treaty Ports of China: Their History, People, Commerce, Industries and Resources*. London: Lloyd's Greater Britain Publishing Company, 1908.

"The Yarn of the 'Broker Swell.'" *China Punch* **18** (August 27, 1874): 4.

二手材料

Abbas, Ackbar. *Hong Kong: Culture and the Politics of Disappearance*. Minneapolis: University of Minnesota Press, 1997.

Adcock, A. St. John. *Gods of Modern Grub Street*. London: Sampson Low, Marston & Co., 1923.

Aguirre, Robert D. "Annihilating the Distance: Panoramas and the Conquest of Mexico, 1822–1848." *Genre* **35**.2 (2002): 25–53.

—— *Informal Empire: Mexico and Central America in Victorian Culture*. Minneapolis, MN: University of Minnesota Press, 2005.

Altick, Richard D. *The Shows of London*. Cambridge, MA: Belknap Press of Harvard University Press, 1978.

Arata, Stephen. *Fictions of Social Loss in the Victorian Fin de Siècle*. Cambridge: Cambridge University Press, 1996.

Arnold, Dana. "Ambivalent Geographies: The British Concession in Tianjin, China, c.1860–1946." In Julie F. Codell, ed., *Transculturation in British Art, 1770–1930*. Farnham: Ashgate, 2012. 143–155.

Arrighi, Giovanni, Takeshi Hamashita, and Mark Selden. "Introduction: The Rise of East Asia in Regional and World Historical Perspectives." In Giovanni Arrighi, Takeshi Hamashita, and Mark Selden, eds., *The Resurgence of East Asia: 500, 150 and 50 Year Perspectives*. London: Routledge, 2003. 1–16.

Assael, Brenda. *The Circus and Victorian Society*. Charlottesville: University of Virginia Press, 2005. 62–84.

Auerbach, Sascha. *Race, Law, and "The Chinese Puzzle" in Imperial Britain*. Basingstoke: Palgrave Macmillan, 2009.

Barr, Patricia Miriam. *To China with Love: The Lives and Times of Protestant Missionaries in China*. London: Secker and Warburg, 1972.

Batchelor, Robert. "Concealing the Bounds: Imagining the British Nation through China." In Felicity A. Nussbaum, ed., *The Global Eighteenth Century*. Baltimore, MD: Johns Hopkins University Press, 2003. 79–92.

—— "On the Movement of Porcelains: Rethinking the Birth of Consumer Society as Interactions of Exchange Networks, 1600–1750." In John Brewer and Frank Trentmann, eds., *Consuming Cultures, Global Perspectives: Historical Trajectories, Transnational Exchanges*. Oxford: Berg, 2006. 95–121.

Bayly, C.A. "The Boxer Uprising and India: Globalizing Myths." In Robert Bickers, ed., *The Boxers, China, and the World*. Lanham, MD: Rowman & Littlefield, 2007. 147–155.

Bennett, Geoffrey. *Charlie B: A Biography of Admiral Lord Beresford of Metemmeh and Curraghmore.* London: Peter Dawnway, 1968.

Berridge, Virginia, and Griffith Edwards. *Opium and the People: Opiate Use in Nineteenth-century England.* New Haven, CT: Yale University Press, 1987.

Bickers, Robert, ed. *The Boxers, China, and the World.* Lanham, MD: Rowman & Littlefield, 2007.

  Britain in China: Community, Culture and Colonialism 1900–1949. Manchester: Manchester University Press, 1999.

Bickers, Robert, and Christian Henriot, eds. *New Frontiers: Imperialism's New Communities in East Asia, 1842–1953.* Manchester: Manchester University Press, 2000.

Blake, Andrew. "Foreign Devils and Moral Panics: Britain, Asia and the Opium Trade." In Bill Schwarz, ed., *The Expansion of England: Race, Ethnicity and Cultural History.* London: Routledge, 1996. 240–249.

"The Blind Banker." *Sherlock,* Series 1, episode 2 of 3. BBC One. www.bbc.co.uk/programmes/b00tc6t2.

Blue, Gregory. "Opium for China: The British Connection." In Timothy Brook and Bob Tadashi Wakabayashi, eds. *Opium Regimes: China, Britain, and Japan, 1839–1952.* Berkeley: University of California Press, 2000. 31–54.

Boehmer, Elleke. *Colonial and Postcolonial Literature: Migrant Metaphors.* 2nd edn. Oxford: Oxford University Press, 2005.

Boyd, Kelly. *Manliness and the Boys' Story Paper in Britain: A Cultural History, 1855–1940.* Basingstoke: Palgrave Macmillan, 2003. 123–152.

Brantlinger, Patrick. *The Rule of Darkness: British Literature and Imperialism, 1830–1914.* Ithaca, NY: Cornell University Press, 1988.

Bratton, J. S. "British Heroism and the Structure of Melodrama." In J. S. Bratton, Richard Allen Care, Brendan Gregory, Heidi J. Holder, and Michael Pickering, eds., *Acts of Supremacy: The British Empire and the Stage, 1790–1930.* Manchester: Manchester University Press, 1991. 18–61.

  "Theatre of War: The Crimea on the London Stage 1854–5." In David Bradby, Louis James, and Bernard Sharratt, eds., *Performance and Politics in Popular Drama: Aspects of Popular Entertainment in Theatre, Film and Television 1800–1976.* Cambridge: Cambridge University Press, 1980. 119–137.

Bratton, J. S., Richard Allen Cave, Brendan Gregory, Heidi J. Holder, and Michael Pickering, eds., *Acts of Supremacy: The British Empire and the Stage, 1790–1930.* Manchester: Manchester University Press, 1991.

Bright, Rachel. "'Irregular Unions': Alicia Bewicke Little's *A Marriage in China* and British–Chinese Relations in the Late-Nineteenth Century." *Schuylkill* 5.1 (2002): 38–53.

Bristow, Joseph. *Effeminate England: Homoerotic Writing after 1885.* Buckingham: Open University Press, 1995.

  Empire Boys: Adventures in a Man's World. London: HarperCollins Academic, 1991.

British Chinese Online Forums. "Foot 'n' Mouth – The Yellow Peril." www.britishchineseonline.com/forum/showthread.php?t=409.

Brown, J. B. "The Politics of the Poppy: The Society for the Suppression of the Opium Trade, 1874–1916." *Journal of Contemporary History* **8**.3 (1973): 97–111.

Burrows, Jon. "'A Vague Chinese Quarter Elsewhere': Limehouse in the Cinema 1914–36." *Journal of British Cinema and Television* **6**.2 (2009): 282–301.

Butt, Rudi. "Hong Kong's First: Newsies in the Nineteenth Century." hongkongs-first.blogspot.co.uk/2010/09/newsies-in-nineteenth-century.html.

Buzard, James. *Disorienting Fiction: The Autoethnographic Work of 19th-Century British Novels*. Princeton, NJ: Princeton University Press, 2005.

Cameron, Nigel. *Barbarians and Mandarins: Thirteen Centuries of Western Travelers in China*. Chicago: University of Chicago Press, 1970.

Casarino, Cesare. *Modernity at Sea: Melville, Marx, Conrad in Crisis*. Minneapolis: University of Minnesota Press, 2002.

Case, Shannon. "Lilied Tongues and Yellow Claws: The Invention of London's Chinatown, 1915–45." In Stella Dean, ed., *Challenging Modernism: New Readings in Literature and Culture, 1914–45*. Aldershot: Ashgate, 2002. 17–34.

Cayford, Joanne M. "In Search of 'John Chinaman': Press Representations of the Chinese in Cardiff, 1906–19." *Llafur: Journal of Welsh History* **5**.4 (1991): 37–50.

Chakrabarty, Dipesh. *Provincializing Europe: Postcolonial Thought and Historical Difference*. Princeton, NJ: Princeton University Press, 2000.

Chambers, Colin. *Black and Asian Theatre in Britain*. Abingdon: Routledge, 2011.

Chang, Dong-Shin. "Chinese Sorcerer: Spectacle and Anglo-Chinese Relations." Conference on "Race, Nation, and the Empire on the Victorian Popular Stage," University of Lancaster, July 13, 2012.

Chang, Elizabeth Hope. *Britain's Chinese Eye: Literature, Empire and Aesthetics in Nineteenth-century Britain*. Stanford, CA: Stanford University Press, 2010.

——— "'Eyes of the Proper Almond-Shape': Blue-and-White China in the British Imaginary, 1823–1883." *Nineteenth Century Studies* **19** (2005): 17–34.

Chen, Anna. "Sherlock and Wily Orientals." madammiaow.blogspot.co.uk/2010/08/sherlock-and-wily-orientals-bbc-stuck.html.

——— "The Triumph and Turmoil of Niall Ferguson's Obsession with China." madammiaow.blogspot.co.uk/2012/03/triumph-and-turmoil-of-niall-fergusons.html, March 13, 2010.

Chen, Jeng-Guo S. "The British View of Chinese Civilization and the Emergence of Class Consciousness." *Eighteenth Century* **45**.2 (2004): 193–206.

Chen, Tina. "'Dissecting the 'Devil Doctor': Stereotype and Sensationalism in Sax Rohmer's Fu Manchu." In Josephine Lee, Imogene L. Lim, and Yuko Matsukawa, eds., *Re/collecting Early Asian America: Essay in Cultural History*. Philadelphia: Temple University Press, 2002. 228–237.

Cheng, W. K. "Constructing Cathay: John Macgowan, Cultural Brokerage, and Missionary Knowledge of China." *Journal of Asian Pacific Communication* **12**.2 (2002): 269–290.

Clarke, I. F. *Voices Prophesying War: Future Wars, 1763–1984*. 2nd edn. London: Oxford University Press, 1992.

Clifford, Nicholas J. *"A Truthful Impression of the Country": British and American Travel Writing in China, 1880–1949*. Ann Arbor: University of Michigan Press, 2001.

Cohen, Matthew Isaac. *Performing Otherness: Java and Bali on International Stages, 1905–1952*. Basingstoke: Palgrave Macmillan, 2010.

Cohen, Paul A. *History in Three Keys: The Boxers as Event, Experience, and Myth*. New York: Columbia University Press, 1997.

Cook, James A. "Reimagining China: Xiamen, Overseas Chinese, and a Transnational Modernity." In Madeline Yue Dong and Joshua L. Goldstein, eds., *Everyday Modernity in China*. Seattle: University of Washington Press, 2006. 156–194.

Cooper, Frederick, and Ann Laura Stoler. "Between Metropole and Colony: Rethinking a Research Agenda." In Frederick Cooper and Ann Laura Stoler, eds., *Tensions of Empire: Colonial Cultures in a Bourgeois World*. Berkeley: University of California Press, 1997. 1–56.

Deans, Jason. "Sherlock on the Case with 6.4 Million." *Guardian*. August 2, 2010. www.guardian.co.uk/media/2010/aug/02/sherlock-bbc1-tv-ratings.

Dunch, Ryan. *Fuzhou Protestants and the Making of a Modern China, 1857–1927*. New Haven, CT: Yale University Press, 2001.

Dupée, Jeffrey N. *British Travel Writers in China – Writing Home to a British Public, 1890–1914*. Lewiston, NY: Edwin Mellen Press, 2004.

Elliott, Jane E. *Some Did It for Civilisation, Some Did It for Their Country: A Revised View of the Boxer War*. Hong Kong: Chinese University Press, 2002.

Elliott, Valerie, and Philip Webster. "Smuggled Meat Blamed for Epidemic." *Times*. March 27, 2001. 1.

Engardio, Peter, ed. *Chindia: How China and India Are Revolutionizing Global Business*. New York: McGraw Hill, 2007.

Esherick, Joseph W. "Modernity and Nation in the Chinese City." In Joseph W. Esherick, ed., *Remaking the Chinese City: Modernity and National Identity, 1900–1950*. Honolulu: University of Hawaii Press, 2000. 1–16.

The Origins of the Boxer Uprising. Berkeley: University of California Press, 1987.

"The Ethnic Population of Britain Broken Down by Local Authority." *Guardian*. May 18, 2011. www.guardian.co.uk/news/datablog/2011/may/18/ethnic-population-england-wales.

Faulkner, David. "The Confidence Man: Empire and the Deconstruction of Muscular Christianity in *The Mystery of Edwin Drood*." In Donald E. Hall, ed., *Muscular Christianity: Embodying the Victorian Age*. Cambridge: Cambridge University Press, 1994. 175–193.

Ferguson, Niall. *China: Triumph and Turmoil*. Dir. Adrian Pennink. Chimerica Media and Educational Broadcasting Corporation for Channel 4, 2012.

Civilisation: The West and the Rest. London: Allen Lane, 2011.

Colossus: The Rise and Fall of the American Empire. London: Penguin, 2004.

"Get Ready to Be a Slave in China's World Order." www.niallferguson.com.

"In China's Orbit." *Wall Street Journal*. November 18, 2010.

"Letters: Watch This Man." *London Review of Books* 33.23. December 1, 2011. 4.

Firpo, Christina. "Crises of Whiteness and Empire in Colonial Indochina: The Removal of Abandoned Eurasian Children from the Vietnamese Milieu, 1890–1956." *Journal of Social History* **43**.3 (2010): 587–613.

Fiske, Shanyn. "Orientalism Reconsidered: China and the Chinese in Nineteenth-century Literature and Victorian Studies." *Literature Compass* **8**.4 (2011): 214–226.

Fleming, Peter. *The Siege at Peking*. 1959. Oxford: Oxford University Press, 1984.

Forman, Ross G. "Eating out East: Representing Chinese Food in Victorian Travel Literature and Journalism." In Julia Kuehn and Douglas Kerr, eds., *A Century of Travels in China: A Collection of Critical Essays on Travel Writing from the 1840s to the 1940s*. Hong Kong: Hong Kong University Press, 2007. 63–73.

Frank, Andre Gunder. *ReOrient: Global Economy in the Asian Age*. Berkeley: University of California Press, 1998.

Franklin, J. Jeffrey. *The Lotus and the Lion: Buddhism and the British Empire*. Ithaca, NY: Cornell University Press, 2008.

Gagnier, Regenia. "Evolution and Information, or Eroticism and Everyday Life, in *Dracula* and Late Victorian Aestheticism." In Regina Barreca, ed., *Sex and Death in Victorian Literature*. London: Macmillan, 1990. 140–157.

Gallagher, Catherine. "Floating Signifiers of Britishness in the Novels of the Anti-Slave-Trade Squadron." In Wendy S. Jacobson, ed., *Dickens and the Children of Empire*. London: Palgrave, 2000. 78–93.

Gallagher, John, and Ronald Robinson. "The Imperialism of Free Trade." 1953. In William Roger Louis, ed., *Imperialism: The Robinson and Gallagher Controversy*. New York: New Viewpoints, 1976. 53–72.

Girandot, Norman J. *The Victorian Translation of China: James Legge's Oriental Pilgrimage*. Berkeley: University of California Press, 2002.

Gould, Marty. *Nineteenth-century Theatre and the Imperial Encounter*. Abingdon: Routledge, 2011.

Griffiths, Alison. "'Shivers Down Your Spine': Panoramas and the Origins of the Cinematic Reenactment." *Screen* **44**.1 (2003): 1–37.

Hall, Catherine. "'A Jamaica of the Mind' 1820–1854." In *Civilising Subjects: Metropole and Colony in the English Imagination, 1830–1867*. Chicago: University of Chicago Press, 2002. 174–208.

Hampson, Robert. *Cross-Cultural Encounters in Joseph Conrad's Malay Fiction*. London: Palgrave, 2000.

Hanan, Patrick. "The Missionary Novels of Nineteenth-century China." *Harvard Journal of Asiatic Studies* **60**.2 (2000): 413–443.

Hardy, Steven Ralph. "Expatriate Writers, Expatriate Readers: English-Language Fiction Published along the China Coast in the Late Nineteenth and Early Twentieth Centuries." Unpublished PhD dissertation, University of Minnesota, 2003.

Harris, Charles Alexander, rev. T. G. Otte. "Medhurst, Sir Walter Henry." *Oxford Dictionary of National Biography*, January 2008, www.oxforddnb.com.

Harris, Paul, and Anthony Browne. "Smuggled Meat Threatens UK with Catastrophic Viruses." *Guardian*, April 1, 2001, www.guardian.co.uk.

Hayot, Eric. "Chinese Bodies, Chinese Futures: Nationalism and Its Discontents." *Representations* **99** (2007): 99–129.

The Hypothetical Mandarin: Sympathy, Modernity, and Chinese Pain. Oxford: Oxford University Press, 2009.

Hayter, Althea. *Opium and the Romantic Imagination*. London: Faber & Faber, 1968.

Hevia, James L. *Cherishing Men from Afar: Qing Guest Ritual and the Macartney Embassy of 1793*. Durham, NC: Duke University Press, 1995.

English Lessons: The Pedagogy of Imperialism in Nineteenth-century China. Durham, NC: Duke University Press, 2003.

"Looting and Its Discontents: Moral Discourse and the Plunder of Beijing, 1900–1901." In Robert Bickers, ed., *The Boxers, China, and the World*. Lanham, MD: Rowman & Littlefield, 2007. 93–114.

Hitchens, Peter. "Brown's Chinese Restaurant Lie." *Daily Mail*. April 15, 2001.

Hoad, Neville. "Arrested Development or the Queerness of Savages: Resisting Evolutionary Narratives of Difference." *Postcolonial Studies* 3.2 (2000): 133–158.

Hockx, Michel. *Questions of Style: Literary Societies and Literary Journals in Modern China 1911–1937*. Leiden: Brill, 2003.

Höglund, Johan A. "Mobilising the Novel: The Literature of Imperialism and the First World War." PhD thesis, University of Uppsala, 1997.

Holden, Philip. *Modern Subjects/Colonial Texts: Hugh Clifford and the Discipline of English Literature in the Straits Settlements and Malaya 1895–1907*. Greensboro: ELT Press/University of North Carolina, 2000.

Holder, Heidi J. "Melodrama, Realism and Empire on the British Stage." In J. S. Bratton, Richard Allen Cave, Brendan Gregory, Heidi J. Holder, and Michael Pickering, eds., *Acts of Supremacy: The British Empire and the Stage, 1790–1930*. Manchester: Manchester University Press, 1991. 129–149.

Holmes, Colin. "The Chinese Connection." In Colin Holmes and Geoffrey Alderman, eds., *Outsiders and Outcasts: Essays in Honour of William J. Fishman*. London: Duckworth, 1993. 71–93.

ed. *Immigrants and Minorities in British Society*. London: George Allen & Unwin, 1978.

John Bull's Island: Immigration and British Society, 1871–1971. London: Macmillan Education, 1988.

Holmes, Colin, and Geoffrey Alderman, eds. *Outsiders and Outcasts: Essays in Honour of William J. Fishman*. London: Duckworth, 1993.

Hook, Leslie, and Jonathan Soble. "China's Rare Earth Stranglehold in Spotlight." *Financial Times*. March 13, 2012.

Hsia, Adrian, ed. *The Vision of China in the English Literature of the Seventeenth and Eighteenth Centuries*. Hong Kong: The Chinese University Press, 1998.

Insley, Jill. "A Working Life: The Gangmaster." *Guardian*. July 29, 2011.

The Institution of Mechanical Engineers List of Members 1st May 1929. London: Institution of Mechanical Engineers, 1929.

Johnson, Matthew D. "'Journey to the seat of war': The International Exhibition of China in Early Cinema." *Journal of Chinese Cinemas* 3.2 (2009): 109–122.

Jolly, Roslyn. "Piracy, Slavery, and the Imagination of Empire in Stevenson's Pacific Fiction." *Victorian Literature and Culture* 35 (2007): 157–173.

Joshi, Priya. "Globalizing Victorian Studies." *The Yearbook of English Studies* 41.2 (2011): 20–40.

In Another Country: Colonialism, Culture, and the English Novel in India. New York: Columbia University Press, 2002.

Keeton, G. W. *Extraterritoriality in China*. Vol. 1. London: Longman, Green and Co., 1928.

Kennedy, Dane. "Imperial History and Post-colonial Theory." *The Journal of Imperial and Commonwealth History* 24.3 (1996): 345–363.

Kepley, Jr., Vance. "Griffith's 'Broken Blossoms' and the Problem of Historical Specificity." *Quarterly Review of Film Studies* 3.1 (1978): 37–47.

Kerr, Douglas, and Julia Kuehn, eds. *A Century of Travels in China: A Collection of Critical Essays on Travel Writing from the 1840s to the 1940s*. Hong Kong: Hong Kong University Press, 2007.

Kohn, Marek. *Dope Girls: The Birth of the British Drug Underground*. London: Granta, 1992.

Koven, Seth. *Slumming: Sexual and Social Politics in Victorian London*. Princeton, NJ: Princeton University Press, 2004. 88–139.

Lane, Christopher. *The Ruling Passion: British Colonial Allegory and the Paradox of Homosexual Desire*. Durham, NC: Duke University Press, 1995.

Leask, Nigel. *Romantic Writers and the East: Anxieties of Empire*. Cambridge: Cambridge University Press, 1992.

Lee, Ho Yin, and Lynne DiStefano. "Chinese-Built Western Towers: The Hyper-Tradition of the Overseas Chinese's Fortified Towers in the Cantonese Counties of Kaiping and Taishan." *Traditional Dwellings and Settlements Review: Journal of the International Association for the Study of Traditional Environments* 18.1 (2006): 27–28.

Lee, James Z., and Wang Feng. *One Quarter of Humanity: Malthusian Mythology and Chinese Realities, 1700–2000*. Cambridge, MA: Harvard University Press, 1999.

Lee, Josephine. *The Japan of Pure Invention: Gilbert and Sullivan's* The Mikado. Minneapolis, MN: University of Minnesota Press, 2010.

Lee, Josephine, Imogene L. Lim, and Yuko Matsukawa, eds. *Re/collecting Early Asian America: Essays in Cultural History*. Philadelphia: Temple University Press, 2002.

Lee, Leo Ou-Fan. "Literary Trends: The Quest for Modernity, 1895–1927." In Merle Goldman and Leo Ou-Fan Lee, eds., *An Intellectual History of Modern China*. Cambridge: Cambridge University Press, 2002. 142–195.

Shanghai Modern: The Flowering of a New Urban Culture in China, 1930–1945. Cambridge, MA: Harvard University Press, 1999.

Lesage, Julia. "*Broken Blossoms*: Artful Racism, Artful Rape." *Jump Cut: A Review of Contemporary Cinema* 26 (1981): 51–55.

Levine, Philippa. *Prostitution, Race, and Politics: Policing Venereal Disease in the British Empire*. New York: Routledge, 2003.

Li, Xiaobing. "Taiping Rebellion (1850–1864)." In Xiaobing Li, ed., *China at War: An Encyclopedia*. Santa Barbara, CA: ABC-CLIO, 2012. 440–442.

Lin, Dong Ning. "Power and Representation in Victorian Discourse on China." Unpublished PhD dissertation, University of Maryland, 1994.

Liu, Lydia H. *The Clash of Empires: The Invention of China in Modern World Making*. Cambridge, MA: Harvard University Press, 2004.

Lodwick, Kathleen L. *Crusaders against Opium: Protestant Missionaries in China, 1874–1917*. Lexington: University Press of Kentucky, 1995.

Lovell, Julia. *The Great Wall: China against the World, 1000 BC–AD 2000*. London: Atlantic, 2006.

The Opium War: Drugs, Dreams and the Making of China. London: Picador, 2011.

Lü, Yixu. "German Colonial Fiction on China: The Boxer Uprising of 1900." *German Life and Letters* **59**.1 (2006): 78–100.

Lye, Colleen. *America's Asia: Racial Form and American Literature, 1893–1945*. Princeton, NJ: Princeton University Press, 2005.

McAllister, Susan Fleming. "Between Romantic Revolution and Victorian Propriety: The Cultural Work of British Missionary Narratives." Unpublished PhD dissertation, University of Oregon, 1997.

McClintock, Anne. *Imperial Leather*. London: Routledge, 1994.

McDonagh, Josephine. *Child Murder and British Culture, 1720–1900*. Cambridge: Cambridge University Press, 2003.

"Infanticide and the Boundaries of Culture from Hume to Arnold." In Susan C. Greenfield and Carol Barash, eds., *Inventing Maternity: Politics, Science, and Literature, 1650–1865*. Lexington: University Press of Kentucky, 1999. 215–237.

"Opium and the Imperial Imagination." In Philip W. Martin and Robin Jarvis, eds., *Reviewing Romanticism*. Basingstoke: Macmillan, 1992. 116–133.

MacNair, Harley Fransworth. *The Chinese Abroad: Their Position and Protection: A Study in International Law and Relations*. Shanghai: Commercial Press, 1924.

Marez, Curtis. *Drug Wars: The Political Economy of Narcotics*. Minneapolis: University of Minnesota Press, 2004.

"The Other Addict: Oscar Wilde's Opium Smoke Screen." *ELH* **64**.1 (1997): 257–287.

Marinelli, Maurizio. "Making Concessions in Tianjin: Heterotopia and Italian Colonialism in Mainland China." *Urban History* **36**.3 (2009): 399–425.

Markley, Robert. *The Far East and the English Imagination, 1600–1730*. Cambridge: Cambridge University Press, 2006.

Markovits, Claude. "Indian Communities in China, *c.* 1842–1949." In Robert Bickers and Christian Henriot, eds., *New Frontiers: Imperialism's New Communities in East Asia, 1842–1953*. Manchester: Manchester University Press, 2000. 55–74.

Markus, Andrew. *Fear and Hatred: Purifying Australia and California 1850–1901*. Sydney: Hale & Iremonger, 1979.

May, J. P. "The Chinese in Britain." In Colin Holmes, ed., *Immigrants and Minorities in British Society*. London: George Allen & Unwin, 1978. 111–124.

Millett, Fred B. "Thomas Burke." In John M. Manly and Edith Rocker, eds., *Contemporary British Literature: A Critical Survey and 232 Author-Bibliographies*. 3rd edn. London: George G. Harrap & Co., 1935. 160.

Milligan, Barry. *Pleasures and Pains: Opium and the Orient in Nineteenth-century British Culture*. Charlottesville: University Press of Virginia, 1995.

Mishra, Pankaj. "Letters: Watch This Man." *London Review of Books* 33.23. December 1, 2010. 4.

Mommsen, Wolfgang J., and Jürgen Osterhammel, eds. *Imperialism and After: Continuities and Discontinuities*. London: German Historical Institute/ Allen & Unwin, 1986.

Mukherjee, Pablo. "Introduction: Victorian World Literatures." *The Yearbook of English Studies* 41.2 (2011): 1–19.

Mungello, D. E. *The Great Encounter of China and the West, 1500–1800*. 2nd edn. Lanham, MD: Rowman & Littlefield, 2005.

Ng, Kwee Choo. *The Chinese in London*. London: Institute of Race Relations/ Oxford University Press, 1968.

Nicoll, Allardyce. *English Drama 1900–1930: The Beginnings of the Modern Period*. Cambridge: Cambridge University Press, 1973.

   A History of English Drama 1660–1900, 2nd edn., 5 vols. Cambridge: Cambridge University Press, 1959.

Northcott, Richard. *Jacques Offenbach: A Sketch of His Life and a Record of His Operas*. London: The Press Printers, 1917.

O'Connor, Erin. "Preface for a Post-Postcolonial Criticism." *Victorian Studies* 45.2 (2003): 217–246.

Office of National Statistics (UK). "Population Estimates by Ethnic Group, 2002– 2009." May 18, 2011. www.ons.gov.uk.

Osterhammel, Jürgen. "Britain and China, 1842–1914." In Andrew Porter and Alaine Low, eds., *The Nineteenth Century*. Oxford: Oxford University Press, 1999. 146–169. Vol. III of *The Oxford History of the British Empire*.

   "Semi-Colonialism and Informal Empire in Twentieth-Century China: Towards a Framework of Analysis." In Wolfgang J. Mommsen and Jürgen Osterhammel, eds., *Imperialism and After: Continuities and Discontinuities*. London: German Historical Institute/Allen & Unwin, 1986. 290–314.

Otis, Laura. *Membranes: Metaphors of Invasion in Nineteenth-century Literature, Science and Politics*. Baltimore, MD: Johns Hopkins University Press, 1999.

Oxford English Dictionary. 2nd edn. Rev. March 2009. www.dictionary.oed.com.

Pagani, Catherine. "Objects and the Press: Images of China in Nineteenth-century Britain." In Julie Codell, ed., *Imperial Co-histories: National Identities and the British Colonial Press*. Madison, NJ: Fairleigh Dickinson University Press, 2003. 147–166.

Panikos, Panayi. *Immigration, Ethnicity and Racism in Britain, 1815–1945*. Manchester: Manchester University Press, 1994.

Parssinen, Terry M. *Secret Passions, Secret Remedies: Narcotic Drugs in British Society, 1820–1930*. Manchester: Manchester University Press, 1983.

Pickering, Michael. "Mock Blacks and Racial Mockery: The 'Nigger' Minstrel and British Imperialism." In J. S. Bratton, Richard Allen Care, Brendan Gregory, Heidi J. Holder, and Michael Pickering, eds., *Acts of Supremacy: The British Empire and the Stage, 1790–1930*. Manchester: Manchester University Press, 1991. 179–236.

Pomeranz, Kenneth. *The Great Divergence: China, Europe, and the Making of the Modern World Economy*. Princeton, NJ: Princeton University Press, 2001.

"Without Coal? Colonies? Calculus?" In Philip E. Tetlock, Richard Ned Lebow, and Geoffrey Parker, eds., *Unmaking the West: "What-If" Scenarios that Rewrite World History*. Ann Arbor: University of Michigan Press, 2006. 241–276.

Porter, Bernard. *The Absent-minded Imperialists: Empire, Society and Culture in Britain*. Oxford: Oxford University Press, 2005.

The Lion's Share: A Short History of British Imperialism 1850–1995. 3rd edn. London: Longman, 1996.

Porter, David. "Historicizing the History of Chinese Literature." Unpublished paper, Inter-Asian Connections III, University of Hong Kong, June 8, 2012.

Ideographia: The Chinese Cipher in Early Modern Europe. Stanford, CA: Stanford University Press, 2001.

"Power|Play: China's Empress Dowager." asia.si.edu/explore/china/powerplay/default.asp.

Proschan, Frank. "Eunuch Mandarins, *Soldats Mamzelles*, Effeminate Boys, and Graceless Women: French Colonial Constructions of Vietnamese Genders." *GLQ* 8.4 (2002): 435–468.

Reinders, Eric. *Borrowed Gods and Foreign Bodies: Christian Missionaries Imagine Chinese Religion*. Berkeley: University of California Press, 2004.

Richards, Grant. *Author Hunting by an Old Literary Sportsman: Memories of Years Spent Mainly in Publishing*. London: Hamish Hamilton, 1934.

Richards, Thomas. *The Imperial Archive: Knowledge and the Fantasy of Empire*. London: Verso, 1993.

Robbins, Liz, and Jeffrey E. Singer. "A Delicacy on Chinatown Plates, but a Killer in Water." *New York Times*. April 29, 2011.

Robinson, Ronald. "The Excentric Idea of Imperialism, with or without Empire." In Wolfgang J. Mommsen and Jürgen Osterhammel, eds., *Imperialism and After: Continuities and Discontinuities*. London: German Historical Institute/Allen & Unwin, 1986. 267–289.

Rollington, Ralph [H. J. Allingham]. *A Brief History of Boys' Journals, with Interesting Facts about the Writers of Boys' Stories*. Leicester: H. Simpson, 1913.

Schmitt, Cannon. *Alien Nation: Nineteenth-century Gothic Fictions and English Nationality*. Philadelphia: University of Pennsylvania Press, 1997.

Schneer, Jonathan. *London 1900: The Imperial Metropolis*. New Haven, CT: Yale University Press, 1999.

Sedgwick, Eve Kosofsky. *Between Men: English Literature and Male Homosocial Desire*. New York: Columbia University Press, 1985.

Seed, John. "Limehouse Blues: Looking for Chinatown in the London Docks, 1900–40." *History Workshop Journal* 62 (2006): 58–85.

Seitler, Dana. *Atavistic Tendencies: The Culture of Science in American Modernity*. Minneapolis: University of Minnesota Press, 2008.

Sharp, Patrick B. *Savage Perils: Racial Frontiers and Nuclear Apocalypse in American Culture*. Norman: University of Oklahoma Press, 2007.

Sharpe, Jenny. *Allegories of Empire: The Figure of Woman in the Colonial Text*. Minneapolis: University of Minnesota Press, 1993.

Spence, Jonathan. *The Chan's Great Continent*. New York: Norton, 1998.

Spivak, Gayatri Chakravorty. *A Critique of Postcolonial Reason: Toward a History of the Vanishing Present*. Cambridge, MA: Harvard University Press, 1999.

"Three Women's Texts and a Critique of Imperialism." In Henry Louis Gates, Jr., ed., *"Race," Writing and Difference*. Chicago: University of Chicago Press, 1985.

Stanley, Joaquim. "Opium and *Edwin Drood*: Fantasy, Reality and What the Doctors Ordered." *Dickens Quarterly* 21.1 (2004): 12–27.

Stoler, Ann Laura. *Carnal Knowledge and Imperial Power: Race and the Intimate in Colonial Rule*. Berkeley: University of California Press, 2002.

Suleri, Sara. *The Rhetoric of English India*. Chicago: University of Chicago Press, 1992.

Sweet, Matthew. *Inventing the Victorians*. New York: St. Martin's Press, 2001.

Tambling, Jeremy. "Opium, Wholesale, Resale, and for Export: On Dickens and China." *Dickens Quarterly* 21.1 (2004): 28–43 and 21.2 (2004): 104–113.

Taylor, Jeremy E. "The Bund: The Littoral Space of Empire in the Treaty Ports of East Asia." *Social History* 27.2 (2002): 125–142.

Tchen, John Kuo Wei. "Quimbo Appo's Fear of the Fenians: Chinese–Irish–Anglo Relations in New York City." In Ronald H. Bayor and Timothy Meagher, eds., *The New York Irish*. Baltimore, MD: Johns Hopkins University Press, 1996. 125–152.

Teng, Emma Jinhua. "Artifacts of a Lost City: Arnold Genthe's Pictures of Old Chinatown and Its Intertexts." In Josephine Lee, Imogene L. Lim, and Yuko Matsukawa, eds., *Re/collecting Early Asian America: Essays in Cultural History*. Philadelphia: Temple University Press, 2002. 54–77.

"Miscegenation and the Critique of Patriarchy in Turn-of-the-Century Fiction." *Race, Gender & Class* 4.3 (1997): 69–87.

Teng, Ssu-yü, and John K. Fairbank, eds., *China's Response to the West: A Documentary Survey, 1839–1923*. Cambridge, MA: Harvard University Press, 1954.

"Thomas Burke." Obituary. *Times*. September 24, 1945. 7d.

Thompson, Steve. "The Blind Banker." BBC Writers Room. www.bbc.co.uk/writersroom/scripts/sherlock-the-blind-banker.

Thurin, Susan Schoenbauer. "China in Dickens." *Dickens Quarterly* 8.3 (1991): 99–111.

ed. *The Far East*. Vol. IV of *Nineteenth-Century Travels, Explorations and Empires: Writings from the Era of Imperial Consolidation 1830–1910*. London: Pickering & Chatto, 2003.

Victorian Travelers and the Opening of China, 1842–1907. Athens: Ohio University Press, 1999.

"Tinwald Churchyard Inscriptions." homepages.rootsweb.com/~scottish/index-tinwaldchrh.html.

Topham, Gwyn. "Tourism Bosses Say Visa Red Tape – and Cost – Are Putting off Chinese Visitors." *Guardian*, August 17, 2012. www.guardian.co.uk/world/2012/aug/17/visas-deter-chinese-tourists.

Turnbull, C. Mary. "Hong Kong: Fragrant Harbour, City of Sin and Death." In Robin W. Winks and James R. Rush, eds., *Asia in Western Fiction*. Manchester: Manchester University Press, 1990. 117–136.

Van Ash, Cay, and Elizabeth Sax Rohmer. *Master of Villainy: A Biography of Sax Rohmer*. Bowling Green, OH: Bowling Green University Press Popular Press, 1972.

Volz, Yong Z., and Chin-Chuan Lee. "Semi-colonialism and Journalistic Sphere of Influence." *Journalism Studies* 12.5 (2011): 559–574.

Wagner, Tamara S. *Occidentalism in Novels of Malaysia, and Singapore, 1819–2004: Colonial and Postcolonial Financial Straits and Literary Style*. Lewiston, NY: The Edwin Mellen Press, 2005.

Waley, Arthur David. *The Opium War through Chinese Eyes*. London: Allen & Unwin, 1958.

Waller, P. J. "The Chinese." *History Today* 35 (1985): 8–15.

Wang, Gungwu. *Anglo-Chinese Encounters since 1800: War, Trade, Science, and Governance*. Cambridge: Cambridge University Press, 2003.

Watts, Carol. "Adapting Affect: The Melodramatic Economy of *Broken Blossoms*." *Film Studies* 3 (2002): 31–46.

"Weekly Top 30 Programmes," August 2–8, 2010, Broadcaster's Association Research Board. www.barb.co.uk.

White, Andrea. *Joseph Conrad and the Adventure Tradition: Constructing and Deconstructing the Imperial Subject*. Cambridge: Cambridge University Press, 1993.

Wilgus, Mary H. *Sir Claude MacDonald, the Open Door, and British Informal Empire in China, 1895–1900*. New York: Garland Publishing, 1987.

Williams, Carolyn. *Gilbert and Sullivan: Gender, Genre, Parody*. New York: Columbia University Press, 2011.

Witchard, Anne. "Thomas Burke, the 'Laureate of Limehouse': A Biographical Outline." *ELT/English Literature in Transition, 1880–1920* 48.2 (2005): 164–187.

Thomas Burke's Dark Chinoiserie: Limehouse Nights *and the Queer Spell of Chinatown*. Farnham: Ashgate, 2009.

Wong, John Yue-Wo. *Deadly Dreams: Opium, Imperialism and the "Arrow" War*. Cambridge: Cambridge University Press, 1998.

The Origins of an Heroic Image: Sun Yatsen in London, 1896–1897. Hong Kong: Oxford University Press, 1986.

"Sun Yatsen: His Heroic Image a Century Afterwards." *Journal of Asian History* 28.2 (1994): 154–176.

Wong, Man Kong. *James Legge: A Pioneer at Crossroads of East and West*. Hong Kong: Hong Kong Educational Publishing Co., 1996.

Wong, Maria Lin. *Chinese Liverpudlians: A History of the Chinese Community in Liverpool*. Birkenhead: Liver Press, 1989.

Wood, Frances. *No Dogs and Not Many Chinese: Treaty Port Life in China 1843–1943*. London: John Murray, 1998.

Wright, Stanley F. *The Origin and Development of the Chinese Customs Service, 1843–1911*. Shanghai: no pub., 1939.

Wu, William F. *The Yellow Peril: Chinese Americans in American Fiction 1850–1940*. Hamden, CT: Archon Books, 1982.

Xu, Wenying. "The Opium Trade and *Little Dorrit*: A Case of Reading Silences." *Victorian Literature and Culture* 25.1 (1997): 53–66.

Xu Xi. "Writing the Literature of Non-denial." *World Englishes* 19.3 (2000): 415–428.

Yang, Chi-ming. "Virtue's Vogues: Eastern Authenticity and the Commodification of Chinese-ness on the 18th-century Stage." *Comparative Literature Studies* 39.4 (2002): 326–346.

Young, Jacqueline. "Rewriting the Boxer Rebellion: The Imaginative Creations of Putnam, Weale, Edmund Backhouse, and Charles Welsh Mason." *The Victorian Newsletter* 114 (2008): 7–28.

Young, Robert J. C. *Colonial Desire: Hybridity in Theory, Culture, and Race*. London: Routledge, 1995.

Ziter, Edward. "Orientalist Panoramas and Disciplinary Society." *Wordsworth Circle* 32 (2001): 21–24.

"Staging the Geographic Imagination: Imperial Melodrama and the Domestication of the Exotic." In Elinor Fuchs and Una Chaudhuri, eds., *Land/Scape/Theater*. Ann Arbor: University of Michigan Press, 2002. 189–208.

索 引

（条目后的数字为原文页码，见本书边码）

325